韭菜街

罗望子 著

中国书籍出版社

图书在版编目（CIP）数据

韭菜街 / 罗望子著 . —北京：中国书籍出版社，2018.10
ISBN 978-7-5068-7021-4

Ⅰ . ①韭… Ⅱ . ①罗… Ⅲ . ①中篇小说—小说集—中国—当代 Ⅳ . ① I247.5

中国版本图书馆 CIP 数据核字 (2018) 第 223421 号

韭菜街

罗望子　著

图书策划	牛　超　崔付建
责任编辑	张　娟　成晓春
责任印制	孙马飞　马　芝
出版发行	中国书籍出版社
地　　址	北京市丰台区三路居路 97 号（邮编：100073）
电　　话	（010）52257143（总编室）（010）52257140（发行部）
电子邮箱	eo@chinabp.com.cn
经　　销	全国新华书店
印　　刷	三河市华东印刷有限公司
开　　本	650 毫米 ×940 毫米　1/16
字　　数	276 千字
印　　张	21.5
版　　次	2019 年 1 月第 1 版　2019 年 1 月第 1 次印刷
书　　号	ISBN 978-7-5068-7021-4
定　　价	65.00 元

版权所有　翻印必究

目录

连理枝　/　001

韭菜街　/　071

我们这些苏北人　/　263

连理枝

1

跨进家门的那天晚上,母亲就感到这一家子看她横竖不顺眼。证据是闹房的一散,奶奶就打碎了一只茶杯。那"啪"的一响,随即中止了母亲和父亲缠缠绵绵的动作。接着是爷爷小声的抱怨,婆婆忙不迭地收拾碎片。洋铁皮簸箕碰擦在地砖上吱嘎吱嘎的,惹得人牙根痒痒。他们凝神静听了一会儿,直到那边的门也关上。父亲还想继续有所作为,一回头,母亲的头脸手脚都裹进了被窝,只露出花裤衩包裹着的腚。

不顺眼是正常的,看不顺眼的人主要是奶奶。婆媳本来就似天敌,何况当初奶奶就不赞成父亲和母亲谈恋爱。母亲出身不好,也没多少家产,除了脸蛋和细腰。可一向顺从的儿子这一回发了飙,说不准谈就不准谈,他这一辈子都不谈了。奶奶好像没听明白,瞅瞅爷爷。爷爷嘟囔道,看啥看,都是你的主意,现在就看你咋收场吧。爷爷经手着一家小厂子,平时不管家事。管了,事儿也就定了。奶奶叹了口气,大概觉得儿子虽然横,也是随了她的脾性吧。

父亲涎着脸把胜利成果告诉母亲时,母亲还是不解气。父亲百般讨好,母亲就是不让他上身。父亲悻悻地说,你受了委屈,总不能把气撒到我身上吧。母亲说,不撒你身上,那我往哪儿撒,和你妈斗争到底再由你来做好人吗?你瞧瞧你都说的什么话,我两头受气,我他妈的就好受吗?活该,母亲说,谁让你死皮赖脸要娶我的。父亲说,娶了也就娶了,这日子总要过的吧。当然要过,母亲说,但我声明,我可不要孩子。为啥?父亲说,这可不是儿戏。谁跟你儿戏呀,母亲白了他一眼,难道还要我生一堆孩子跟着受气吗?父亲说,你可是肩负重任,传递咱们家的香火的。哼,你倒好,把我当作生育机器了。还什么香火,我只生香,火是门儿都没有的。母亲这一咬文嚼字,自个儿憋不住咯咯咯笑了,父亲一瞅有机可乘,哪里还肯放过。

也许是一语成谶吧,母亲接连生了两胎,都是女孩。我是老大,张小清比我小两岁。有一种没道理的说法是,头胎生女,第二胎生女的可能性更大。所以我一生下来,就预示着怨气要集在我身上了。

怀孕的女人大多是幸福的,母亲更是幸福无比。父亲把母亲当作个宝贝,逢人便吹嘘,说自己弹无虚发。奶奶也一改往日的冷淡,整天对母亲赔着笑脸,早上打蛋茶,晚上煨鸽子,一天一个样。就是这样,母亲还不高兴,不是说太咸了,就是说汤凉了。奶奶要是争辩一下,她就不吃不喝的,惹得爷爷把我奶奶骂个半死。

那时，还不太懂得用B超验证胎儿性别。奶奶说，看样子是个男孩。母亲说，我喜欢丫头，丫头乖巧。奶奶也不和她啰唆，自顾自去厨房里思考明天的菜单。

母亲的肚子越来越大，脾气也越来越大。她不好和奶奶斗，就一个劲儿地给父亲出难题。父亲那时已经逐渐接手爷爷的小工厂，忙得屁股冒烟。回到家，水没顾得上喝一口，母亲便吆喝他陪着去散步。父亲想歇口气，母亲便说，怎么了，你以为你是陪我呀，是你的儿子在肚子里闹呢。你听听，你听听，说着话，她便"嘭嘭嘭"地敲打肚子，直敲得我耳朵发嗡，心惊肉跳。父亲赶紧起身，半搀半挽的，陪着母亲溜达。他们从旗杆巷溜达到梅家巷，从人民路逛到草坝口，母亲还是没有回家的念头。她一会儿要吃糖葫芦，一会儿又要吃羊肉串，我也乐得荡秋千。父亲说不早了，明天再吃羊肉串吧。母亲说，你以为是我要吃吗，是你儿子馋嘴，这个臭小子，在肚子里就让人不省心，出来了还不知怎么翻天哩。父亲只好继续搀扶着母亲去寻羊肉串。一路上，不断有人和父亲打招呼。父亲强作笑容，边回人家，边看母亲的脸色。这时候，母亲倒是摆出夫唱妇随的样子，一脸祥和。临了，母亲便哼哼道，瞧瞧你多风光，没听见人家都在夸你吗，你还不愿陪我，哼，你真是得了便宜又卖乖。

2

我这个人敏感、多疑，大概就是在母亲肚子里落下的。也多亏了母亲老是缠着父亲，我欢喜跟着他们晃悠，听着他们吵闹。不过母亲凶猛的时候我害怕，父亲小心的时候我心疼，我也不晓得到底应该向着哪一头。

母亲生产很顺畅。中午进产房，三点钟我便落地了。随着一声尖利的啼哭，小护士擦擦额前的汗说，是个女娃。把婴孩包裹好，小护士便怀抱着要出产房。母亲劝阻道，算了，外面风大。小护士说，让他们看一眼，安个心。母亲摇摇头，没有血色的脸冷冷一笑。小护士抱出去，转屁股的工夫就回来了，好奇好怪哦，你家的人呢，怎么一个也没寻到。母亲早就料到这个结果，还是眯眼笑着。小护士又问，那你家那位呢？母亲说，死了。门一响，父亲的脑袋马头般地伸进来，来了来了。

3

生了女娃的母亲像打了个漂亮的胜仗，别提多开心了。对于一家人的淡漠，她就当没看见。她也不要人服侍了，一切都她自己来。洗衣、做饭、煲汤、炖奶，全然没有坐月子的讲究。当然，她想要人服侍，也不可能。她整天唱啊、跳啊，和摇篮里的我有说不完的话，有时我给母亲逗得笑起来，有时又让她弄得哭起来。一哭，母亲便低声下气地哄我、求我，向我认错，抱着我转圈圈，直到我在她温暖的怀抱甜甜入睡。

父亲看在眼里，急在心里。父亲说，你就不能悠着点吗？母亲说，咋的了，我自己带孩子，万事不求人，还不好吗？父亲说，我不是这个意思。那你啥意思。父亲说，瞧你那样儿，好像挣了个金元宝。是，我就是喜欢女娃呀，还真的让我说中了，嘿嘿。女娃好是好，可将来谁帮我打理厂子。这么说你也不高兴？我有什么不高兴的，我养的孩子我能不高兴吗？那你啥意思。这不是有人不高兴嘛,父亲小声道。嘿嘿,我就晓得他们不高兴,他们越是不高兴,我越是开心,反正只要咱高兴就行,对吧。你这是啥话,父亲脸一沉。那还能怎么着,溺死她吗,你想溺,你就把她弄出去吧。父亲气得攥紧了拳头。眼前这女人,就是当初他死皮赖脸千辛万苦才追到手的那个女人吗。咋的了,母亲媚眼如丝,是不是想连我也一起溺死。此时父亲已经怒火万丈,他一把推倒母亲,又反转她的身体扭着她的手臂,嘴里还念叨着,好吧,我溺死你,我就溺死你。母亲跪着身子,撑着渐渐恢复性感的小腰,努力地昂着头说,你这是强暴,我要告你。我就强暴你,你告吧告吧,那也得等我强暴完了再去告吧。那你就干吧,你不是枪法如神吗,反正还是个女娃,嘿嘿,要是生个女娃,我开心都来不及,我也懒得去告你,我还得感谢你呢。两口子扭结在一起,嘴上不停,身子也不停,很快就此起彼伏地叫唤起来。

爷爷给我取的名字叫张小喜,报户口的时候,是母亲抱着去的。人家一问,母亲强调说,不是喜欢的喜,是洗衣服的洗。张小洗?这名字好特别,经办户口的男人盯了母亲一眼,母亲自豪地挺挺胸脯,吓得那男人赶紧低下头,给她办好了登记。父亲倒是无所谓,名字嘛,符号而已,又不能当饭吃当钱花,斟酌个啥。可爷爷不乐意,说洗啥洗,一辈子的劳碌命。母亲只是笑笑道,人家说了,这名字取得好,还说不好改的,改了就变味了。按理说,那时改个名字也是轻而易举小事一桩,不过看在母亲的肚皮又鼓起来的份儿上,爷爷也没去计较。一家人,又像当初母亲怀上我那样,对她热乎起来了。

似乎是因为有过一次怀孕生产的经验,母亲这一次倒是没有怪脾气。反而一个劲地劝阻大家,不必那么热心,她自己完全能够应付，反正她不上班，我也能爬会坐了，母亲一边打毛线，一边给我唱歌。母亲还买了很多图片和玩具。她让我认一会儿字，玩一会儿积木。后来又让我学着拼图识字。我喜欢男孩子的玩具，枪、车我最高兴了。母亲瞅准这一点，学习任务完成了才能玩。很多时候，我只能眼睁睁地看着那些长枪短炮，听着外面孩子们的追逐，却不能出去。

奶奶给她做的菜，送的汤，母亲一概接下来，悄悄地让我吃。我当然高兴了，可是吃多了，吃饱了，便腻了。母亲不准我浪费，说，妈妈都不舍得吃，给你吃，你就吃，将来有一天，你想吃还没得吃呢。将来怎么了，我问。现在都有得吃，将来咋会没得吃呢。母亲瞪了我一眼道，将来嘛，到时候有你哭的日子。说完，就把桌上的碗筷收回去，自己吃起来，直吃得满头冒热气，吃完还满足地拍拍大肚皮。此时，我又后悔了。

张小清出世了。不出所料，母亲的第二胎还是个女娃。母亲得意地对脸色铁青的父亲说，怎么样，你枪法如神，我还料事如神哩。你是故意的吧，父亲责问。切，母亲一愣，这种事好故意吧，要说故意，恐怕也有你的份儿。

4

和当初生下我一样，母亲很快便投入到哺育张小清的工作中，其高涨的热情有过之而无不及，好像生下一对姊妹花，是她对人类做出的巨大贡献。意外的是，爷爷奶奶只是最初有些郁闷，渐渐也热乎起来，似乎母亲只能生女儿，是命中注定，不然，还能怎样呢。母亲郑重声明道，她再也不生了。当然，按照相关政策，她就算想生也不可能了。母亲说到做到，月子一过，就自顾自地去医院安了节育环。回家在饭桌上一宣布，大家竟然兴高采烈，爷爷带头鼓掌，说是得好好庆祝一下哩。母亲说，庆祝不庆祝就由你们吧，我得去把奶了。扔下一桌子尴尬的人，母亲走向摇篮边，扯开胸怀，见爷爷奶奶探头探脑的，便抱着张小清回卧室去了。尴尬只是一小会儿，奶奶在爷爷的眼色示意下，借故进了房，说是看看有什么要帮忙的。爷爷吃完后，掏出一支烟，又赶紧收起来，站起身，在房门口走来踱去的。

5

　　没有人理我。说实话，我挺喜欢这个妹妹的。她有一张瓷娃样的小脸。连母亲也说，小清天生就比我俊，不像我，生下来的时候像只小老鼠，又黑又皱，两岁多了，脸还是灰溜溜黄巴巴的。可这也不是她们不疼我的理由呀。一大家子人还就是忽略了我，全给小清吸引过去了。母亲喂完奶，躺在床上小睡的时候，我怯怯地跳过去，偎到她怀里。母亲眉毛一揪，半睁了眼说，去去去，就不能让我歇会儿吗。我张了张嘴，话没说出口，我的泪珠子倒先滚下来。母亲又合上了眼皮。我只得委屈地爬下床，跑进自己的小房间。

　　母亲不喜欢生孩子也罢，喜欢女孩子也罢，兴许是气话吧。她要气父亲气婆婆，气这么一家子人吧。兴许她心里面比谁都希望生个男孩，不然，怎么解释她对我的渐渐冷淡呢。打那以后，我再也没和母亲一块睡过。母亲只和小清睡，连父亲也被她踢得远远的，父亲想用强，母亲便说，怎么着，你打呼噜打得天崩山摇的，小清醒了你理拾呀。我瞧着父亲坐在客厅里抽闷烟，便跑过去说，爸爸爸爸，妈妈不和你睡，我和你睡。父亲勉强笑了笑，摸摸我的小脑袋，又冷下脸转到另一间房里去了。无精打采回到小房间，我左看右看不是个味道，一点也没有兴趣玩那些坦克飞机了。这一切都是自从有了张小清开始的，我有些恨小清，可又恨不起来。躺在小床上，我想象小清蜷在母亲的怀里，流着口水，小鼻子的呼吸还发出甜滋滋的哨声，那哨声都带着奶香。好几回深更半夜，我悄悄地跑到母亲的房前，想推开进去，又不敢动。我把耳朵贴在门上，希望能听到一丝丝的呼吸。我实在是太喜欢小清那个样子了。

6

母亲忙不过来，或者外出时，就轮到我来照看小清了。那是我最开心的时候。轻轻地摇动童车，我学着母亲，哼着小曲儿。有时候哼着哼着，我还乱七八糟自编曲词。睡梦中的小清不时掀动鼻子，扑闪着长长的眼睫毛，粉嘟嘟的小嘴也跟着吧嗒一下。我小心地靠近她，噘着嘴，蜻蜓点水般地一碰，赶紧缩回，生怕把她惹醒。有一次，我突然捏住妹妹的鼻子，死死地捏着。不久，妹妹的嘴巴就张开了，手舞足蹈，小身子也在被窝里扭动起来。门外哐啷一声，如五雷轰顶，我连忙跳开。

我这是在做什么！我也不知道自己在做什么，只是出了一身的汗。等到小清醒来，微笑着好奇地瞪着她的时候，我扑扑胸口，照例和妹妹说起话来了。我不知道她能不能听得懂，我只是喜欢和她说话，就像睡觉时爱和怀里的布娃娃说话那样。妹妹的笑容更盛了，不管我说什么，妹妹都能咿咿呀呀地应和着，小手乱抓，小脚乱踢，童车上的铃铛就叮叮一响。

7

直到母亲接手，我的心还怦怦乱跳。母亲似乎没有在意，只是随口问了问情况，便不再管我了。母亲好像忙碌起来，衣着打扮也鲜亮多了，步伐匆匆，还经常自言自语的发着狠，虽然不是对我，我还是噤若寒蝉。细想想，大概是从父亲不再待在家里开始的。自从给母亲踹过几次，父亲回来的次数越来越少了，有时一整天也看不到他的人。不见父亲，母亲的气更大了。她从我手里一把夺过小清，抱到怀里，长发纷披，奔向弄堂口。不一会儿，她又气急败坏地回来，把小清扔进童车。小清哭了，我就急忙上去哦哦哦地哄弄。我哄小清的法子和早先母亲哄我一样，只不过小清似乎没有我那时候蛮。

其实我也想哭，可是我没有哭的机会。小清哭了，我还怎么哭。母亲基本上不管小清了，整天只顾捕父亲的风，捉父亲的影。照看小清的活儿完全落到我的头上，就连夜里，小清也跟着我睡。无师自通，我会把尿，会喂奶粉，会给她唱歌、跳舞、讲故事，会逗她笑，笑累了，小清就睡了，我也歪倒在旁边。我相信，我也能做个好妈妈的。

8

我一直把张小清拉扯到六岁。多年以后，坐在咖啡馆里打发时光，我还唠唠叨叨说起这些事情。张小清浅笑着听完，对我说，姐，六岁前的事我不记得了。我一听，心里拔凉拔凉的。张大嘴巴，我望着妹妹，不敢相信。你一点都不记得了。一点不记得了，妹妹说。妹妹又说，我只记得你捏过我的鼻子。我怎么会捏你的鼻子呀。你大概想谋害我吧，小清说着，捂着嘴，笑得鲜花怒放。我，谋害你！想不到吧，姐姐，你也想不到自己会这么狠吧。乱七八糟的，你从哪听来的。你自己说的呀。我什么时候说了。你讲给我听的呀。妹妹说，你不是给我讲故事吗，说到说着，你就说到捏我鼻子的事了。妹妹说，姐姐呀，你讲故事的水平实在不敢恭维，要不然，我怎么只记得你捏我鼻子呢。

我怎么会说这个，这回轮到我喃喃自语了，我这不是找抽吗。你不记得吗。我不记得了，一点也不记得了，我死劲地摇着头，摇得花枝乱颤，六岁前的事我一点也记不得了。我们，我和小清，姐妹两个同时抬起纤纤素手，直指对方，笑得前仰后合。

9

我只记得六岁，就是小清四岁时离开我的。母亲说，小洗也该进幼儿园了。大人们虽然不怎么管我，念书的事还是在意的。那阵子家里很怪。父亲母亲蚂蚁一样，隔三岔五地往外搬东西。每趟搬走一些东西，爷爷就会叹气，奶奶则靠在门边，或者把小清揽在怀里。妈妈则兴高采烈，只有我瞪大恐惧的眼睛，坐立不安地咬着手指或者衣角。我预感到家里要发生什么事了。等搬完家里的东西，妈妈他们肯定也要搬走了。还可以肯定的是，他们都会走，光留下我。也许张小清出世的那一刻，妈妈就盘算妥了。

那是个星期天，阳光灿烂，把院子里、屋子里照得亮堂堂的，

韭 菜 街

我的心却无比灰暗。吃过早饭，妈妈喜气洋洋地抱起小清，目光在房间里、厨房里窗台上扫了又扫，看看有没有什么落下的东西，就是没有扫到我，好像我连个东西都算不上。我就站在她的身后，她走到哪儿，我就跟到哪儿。院门外，一辆小面包车静静地停靠着。忽然一声喇叭，妈妈头也不回地向小面包车走去，我赶紧追上，扯住妈妈的裤腿。妈，我也要去，我怯怯而无望地哀求道。妈妈脚步不停，边走边说，小洗，小洗大了，留下来陪爷爷奶奶吧。我要妈妈。妈妈说，我会来看你们的。我扯着妈妈，也被妈妈的脚步牵扯得东倒西歪。妈妈弓着腰，抬步进了面包车，飞快地拉实了车门。

小车启动了，在石板街头摇摇晃晃。我泪眼汪汪，只瞅见后窗玻璃上，贴着小清葵花般的小脸蛋。我七岁都没过，他们就搬走了。他们不要我了。车子越走越远，远远地到了街角，便拐过去。我裂帛般地大叫一声，冲过去。赶到街口，面包车早就不见了，只留下日影恍惚和屋檐上瘦弱的瓦楞草随风摆动。不死心，也没有人喊我回家，我只能一往无前地追赶着。我跑过东大街，又跑过中大街，就到了草坝口，又跑过西大街，很快成了个鼻孔乌黑的灰女孩。不敢再往前了，再往前我就要迷路了。这一天，是我的末日，也是我一生中最长的一天。我伸出手指，掠过墙上灰暗的青砖，开始往回走。我走得很慢，走几步就停下来，走几步就停下来，好像回家就是在走向深渊。我多么希望听到一声亲切，哪怕是愤怒的呼喊呀。小街上每时每刻都有呼喊，呼喊是小街最通俗的音乐，也是小街上让人听得发腻的声音。现在的我却如此渴望。呼喊倒是有，此起彼伏，却不是喊的我，被喊的孩子惊惶地丢下同伴，丢下玩了一半的跳房子游戏，便匆匆地，或者不情不愿地往家走去。我也回到家，已是掌灯时分了。爷爷奶奶正在吃晚饭。我像个流浪的孩子，悲伤地立在他们面前。奶奶瞅也没瞅我，扒了一口饭说，我看她不把这个家搅散了是不称心的。爷爷喝了她一句，就你话多。屋子里安静下来，只听见碗筷的碰撞，压抑得可怕。爷爷打了个饱嗝，说，小洗，去洗洗手，来吃饭。我洗了脸，洗了手，便躲进我的房里。

10

这压抑一直伴随我，度过了长长的童年。十年后，我们举家迁往省城。父亲的小厂子滚雪球般地越搞越大，又开了两个分厂，还准备向房地产进军，厂子也组建成集团公司。其实，父亲完全可以把总部设在县城里，可父亲说，占领市场，就得占领制高点，眼光要高要长要远一些。家里人心里都清楚，父亲在省城可能是有了别的女人，但大家都没有挑明。因为我也惹出了事，不搬走还真的不行哩。

我一直和爷爷奶奶住在一起，一住住到十七岁。其间，奶奶在我十三岁的时候去世了。我和爷爷一起又过了四年。上学前，放学后，我会把饭菜做好，盛放到桌上，督促他吃下去。离家前，我总是要再三叮嘱爷爷，不要走远，小心家里的水、电、煤气等。我的心里很压抑，但我总是笑着面对爷爷。我觉得这不关爷爷的事，要怪就怪妈妈。也不能完全怪妈妈，也许妈妈早就想到有这么一天，两个老人会没人料理了。那我就为妈妈做点事吧，我想，我为妈妈做理当她做的一切吧。转念一想，我是为我自己做的，是我在服侍爷爷，妈妈可什么也没有做。我做的这一切怎么能够替代妈妈呢。也许，奶奶的去世，就因了妈妈的不管不问吧。难道说，这一切都

韭菜街

是妈妈的报复!

妈妈难得露一面,父亲倒是经常回来看看。父亲回来的时候,总是带着小清。小清总是噘着嘴,一副娇娇女的样子。不过,小清和我还是非常亲热的。一见了我,小清就张开怀抱,翠鸟一样扑过来,紧紧地把我搂在怀里,好像她才是那个做姐姐的。她还在我的脸颊上啄那么一下,柔柔的。小清还是那个样子,每次啄我的时候,总在我的脸上留下丝丝缕缕的口水。这一点小清始终没变,这让我非常感动,又非常担心。我说,张小清呵,你多大了,怎么还这个样子,你将来怎么嫁人呵。说着话,我指指脸上湿乎乎的口水。小清赖皮地叫道,嘿嘿,嫁不掉拉倒,嫁不掉就不嫁。小清说,姐,小清再怎么嫁不掉,你也不会嫌弃我的对吧。反正每次回来,小清总有说不完的话。小清就像一只画眉,让家里充满喜庆喧闹。她在我的耳边,一会窃窃私语,一会大声歌唱,一会儿扑哧一笑,弄得我浑身痒痒的。每当咱们俩会意一笑时,爷爷也会抬起头来,嗬嗬地笑。虽然他不晓得我们在说什么,但我们开心,他也跟着开心了。小清会拥着我一起择菜做饭,饭后又拉着我收拾碗碟。她还给我带来一桶桶的膨化食品,我们一边看电视,一边看谁吃得多。我很丰满,小清很骨感。小清羡慕我的性感,我感叹妹妹的优雅。我们的话似乎永远说不完。每次都要父亲催好几次,小清才依依不舍地离去。

要是母亲回来,家里的情况就不一样了。母亲满身寒霜,连带着家里的气温也一下子跨到了冬天。这个时候,就是老爷子也不敢多说一句。母亲越来越会打扮了,反正父亲有的是钱,至少表面上看来有钱。母亲似乎想把自己打扮成一个贵妇人、阔太太,穿金戴银,浑身珠光宝气,可家里还是因为她的到来阴冷无比。尽管已经是个贵妇人了,母亲还是不满意。不满意,对一切都不满意,动不动就发火。父亲要是争辩几句,她更加来劲了。她就巴不得父亲争辩呢。她精力十足,有的是时间,不像父亲,父亲想的事情太多,又有些心虚,所以说不上几句就败下阵来,逃之夭夭。母亲还是不依不饶叉着腰,跳着脚指着他的背影道,哼,你以为你有几个臭钱,就了不得啦,你忘了你当初怎么许诺我的吗?要不是我,要不是我有旺夫命,你哪能混成这样。没得我,你西北风都没得喝。母亲一边说,一边在客厅里转着圈圈,趾高气扬,像个得胜的女将军。此时此刻,我和妹妹早就躲到房间说起悄悄话了,我支着左耳听母亲在外面演讲,耷着右耳听妹妹靠着肩头说她的学校生活,说班上哪个小男生对她有意思了。耳朵一时忙不过来,我都不太清楚哪些话是母亲说的,哪些话是妹妹说的,好在我只需要听,不必回答,听着听着,我就迷糊了,我的身体从头到脚穿过一声长长的叹息:爷爷呢,这个时候,爷爷应该坐在马桶上吧。

11

父亲母亲和妹妹住的房子,我也去过。不多,去过两三次。都是父亲派车来接的。碰到节假日,或者家里来了客人,父亲就派车来接我去吃顿饭。要是小清作业完成了,就会亲自来接。去过的有限几次,都是拗不过妹妹才去的。我不是不想去,而是觉得没脸去。也不是我没脸,而是觉得他们没脸请我去。他们要是还在乎我,干吗不让我去一起住呢。难道是因为爷爷!那也可以把爷爷接过去呀,省得大家跑来跑去的。我实在是弄不清父母亲的想法。我晓得父亲还是在意我的,母亲到底在不在意,就没数了。去过几次以后，就不想去了。一点也不想去了。我觉得坐在那里，也成了客人。他们越是对我亲热，越是往我碗里堆菜，越是觉得自己就是个客人，当然，不可能是贵客，最多算个乡下来的穷亲戚。他们对待我的样子，实在像街坊邻居们招待乡下穷亲戚的样子。

不去，不等于不想他们，特别是想念妹妹小清。张小清比我小，但只比我低一届，成绩也比我好。我不想去打扰妹妹，去了正好落得母亲说。母亲总是觉得自己有先见之明，小清成绩好，全部归功于她。我为妹妹的优秀骄傲，又免不了想，要是换了我，换了我住在那幢房子里，成绩是不是能够上去一些呢。我没有把握。很多时候，想着想着，我会放下书本，趴到桌上睡了一会儿，我又迷迷糊糊地站起来，听听爷爷的鼾声，带上门，不由自主就出去了。

12

抄近路，横穿两条街，我发现妹妹的家并不遥远。我习惯于称父亲母亲的房子为妹妹的家。我站在爬满蔷薇的围墙外面，掩在梧桐的阴影里，看房子里的灯光，听厨房里的水响。我想听听妹妹的声音。房子里面很寂静，寂静得只有水的滴答声。偶尔会传来母亲的嘟囔，也不知道她在唠叨个啥，只感到那话音的阴冷尖刻。母亲的话语也不是很多，妹妹的声音更少了。偶尔听到两次，也只是妹妹的娇笑。妹妹说什么话，哪怕是反驳你，指责你，也是笑着说出口的，让你听着舒服。也许，这就是我喜欢妹妹的原因吧。至于父亲，我从来没有听到他吱声过。好像他从没住过这房子，连他的气息也感受不到，好像他从没存在过。夜风袭人，树下的我缩着肩膀，跺着脚。我要听到小清的声音才肯离开。我不想白跑一趟。也许小清如我一样,也趴在桌上打瞌睡吧。也许小清去卫生间了。直到小清房间的灯灭了,我才心满意足地往回走。我总是走来时的路,尽管我已经长大,县城的大小街道、弄堂胡同我走过无数次。我平常打发时间的唯一办法就是在街上游荡,但我还是习惯走我选定的路。下一次,我可能走另外一条路。街上的人差不多都认识我,晓得我是个爱走路的女孩。他们和我打趣,我也不理。我只顾走自己的路,好像走路是我最感兴趣的游戏。我的手一刻也不闲,不是在墙上划拉,就是摁一下路边的自行车铃铛。有时候,我是那么兴高采烈,有时候我又显得垂头丧气。有一个晚上,我一口气扎破了二十多个车胎,扎到最后一个时,我已经筋疲力尽、泪流满面了。

又一个回家的晚上,我走到草坝口时,一辆摩托,停在十字路口的正中央。车旁,站着一个戴头盔的高大男人,仿佛古代的武士。我非但没有惊慌,反而欣喜若狂。我已经好久好久没有见到这个男人了。这个男人就像来自火星,也是我的福星。那天放学,大雨倾盆而下,世界没有尽头,雨也没有停的意思,就是这个骑摩托的戴头盔男人送我回家的。他站在雨中,向我招手。我迟疑地走到他身边,以为他要问路,或者向我打听别的孩子。戴头盔的男人拍拍摩托车的后座。风卷着雨水刮过来,刮得男人身上的雨衣哗啦啦地响。见我还在犹豫,戴头盔的男人不由分说,弯腰把我抱到车上。男人撩腿骑上摩托,又下来了。他脱下雨衣,穿到我的身上,理好,又一个一个地扣上纽扣。那个时候,我在哭。我好久没有哭过了。但是谁也不知道我在哭,男人也不知道。我满脸淌着雨水。他粗大的手指滑过我的身体,我战栗得几乎想尖叫一下,却咬牙忍住了。我觉得自己再次被裹进了襁褓之中,连头带脸都埋在巨大的雨衣里。风声，雨声，摩托的低吼和颠簸，我浑然不觉，因为我身在温暖的世界。送我到弄堂口，男人没有下车。我赶紧跳下来。我非常害怕戴头盔的男人再次碰到我的身体。我也不是害怕他的触碰，我是害怕自己的尖叫。我怕吓坏了男人。我不记得我的身体多久没有被拥抱过，抚摸过，触碰过了。除了我的妹妹张小清，没有人搂过我。张小清的搂抱很亲切，很舒服，却没有如此刺激。我是如此渴望，渴望得喉咙发痒。但我更害怕男人碰我之后，我会叫出来，或者呜咽出来。没有等我站稳当，男人双手一攥，脚踩油门，摩托车就像受惊的老虎，吼叫一声，再次冲进黑暗的雨幕。

　　那好像是一年前的事了吧。我都没有看见他的脸，甚至他的眼睛，眼神也没有感觉得到。他是个戴头盔的男人，就像我是个爱走路的女孩。我还存着他的雨衣呢。只要晴转多云，或者多云转阴，我就把雨衣叠进书包。我想我总还会碰到他的。我要谢谢他，把雨衣还给人家。现在，我欢天喜地向他奔去时，尚在遗憾，雨衣没带呢。不过不要紧，他送我到家时，我会还给他的。想必他无法拒绝，我可以请他喝杯热茶，这样，我就可以看到他的面孔了。我很想知道，他到底是个怎样的男人。他像父亲那样吗？我一直认为父亲是个好父亲，这个戴头盔的男人一点不比父亲差。现在，我朝他奔过去，蹦跳着。他已经骑坐在车上，双手握把，目光向前。我跨坐上去，努了努屁股。车已启动，我一个俯冲，扑到他身上，抓紧他的衣摆。他穿的是一件夹克。看不清什么布料，很粗，很厚，我像是抓着一对沉重的翅膀。我很想把手伸进夹克，因为羞怯，还是忍住了，只把脸贴紧他的后背，一股汗渍味便游到我的呼吸里。我很喜欢闻，又怕他发觉，远离了一点，车子一颠，我又贴上去。不过这次我注定又要失望了。还没到弄堂口，他就停车了。那时我还沉浸在飞翔的感受中呢。摩托车猛地一顿，令我更紧密地贴住他。马达低吟，像条引而不发的大狼狗。他在等我下车。我想告诉他，去家里拿雨衣。但是我说不出口，就这么一愣神的工夫，我下了车，他也扬长而去。我委屈地跺跺脚，泪水再次涌上来，模糊了我的双眼。

13

有很长一段时间，戴头盔的男人闪现在我的脑海里。召之即来，挥之不去。只可惜看不到他的脸，感受不到他的眼神。这样想的时候久了，只剩下一只硕大的头盔悬在半空中，跳来跳去的。想得久了，我就怀疑有没有这样一个男人，这个男人有没有送过我，但那只硕大的头盔还是不断地出现在我的梦境里。

收到第一张纸条时，我十六岁，念初二。纸条是楼上教室里的男生给的，比我高一级。先是惊讶，后是兴奋，再后来我喜极而泣。我穿着很随便，很少打扮自己。成绩、容貌、性格，我都觉得没有值得骄傲的本钱。我不认为自己有多性感，性感和我这个年龄不符。我只是胖了点罢了。我就是个稍稍发胖的灰姑娘，竟然有男生盯上了，高兴一下下还是可以的，但我绝对不可以接受。没有道理接受，我也不了解那个男生。就是同班的男生女生，我都不了解。我每天的时间、路线就是上学、回家，面对着日渐衰朽的爷爷，还有脑海里的大头盔。我没有心思去想别的。

14

那个男生倒是很认真的样子。经常在我教室外的走廊里晃荡，有时还跨进我的教室里，和班上的男生招呼，和女生谈笑，就是不和我说话。他的目光总是有意无意地在我身上兜一圈，再回到别的地方。他的目光就像一把掸尘的鸡毛掸子，这让我不知所措，甚至有点害怕。他如果直截了当，向我示爱，我就可以当面锣对面鼓地拒绝了。人家啥也不讲，我有什么办法呢。我没有权利撵人家。人家来我的班上，好像和我有一点关系，又好像啥关系也没有，我能表示个啥呢。我从来就不是个惹事的女孩，何况现在。但愿他只是心血来潮，或者递错了对象吧，也可能就是他的一次恶作剧。说不定他已经忘了递纸条的事了呢。我有些期待，又有些失落。一想到他的目光像温柔的手滑过我的周身，我就说不出的难受。

周末的早晨，我拉开窗帘，忽见人影一闪，我一阵揪心。等我跑出门去，却什么也没有看到。午饭后睡了一觉，我伸着懒腰起了床，喝了一杯水后，听到院子外面传来一阵口哨。窗帘飘荡，我看到了那个男生的头发了。对，是头发，那个男生留很长的发，比我的头发还要长。他的脸很白，脸上有光影的流动。他在笑，他的笑坏坏的。我有些恼，又有些欢喜。为什么会这样，为什么我还会欢喜呢。确认了他对我的确有那个意思，我赶紧缩回了房间，关门闭窗，拉紧了窗帘。口哨声又响了，不成章法，却坚持，就像树上的蝉鸣，让人心焦。我就在这漫长的口哨声中睡着了，醒来已是晌午。做了饭服侍爷爷吃完后，我在饭桌边发出长长的叹息。我怎么能够老是叹息呢。噘着嘴，我吹了吹，吹出的是"嘘嘘"的调调儿，脸又红了，逃跑般地趴到床上，好像那个男生站在窗前看着呢。

一周很快就过去了，班上组织去爬山，响应者甚少。问到我，我说去。团支书可能是大喜过望，再三问道，张小洗，你确定去吗。我说，去，为什么不去呀。周日，我早早地就骑着自行车出了门。等了个把小时，同学们才陆续到齐。一共六个人，不多也不少，四女二男，正好都有伴。山在郊外，不远，也不高，路却不好骑，好在大家没有目标，只是散散心透透气的，说说笑笑，骑到哪是哪。其间有一对小恋人，打情骂俏，发嗲卖乖，更是增添了不少趣味。有些事情，放在别人身上觉得好玩，轮到自己就不妙了。爬到山腰，已过中午。找了个树荫，摊开雨布，各人拿出自备的干粮啤酒饮料，开饭了。我带了糖醋小排，昨晚特地做的，直吃得同学们揉着小肚皮大呼小叫。

吃完小歇，那对小小的人儿隐入树丛。我和我的同伴决定早点爬完早点下来。女团支书对着我们喊道，还在此集合。我的同伴是个胖妞，开始两人还能步调一致。胖妞问，小洗呵，你说咱俩，是不是他们的电灯泡呀。我侧耳谛听，女团支书和另一个男生相谈正欢呢。我说，应该不会吧，哪有这么巧。我看八九不离十，胖妞气呼呼地说。我说，就算他们有意思，小胖你上什么火呀。胖妞白了我一眼说，我上火了吗，哼，早知如此，我也该喊上一个的。哦，我应了一声。胖妞见我没有接话，没有追问的意思，似乎真的动气了，一努屁股，赶到我的前面，蹭蹭蹭地往上走，我连忙跟过去。转过一条山道，胖妞又落到我的身后，我坐在上面的石头上等她。胖妞扶着腰，大汗淋漓，挥着肉嘟嘟的手说，不行了不行了，真的不行了,小洗你上吧。你真的不行了吗?你上吧,我等你。那你歇会儿,先下吧。

　　我爬起来,呼了一口气,迈步向前。我决定爬上去,一定要爬上去。我一步不停,爬得很快,好像在和自己的影子较着劲。脱了外套,额头沁满了汗。山上没什么人,除了鸟叫虫鸣。这是我一个人的山。半个小时后,我终于登上了山顶。山风扑面,凉飕飕的,我打了个寒战,把衣服披在身上。举目四顾,满山郁郁葱葱,山下的房子车子,行人马路,就像我小时候的玩具。一根电线伸向对面的山。山顶上有一个锅底状的东西,据说是雷达。山腰有亭子的一角,从茂密的树叶间挣出。休息得差不多了,心情也大好,我踏上下山的路。我是打算从原路返回的,这是我的习惯。原路很宽,可是走着走着,鬼使神差,我跳进草丛,踩上了一条小道。小道在树林里,没有阳光的照射,反正还是那个方向。但是走了一段路之后,我发现不妙了。我走得越快,道路越漫长。树林遮天蔽日,灌木缠前绕后,好像有无数只手拉扯着我,阻碍我通往光明之途。我抿紧了嘴,喉咙里咕噜咕噜的。此时此刻,我不再有方向,只是往前奔。终于,我冲出了树林。天色向暮。路边有一个亭子。我记起来,这就是我来时的路。松了一口气,我一屁股坐到亭子的长椅上,泪又哗啦啦地流出来。

15

　　哭完了,擦干净了,猛一抬头,对面的长椅上坐着一个男生,正朝我坏坏地笑着呢。

　　等我回到聚集地,天已傍晚,草地上只有一摊的塑料袋饮料罐，想必他们已经下山。我奔跑起来，奔跑是我的强项。我一边跑，还一边朝后望望，生怕重现刚才的一幕。

"张小洸！"腿一软，我差点一头栽倒。

"小洸，你怎么回事呀？"团支书走到身边，扶起我的手臂，"你一个人行动，多危险呀。"

"谢谢，谢谢，对不起了。"我激动地呜咽着，可没有人注意到。

"你没事吧。"

"我没事，下山时跑错了道。"

"那好吧，我们赶紧走吧，明天还得上课呢。"

16

回到家，冲到爷爷房里。老爷子已经睡了，嘴角沾满了面包屑。我顾不上填肚子，又冲进了卫生间。脱光了衣服，打开淋浴器，我尽情地冲刷自己，温热与水雾立刻包围了我。闭上眼睛，抚摸着躯体，有灼人的痛。每个骨节都痛，又找不着痛在哪儿。我觉得这个身体不是自己的了，不但和我没关系，我还非常厌恶和痛恨这个身体。是从什么时候起，我有这样的感觉的呢。对了，就是从那个男生进入我的身体开始的。我不想回忆山上的事，又免不了要想。我不知道是痛恨身体，还是痛恨自己。

起身去给爷爷擦了把脸，盖好被子，再次回到床上，双手紧紧捂住胸部，我望着洁白的天花板，有些迷离和惊恐。我看见那个男生站起来，向我走近。我说，你别过来。他坏坏地笑着，没有停留。我说，你再过来，我喊了。你喊吧，他笑着说，喊了你有什么好处吗，你是不是想让所有的人都知道呀。我说，我真喊了。他说，喊吧喊吧，就怕没人听见。我说，我们还是学生呢。我说，我认得你，除非你杀了我。对于我的苦口婆心，那个男生充耳不闻，他边走边脱身上的衣服。到我跟前时，他已经光着上身，在解裤子拉链了。他把一只手放在我的头上，揉了揉。我触电般的浑身震颤。此刻他已经光着下身，手从我的头上移到脸上，一路下滑，开始捏我的胸，另一只手则开始撕扯我的衣服。我手忙脚乱地推开他，我气咻咻地说道，我自己会解。

想到刚刚过去的那一幕，我就有些恨自己，我怎么会那么无耻，至少应该闭上眼睛挣扎一下嘛。可我当时是那样决绝，几乎有些迫不及待。我三下五除二就把自己扒了个精光。都是你们逼的，我一边扒一边自语。"你们"是谁呢？我不晓得。我裸着身子弓着腰，倒是把那个男生吓了一跳。抹了一把脸，我挪开蓬乱的发丝，仰着头，挑衅地盯着那个男生。我是个胆小的姑娘，从没想过自己有一天会如此决绝、勇敢。我浑身滚烫，迫切地需要对面那个貌似丑陋而狰狞的身体。我不想再煎熬自己了。当他再一次试探性地触摸我初具规模的乳房时，我竟然一把扯过他的手，把他搂进怀里，生怕他溜掉一般。顿时，我们肌肤相贴，密不可分，我张大嘴巴，山谷里立即响起我那嘶喊的回声。

17

新的一周开始了。听课、做作业、背诗词、做早操，天天一个样，仿佛什么都没发生。那个男生再没出现，我松了口气。我害怕他的出现。我不晓得一旦他出现在窗外，会带着什么样的坏笑，而我又会露出什么样的表情。我不仅怕他出现，而且恐惧他的出现。一个星期就这样过去了，平安无事，我却更恨他了。他留给我的疼痛，我与他肌肤相贴时的战栗和嘶喊都历历在目，而他却置身事外了。他竟然那么胆小，露个头也不敢了。现在，他倒是出现在我的梦中，裸着单薄的身子，一脸坏笑，这让我羞恼万分。我看得见，却够不着他。在他光裸的身体旁边，还悬浮着一个硕大的头盔。我恨恨地捂着眼睛，溜出指缝。我渴望那只头盔套到他的头上，便勾勾手指。硕大的头盔跳动起来，仍然悬浮在他的身边，就是不往他头上套。我指挥不了他们。我心里那个堵，又无处诉说。我没有亲密的同伴，就是有我也不会说的，更不会和妹妹小清说了。爬山之后，我就再没和小清照过面。小清打过一次电话给我，匆匆说了两句便挂了，我的脸却红得发烫。相比那个男生，我更怕见到小清。我很害怕小清看到我，摸到我的心思。妹妹可是个鬼灵精呢。

　　放学了，我赖在教室里做作业。我不想和同学们一块走。埋着头，抿着嘴，作业做得很认真，心里却乱成一锅粥。待我收拾书包，走出学校，看见胖妞站在校门口东张西望呢。我想着从旁边溜过去，胖妞身后像长了眼睛，一把逮住我：张小洗，我等你半天了。没办法，我只得被她搂着一起走。张小洗，你知道吗，你家张小清恋爱了。张小清恋爱，不是什么稀奇的事，张小清不谈恋爱才稀奇呢。张小清每次恋爱了都要告诉我的。每次谈恋爱，张小清总是带着戏谑的满不在乎的语气，给我讲述那些个小男生，被她迷得团团转的细节。根据张小清的说法，家里是知道她的情况的，可是毫无办法，因为张小清的成绩并没有受到早恋的影响，还是那么优秀。也没见哪个小男生闹到家里来。张小清不是个吃亏的主。张小清每次一口气说完，便拍着小小的胸脯说，姐姐，你不要担心我，我能摆平的。多年以后，我还能想起她拍着胸脯的可爱形状。多年以后，我才知道，张小清的那种可爱便是"小萝莉"的可爱。奇怪的是，这一次张小清并没有告诉我。难道这回她当真了吗，她才多大呀。也不晓得这一回，又有哪个小男生要遭殃了。

你怎么听了没反应呀。我自顾自地往前走，我能怎么样呀，你要我支持她，还是反对她？我支持、反对都是没有用的呀。胖妞急了，你是真不知道还是装糊涂呀，那个男生可是号称校园杀手的。我还是往前跑，我不管，也管不了。我了解我的妹妹，那可是整起人来不偿命的主。哼，真没见过你这样做姐姐的，胖妞说，你是不晓得，那个家伙讨厌死了，竟然打起我的主意，老娘我直接踹了他一裤裆。说完，胖妞得意地扬扬肉嘟嘟的粉拳。跑得飞快的我突然定住，陡地转身，上上下下打量着胖妞，露出吃惊的表情。怎么了，你不信？不是，我信，我信，我痴痴地说，可这样的男生怎么配得上我们家小清呢，不行，我毅然决然道，绝对不行，我得找找小清。我一回头，脚下生风，跑得更快了。你你你，你怎么说话呢你，张小洗，你给我说清楚，你别跑，张小洗，我跟你没完！

没等我去找，小清倒是找过来了。课间操我没上，来"客人"了。客人，是我和张小清来潮时的特别称呼，是我们俩的秘密。刚在厕所里蹲下，张小清就推开隔挡的门，挤进来了。你进来做什么？我有些恼火。尽管我们姐妹俩啥都交流，我还是不喜欢这个时候暴露，好像是在光天化日下。张小清嘟着嘴，来"客人"了呗。张小清说完，还眨眨眼睛。我们的客人总是前后脚，不是她先，就是我先，却没有同时过，怎么可能我来她也来了呢。你不信，不信你瞧瞧。去去去，我说，说吧，有什么好事儿吧。我能有什么好事儿呀。是不是又泡了个小男生。这你也知道呀。听说还是个杀手。

嗯，这个杀手不太冷，很有型的，什么时候带给你看看。我不看，我说，小清，你不会是当真了吧。玩玩呗，我可没想那么多。你可别玩火，不是什么人都能玩的。嗨，你怎么越说越像妈，你这么一说，我还真的要玩玩，姐，我喜欢挑战，你懂的。挑你个头。我收拾停当，便摔了门，把她关在里面。

张小清并没有把我的话当回事，我也没指望她会听我的话。那天放晚学，她便把男生带进我和爷爷的老房子。正是我最忙碌的时候。到家后，我总是先给爷爷洗脸、洗手、洗脚，料理停当后，才去做饭炒菜。如果先做饭炒菜，有可能饭吃到一半，爷爷就睡着了。在吃饭之前，爷爷总是能够保持着奇特的清醒。吃了饭，不管吃了多少，他的睡意来了，我就牵着他的手，他乖乖地跟在我的后面，随我摆弄，几乎不要费多少力气。但是如果在饭后，给他洗脚、洗脸的话，那麻烦就大了。他的身体变得死沉死沉，怎么拉都拉不动了。我吃过这样的亏，而且不止一次。吃了亏，还我行我素，那就是我的错，不能再怪爷爷了。

那天傍晚，把爷爷料理停当后，做了饭，我准备炒菜，发现酱油没了，我就去打酱油，顺便还了上回赊的账。其实我不愁钱的事，爷爷有，父亲也给，但是老街酱园店的独把儿总是说不急不急，要我留着，下回一起算。独把儿只有一条手臂。他虽然就一条手臂，但比街上所有的人都能干。他有一本油腻腻的账本，记着他的客户，我也是其中之一。不过，我赊账很少，赊了账，下一次必定把钱带过去平了。独把儿一边在账本上画掉我的名字，一边说，小洗呵，我不是想做回头客的生意，我是想你和爷爷不容易，不容易呀不容易。说的和想的总是两回事，不过我还是心里一暖，缺个什么，总是来他的酱园店里买。

18

还没进门,就听到小清的笑声。没想到小清还带了人,我加快了脚步。开门的竟然是他。的确是他。他坏坏的笑掩映在长发下面。我想我的表情瞬间一定变得很古怪,很难堪,好像是我不知不觉地,乖乖地进了他的家。我举着酱油瓶护着胸,直挺挺地走了进去。我的笑容也仿佛寒风吹过,立时化成了冰。妈妈的脸比翻书还快,我想我一定是遗传了妈妈。走进厨房,看了看爷爷,倒了他的洗脚水。这当中,张小清笑眯眯的,笑得很媚。小清一直紧跟在我屁股后面。我进了卧房,小清也想进来,被我抵住了。我再一次把小清关在门外,任由小清左敲右捶,大呼小叫,我就是不应。我说我累了,我要睡觉了。

19

睡得早,憋了大半夜,我匆匆奔进卫生间,不敢开灯。我解手一急,就"嘘嘘嘘"地尖利,越听越像流里流气的吹口哨。等我直起身,提上裤子,却愣住了。黑洞洞的小客厅里,沙发上的张小清对着我笑得眨眼睛呢。她的身子只有一截黑影,面如满月,双眼散发出蓝宝石的光。我有些不知所措。我一生气就不知所措。我心虚地盯着她,却在搜索那个男生。要是那个家伙也在一旁,我想我会发疯的。小清,你怎么还在这儿。等你呗。你等我做啥。你都看见了,还装。我都看见啥了。别怕,他已经走了。我怕啥怕,我在我家还怕啥。怎么样，你觉得他。你是不是和他好上了。这不是找你参谋参谋吗。你真想听我说。嗯。那你还是打住吧。怎么了，他怎么了，他欺负你了。瞧你那点出息，你这档次也太低了吧。哼，我怎么听来不是味儿呀。随便你，反正我该说的也说了，你不听，就等着吃苦头吧。哼，我还就不信呢。小清说着，扒拉开我的身体，抢先窜进我的房间，一骨碌蜷进我的被窝里。等我爬上床，她已经半真半假打起呼噜了。

　　大概有个把星期，我没理小清。当然，小清也没理我。她就是想理我，也得有那个空儿呀，何况上次在家里还给她吃了个瘪。看来小清这一次是真的卯上了。你谈恋爱就谈恋爱呗，找哪个谈不是谈，可你怎么偏偏和那个家伙谈呢。我越想越气，这个小清，真是越来越不像话了。不听我的劝也就罢了，做的事还专门往我肉里戳。她这是成心的吧。不对，不对，她怎么可能知道我和那个家伙的事呢。那个家伙也不可能告诉她吧。只有一种可能，他晓得我和小清是姐妹，故意使坏的吧。他想搞一对姐妹花，那才能耐呢。指不定，那个家伙已经在男生中吹嘘过了，他不达目的不罢休，偏偏张小清还蒙在鼓里，张小清春心荡漾着呢。不行，绝对不行，绝不能让那个家伙得逞。张小清要是让他那个了，恐怕到时候哭鼻子的地方都找不着。

　　我是在球场瞄上他的。我已经盯他好几天了。这一回他算是落了单。我想好了，不管怎么说，这件事都得解决，快刀砍乱麻，慧剑斩情丝。情丝是小清的，这个家伙要是有情有义，盯上我之后，怎么又找上小清！就他一个人在打篮球，无精打采的。不过，就算现在无精打采，也掩不住他心里的嘚瑟。你还别说，他长发飘飞，三步上篮的动作还是蛮潇洒飘逸的。球唰地进篮，他又拍着球退到

韭菜街

场边，来了个定点远投。可惜这一次没那么运气，篮球砰地撞在篮筐上，反弹飞向了我。我抬起一脚，把球踢到场外去了。他终于看见了我，也可能他刚才装着没看见。现在他懒洋洋地走过来，朝球的方向走过去。他还是把我当路人了。我不得不堵上去，要不是推他一把，他肯定会撞到我的。他噔噔退后两步，甩甩头，终于看向了我。

我说，看什么看，你不认识我吗。他还是盯着我，好像在等我做解释。你真的不认识我了吗。他甩着两条手臂，往后退着。我说，我警告你呀，你不要再缠小清了。我说，小清是我的妹妹，小清不是你的菜，小清是我们家的骄傲，小清不是你这种人能碰的。他抬手抹了抹长发，一脸的不屑和轻蔑。弯下腰来，他想去捡球。我步步紧逼，我说，你不吭声是吧，你为什么不吭声，你是不想放手吗？你害了我不够，还要害了小清吗。他终于站定，抱着球，对我说，我不认识你，我也不知道你到底要说什么。合着我刚才说的话他全当耳边风了！我说你不认识我吗，你真的不认识我吗。他说，我只认识小清。我说，那我再提醒你一下，小清是我的妹妹，你不能再和她来往了。他说，我没有和她来往，是她和我来往的。这有什么不一样吗。不一样，不一样就是不一样，从头到脚，自始至终，都是小清在追我的。那也不行，反正你不能再碰小清，你明白吗？我不明白，他说，我只晓得，一个女孩子喜欢你，而且还是个漂亮的女孩子喜欢你，你不睬她，你就伤了她。哟，你还有理了。再说了，他继续嘚瑟，一个漂亮的女孩子追你，你不睬她，天底下有这样的傻子吗。我一时语塞，沉默半晌，才迸出一句，你别逼我。他拍了拍球说，我没逼你，是你一直在逼我。我说，我逼你什么了？他说，你逼我和小清断了呀，可要是小清天天缠着我呢。

看来，你是想一条道走到黑了。你又来了，你又要逼我了是吧。我不逼你，我说，我不逼你了，我要毙了你。说完，我从裤袋里掏出了锋利的裁纸刀。

　　那个家伙逃跑了，球也扔了。我很开心。午后的阳光，惨白的脸，锋利的刀片。我没想到他这么不经吓，我也没想到事情并没有完。我更没想到首先找到我的竟然是张小清。张小清气急败坏地责问我，为啥管她的事。我说，我是为你好，你不能这样子的，你是个好学生，好学生怎么能和坏学生搞七搞八的呢。你才是坏学生呢，你就知道搅和。你是家里的希望，你这样下去会耽误学习的。我怎么耽误学习啦，你的成绩有我好吗？不管怎么说，你现在不能谈情说爱，更不能和那个家伙谈。我就谈，我还就喜欢那个家伙呢。这么说，真的是你追他的。就是就是，就是我追他的，不可以吗。你怎么这样，树要皮，人要脸，你这样下去怎么得了。我怎么不要脸了，我怎么不要脸了，你要脸，你的脸上挂着红月亮吗。那个家伙的底细，你晓得吗。你晓得，那你告诉我，他怎么了，他怎么你了，你是不是见我恋爱了，心里头酸呀，你酸你也可以找的呀，你就是找他，我也没意见，公平竞争嘛。我才不会找他呢。哈哈，给我说中了吧，原来你也想找啊。

　　跟着，班主任把我找到办公室，问我是不是动刀子了。我低垂着脑袋，像拉紧的窗帘。确实没什么好说的。班主任怎么问，我都不开口。你不说话是吧，不说你就站在这儿吧。于是我站了两堂课。班主任和学生们进进出出的，谁也不瞅我。其间，班主任会问上一句，想通了吧，想通了就告诉我。我还是一言不发。快放学的时候，班主任接到一个电话，哼哈了两声，把话筒啪地挂上，对我说，走吧，校领导有请。这样，我又被她领到了校长室。校长办公室里站站坐坐地挤满了人。我认识两个,一个是胖子校长,还有一个,就是那个长头发的家伙。一个女人正愤愤不平地对他嚷嚷,骂他没用,竟然让一个丫头片子吓住了。转过头来,对着胖子校长,她又装模作样地抹着眼睛,请求校长大人替她做主,说她儿子一向听话,怎么会发生那样的事哩。总之,她不停地交替着两种腔调,整个办公室都充塞着她的絮叨,仿佛就她一个人在舞台尽情地表演。我一进门,不待校长开口,她就扑上来,又猛地立住,好像终于找到了对手。你就是那个动刀子的丫头吗?他怎么你了你要下此狠手?你还是个学生吗?你们老师就是这样教你的吗?问你话呢!她一口气说完,见我不理她,根本没有回答她的意思,就求救般地望着校长道,这是谁家的丫头呀,一点都不懂礼貌。

20

轻咳两下,胖子校长坐直身子,笑眯眯地朝我招招手。走到桌前,胖子说,别紧张,我是你的校长,有什么话你可以对我说,你是我们的学生,你还担心我害你吗。你这样憋在心里,也不是个事儿呀,万一你憋出病来了,学校怎么对你家里交代呢。我就要生病,病了才好呢。病了有什么好。我已经病了。你得了啥病。他把我那个了。谁,那个啥了。我狠狠地盯着那个长发男生,就是他。他怎么你了。他那个我了。那个是哪个。那个就是那个。是吗,他强奸你了吗?胖子校长严肃表情,看向长发男生和那女人。那个家伙急得摇摇手,我可不认识你呀,你别血口喷人,这样的话也说得出口。怎么了,你敢做不敢当吗。我对你做了什么?你那个我了,你不会这么快就忘了吧,那天下午,在山上。山上,我什么时候去山上的呀。星期天，上上个星期天。星期天我们去无锡的呀，这时是男生和那个女人一齐叫道。胖子说，大家都不要冲动，这事好解决。到校医务室去查查不就清楚了。我尖叫道，我不要去，我不要去。不由分说，政教处的一男一女一左一右便把我架了出去。

父亲到校，把我接回了家。他又气又恨，又惊又喜。喜的是并不像我所说的那样。我还完好如初，根本没有受到过侵犯。气的是，哪有这样的女孩子，硬是把屎盆子往自己头上扣的。面对校长的疑惑和那对母子的冷嘲热讽，父亲臊得老脸通红。临走时，胖子校长拉住父亲，指指他自个儿的脑袋。那意思，父亲自然明白。给校长添麻烦了，说完，父亲又对众人打躬作揖，这才牵着我的手，逃出了学校。他终于拉着我的手了，我很开心。我乖乖地跟着父亲，任由他牵着我的手。尽管惹了大祸，我一点也不害怕。好像我所做的一切，就是为了父亲能够把我拉回家。父亲不说话，我也不说话。到家后，母亲也在。我以为母亲会训斥我的，也做好了挨训的准备，哪怕揍我一顿，我也认了。谁知母亲也没有怪我，母亲修剪着脚趾头，朝我招招手，我怯怯地靠过去。母亲放下指甲剪，揽住我的肩头说，没事的，没事的，才多大的事儿呀，对付男人呀，就得咔擦咔擦，母亲用力地做了个咔擦的动作。有些小感动，但我表面上没有动静。我不明白，母亲为什么要支持我。去睡吧，父亲终于开了口，明天也不要去上学了。咋的，母亲说，小洗又没错，为什么不去上学。父亲说，小洗、小清你们听着，都不要去学校了，转学的事我来办。你要做啥，转学能转到哪儿，你到底要做啥，母亲站在沙发上问。父亲仰脸说道，我决定了，我们是该去省城了。

韭菜街

21

这个晚上,我和小清睡在一起。睡在她的房间里。这是我头一次在"小清的家里"过夜。可我并没有因此而兴奋。我在想念爷爷,不知道他现在怎么样了。我也在想这次发生的事。虽说事情已经过去了,我的身体完好无损,可我自己也整不明白了。那天山上的情景我记得清清楚楚,那个家伙就是化成灰我也认得,我也记得我的身体里爆炸的情形,我怎么又完好无损的呢。难道说我炮制这一事件,仅仅是为了让他们重视我,重新回到这个家!显然,这肯定不是我要的结果。我还没有无聊到用这样一个手段,来达到目的,何况这也是我的想象力到达不了的地方。一切都发生过,又了无痕迹。这就如同你在树上划过一个大写的字母,过几天树就自我痊愈了。至少也是强奸未遂吧,我只能这么解释了,但是别人不相信呀。就像现在,小清穿着睡衣,撑在床上,眯着眼,笑嘻嘻地盯着我一样。我知道她要说什么,我说小清,你想说就说吧,别憋着,我能承受的。你知道我要说什么吗。那你要说什么。小清给我咽得笑岔了气。小清这丫头,越是笑得欢,越是说明她很在乎。现在你很满意了吧。我满意个啥,我一向就这样呵。这不正是你想要的吗?你谈不成,我也谈不成。小清说,你别以为我不知道,你一直喜欢那小子,只是给我抢了先。你总是这样,一向如此,自己得不到了,别人也别想。难道不是吗,别看你装得可怜兮兮的,你心里头鬼着呢。这下子你满意了吧。小清越说越激动,我就不明白了,你我姐妹,都得不到也就罢了,你为什么还强人所难呢。我说，我不晓得你在说什么，你总不至于说我想强奸他吧。这不明摆着的吗，你硬是编了那样一个俗套的故事。啥故事，我什么时候编故事了。你自己清楚，你这样的故事太蹩脚了，你编什么不好，还山上山下的，搞到现在连我都跟着你现眼丢人哩。我正要反驳，小清手指头往嘴边一横，传来轻轻的敲门声。她兔子一样跳下去，打开了门。母亲站在门外呢。小清昂着脑袋走出去，顺手带上了门。母亲问，在干吗？小清说没干吗。我怎么听见你们在吵架。没有没有，小清说，我们这不是好久没在一起了嘛。母亲哦了一声，随即她们的声音越来越低，嘀咕嘀咕的。只听见小清一个劲儿地嗯嗯答应，待她再进来，爬上床，一把搂住了我，说，姐，我们睡觉吧，明天还要搬家呢。我脑子有些转不过来，想问她怎么转性了，小清已经闭上眼睛，轻柔地拍着我的胸脯，小嘴儿里还唔唔唔的，好像在给我催眠一般。

父亲这一次算是雷厉风行，第三天就搞定一切了。比较麻烦的是老爷子，怎么劝说，他都不肯离开小县城。别看他平时痴痴呆呆，这当口倒是一清二楚。他像一只老龄的猫头鹰，睁圆眼睛，时时刻刻警惕着我们，生怕把他捆走。好不容易劝开了，他叽叽叽叽含了一嘴的食物，唔唔唔地点点头，临到上车时，他又反悔了。他说他都这么大把年纪了，还去别的地方干吗，他死也要死在小城里。我要是死了，他说，老婆子也有个照应。本来说好，他和母亲坐父亲的小车，我和小清坐长途中巴。他不去，母亲就过来，让小清坐小车，说要和我坐长途。小清自然不依，她说小车就让给你们俩口子亲热了，说完还直朝母亲使眼色。看样子小清在想方设法缓和父母亲的关系，但我总觉得她另有所图。自从那件事之后，家里就变天了。所有的人对我都很关心，关心也就罢了，他们还很小心。他们小心、关心、细心、耐心的热情让我有些吃不消。难道他们在弥补以前对我的漠视吗。我看不见得。父亲的关心中时有忧色，母亲则热情过了头。小清依然对我很好，又总是在刻意隐瞒着什么。隐瞒什么呢，隐瞒她对我的不满吗。我曾经对小清说过，小清，你怎么批我都行，事情已经发生了，你要打要骂，我绝对认了。小清一愣，随后说，姐你想哪去了，我怎么会怪你呢，不就是一个小男生嘛，可惜便宜他了，要不是老爸坚持要搬走，看我怎么收拾他。说归说，关心归关心，我觉得他们没人相信我的话。没有一个人相信山上的事情，而我也无法辩解。只有一种可能，他们觉得我的脑子真的出问题了。

到了省城，父亲把我们接到小车上，一家人住进快捷酒店。父亲和母亲办理手续时，我和小清坐在二楼楼道口的椅子上，看着行李。一间大会议室的门半开着，里面坐满了人，稀里哗啦地翻着一沓沓的资料。我好奇地站到门外。一个教授模样的中年男人站在主位慷慨陈词神采飞扬，其他人仰着瓜脸如众星捧月。突然，所有的人都拍起手，口中念念有词。听不见他们在说什么，只是整齐划一，似乎中魔。小清揽着我的肩膀说走吧，这有什么好看的，在搞传销呗。传销？你怎么晓得的。我怎么不晓得，你晓得的我晓得，你不晓得的我也晓得。他们这是在鼓劲，是战前动员，晓得吧。小清那个满不在乎相，好像她在省城已住了多年，见怪不怪了。小清一到省城就自来熟，这让我很是沮丧。

在酒店，我们只住了一个星期，就搬到一个大别墅里。房后是山，院前是湖，绿草如茵，花朵间扑着蝴蝶，天空中钉着红蜻蜓。我没想到父亲这么有钱，在小县城里，他连个土财主都不像，来省城他倒是泡开了。小清呢，就像一滴水进了大海，整天不见踪影。

就算在家，也是抱着电话机。我想和她说句话，她跷着二郎腿直摆手。好不容易等她放下话筒，笑眯眯地看着我时，我又不知说什么好了。这时候，小清就盈盈起身，搂着我柔柔地说，想好了再说，我有问必答，随时恭候哦。我嗯了一声，看着她匆匆而去，待她消失，才回味过来：她这是安慰人的么，难道到了省城，我话都说不周全了！

事实的确如此。相比小清，我难得出门。我整天窝在家里，躺在草坪上。我怕迷路，怕噪声，怕一旦出去，再回家时，别墅就会不见了。我胆小，胆小如鼠。不，老鼠还敢招摇过市呢，我就不行。躺在草坪上，我盯着蜻蜓之上的云朵，想起小城的生活，想起那个戴头盔的男人，还有那个长发男生。那个家伙一定又开始了新一轮的寻花问柳吧，这一点，他倒是和招蜂惹蝶的小清有一比的。我还想起了爷爷，对了，爷爷不知怎样了。过去总是我照应他的起居，老了老了，反而孤身一人了。想着想着，我越发不安。

22

我再没回过小县城，再也没见到过爷爷。每次我提出想看看老爷子，他们都相互推脱。母亲说，已经给他找了保姆，不必担心。父亲说他忙，时间总不凑巧，反正他是会经常回去的。小城里还有他的生意呢。你有这个心就够了，父亲说，我会代你们问爷爷好的。父亲母亲不知道的是，爷爷早就把那个保姆赶走了，他不习惯保姆。他喜欢一个人待着。他坐在椅子上能坐上一整夜一整天喃喃自语。他躺在床上，就不只睡上一整天了。他已经没有了一日三餐的概念。他就那样睡过去了，过了两天，邻居才发现。而我是在爷爷去世一个月后才晓得的，只有父亲母亲回家处理了后事。那些日子，小清很乖，哪里也不去了，整天陪着我。小清什么都依着我。可我似乎和她没什么好说的。我想找父亲问个明白，父亲又不回家了。母亲连面也照不到。问小清，小清也是含糊其辞支支吾吾，继而一拍胸说，不管他们了，我们玩好、吃好、喝好就成。小洗、你不管有啥事，我都能给你搞定。你就是要天上的月亮，我都给你摘下来。也就是父母不在家的日子，张小清把我带到酒吧，一直玩到凌晨才回。

23

那是高二暑期。可能是整天待在家里，小清也憋得难受了。毕竟整天面对着我，不是件好玩的事。何况她和他们还都认定我的脑子出了问题呢。去酒吧？那就去吧。我沉浸在失去爷爷的悲伤里，去哪儿都行。

我也想过，独自一人，爬上大巴车，到小县城去看看爷爷的墓地。回家的路总是最好找的。可是到了小县城之后，我能做什么呢。我找谁带我去墓地呢。县城里倒是有很多亲朋好友，估计他们一见我，就会把我看起来，急忙急火地通知我的父亲母亲。当然，我可以逃脱，逃脱之后，事情也会越闹越大，他们肯定不介意来个全城总动员大搜捕，而且是出于好心。他们会口口相传，说这丫头不知受了啥刺激，唉！我是受了刺激，爷爷的去世对我的打击太大了。早知如此，我干吗要跟着他们走呵。我要是和爷爷待在一起，就什么事儿也没了。但这可能吗，前往省城，可以说有一大半是因为我呀。所以，我哪里也去不了，只能乖乖地跟着小清，走进酒吧。我不知道小清带我去酒吧，是出于自己的需要，还是想缓解我的情绪，抑或是她包藏了祸心！反正从此我就迷上了酒吧。我一有空就去，没空也变着法子抽空去。两天不去酒吧，我的心里就像是压着一块大石头。说起来你不信，像我这样一个高中女生，怎么能去酒吧，还习惯了酒吧呢。我总是一个人去，去了并不喝酒，我只喝饮料，再要一份甜点。我的嘴上总是含着一根吸管。我不怕骚扰，因为没人敢骚扰我。曾经有个男人试探性地靠近我。还没有待他开口，我轻轻松松就把他打发走了。我已经不记得我说过什么了，总之是糊里糊涂的，让人感到很二的那种话。现在，酒吧的人都知道我脑子糊涂了。他们都叫我二姐。要是有人靠近，不用我出手，酒吧的伙计就会把他扯开。看来，脑子有问题，有时候也不尽是坏事。那么，就这样吧，在酒吧里，我就应该以一个脑子出了问题的女人出现。至少这可以保护我，还可以肆意观看别人的言行，我怎么着都没事，我放浪，我作淑女状，人家都不会理我。我这个二姐的名分是铁定了。

  小清只带我去了一次。不是我不想和小清一起去，是小清没有机会带我去了。暑期一结束，小清就去了英国读书。母亲说了，既然管不住你的脚，那就干脆把你送远一点，眼不见，心不烦。其实我心里清楚，母亲越是对小清严厉，越是说明对她好。小清去英国读的是名校。小清倒是不依，哭着求着说，等她把高中念完再去也不迟的呀。可是由不得她，向来好说话的父亲，这一回也站到母亲一边去了。父亲觉得，母亲的决策无比英明。妇唱夫唱的威力出来了。不过，看着他们拧成一股绳，我还是替他们高兴。小清不明就里，还以为是发配了她呢。小清说，姐呀，这回你得意了吧。你不是总认为他们偏心么，要真是偏心，他们怎么把你留在家里，把我赶走了呢。我只好说，我也想去呵，他们能让我去么，再说我也不是读书的那块料呀。小清噗的一笑，露出灿烂的牙，又盯着我瞅，像是要瞅出话语中的真假。盯了半响，小清摸着我的脸，叹息了一声道，唉，要是咱姐妹俩一块去多好呵。算了，算了，不提这个了，我不在家，照顾他们的担子就落在你身上了。算了，你也不用照顾他们吧，你把你自己照顾好就行了。说完，小清又叹息了一声，好像我把叹息传染给了她。小清的叹息非常稚嫩，在我听来还是非常沉重。

24

不出所料，小清出国没多久，父亲就把他的产业做了划分。父亲的厂子全部挂到了小清名下。我只分得了一座煤矿。现在，父亲成了小清的打工仔。煤矿在西南山城，那里有专人负责，父亲只负责收钱。父亲说，小洗，这座矿以后就是你的了，赚的钱也是你的，我替你保管，你什么时候想花钱就找我。你想怎么花就怎么花。你死劲儿地花。父亲又说，小洗，这么着分，你不会对我有意见吧。你有意见也没办法，就这么定了。我说，我听老爸的。父亲说，我也知道这样分不太合理，我也不是不想平分，按理说，你是姐姐，还应该多分些多做些事情，我是怕你顾不过来，说白了，我是怕你守不住。

我一个劲地点着头。是啊，老爸说得不错，要是那些工厂公司都交给我来打理的话，我还活不活了呀。等小清回来，她可要头大了，这样想着，我就担心起小清的未来。分完以后，母亲才晓得这件事。父亲知道，要是让母亲掺和，肯定没完没了。母亲知道后，大发雷霆，父亲一个劲地赔着笑脸。我赶紧躲到房里，生怕战火烧到自己的身上。母亲指着父亲的鼻子说，你知罪吗。父亲说，知罪知罪，罪恶滔天。那你说说看，你犯了哪条罪。共有财产，应该共同商量着来的。你还知道呵。是是是，我先斩后奏了。错，母亲冷笑一声，你以为我就那么小气吗，你一直这样看我的吗。父亲可怜巴巴地说，请夫人明示。你是脑子进水了，还是怎么的！她们还是学生娃，你叫她们怎么管理。我没要她们管理，我给她们看着呢。可她们一下子有了那么多的钱，还不要傻了！哪可能呵，你生的孩子你还不晓得吗，她们都精着呢。父亲说，我主要不是考虑这个，我想的是天有不测风云，说不定哪天我就栽了，也好有个退路。呸呸呸，母亲豹子一样跳起，捂住父亲的嘴，父亲把母亲揽在怀中，我心里却是一紧。

25

父亲能有什么事儿呢。父亲天生就是个商人。就是母亲胡搅蛮缠，也没有影响到他越做越大。等我大二时，父亲已经完全转到地产开发上来了。我的高考成绩很烂，父亲硬是把我送进一所一本名校，说是点招，交个二十万就成。可这样的学校我就是进去了也跟不上趟呀。我说老爸，到哪里上我无所谓，民办也好，大专也行，就是不要让我出丑。再说，那可是二十万，你就给我花吧，给他们学校不是打水漂了吗。父亲说，小洗呵，你是不晓得，这回你可是帮了我的大忙呢。你以为扔了二十万就能进去吗。不是想进就进的。我打点的钱可不只二十万。你是不知道这些的，父亲说，可这几年大学城的建设你总有耳闻吧，为了能分得一块蛋糕，我想方设法，就是不得入其门。这回还多亏了你要入学，我名正言顺求爷拜佛，总算撬开了一丝丝缝儿。父亲又说，借着这次机会，我把能找的人都混熟了，熟人好办事嘛。我跟你说这些，你可别不爱听呵，将来，我的这些产业还不是要交给你们弄。你不懂社会怎么行，不懂社会怎么吃得下饭。不是有小清么，我埋下头嘀咕道。那你也得打起精神来，小清能管你一辈子吗。到时候，小清有一大摊的事儿，你总得把自己搞好吧。不是有个矿给你了吗，你就练练手吧。

26

没有毕业，还没能练练手，父亲就栽了。父亲栽得很奇特，几乎没有任何先兆。那时我在做什么呢。进入大学以后，我的成绩勉强跟得上，也有更多的时间泡吧了。我总是塞着耳机挂着随身听，嘴里衔着黄色吸管，桌上放着一本时尚杂志，摇头摆尾。在酒吧里，我经常碰到打工的学生。他们朝我会心一笑，我也回报一笑。我没有变好，也没有变坏。我只是喜欢这里的环境和气氛。再说，除了酒吧，我也无处可去。我不喝酒，但喜欢闻洋酒的味道。有时候，我会坐到吧台边的高脚椅子上，好奇地欣赏调酒师杂耍般的表演，顺便察看男男女女们醉醺醺的调情和争吵。更多的时候，我窝在沙发里，整晚整晚都不动一步。

直到准备回家了，我才会在这之前去一趟洗手间。我总是要在坐便器上坐很久很久。酒吧的洗手间就是香。我要听到隔间有女人放肆的撒尿声，才有酣畅的尿意，顺顺当当地合上拍子，否则会一直坐在上面。完事后，洗手擦净，照照镜子，我感到自己还是有女人味的。我不涂口红不扑粉，也只能照照镜子了。如果旁边恰巧还有别的女人，透过镜子就会看见我面色潮红而腼腆。这一次，就有一个女人在我旁边看着。我被盯得不好意思，又不舍得离开，便摸摸头发拍拍脸蛋，努力做出一个成熟女人才会做出的动作。倒是边上的女人不耐烦了，一把扯住我说，走吧走吧，照来照去照什么照，男人才是你的镜子。我有些措手不及，这女人大概是喝多了酒，认错人了。肯定是这样的。我不想辩解，也来不及辩解，便由着那女人拖到一个隐蔽的包房。我还不知道酒吧里也有包房哩。包房才是一个新世界，进入包房，就等于打开了潘多拉的盒子。包房的门在我身后弱弱地关上，我的手被那女人牵着，整个身子都在颤抖，抖得轻飘飘的。我几乎想要情不自禁地喊叫一声，因为我看见了一个似曾相识的男人。

27

除了墙角有个酒柜，包房里就一张铺着天鹅绒的长条桌，想必是两张桌子拼起来的。桌上摆放着一盆清新的百合，一盆红红的仙客来。两侧的椅子上坐了不少人。一边是男人，一边是女人。显然，女人多于男人。带我进来的女人从男人那边拖过一把椅子，把我安置在她的身边，仿佛一只护短的老母鸡。这场面看上去像一个相亲会。事实上就是一个相亲会。只要对上眼，就可以一对一地交流了，怎么交流都可以。瞅着他们人人都故作绅士淑女状，我忍不住想笑。他们越是装正经，越是像在做游戏。但我还没有笑出声来，就给对面的男人吸引住了。这是一个三十出头的年轻人，国字脸，板寸头，可气的是他还留着短短的胡髭，短得像是粘贴的假胡髭。

要知道，这个年代已经没有什么人留胡须了，连我父亲那么一大把年纪的老男人，也把脸和下巴刮得光溜溜的。这个年代的男人，没有胡须的男人，个个都像太监。对面的男人倒是有点另类呢，可我就是不喜欢他的胡髭，看上去实在太假太做作了。不喜欢归不喜欢，我还是被他吸引住了。因为他让我想起那个戴头盔的男人。我虽然从来没有见过那个戴头盔男人的脸，但我敢肯定对面的男人就是那个戴头盔的男人。八九不离十。如果他真是那个戴头盔的男人，他留着胡髭又有什么要紧哩。说不定他就是为我而留成这样子的呢。

28

对那个戴头盔男人的怀念，让我沉浸于自我遐想之中，并很快付诸行动。这个男人的出现，令我喜上眉梢。在他面前，我一副不谙世事的乖乖女样子。我知道，男人们都好这一口。我努力做出羞涩状，不时惊奇地白着大眼睛，搞得我的眉毛眼睫毛扑闪扑闪跳来跳去的。现在，轮到别的女人笑我了。我不在乎，她们也不是真的嘲笑我，而是我的萌态逗人发笑。我是二姐嘛。对于这个不请自来的外号，我不排斥也不反感。现在，我在家待在镜子前面的时间越来越长了。我要练习表情，做足功课，免得在那个男人面前露怯。也没什么好露怯的。那个男人和我是两个年龄段，也处在两个世界。

闲聊中，我知道他在政府部门工作，也就是公务员。这一点我其实早就猜到了。我觉得在我面前，他也在努力把自己塑造成一个大哥哥的形象，好像来之不易多了个小妹，而这正是我所渴望的。并不清楚他具体做什么，一年之后，我才知道，他还是一个区的副区长呢，就连这一点也是父亲告诉我的。我很惊讶，也很兴奋。一方面，说明父亲一直在关注我的生活，而且不在意我和他的交往。另一方面，他这么年轻有为，将来肯定还有大的发展，这说明我看人的眼光很准。在这一年里头，我们大部分时间都待在酒吧里。跟着这个男人，我学会了划拳、掷骰子，不过我始终滴酒不沾。他喜欢喝酒，我就给他叫。我们的关系也始终定位在兄妹关系上，顶多就是拉拉手，抱一抱，亲一亲额头。在酒吧里，男人还写了一首诗献给我。但男人尚在犹豫是不是给我，就让一个女人发现了。那个女人一直在向男人示爱，没想到男人却专情于我，这让她很受伤很愤怒。这时候，我就坐在男人的腿上，蜷在他的怀里，得意地朝她或她们飞去媚眼。男人拍拍我的脸蛋，宠爱地看着我。我和他，现在都很享受这样的关系。

29

有一天离开酒吧的时候，我对男人说，喂，要不，你就要了二姐吧。男人想了想说，二姐确定吗。我想了想说，二姐确定，百分百地确定。那好，男人说，等二姐明早醒来，要是还这么想，那我就考虑考虑。还考虑什么呀，我不满意地噘着嘴，你不喜欢二姐吗。喜欢，喜欢才要考虑哩。男人说，不仅我要考虑，关键是二姐要考虑清楚，到底想要什么。二姐要你呀，我说，二姐喜欢和你待在一块儿。这我知道，男人迟疑着说，瞅了瞅我，一咬牙说，我可是有家室的人了。说完，他就上了出租车。

这天晚上他破天荒没有送我回家。第二天，他也没有在酒吧里出现。我始终坐在专属于我的那个位置，一连五天没有看见他。酒

韭 菜 街

吧里的人大概晓得我有钱,现在专门给我预留座位。即使我不来,那个位置也是我的。看不见他,我有些心痛,但还算能够忍受。我想,他应该是怕了。他是个胆小鬼。既然这样,那还有什么好说的呢,我总不至于去找他吧。我去找他,他更加怕了,我也不想去干扰他的生活。于是,我也好几天没去酒吧。他不在,我去也是白去。快毕业了,我得考虑找工作,还是到父亲的公司里干。父亲说,当然是回自己的企业了,你总要熟悉方方面面的。在小清回来之前,你最好能够把咱们家的所有厂子都了解个透,将来也好做她的帮手。我都玩熟了,还做她的帮手!这话我没敢说出口。有损于家庭和谐的事我从来不做。做帮手总比做闲人强多了。我说,我听老爸的。父亲点点头,好,很好,那你就先从你那个煤矿摸起吧。

你要我去山城?我大叫着,拍拍心口,怀着深深的恐惧。怎么了,父亲诧异道,那可是你的份子,也是你将来的嫁妆,你不应该去管管吗。你要赶我走,把我丢到那个人地生疏的小煤窑里吗?可能是母亲弃下我的记忆太深刻了,想一想我要待在小煤窑里,终年不见天日,我就浑身发冷。父亲先是一愣,随即笑了,他向我伸出手来,在快要碰到我的身体之前,又赶紧缩了回去,这让我委屈得几乎要掉下泪来。父亲也感觉到了,再次拍在我的肩膀上时,他的手、臂都有些僵,而我却为之一颤。父亲说,小洗啊小洗,你都想到哪里去了呀,你不必天天待在那儿的。一开始你可能要多去看看的,还是自己知根知底的好,要不然给人卖了,还帮着数钱呢。我问,那我两眼一抹黑,到了矿上谁相信。第一趟,我陪你去。父亲说,接下来,就要看你的了。父亲看了我一眼,平静地说,你要是一个人去没底,你可以让K陪你去嘛。

K就是那个男人,那个酷似戴头盔的男人,那个好久不见的男人。我不知道，父亲这算是关心我呢，还是在利用我。难道父亲不知道，我已经好些天没见K了吗。看起来像是在置气，可我们有啥气好置的呢。要么就是，父亲清楚这一情况，出这个主意，目的就是不想看着我和K说断就断了。他说得那么平淡，好像是在替我着想，我还真的不好回绝他呢。再说，我也想知道那个男人，现在到底是怎么想的。和父亲谈话之后，我又迫不及待来到酒吧。我走到专属于我的那个座位，刚刚坐下，就引来一阵叫声和掌声。二姐来了呀，他们咋咋呼呼，好像我真是个了不起的大人物。原来K就混扎在旁边那张长桌子的人堆里。众女人惊叹，说我们真乃天生一对，要么几天不见人影，要么不约而同地现身。女人们拉起K，把他推过来，好像K是她们专门给我准备好的礼物。K微笑着，极其自然地走来，仿佛我们从没分开过。我也笑着看他。这个晚上我们一直微笑，没有说话。他喝他的冰山美人，我喝我的摩卡雪融，我们的眼睛一直相互瞅着。我在他的眼睛里看到了我自己，想必他也一样。我们就是不说话，更不会提好久不见的事了。当然，最终还是我受不了了，不合时宜地打了个呵欠，又不合时宜地捂住了嘴。K放下杯子，半抱着我，把我塞进出租车，坐到我的身边，始终握着我的手。这一次，K没有送我回家。他带我来到一家酒店，径直进了电梯，取出房卡，"嘟嘟——"房间应声而开。关上门，K继续抱住我，把我搂进卫生间。他打开淋浴喷头，试了试水温。然后就脱我的衣服。他脱得很小心很温柔。我顺从着他，配合着他的手势而动作。他把我抱进浴缸，给我打上沐浴露，反反复复擦拭我的身子，就像是在擦拭一件精美的瓷器。他的手掌若有魔力，扫到哪里，哪里就一阵痉挛，我立即贴近他，生怕他撒手不管似的，我都怀疑我是不是在做梦了。

事后证明，这的确是一场梦。洗浴之后，K拿来一条干爽的浴巾，把我包裹起来，再次抱起了我，好像决意要让我体验一下襁褓中的感觉。就这样，他抱着我，挪着步，轻轻地把我放在床上，拧开了灯。我想说不要开灯。他把灯光只调亮了一点点，房间里似乎比刚进来的时候更暗了。还没等我说出口，他就折身去了卫生间，大概自己洗澡去了。我是想等他的，我还想着问他，怎么会有房卡，难道他早有打算？可能正是灯光昏暗，摊在床上，我很快就睡着了。醒来后，天亮了。我艰难地睁开眼睛，蠕动身体，发现我光溜溜地还处于襁褓之中。灯早熄了，日光透过飘荡的窗帘射进来。他就这么抽身走了！可这不是我预想的。我继续蠕动着身子，像一条蚕蛹破茧而出。写字台上有张纸条，留着一个号码。是他留下的吗，这就是他的交代吗。哦，他不需要交代什么的。他并不是我的什么人。我站到窗前，伸了个懒腰，浑身懒洋洋的，心情非常舒畅。想起昨夜所发生的一切，我一一捋了捋，再查看周身。他没有动我，他真的没有动我，他竟然没有动我。

把窗帘掀开一条缝，我不知是喜是悲。K这是玩的哪一出呢，欲擒故纵吗，用不着这么复杂的。酒店里的园丁开着一台割草机，向这边驱来。一阵风吹飞了他的帽子，他仰起了乱草般的脑袋，我赶紧后腿，一个趔趄，我再次摔倒在宽大的床上。

30

一周后，我和K搭上去山城的飞机。父亲并没有履行他的诺言陪我打头阵。我怀疑他是故意的，他故意把我甩给了K，这样他就不用操心了。他不用再操心，我又乐在其中，两全其美，有什么好抱怨的呢。他一定是这么想的，也许还在自鸣得意呢。当然，他找了个再俗不过的借口，说这边的公司出了点状况，一时之间走不开。矿井那边要是真的需要他出面，他立马飞去。他越是说得认真，我越是觉得他的装模作样。

  飞机落地，我们坐上接机的人开来的小车，直奔我的矿井。接机的人都很诧异，他们没想到董事长竟然是个黄毛丫头。当然，他们还不敢把轻视之心表露在脸上。但是途中，我便把他们赶下了车。在他们面面相觑的时候，K坐到驾驶室。车子拐了一条道，往城里开去。我这么做有赌气的性质。生父亲的气，也生K的气，但我不清楚，他们哪里惹我生气了。我只是烦躁不安，我要找个发泄口，这个发泄口自然要落到K的身上。我下了决心，今天晚上，对，就是今晚，一定要把K拿下，要不然也太没面子了。我不知道自己这样的思想有没有道理，现在，我不想讲道理。现在，我只想把自己变成一个女人，我已经毕业了，还守身如玉，不是太招人笑话吗。再说，谁相信我这样一个泡吧女孩，还没有破身呀。进了酒店，我冲进房间，立马宽衣解带，又冲进卫生间。我要把自己洗得干干净净，洗得香喷喷的，像一只新鲜的蛋糕，像一只绵软无力的羊羔，奉送到K的面前。

31

  拿着毛巾，从热气腾腾的卫生间里出来，边走边搓着湿乎乎的头发，我吓了一跳：一个戴头盔的男人，端坐在单人沙发上。没错，他果真就是那个戴头盔的男人。迅即我有一丝丝的感动和甜蜜，K还原了他的本来面目。生活原来如此奇幻呀。只是这样的感

韭菜街

动并没有持续多久,就再次变味了。我羞涩地走过去,绕过他跷着的二郎腿,坐进他旁边的沙发。我是想坐到他的沙发扶手上的,或者干脆坐到他的腿上,但还是没好意思。这时,只要他一个手势,哪怕是勾勾手指头,一切就顺理成章了。只是K好像在思考什么,完全忘了这一茬,或者说完全忘了我的存在。我不得不敲敲他的头盔:"喂!"

他醒了,我也醒了。我这才发现,他戴的根本不是什么摩托头盔,而是一顶安全帽,还是那种带矿灯的安全帽。

一个戴安全帽的男人坐在富丽堂皇的酒店,多少有些滑稽。我忍住笑,问他从哪里弄来的。他说小车后备厢里还有,问我要不要。我说,我戴这个干什么。他说,我想去矿上看看。我说,这都什么时候呀,明天去也不迟呀。我说,你进入角色也太快了吧。我说,当然,有个角色你到现在还没能进入。他没理会我,说没办法,我到这里来,可不是来玩的。我说,我可是董事长,我命令你,今天陪好我,明天上矿。他说,我还是总经理哩。你总经理!我指着他的鼻子,我可没任命你呀。他从包里拿出一张传真,递给我,虽然不是你任命的,但你可以解雇我,要是你觉得我不合适的话。现在,我完全感觉自己是个傀儡了,可这个当口,我能解雇他吗。明明是我邀请他来的嘛。只是我觉得,这一任命应该由我来执行。现在我失去了这一执行力,似乎就无法把握他了。K看透我了心思,他说我可是在替你打工,你老爸这么考虑,还不是为了你。如此说来,我还得感激老爸的良苦用心!现在,命令K是不可能的了。我只能来软的,我软磨硬缠地扯着他,我嗲嗲地央求他,用甜得滴水,连我自己听来都起鸡皮疙瘩的调调央求他。他说,要不,你在这儿等等我,我今天先去探探路。我说,我一个人怕,你就放心我一个人待着吗。K捏捏我的脸轻声说,我去去就来。说完,K正一正帽子,出了房间。望着K坚定的背影,我捂住了脸。我想我在哭。我是如此失败,竟然搞不定一个男人。而从这个角度看,他又成了那个戴头盔的男人了。

　　K离开后,我光着身子在房间里转圈圈。我实在是气坏了。要让张小清晓得这糗事,她还不得笑死。不过转圈圈也不是个办法,把自己转晕了更不划算。我打开行李箱,换了一身衣服。照照镜子,嗯,有点像个白领丽人的样子了。然后,我用房间座机,给父亲打了个电话,报个平安。父亲似乎兴致不高,我更火了。我问他K的任命,我怎么不知道。父亲这才笑道,怎么了,你不满意吗。我哭笑不得,这不是满意不满意的事情呀。父亲说,我没别的意思,我只是想给你个惊喜。父亲说,要是你有意见,那我随时可以收回的,过些天由你发个文就是了。我叫道,天啦,瞧你说的都是什么话,你以为这是儿戏吗。我说,我只是担心,他一个公务员,还是个不小的官儿,担任这个职务没问题吧。父亲赞道,原来你是替他着想,看来我看错我家姑娘了,晓得考虑方方面面了。父亲话锋一转,不过你想啊,要是不合适,他能接受吗,他能屁颠屁颠地跟着你跑吗,现在不是都在鼓励停薪留职吗。我嘟着嘴说,老爸,你说啥话呀,一点没正形。父亲哈哈大笑,好了不逗你了,你那个K在吗。他去矿上了。什么,他一个人去了,你怎么不过去。这个时候,我倒不好意思辩白了。不待我说话,父亲说,行了,再联系吧,你赶紧去吧,你怎么能让他一个人去呢。放下话筒,我有些发懵。我不太明白父亲的意思。他一个大男人,去了便去了,难道还会有啥危险,又不是去匪窝!换了我一个人去,才会有些发怵心虚呢。不过父亲倒是提醒了我。K去了将近个把钟点了,也没见他有什么消息传来。我忽然一阵紧张，别刚到不久，就出啥幺蛾子吧。山高水深，还真个说不准。我越想越觉得后悔，我就不该让他去。他坚决要去，那我应该跟着他的呀。想到那个戴头盔的男人可能会栽在我的手上，我的心提了上来。

32

我穿戴齐整出了房间。下了电梯走到大堂，看到两个男人坐在酒店的吧台边。一见我，他们急忙站起身。我想起来了，就是他们俩去接机的。不用问，要么是他们一直盯着我和K，要么是K派他们在此等我的。这个K真是料事如神，他就那么确定，我一定会下来去追他找他吗。这么一想，我没那么急了，也没理那两个男人，径直走进小酒吧，坐了下来。一个男人叫来服务生，给我点了一份果汁。吸了一大口，我徐徐吐出一口气，问他们在这干啥。一个男人说，K让我们在这儿等着的。另一个男人说，K说了，让我们听候您的吩咐。行，我说，那你们回去吧。回去？是呀，你们哪里来的还去哪儿。两个男人慌了，他们对视一眼，头碰头地嘀咕起来。嘀咕半天，似乎没有商量出个头绪。男人说，可是……还可是个啥。我说，你们不听吩咐是吗。另一个男人说，张董，那你怎么办，让你一个人待着，出了事，我们可担不起。我嘛，我起了身，甩甩手说，我回房了。我就待在房里，饿了我会叫酒店送餐的。我可以走了吗。

不待他们作答，我再次走进了电梯。刚到房间，座机响了。就让它响着，我洗了把脸。电话再次响起来的时候，我才接听了。果然是K打来的。K说，你怎么没来矿上，我以为你要来的。我说，我还不放心你吗。K没吭声。好长时间没有声息,我都以为他挂了,却突然听见K说,我在井下。你跑到井下干什么,我大叫起来。瓦斯渗漏了。啊?严重吗。还好,幸亏来得及时。谢谢你了。没什么的,这种事情很常见,关键是要处理及时处理得当。看来我父亲没看错人哪。那是,我可是矿大的高才生。那行,你好好干吧,我给你请功。你不来也好,K说,差不多再过两个小时,我就可以回酒店了,到时咱们庆祝一下。庆祝就不必了,我说,我看你就待在那儿吧,再说我赶晚上的飞机呢。怎么了,你要走。是呀,我在这儿只能给你添乱,我走了,你就更加专心了。不会吧,K夸张地叫起来,我可不是你家的长工。那你还能是个啥?我哧笑一声,挂了电话。

33

山城之行,我两手空空。硬要说有什么收获的话,那就是我对K,从急不可耐瞬息之间心如止水了。我甚至对他还有了些许莫名的敌意,因为我觉得我成了个多余的人,还是个多余的女人。这个结果多少有些意外。这并不是我想要的结果。那个慢慢浮现的戴头盔的男人正在慢慢下沉,再次回到我的脑海,如同我乘坐的空中客车,下滑、着地、冲进跑道,余音袅袅地落在停机坪上。没有人来接我,我对谁也没说。凌晨前我便回到家里。父亲和母亲竟然还没睡,坐在客厅的沙发上,紧紧依偎着。我在他们身边站了好一阵子,他们才抬起头来,慌乱而惊愕地望着我。这一天发生的意外太多了,我意外的是K竟然没有向父亲通风报信。我问他们这是怎么了,父亲和母亲交换了一下眼色,母亲说,回来就好,你不回来,我也要打电话叫你回来,早点洗洗睡吧。对对对,小洗你去睡吧。父亲边说边抢过遥控器关了电视。

不对劲儿呀,他们忧虑的眼神,他们反常的举止,让我感到不对劲儿了。我已经多少年没有见过他们相互依偎的场面了,看样子,好像还是母亲在安慰父亲。不等我再询问,他们已经相搀相扶着进了卧室。我把行李拖进房间,抹了把脸,便匆匆出了门。这个时候,酒吧应该还没打烊。酒吧不仅可以休息、调情,有时候也和茶馆一样,是个交换信息的好地方。二姐来了!服务生讨好地奔过来。我绷着脸,坐进我的座位。喝了一口饮料,我闭上眼睛,仰靠在椅子上。再次睁开眼睛,我的脸上挂出柔情似水的微笑。这个时候我怎么能够绷着脸呢。端着杯子,我来到隔壁的包间。天鹅绒长桌的四围,坐满了男女,他们谈笑风生眉飞色舞。我一进来,他们照例惊呼一声,却没了下文。谁也不再看我,好像不认得我,好像我是个怪物。他们变得窃窃私语,不一会儿便三三两两地踮着脚,打我身边溜了出去。

我最后一个离开酒吧。要不是服务生提醒,我还会坐下去。好像出事了。人人都知道,就是瞒着我。早晨醒来,家里一个人都没有,K那里也没有消息。那就这样耗着吧,他不来电话,我也不可能打给他。我无聊地打开电视,无聊地搜索着节目。此时此刻,各台都是"新闻早知道"。一个男人,或者一个女人,站在一个大屏幕下面,指点江山,针砭时弊。很快我便发现,所有的电视新闻里,都播出了一条同样的消息,而且这条消息就发生我所在的省城:一名房管局长扬言道,房价高涨对于广大老百姓来说,是个好事儿。这条消息立即引发了网民们的喷水吐嘈。问题是他口出狂言时,挥舞的手臂上是一只金光闪闪的名表,他的另一条撑在桌上的手臂旁，是一包一般人别说抽不起，见也见不到的高档烟。网民们的情绪被点燃了。很快，便查出他戴的是什么表，价格多少，抽的是什么烟，价格又是多少。更有甚者，有人搜索出这个局长的八辈祖宗和升迁经历。一个星期后，纪委上门，请他去喝茶。不请不行呵，网民们盯着呢。那些日子，我天天一大早就起床，打开电视，做起健身操，实则为的是跟踪这条消息的后续报道。

34

　　母亲叫我吃早饭。我没应，母亲又喊。我招招手说，妈，快来看，快快。有什么好看的。那个局长的案子有进展了。他有没有进展，你操的什么心。妈——来嘛，好玩着呢。我一手拿着遥控器，一手握拳，两条交叉的腿不停地抖动着。母亲叹口气，无奈地走过来。突然，抖动不已的我定住了，如遭电击。我张开了嘴巴，右手伸展紧紧握着遥控器，左拳却放进了嘴巴。母亲本来慢悠悠的，一见这个样，大概以为我犯了羊角风，赶紧奔过来，边跑边喊，小洗，小洗，你怎么了，你没事吧。我转动着眼珠，从嘴里掏出拳头，松开，指着电视屏幕说，妈，你看，那是不是我爸呀。父亲身穿黄马甲，正在接受城市频道一档法制节目的记者专访呢。母亲瞥了一眼，平淡地从我手里拿过遥控器，摁掉，牵着我的手起身，走吧，咱们吃早饭去吧，再不吃要凉了。

　　我还是没动，再次张大了嘴巴，这回不是看着电视，而是看着母亲。妈，我不是在做梦吧。大清早的，你做啥梦啊做梦。刚才那是老爸吗。是呀，怎么不是。你是说，刚刚电视上那个穿马甲的男人真的是我爸！是的，小洗，你没看错，你也不是在梦里。这么说,你早就知道了。知道什么,我也是昨天才晓得的。你晓得了还不告诉我。告诉你了又能怎么样。你怎么这样冷血,他可是你老公呀。老公又怎么样,母亲咬牙切齿道,咱们在小县城里过得好好的,他硬是要搬到省城来,我劝过他,这下好了,活该!不许这么说老爸,我头一次对母亲举起了粉拳。好日子到头了,母亲拉长了声调,我看哪,你爸要是能全身而退,就得烧高香了。我的脑子有些转不过弯,伴随着一阵一阵的疼痛。痛归痛,接下来的一段日子,我哪里也不去了。我天天陪着母亲。再说,我也无处可去。酒吧里那些人的嘴脸,我可以想象得到。也许母亲是气急败坏,恨铁不成钢吧。也许母亲比我还痛苦,咬牙切齿,歇斯底里,只能说明她很烦躁。这个时候,要是母亲再出个什么差错,可就惨了。

35

听到门铃响,我赶紧打开院门,门外站着父亲。朝他身后望去,什么也没有,我这才打量起我的父亲。这是我的父亲吗。相隔也就个把星期吧,父亲变得头如鸟巢,面色苍白,身形单薄,风吹立散一般。我急忙半抱着他,把他让进门,放躺在沙发上。刚准备给他倒杯水,便听见母亲在我身后号啕大哭如山洪暴发。母亲边哭边扑到父亲身上,一边捶打,一边把眼泪鼻涕涂在父亲的衣服上。父亲没有挣扎,我也没有拉劝。母亲捶打的力道越来越轻,速度越来越慢,最后索性把头钻到父亲的怀里,像鸵鸟一样。嗨,嗨!我拍拍母亲光滑的臀部,我真的是怕她把父亲压散了架。母亲保养得很好。到了省城,她反而去了些珠光宝气,多了些丰腴,也多了些素净。她说城里的人不兴那个。太贵气了碍眼。但是她的性格一点没变,变脸永远比翻书还快。经我这么一拍,她终于消停了。但她依然偎在父亲怀里,细声问,饿了吧,饿了我去给你弄吃的。说完,她真的就去了厨房。反正厨房里有现成的菜,热一热便可。这些天来,虽然父亲不在家,我都做的三个人的饭菜。上桌时,也总是摆好父亲的碗筷。等待是我们母女俩唯一能做的事。现在,父亲终于回来了,我有一种美梦成真劫后余生感。

坐上桌后,父亲却提不起筷子。父亲就像一只霜后的茄子,无精打采,耷拉着脑袋。好说歹说,他扒了两口,就不吃了。母亲左哄右说,舀了一勺汤,送进他的嘴,汤汁从他的嘴角如棉线似的流出来。现在,母亲也加入了我的队伍,不再外出了。我们整天围着父亲转,希望他能早日缓过神来,就是不见起色。母亲又有些按捺不住了,她一边侍候着父亲,一边嘟嘟囔囔的。我悄悄扯她的衣角,她一甩手,瞪着我,怎么了,我说什么了,事情都过去了,我说两句还不成吗。母亲说,要不是我找人打点,还不晓得要关到什么时候呢。事后,我才知道,母亲花了不少冤枉钱。父亲虽然送了钱送了物,比起别的人,还是轻的。我说,妈,回来了就好,回来了,咱们就不用提心吊胆了。你总得让他缓缓气吧。就算缓不过气来,不是还有我吗。母亲不吱声了。我解开她的围裙,递上她的包,把她往门口推,妈呀,这些天你也累坏了,你出去透透气,散散心吧。哪知我这句话,又让母亲暴跳如雷了:怎么了,死丫头,你以为只有你心里有他,我就全是虚情假意吗。

母亲也有闺中密友,一帮子中老年妇女。那些女人和她一样,老公混得一个好似一个。她们手里都有几个闲钱,便整天想着美容保健减肥,想着哪里有好玩好吃的,议论着哪个女人又找了个小白脸。母亲出门,有点义无反顾的样子。不过这次她并没有去找密友们诉苦取经，而是径直去了父亲的公司总部大楼。看来她还是拎得清的，她清楚现在出去也不会碰到好脸色，也清楚公司现在的状况，可以说是人心惶惶。母亲平时极少去大楼。父亲不让她去，她也不想去。她一去，不说话也像只老虎，员工们都怕她，一见她就埋下头弓着腰，躲得远远的。这让她很是无趣。这回是硬着头皮，我嘛，她指望不上，她不上谁上呢。要是让公司的人看到父亲现在的怂样，更坏事了。

情况比她想象的还要糟，封杀令已经在大楼传开，父亲不得再涉足房地产业。虽然没有任何正式文件，但大伙儿明白大厦将倾的道理。连那些平时巴结讨好父亲的工程承包商们都不敢上门了。母亲当即召开大会，发表了热情洋溢的演说。那天母亲容光焕发，把自己收拾得很干练。估计就是我不推她，她也要出去。员工们都不敢相信，这就是他们的老板娘。演说很精彩，只有六分钟。大会之后开小会，母亲召集公司高层，宣布大楼由她全面接管，当然，这是暂时的，这些天她会吃住在大楼，当然，也是暂时的。母亲要求追加省城各大媒体的广告投放量，不要考虑钱。最后，母亲又命令一名副总，负责把公司的几块地皮尽快脱手。望着大家的狐疑之色，母亲笑眯眯地说，家有余粮，心里不慌，有了钱，我们做什么不可以，何必在一棵树上吊死呢。母亲的微笑极有诱惑力，高层们都被她的自信感染，个个都像打了鸡血般骚动。母亲又道，再说了，这些地不卖也得卖，总不能等到别人打主意，动用政府力量收回，那可就被动了，好像是这个道理呵。高层们不再犹豫，齐刷刷起立，母亲小手一挥，他们弯下腰来，鱼贯退出。门一关上，母亲便像一摊水似的瘫化在宽大舒适的老板椅上，她粉白娇嫩的面容也立时灰暗，仿佛卸下了一张精致的人皮面具。她的整个身体好像都被抽空了。这也好理解,她一向养尊处优,哪里经历过这样的阵仗!

我是在深夜接到母亲电话的。那时父亲还坐在餐桌边,垂着白花花的脑袋。母亲嘶哑着嗓音说,我不回去住了,家里就交给你了,小洗。

交给我?当然得交给我了。望着颓废的父亲,我产生了一种错觉,我好像又回到了小县城,和爷爷待在一起。父亲似睡非睡,一动不动。我不知道他睡着还是醒着,当初爷爷就这个样,难道他们有家族遗传?我走到他的跟前,拍拍他,搀着他去洗漱,脱鞋解衣,扶他上床。回到熟悉的场景,我的心里竟然生起莫名的喜悦。我应该悲伤的,可不知从什么时候起,我这个人的悲伤不过五分钟,就会烟消云散。我的喜悦实在不是时候,母亲肯定会骂死我。忙完父亲,摸摸他的头发,我哼着愉快的歌声,自己洗漱去了。大楼那儿我插不上手,我的矿井有K看着,我好像只能干这个了吧。这些天发生的事太多了,我都快忘了我是矿井的主人了。想到K,就让我来气,他先是让我陷进去,差点不能自拔,后来又让父亲看中了,直接把煤矿交给了他,K就那么有能耐么?母亲知道这个K吗。我得问问她。如果母亲和父亲持同样的态度,那我也就无话可说了。这个事情电话里面说不清,得等母亲回家详谈。可母亲说到做到,自从父亲倒下之后,她就顶了上去,一直没有回家。这都个把月了,也不见她回来或者着人来取换洗衣服,我又脱不开身。我没有派人送过去,就是希望她能够回家一趟。听说,大楼在她的苦苦支撑下,稍有好转。看她这个架势,大概是占山为王尝到了甜头,还没有过足瘾吧。

36

没有等到母亲，张小清却回来了。张小清右手拉着行李箱，左手抱着一个小女孩。小女孩眼睛咕噜噜的圆。除了一头柔顺的金发，小女孩和两岁时候的张小清一个模子。张小清放下行李箱，踢掉脚上的高跟鞋，把小女孩往我怀里一塞，便一屁股坐进沙发，敲敲脊椎揉着腿，直唤腰酸背痛累死了。怀里的小女孩一点也不认生，她好奇地盯着我，好像在回忆是不是在哪见过。瞅着张小清的可怜状，孩子也手舞足蹈，跟着小清咿哩哇啦起来。见我目瞪口呆，张小清终于开口了，她说，姐呀，还愣着干啥，你就没有一点同情心，给我弄点吃的吗，我可是已经两天没吃东西了。我赶紧把小女孩放到她腿上，进了厨房。很快，饭菜上桌。小清放开了肚皮，我在边上喂她的孩子。

吃完闭着眼睛养了会儿神，张小清说，姐，你想问就问吧。我说，还是你自己说吧。说什么。想说什么就说什么。哦，那我就告诉你，一，我回来了；二，这是我的宝贝——马儿。她爸呢。她没爸。没爸？我也不知道哪个洋鬼子是她爸。你行啊张小清，我都不晓得怎样表达我的崇拜之情了。嘿嘿，一般一般。那你还去吗。我去干什么，不去了。你这就算毕业了吗。没有，我就没去过学校，你以为那什么学位什么文凭就那么好拿吗。张小清说，姐姐呀，你待在家里，真是身在福中不知福，我就知道，他们偏心。他们舍不得你吃苦，我敢打赌，要是换作你，怕是还不如我呢，至少我有了马儿吧。那你这么些年，都在国外干什么了。停。张小清做了个手势,笑眯眯的脸蛋突然布满哀求之色,你就别问了,她低声说道,问也是白问。对了姐,马儿的事还请你帮我保密哦。保密?就是她爸爸的事,不都跟你说了吗。你说什么了。你看你看,你又犯糊涂了。那你要我怎么保密。瞎编呗,瞎编不是你的强项吗。眼瞅我变了脸色,张小清赶紧作投降状,拎起包包就往门口跑,上班去了,马儿可要拜托你哟,马儿,快叫一声大姨妈!

我抱起马儿追到门口,已不见张小清的人影,只听见梯道上的脚步声。你去哪儿?还能去哪,大楼呗,那可是老爸给我的,我能不去关心关心吗。

37

和张小清拌嘴,我永远是输家,输了还得替她收拾残局。不过我输得心甘情愿,至少她还丢给一只小小的可爱的马儿。我似乎又回到了小县城,回到小时候。我四岁,她两岁。我六岁,她四岁。马儿让我年轻了许多。我不仅有了马儿,还有了个酷似爷爷的父亲。我整天忙碌于他们之间,家里也一下子变得热闹了。我不再想念酒吧、戴头盔的男人,不再想念K,还有我的小煤矿,我也没有工夫去想这些杂七杂八的事。我能想到的就是,马儿不可能离开我,不可能像张小清那样,被母亲带到另一个地方。马儿,大姨好吗。马儿点点头。马儿,喜欢大姨吗。马儿笑得咯咯咯的。

我把马儿抱在怀里转圈圈,马儿竟然一点也不害怕。抱到父亲跟前,她就伸出胖嘟嘟的手,去抓她爷爷的鼻子,去揪他爷爷的耳朵。爷爷给她揪扯得直咧嘴,就是没有反应。我专门请来理发师,给父亲理了发,刮了胡子。尽管我不喜欢没有胡子的男人,我还是

韭菜街

努力把他收拾干净了。就是天天待在家里,我也给他穿戴得整整齐齐,好像他随时随地可能出行一样。父亲的面容已经没有倦色,他变得清瘦,仿佛一场大病之后正在康复。只有一次,他吓了我一大跳:照例服侍他上床之后,也不知怎么的,我心里一暖,就嘟着嘴巴,亲在父亲脸上,父亲立马凶狠地推开我,头也甩向里侧。我连忙逃出他的房间。隔天他又恢复了老样子。他每天坐在沙发上,面对着电视,也不挑台。马儿看什么他看什么,也可能他压根儿就没看。他的眼窝深陷,似乎成了一个思想家。老爸,你到底在想什么呢。他已经从他的大楼里消失,从他的同行们的脑海消失了。他的产业都是张小清的了,他还能想什么呢。这个小清也真是的,急忙急火的,父亲在家,她也顾不上去房里看上一眼。既然她消息灵通,理应清楚父亲的事了。要不然,她不会匆匆去大楼。只是她的运气不大好,大楼已经由母亲掌管了。

  对于小清的回归,母亲张开怀抱,表示了热烈的欢迎。母亲说,你终于回来了,你不晓得管这么多人这么些杂事,我都快散架了。母亲说,现在好了,你回来了,我也能歇口气了。母亲又问,小清,你打算什么时候接手呢。小清当然不好意思立即接手。再说,她现在接手,没人理她,她也理不清头绪。但是小清在以后相当长的一段时间里,会后悔没有应承下来。没人理怕什么,不听话就走人。理不清头绪更不必担心,可以向母亲大人请教嘛。这些都是小清后悔时才想到的。小清说,妈呀,瞧你说的,好像我回来就是冲着你的位置来的。有妈挡着,我还省事儿了呢。母亲说,你不愿意,我总不能逼你。唉,我就是个劳碌命,母亲说,不过你既然回来,也该正正经经上班了,这个位置迟早是你的。母亲说,这样你看行不,你看中哪个部门,就去哪个部门,先从副职做起吧。好的，我听老妈的，小清永远是那么乖巧。事不宜迟，母亲很快叫来人事经理，把小清安置了下去。下班后，母亲约了小清，母女俩一起吃了饭，做了脸。

像母亲一样，小清也吃住在半死不活的大楼，当天她就派人把行李拉过去了。在母亲手下，小清认认真真干了半年。半年来，她遍及所有的部门，无一例外，任的都是副职。副职有副职的好处，副职不用担责任，还能了解到很多一把手掌握不到的情况。而且小清话里话外，逐渐把她的身份暗示给大楼同事。当然，她的身份不是多大的机密，大楼的高层们都知道。只是她云山雾罩透露出来，反而有了些神秘。加之她整天笑靥如花，很有亲和力。大楼里的人都喜欢她，再和她母亲一对照，靠拢她和表忠心的人就更多了。暗地里，大家都把她当作了大楼未来的掌门人。她不仅是老板的女儿，还有海归背景，未来非她莫属。事实也是这样，只是不知道未来有多远，何时才能名正言顺。小清很想和母亲好好谈谈，又不知道从何说起。别看她们上班时正儿八经，下班后有说有笑，交接班的话题，好像永远也不能摆上议事日程。不仅如此，往往无意中刚刚涉及边边儿，双方就很敏感地避开了，好像那是一个永远的禁忌。小清是怕伤了母亲的心，母亲呢，似乎时刻提防着小清把她赶出大楼。

围着父亲和马儿，我整天忙得团团转。不过，相比于母亲和小清的苦心经营，我就算闲的了。我就像个全职太太，却没有盼望回家的丈夫。我也像个育儿有方的母亲，那洋娃娃却不是我所生。我还像个能干的媳妇，那个老男人却是我倒霉透顶的父亲。我不敢想，一想就觉得生活有点乱了套。我更多的想象是，如果还生活在小城，现在我应该是什么样子的呢。这样的想象，往往让我一脑子的糨糊。多数情况下,我的脑子里都是糨糊。所以我只能待在家里,只有面对他们一老一少,我才会清醒,忙个不亦乐乎。一闲落下来,我就和马儿说话,或者和父亲说话。我总有说不完的话。我想我已经与世隔绝了。我的世界,除了小菜场,就是湖边的这幢房子。现在,我连小菜场都不怎么去了。每天,我把我所需要的菜都写下来,短信发给一个卖龙虾的小姑娘,她卖完龙虾会准点送来,十块钱路费就能打发掉。我不是不想去,实在是家里还有俩活口呢。找保姆我更不放心,我只相信我自己,也让母亲和小清看看,我还是有点用处的。

小清回国后,母亲和她偶尔也回家看看,时间长短不一。但她们从不在家过宿,好像她们只是至爱亲朋,我才是这里的女主人。她们总是结伴而行。到家后,小清就娇柔地搀扶起父亲,在房子里院子里草坪上走动。走着走着,就不见了。母亲呢,总是开心地逗弄着马儿。马儿似乎对妈妈、小清的冷淡无所谓,或者她已经把我当成她的妈妈了。小清担心的事呢,根本没有发生。母亲一看到马儿,就喜上眉梢,拿出她精心挑选的礼物,专心做起一个慈祥的奶奶。谁也不提马儿的爸爸,谁也不管她是哪个的种,好像那是一个永远的谜,永远没有谜底。我不知道她们在大楼里有没有讨论过,反正看不出她们为此纠结。一旦父亲出现了,母亲便变得庄重,也预示着她们母女俩打算离开了。

38

星期天,小清打来电话,说好久没有去酒吧了,今天正好空,怎么样,有没有兴趣。现在,现在酒吧开门了吗。你傻呀,当然是晚上。小清说，老时间，老规矩，不见不散。那家里两个人咋办。没事，大老板专门找人替你。大老板，谁是大老板。还能有谁，咱妈呗。你说的酒吧是哪个。小清惊叫道，你都忘了吗，就暗店街的那个。她不说，我还真的摸不着呢。这城里有好多个酒吧，我也不记得自己有多久没进酒吧了。应该是从父亲出事之后吧，也快两年了。我心里充满了期盼，好像让小清勾起了食欲。

打了个车，坐到酒吧门口，便有一个帅得要死的服务生过来给我开了车门，把我请进一个小包间。母亲和小清已经到了，一人面前摆着一杯咖啡，空着的座位前摆着杯饮料，带吸管的那种。我的脑子乱糟糟的，酒吧的气味和噪音，我有些受不了。人都走了，还看什么看，母亲冷不丁的开口，说得我满面通红。

张小清跷着腿，吐了吐小小的绯红的舌头，端起咖啡杯，我赶紧也把吸管奶嘴一样叼起。母亲说，小洗，我都不知道怎么说你好哦。我又给呛了一口，屏息安神，听母亲训示。母亲说，你不知道吗，一点不知道吗，小清你告诉她吧。小清期期艾艾地说，小洗，我听说你把那个矿给了一个男人，有这回事吗。有呵，我说，不不不，不是我，老爸让他干的。让他干你就不闻不问了吗，母亲怒道，你了解他的底细吗。知道一点，不是很清楚。我说，我这两天就过去看看。等你去，母亲冷笑说，黄花菜都凉了，我可是听说，那个煤矿已经不是你的了，那可是只钱袋子呀。小洗啊小洗，往后你怎么过日子呀。那怎么行啊小洗，小清说，他是你的什么人呀。什么也不是。那我们去夺回来。去是要去的，母亲说，夺回来怕是没那么容易。母亲说，这是一件，还有一件事，小清，你不是天天想着接手吗。小清连忙摇手，没有没有，我没有。母亲笑着手一扬，想接手是正常的，我本来就是帮你的嘛。不过，这件事上，还是得你们那个父亲出面，才显得正式，否则下面的人话就多了。可现在这个样子，也不晓得你爸什么时候能上班。说到这里，母亲叹了口气，我连忙低下头，我不敢瞧母亲和小清的神色，也不想趟这个浑水。

39

去山城的时间，定在星期二。母亲特地查了皇历。这是她进大楼之后的习惯，凡事都要看皇历。怎么去，小清认为还是飞机快。母亲问，小洗你看呢，咱们都是帮你的。这个时候才问我呵，我想了想，硬着头皮说，反正不能走水路吧。那就陆路，小清抢先道，开车去也很快的，而且机动灵活。我发现，小清再也不是从前的小清了。她和我不再是一路人了。车也是小清张罗准备的：十辆红色宝马。母亲一见，也张罗了十辆：黑色奔驰。母亲说，你们各带一队，一左一右，互相支援，也有个照应。

我有些莫名的紧张。不过人多力量大。我也明白，K宠我是假，中意的却是我的矿。行前，母亲专门召开了誓师大会，伸出她那双精心保养的手，和黑装司机们一一相握，以示鼓励。车队缓缓启动，场面颇为壮观。最后一辆奔驰驶过母亲身边时，她突然叫停，敏捷登车，说她还是不放心，还是她去，让小清在家留守吧。她去就算不能做什么，给我们压压阵也是好的。小清说也好，那我在公司里待着吧，不过妈你可得和大家说道说道。母亲迟疑了一下，还是答应了。哪知她在大楼刚一宣布，由张小清临时代管，立即迎来雷鸣般的掌声。此时母亲后悔也来不及了，掌声响起来，张小清如沐春风，款款登台，脸上挂着天使的微笑。母亲不知道的是，从此，她又要退出大楼了。

40

出外环进高速，车队或并排，或直线，红黑相间，十分抢眼。我带着马儿，坐在第一辆奔驰里。开了一整天，到达山城已是晚上。车队像一条长龙，栖息在酒店门前的停车场。我们当然不会傻到去矿上，和那些煤黑子讲理，派再多的车也是肉包子打狗，再说K也不可能待在那儿。情况早就摸好，K来到山城，一直住在这个酒店，也没有置房。但我们还是扑了个空，看来K早有防备。

大堂经理办公桌的一侧，有一排桌子，类似于会议签到处，桌边坐着两男一女，一副云淡风轻状。看见我们，女的主动迎上来，微笑着说：你们是找K董的吧，K董不在。母亲说，你怎么晓得我们是找K董的。K董说了，你们也该来了。他晓得还躲！他不是躲，他有应酬，接待两个东南亚侨商，K董有什么好躲的呀，桌子后面的男人接口道。他不在，还怎么谈事儿。这边请，女人仍然微笑着，做了个手势说，你们要的东西，都在这。什么东西，我们要见人。这位美丽的女士，你还是先看了再说吧。男人手一挥，另一个男人打开皮包，掏出一个档案袋，从袋中掏出一摞文件。母亲随手翻了几页，便不想再翻了。虽是复印件，每份文件的下方，都有父亲的手写签名，当然还有K的签名。原来K的真名叫黄仕仁，但我此刻笑不出来。倒是母亲笑了，她笑得弯下腰，连马儿都忍不住要去挠她。只有我知道，母亲是用笑声来掩饰自己的慌乱，她完全不知道下面怎么办了。她一边笑，一边四下里打量，也不知道她在找什么。

韭 菜 街

在她回头的当口，张小清已经分开众人，如出水芙蓉，站到男人面前。母亲连忙扯住她，小清，你怎么来了。我飞来的。不是说好了，你看家的吗。小清只得把母亲请到一边，低声说，我放心得下吗。再说，不来不行哩，爸说了，我要是不来，他就从大楼顶上跳下去。你爸，他去大楼啦？小清为难道，妈，你是不知道，你们前脚走，下面的人就把爸请回了大楼。随后，在老爸的主持下，算是正式任命了我，妈，我不答应不行。爸都狠狠批评我了，说你妈这么大把年纪了，你让她抛头露面的，你还好意思吗？妈，情况你是晓得的。好了，不要说了，你不要再说了，母亲的脸一下子垮了，我累了，我也真的是累了。只是没想到，这个老不死的，平日里装疯卖傻，还和我玩了这一出，你既然来了，就去处理吧。

张小清再次走到那个男人面前，点点那叠文件，这些东西有什么可看的，我还是想问，只是想问一问，K是政府官员，下海也可以，但怎么可以随随便便做起矿主来了呢。张小清双手交叉在胸腹部，她姿势端庄，凛然不可侵犯状。

听了这话，桌子后面的男人干脆晃荡着双腿，剪起指甲来。他修完一根中指，吹了吹气，才说，这个嘛，你不知道吗，我们K董五个月前就辞去公职了，你们应该清楚的呀，K董现在是地地道道的纳税人了。

父亲称他K，这个男人也叫他K董，黄仕仁不是他的名字吗。父亲什么时候转给K的，而且没有告诉我！这一切已经不重要了，重要的是父亲为什么要白白地送给这个K。难道说K有什么深厚的背景，K与父亲之间完成了一次幕后交易？要不然，就是K在讹诈我们！我不敢再想下去，父亲的形象却一下子在我心里倒塌了：他先是把我送给K，接着又把煤矿送给了K，世上有这样的父亲吗。

你们这是强取豪夺,母亲在后面嚷嚷道。那你还想怎么着。男人不屑地瞥了一眼,有事找我们K董去,不要让我下面的人为难。男人站起来,甩了甩两条腿说,当然,你们想找事儿,我也奉陪。母亲还想冲上去,小清一挡说,谢谢,请转告K董,我明天还会来拜访的。好的,男人一愣神,立刻恭敬道,一定转到。

走,张小清拉着我和马儿,走在最前面。她边走边对我说,事情没那么简单,咱们这么急着冲过来也没用,还是回去请个好律师吧,总能找到漏洞的。我说,张小清,你认为爸的那些签名是假的?我不知道。你就这么在意这个小煤窑。还小煤窑,你不想要了吗,等到了手,你可别眼红。行,你要是能给我夺回来,我就请来做窑姐。什么什么呀,张小洗你有没有良心,我这不都是为了你!是为了你自己吧!张小清嗔怒地瞪着我,不再作声,上了第一辆车。母亲跑过来,敲着车窗问,小清,咱们住哪儿。住什么住,回省城。你刚才不是说明天还要找那个家伙吗。妈呀妈,我们找到他能说什么,又能做什么。那你刚才——我那是缓兵之计,小清一口打断了她,再不撤,怕是车子也要给扣了,这可都是些垃圾人哪!哼,瞧把你能的,母亲气呼呼地上了自己的车,在前面开道。我和马儿进了最后一辆。

41

离了城,快入高速口,我说我也要过过车瘾,不由分说,把司机赶进前面的车。我们的车队仍然像一条闪闪发光的长龙,但是僵硬、疾驰、悄无声息。我从后视镜里看了一眼马儿,她已经在后座上睡着了。她睡得那么香甜、安逸。望望前面闪烁不断的应急灯,

韭菜街

我慢慢减速，右拐，就像一条自我了断的尾巴，游入黑暗沉寂的大海。

糊里糊涂地开了一段路，我掉转车头往回开。我再次开往城里。凌晨两点，又回到酒店，就是K住的那个酒店。我在顶层订了一间房，抱着马儿住了进去。我睡了一整天，迷迷糊糊的，还能听见马儿在房间里跳来跳去，哼着我听不明白的调调，有点黑暗的调子，像是安魂曲。突然，我呼吸不畅了，只能张开嘴巴，可是嘴巴很快也被堵住了。难道这是家黑店，我遇上了打劫？

我挣扎着睁开眼睛，面前是马儿向日葵般的脸蛋。她右手捏着我的鼻子，左手则干脆塞在我的嘴里，笑眯眯地望着我，她就一点不怕我反咬一口！

拨通房间电话，叫来晚餐，和马儿吃足喝饱，我这才打开手机。不久就跳出几十个未接电话和短信。想了想，正要回复一下，手机又叫了，是小清。小清怒气冲冲地说，张小洗，你怎么回事，你在哪儿呢？我带着马儿，打算在外面玩几天呢。你倒是逍遥，玩什么玩，自己的事你不管，家里的事你也不管吗？家里能有什么事，不是有你吗？哈哈，小清突然又笑了，你知道吗，老妈鼻子都气歪了，正和老爸闹得不可开交呢。那你高兴个啥，有么好笑吗，还不劝劝他们。怎么劝，要不你来劝劝看。张小清说。

唉，我回去有什么用，他们闹得还少吗？自从他们走到一起就闹开了。也许只有不停地闹下去，他们才能继续在一起。只有我不闹，没人和我闹，我连闹的人都没有。正想着，小清又叫道，张小洗，你到底在哪儿？说你呢。我在酒店里。哪个酒店？就是山城那个酒店。天啦，你还在那儿，你在那做什么，你疯了。我在等K。我想我一定能够等到他。我一定要等到他。我要问他个明白。我要他给我说清楚。小洗,小清舒缓语气说,我不是说了吗,我们找律师,找证据,我们有的是办法,你这样子蛮干不行的。我的事,我自己解决。怎么解决,你就不怕他吃了你。吃就吃吧,我沧桑地笑道,吃了也好,至少我能晓得吃我的是谁。姐呀,别闹了,我会帮你的,我保证。不要,你还是忙你的大事吧。咱们可是亲姐妹呀。还姐妹,你不是说我打小就想害你吗?那不是说着玩的吗,你还在生气呀?我没生气,真的。姐,亲姐姐,小清柔柔地说,请你相信我,我有这个能力的。我相信你,我也相信我自己,我要用我自己的方式解决。姐,你可不要……

不待张小清说完,我就挂了,用尽全身的气力。

韭菜街

1

"修锁嘞——嗨——"

随着我掏肺撕心的一嗓子,韭菜街醒了,韭菜街摇动了。麻麻亮的天灰灰的,薄雾浪荡,韭菜街就像一条细长的,望不到头的船晃悠起来。

韭菜街的日子是慢的,也是舒坦的,舒坦得让你永远不会想到,这儿的人也会老掉,这样的一条街也会消失掉。

一嗓子不仅把我的隔夜痰喊破,也把我的精气神喊满喊足了。喊过之后,我感到全身放松,就像妈妈说的,三锁在叫自个儿的魂呢,我把自个儿也叫回来了。不过,我只叫一声,多一声我也不叫。当然了,更主要的是我怎么叫怎么闹,韭菜街也就不过动一动，揉揉眼睛翻个身。

"你喊个大头鬼。"爹捶着床，不满地嚷嚷，然后是一连串的咳嗽，就像一只又破又旧的老风箱。老头子声音不高，可就是管用。爹的嚷叫歪歪扭扭的，飞越韭菜街的夜空，像一只疲倦的赖着不走的老鹰，我也松了口气。这时，整个韭菜街都活泛起来。就是说，只有听到爹的嚷嚷，韭菜街上的人才会觉得，天亮了，太阳出来了，该起床了，再不起，老天爷要砸你的卵卵蛋了。

爹大骂一声，嚷过之后，真的就大天斯亮了，一丝丝的光很快扫遍瓦楞草的梢尖，韭菜街这条船也就扯起了帆，迎风行走，呼呼呼的，我的耳朵也立马塞满拎马桶倒马桶刷马桶的空空响。动静最大的还是我们家，我们家的人同样不得不起床。起床时，他们不满的声音也像水管子破裂那样漫开来。这时，爹的嚷嚷倒是更低，大锁却愤怒了，连二锁也在嘀咕，只有妈发出三两声的叹息。

最高兴的还得数我。他们终于起了床，终于跟我一样，没床可睡了。自从给爹赶出大铺，我就像一只包袱，由着大锁二锁推来扔去的，大锁骂我尿床，二锁说她大了，不能再跟男人睡了。

爹是锁王，还是家里的国王，我等着以后和他闹，但现在我可以跟大锁闹，跟二锁闹。我对大锁说，我尿床，你呢，你的哈喇子都快把床漂到河码头了。

不过，我只跟大锁闹过一次，大锁不仅能流好多哈喇子，他的拳头也硬得像锁，我吃不消。多年来，我对大锁的印象，就是他硬得像锁的拳头，总是在我眼前晃来晃去的。大锁一般不跟我说话，一说就是骂，我一顶嘴，他就亮出坚硬的拳头。

那我只好对二锁说了，我说二锁呀，你不跟男人睡，难为你还跟猫跟狗睡呀。二锁就红白着脸，二锁的光脚鞭着小床叫道：就是

韭菜街

跟猫跟狗睡，也不跟你。二锁就算红白了脸也是好看的，所以我经常跟她闹，经常学她哭：就是跟猫跟狗睡，也不跟你！

这时候，妈就会骂她：死丫头，你和个驼子闹什么闹，你跟狗跟猫我不管，你跟驼子闹什么闹，他算嘛男人，他可是你兄弟呀。

我知道妈向着我，妈永远都会向着我的。我是个驼子，也是家里的老幺。可妈的帮腔还是让我开心不起来。照妈的意思，我肯定不是男人，照二锁的意思，我肯定也不是阿狗阿猫，那我到底算个啥呢！

有一天，大锁扛回家一只木头笼子，算是解决了我的睡觉问题。当时一家人都在吃饭，爹问大锁，这劳什子哪里来的。爹是个锁王，也是个老实人，别看他在家里凶，到了外头人缘才好呢。他的摊头总是少不了闲人。人们天天聚集在旗杆巷，瞧我爹摆弄各种各样的锁，有一搭没一搭地谈论着韭菜街发生的事。爹听着，间或应一声，并不影响干活。

大锁扒拉着饭，也不抬头，河码头那块直叫个多呢。大锁的声音嗡嗡的。

多，爹顿了顿说，多也要注意。爹脸上的严肃，只在那些大人物脸上见到，比如街道办事处的主任，房管所长，河码头的胖经理等等，我喜欢爹这么严肃，只要不是对着我。

大锁还是埋着头说，怀叔送我的。大锁永远不和爹脸对脸。他们之间总是绷着劲。但大锁说了这话后，爹就严肃地夹了一块油晃晃的肥肉，兜进他的碗。我瞄那块肉已有好久，一直在等爹说句话，爹哪怕哼一声，妈也会把肉夹到我的碗口。万万没想到，爹给了大锁。那时我还不知道木笼子的用处。大锁得了肉，我才晓得，这可不是白得的。爹轻易不表扬人，尤其对大锁，现在都给他夹肉了。

木笼子方方正正，根根木条子都是树心，白白净净，嫩嫩香香，妈还在笼子底垫了一层棉絮，我没理由不喜欢，可还是怨大锁多事，更怨大锁一用劲，就把我推了进去，也不容我多想。大锁把我，也就是把笼子举过头顶，我也不客气，啐了他一口。他拳头再硬，此时也腾不出手，就是腾出手来，隔着木条，他也打不透，除非他想把笼子打烂。

房梁上有个大铁钩，过年挂猪头用的。大锁一松手，我就停在空中了，在笼子里晃一了晃才定住。我听见房梁咯喳喳的叫，叫着叫着，还落了我一脸粉尘。低下头来，我瞧见一家人都仰着脸。他们的脸就像葵花，那我驼子就是太阳了。他们笑得好欢心，二锁甚至笑出了泪，拍着手。大锁说，难为你了兄弟，你就将就着待那儿吧。

为了防备我夜里滚出笼子，爹还给笼子安上了锁，一把新锁。这又是大锁的主意。我发现，在解决我的住宿问题上，爹跟大锁走到一起来了。以前不是这样的，以前大锁跟爹总是仇人相见。不过没多久，爹又把锁拆了。原因是有一次我趁他们不注意，把钥匙偷过来，他们无法打开笼子了。

我不出来，我就是不出来，死也不出来。

我就喜欢待在笼里，这是他们没想到的。他们以为我会哭会闹，我一点没闹，还不想出来，实在是这笼子的大小正好合适，简直是替我量身定做的。我不得不暗暗佩服大锁的眼光。大锁一定在河码头溜达了好几个通宵，才下定决心扛回家的。我待在笼子里，像只猴子，跳来跳去，又不占地方，有什么不好呢。特别是，待在高高挂起的笼子里，我有一种高高在上的感觉。

韭 菜 街

可是有人认为这样不好。街坊们都认为不好，韭菜街上的人都是些喜欢打嚎号的人。他们说锁王啊，你咋回事呀，你不会是昏了头吧。你咋能把驼子关在笼子里呀，他再驼，也是你日弄出来的，你这样做，还不如把他直接送到上海的动物园呢。

远啊，上海很远，要过一条江，要不是远，我肯定会爬着去，和那些猴子骆驼一块玩的。可他们哪晓得我有多开心啊。尤其是夜晚，上了铺，家里又恢复了平静：爹跟妈一张铺，大锁一张，二锁一张，我也有了一张。我高高在上，能看到白天宽大的一间房，到了夜晚就像开起染坊，拉上了好几道布帘子呢。可拉有什么用呢，拉再多的布帘，我也能看到他们的睡相。我注视着他们的一举一动。大锁永远流着哈喇子。我问过二锁，将来找男人，会不会找个流哈喇子的男人。

二锁憋青了脸，不敢开口，也不敢看大锁。睡觉的时候，二锁总是先数数，然后喊同学的名字。只有爹跟妈安静些。很奇怪的是，爹这样的老家伙，竟然不打呼噜，我听说大男将都要打呼噜的，大锁不打，说明他还不够男将，但至少他能流哈喇子，爹都捣鼓出我们仨了，咋也不打呢。

夜晚，我的耳朵变灵，眼睛也更好使了，我觉得孙猴子也就跟我差不多吧。我死死盯着爹跟妈的铺，盯着爹跟妈的被窝，那块是我待的最多的地儿。我发现，爹跟妈虽然安静，没有多少声响，被窝却一直在动。静静地动。我以为是自己眼花了。闭了一会儿睁开眼，他们的被窝还在动。我晓得，他们赶走我，就是因为我睡相不好，喜欢动。可是我不在了，他们为什么还动，没完没了地动呢。

2

可能是来自街坊的压力吧,也可能是怕背上恶名影响到生意,爹找我谈话了。在我的印象中,爹从来没有这么庄重过,对我。爹就是后来把手艺传给我,也没这么庄重。爹越是庄重,越是像只老公鸡。

"闹够了吧三锁。"爹磕着烟嘴说,"闹够了就给我出来!"

"出来做嘛,我喜欢呀爹,我喜欢待在里头。"

"喜欢,喜欢就待在里头吗?喜欢吃肉,吃多了也会拉肚子的。"

"可我待在笼子里不会拉肚子。"

"睡的时候才能待,不睡的时候就不能待。"

"那我就一直睡。"

爹跟我的这次谈话不仅庄重,还从来没有过的耐心,他装了一筒又一筒的烟抽。我看出他有些无奈,他一直不愿承认这样做街坊们会说他,但他显然在试着改变这种影响。要知道,大锁在一旁看热闹呢,看热闹就等于看他的笑话。

碰到爹教训我,大锁一般都不插手。这回主意就是他小子出的,他竟然还是不做爹的帮手。显然,再僵下去,爹在家里的威风也会弱下去。可爹还是没有和我动怒。爹没有一点生气的意思,他只是坐在门槛上,让黄昏的阳光照在他半张树皮脸上。

然后是妈劝。这肯定是爹的意思。妈说,小伙,你咋能不听爹的话呢。我说我咋不听,我不听话,咋会待在笼子里呢。妈摇摇头，又生气又开心的样子，小伙，你就不要皮了，你既是听话，那你就出来。我说我还没待够呢。那你待到嘛时候，嘛时候才是个够呢。我说，我要待到挂猪头的时候。

"嘛，嘛猪头！"妈假装没听清楚。

我赌气，不再理她了。我要待在笼子里，一边睡觉，一边吃猪头。一个只属于我一个人啃的猪头。白雪猪头。事实上，这样的话，要想再重复一遍，我也是说不出口的。我晓得，我们全家一年也就买一个猪头，还得托人。我晓得，提这样的要求，肯定会犯众怒。

"这有嘛难。"妈却笑了，"你早点说，早点说说不定这刻我已经在揿猪毛了。"

猪头是爹亲自拎回家的。雪白的猪头勾在大铁钩上，在笼子里头挂了一宿。做熟后，又在笼子外面挂起来。

那些个天，家里一直飘散着让人透不来气的肉香。我都能听见二锁在梦里吞哈喇子了，我没想到二锁也有哈喇子。女伢儿也哈喇子，那是嘛滋味！我对二锁的好感一下子全没了。

反应最强烈的当然还是大锁。他的愤怒是有道理的，他立了这么一功，享受的却是我驼子，与我得到一只猪头相比，他得到的那块肥肉太不值得显示了，现在想来，那简直就是对他的嘲笑。驼子一笑，大锁就跳。大锁一跳，爹的烟杆就砍到他的头上了。

"小伙，再不吃的话，猪头要生蛆了。"爹磕着烟嘴提醒我。

这是早春，还有倒春寒，苍蝇都没一个，怎么会生蛆！爹是把我当呆瓜了。

爹是要我把猪头赶紧处理掉，免得再添乱子。猪头不仅引得大锁二锁反常，连整条街的大人伢子都来看热闹了，赶庙会一样。他们好奇地瞪着吊在笼子里的驼子，瞅猪头的眼光却红了。白雪猪头早就烧红，他们也红着脸，红着眼，咧着嘴，鼻头皱皱，鼻吸短促。

他们先还看看热闹，没多久，就拎着伢子们的耳朵往家飞了。不久，我就听到伢子们的哭叫，那些个天，整条韭菜街，整天都有伢子们的哭叫。我相信，猪头一天不消失，街上的哭叫就一天不会少。

可守着猪头睡觉多开心啊。那是我的猪头，一个驼伢子的猪头。我愿意一直这么守下去，醒来时，嗅着肉香，就探出舌头舔舔，伸出指头捅捅，我就愿意一直这么守下去。

其实这个季节实在不当吃猪头，街上的人已经不再支持我，也不支持爹了。他们说，没见过这样的惯宝儿，也没见过这样的惯宝儿爹。在他们眼里，锁王从没做过窝囊事，这回却让个伢子整得不捉谷子了。

爹始终没有发火。他在憋气，脸上可是一点看不出。我就是要看看爹能坚持多久。

看来爹永远不会咋的我了。猪头挂的时间够长的了，挂得越久，我越是觉得对不起爹妈，对不起街坊。我没有独食猪头，全家的人都没有独食猪头。每来一个伢子，我就割下一块，从舌头开始，到尾巴结束。倒不是我怕吃多了拉肚子，春天不会拉肚子，猪头肉也不会拉肚子，妈烧的猪头更拉不了肚子，我喜欢看着他们吃，比自个儿吃还香，这是我割给他们吃的猪头。吃掉猪舌头，他们就不会再说我的闲话，再扯我家的闲话了。尾巴是伢子们抢得最凶的。尾巴不肥不腻，还能治磨牙。没办法，我只好切成一段一段，分给伢子们，弄到最后，我自己一段也没吃到。猪尾巴就是灵,整个韭菜街最后只剩一个伢子还磨牙了,那个伢子就是我。

猪头吃光后的个把月,还是能嗅到家里的肉香,伢子们还是簇前簇后,到我家来晃一晃。当然他们只能看到一支大铁钩,钩子油亮亮的,引得伢子们不住喷嘴。我是那么开心,我家啥辰光这么热闹过呀,就是他们找爹修锁,也没这么热闹,而且这一次的热闹,全是我一个驼子挑起的。我是有些人来疯,一开心,我就叫起来:

"修锁嘞——嗨——"

我叫得有板有眼,又平白无故。我的叫声太像爹了,不晓得的人一定以为是爹在叫呢。在我的叫喊声中,街上的伢子们笑开了,但我家人的脸却阴沉下来,尤其是爹。

"你喊个鬼大头。"爹捶着床,嚷嚷开来。这样的叫,只配爹来。爹再不济,街上还没有哪个伢子学他叫呢。我这一叫,算是破了规矩。可我已经叫了。是那么开心地叫。

"再叫,再叫把你拎出去。"

问题很严重,锁王很生气,我还没有意识到。我嘬起嘴巴,作势又要叫了,爹手一挥,大锁就像条狗一样冲上前来,把我和笼子拎到门外。爹说到做到,大锁拎着笼子,在门口晃了晃,一挺举,我又给挂到了屋檐头。我家的屋檐头,和别人家的屋檐头没二样,屋檐头的大铁钩总是最多的。

可能我家的人都没想到,他们本意是惩戒一下我,却迎来我最风光的时候。

3

韭菜街长不过七八九百米,却让草坝口和宁海路切个三大段,分成西大街,东大街和中大街。中大街最热闹,我家就住中大街。中大街最有名的是锁王,锁王就是街上的老公鸡。现在,因为我吊在笼子里,悬在屋檐头,终于有了"更上一层楼"的感觉。老师见天让人读书背诗,自个儿窝在讲台后打瞌睡,见谁偷懒,就罚背诗。可背来背去,我就会这一首。

中大街没楼,整条韭菜街,只有西大街有幢小木楼。小木楼的主人早就逃往台湾,小木楼便成了城里最有名的小客店。我当然上不了楼,可现在我能看到那幢楼,看到在那幢小木楼下趿着木屐走来走去的游美美,看到游美美水亮水亮的脚指头。

想看一眼游美美,我都想疯了。韭菜街上的人,又有哪个不想看到游美美呢。好像看到游美美,这一天就不会白过。都说游美美美得很,游美美就住在西大街。游美美经常在小木楼下面溜达,可游美美半步不离西大街。去看女孩游美美,是每个人的念头,又有哪个真的敢跑过去呢。游美美有个很凶的哥哥,还养了一条狗,那条狗平时不见影子,哪个要是靠近游美美半步,他就凭空窜出,龇牙挡住你的来路和去路。

现在,我看见了游美美,偏偏游美美也看见了我。在小客店前面,游美美走两步就回回头,走两步就回回头。她显然看见了我,却不晓得看到的究竟是嘛玩意儿。要说是灯笼吧,灯笼是圆的,红的。要说是鸟笼呢,那得关多大的鸟呀。

韭菜街

她朝中大街走过来了,我的心也狂跳起来,她是为我走来的。

她跨过草坝口了。

她越走越近了。

她的狗趟在她的前面,像是在给瞎子领路,她的身后还跟着一大堆的伢子。在韭菜街上,游美美的一个喷嚏都会引得大家鼻孔痒痒,何况现在她要走出西大街来到中大街呢。她晓得我是个驼子吗。她要晓得我是个驼子,她会咋个想呢!

我不敢想下去了。

把头抬高,我看到了青天,燕子,屋顶上的青苔,还有扎眼的白太阳。我过等儿感到自己的高大,过等儿又感到让游美美认清后,我将多么的害怕。

"下来呀,老待在上面做嘛。"

游美美一边说,还一边招招手,这样我就看见了她的胳肢窝儿。她的那条狗更是一蹦三尺,恨不能跳将上来,替主人救出我。得空儿我就想,大锁的心还不如游美美的狗善呢。

"我看你呢。"我说。我不晓得哪有这么大的胆子说话的。

游美美笑了,笑得鼻尖堆满了汗。游美美胳肢窝的细毛毛,稀稀的,也是黑油油汗湿湿的。

"下来吧,要看下来看呀。"她每说一句,那条狗都蹦弹一下,她不会认为我挂在上面,是想寻短见吧。

4

韭菜街拆迁,计划搞步行街的时候,游美美回来过一趟,住过一阵子。要不是拆迁,游美美还不会回来呢。游美美已经发福,一身唐装，听她说是回来前赶做的。不过，那时我也是个中年驼子了。我没嘛变，我像爹一样待在旗杆巷口。街坊们说，看到我的样子，他们就会想起我爹。街坊们说，一晃眼，他们常常认为，就是锁王坐在巷子口。搬家的时候，他们一个个从我身边悠过。他们说，驼子，你就不伤心吗。

我说，伤心嘛呀。

我们搬走了，你就不想我们吗。

当然想了，我说，你们搬，我也要搬的。说是这么说，我又能搬到哪块去呢。

你个死驼子，有人哭了，你当然想搬了，你搬来搬去，还不是找个巷子口！我们呢，这回我们都要关进笼子了。

这些人真怪，明明要搬到楼房里去住，还说是进笼子，是不是想寒碜我！我当然不会计较了，我说别哭啊，关进笼子，有嘛不好，我关了那么些年也没哭呀，再说，怀叔想进笼子，还没人要呢。

怀叔是个老挑工，搬运公司早就解散，可他还没死。怀叔老得像棵枯干的树，见风流泪，真真是风吹滴湿鞋，一咳屁下来。他的儿子不要他，他的女儿也不要他。他们把他送进老年公寓，开始是怀叔不愿去，怀叔说，我有儿有女，干吗待到老人院。

这话有点道理。

儿女们说，我们都不在家，你一人儿待楼里，能行吗。

这话也有点道理。

怀叔在老人院待了两个月，就让人家欢送出来了。怀叔的儿子女儿为他的生活费又搂事了。怀叔犯愁的就是啥辰光死。驼子，你说说看，这老天还公不公，你爹都走了，可我咋还不死。

你有得活呢怀叔,我说,你能活一光年。

一光年是多少年?我不晓得,我从驼子罗吉那里学来的。

死驼子你还咒我。怀叔真的生气了,他的眼神狠狠的,狠得没劲。

没地方去,怀叔就经常悠在巷子口,瞧我修锁。修锁的人越来越稀了。我就陪他说说话。我问他晚上住哪,他又不开口。我经常在怀叔离开时,跟在他后头。跟着跟着,我就把他跟丢了。我是个驼子,修锁还可以,跟人就不在行了。我的眼神只有锁眼那么大,要不然我也不会丢了老婆。

隔天,怀叔又坐到巷子口,和我搭话。有时候,我觉得怀叔就是日头的影子,他是永远死不了的。

怀叔最愿意讲的事就是多年前,他给了我哥大锁一只包装箱。在那只箱子里,我一直睡到娶老婆。

"你积了大德呢,怀叔!"

"那你还咒我,还不帮帮我!"

"咋帮,能帮我早就帮了,还要你怀叔开金口!"

怀叔就低声下气和我商量,能不能把那只木头笼子还给他。要是不想白给,他也可以贴两个钱给我的。

我说,"怀叔,你要那笼子做甚?"

"睡里面呀。"

我说,"你又不是驼子,你怎么能睡得进去呀。"

"那我睡进去,就是个驼子了,我就想做个驼子。"

怀叔的声音,就像梧桐树叶走在地上,沙沙沙的。还真是的呢,哪个说怀叔不是驼子呢。从前的怀叔是多么高大挺直呀。我揉了揉眼睛说,"怀叔,不是我不给,那鸟笼子早朽了,早让我劈柴火烧了。"

"个死驼子，你又在哄我！"

他们总是骂我死驼子，连怀叔也这么叫。很少有人叫我驼子锁。我最喜欢人家叫我驼子锁，可大家更爱喊我死驼子。没办法，我只得装出喜欢，响亮应和，其实我恨不能顺手抓把锁，一下子砸过去，砸他个头破血流，叫爹喊娘，满地找牙。

我知道，我永远下不了这个手。下不了手，我就只能瞎想想了。这么些年来，只有回来看看的游美美，喊了我一声："驼子锁！"

一开始我并没有反应得过来，游美美又喊了一声，我才应了。我问她是不是修锁，不修锁，修链包也行。

"个死驼子，你都不认识我哪，叫你驼子锁，你还不睬哩。"

游美美的话音还是韭菜街的，韭菜街的人我都认识，全城的人我都认识，就是不认识游美美。我有多久没见过游美美了？掰着手指，数也数不过来。实在是全城的女人，没有一个穿得像游美美那样齐整的。

我盯了游美美一眼，又赶紧低下头来，拿起锉子，挑剔锁眼。

"我是游美美，个死驼子！"

游美美把我骂得一颤一颤的。

你是游美美，我咋会不认识。

我这么说的时候，觉得那个光光脚的十六七岁的女孩，就躲在一个中年女人身后，死死牵着她的衣角。眼前这个中年女人，怎么可能是游美美呢。

"瞧见这个巷子口，瞧见你的锁箱，我才定了心。"

游美美说着话，还拍拍心口，就拍在她那两坨大奶上。

韭菜街

这话，这动作都让我舒坦。不是吹，全城的人都知道我驼子锁。谁要是问路，人们不一定说得出旗杆巷，但没有不晓得死驼子和驼子锁的，驼子锁箱子上挂的那把大钥匙，铁皮敲的，刷了红漆，醒目着呢。

"你还晓得回来呀。"我懒懒地说。

"这是嘛话。"游美美激动的脸让我一激更红了，"我啥时说过不回来了。"

"你还回来做嘛，你要回来干吗不早点回来。"

"那你是不想我回来罗。"游美美没有回答我的话，倒是一屁股坐到我膝头的细爬爬上，拍拍我的腿。我想躲，硬是没躲开，裤裆里也咯噔了一下。

"出去了，就别回来。"我说，"回来，也晚了。"

"晚嘛晚。"游美美说，"你不还是好好的吗。"

"好好的，还好好的呢，你出去的时候，这里坐着的可是我爹。"

"一样，有嘛不一样。"游美美又要拍拍我的腿。这回我早有准备，让她拍了个空。

"咋一样，我是驼子锁，我爹是锁王。"

"个死驼子。"游美美又骂了一句。转了一圈，游美美也叫我死驼子了。怪了，人们只要一回韭菜街，就会喊我死驼子。游美美两手一绞，放在自己腿上说，那时候，你爹就这么坐着，这么眯着眼，你爹对我一样没个好脸色，游美美说着说着，突然又高兴了，"驼子锁，你不晓得吧，我还差点做了你嫂子呢。"

"我不晓得，我咋会不晓得！"我说，有什么事我会不晓得，"我爹死了，大锁也没了，可你还活得好好的。"

"那要问问你的爹。"游美美脸一沉。

沉着脸的游美美还是让我想到那个十八岁的大姑娘。

5

现在,游美美就站在下面,仰着脸。我能瞅见她鼓鼓的身体,鼓鼓的胸。我的背脊像锅,眼睛却像虫子,沿着游美美的脖子往下爬,我想爬遍游美美的山山水水,不晓得她是不是痒痒,反正我自个儿痒痒了。我的目光只得赶紧溜到别的伢子身上。

围在门口的伢子当中,我还发现了两张生脸,长在鸟头上。这两个小人和我一样大,站在石板上,他们比我还显小。两个小人,一个驼着腰,一个鼓着胸。这么说,驼着腰的就是红喜,鼓着胸的就是罗吉了!

我没见过他们,倒是听妈说起过。那条狗咬拽游美美的时候,伢子们也慢慢散了。所有的伢子都散了,只有红喜和罗吉还赖着。尤其那个罗吉,很害羞。他的胸鼓鼓的,就像游美美的胸。罗吉的胸比游美美的还高。男伢咋会这样。他是因为他的胸而害羞吗。瞧他死劲缩着身子的样,真让人可怜。

爹让大锁把我从屋檐头放到石板地,红喜和罗吉的目光也由好奇变得喜悦。他们替我松了口气,一点都不晓得我在上面有多开心。我没坚持待在屋檐头,不仅仅是看在游美美的分儿上,主要还是看在这两个小人的分儿上。他们和我一样大小。从此,我总算也有伴了,一来就俩。

当然还有一个原因,我一直不敢说。要是说出来,爹和大锁肯定会经常吓唬我的。我见过屋檐头缠着一条乘凉的菜花蟒,足有小腿粗。我还见过老鼠在屋檐头搬家,壁虎子在屋檐头散步。这样的事咋能告诉爹呢。但我告诉了红喜和罗吉。

你是对的,红喜说。

要是我,也会这么做,罗吉说。

然后,三个驼子重新郑重认识了一下。红喜住东大街,罗吉和我一样,也住中大街。见我愣神,红喜抢着说,罗吉胆小,要不是他喊,罗吉还不出来呢。

"你咋会喊到他。"

"这有嘛奇怪的。"红喜说,"罗吉也是个驼子。"

我再次瞅瞅罗吉。罗吉仍然羞缩着身子。

"你是个驼子吗。"

"是的。"罗吉的声音和他的瓜皮头一样,低得不能再低。

"你咋会是个驼子呢。"我还是难以确认,我觉得他和我驼得一点都不一样。

"他是个前驼。"红喜的话打消了我的疑问,也让我更加好奇了。罗吉呢,他狠狠盯着红喜,嘴唇哆嗦。

罗吉继续说,红喜原来不叫红喜,而叫洪喜。红喜的名字最近才改的,一下子就改了四个:红福、红禄、红寿、红喜。

为了改名,红喜娘跑街道办事处跑断了腿。街道办的李麻子说,改一个可以,改四个可不行。

于是红喜娘就继续跑,还给李麻子送了全套的猪下水呢。李麻子就对红喜娘说,看你这么上心,我就成全你吧,可光我同意还不行,派出所那头还有话说呢。

红喜娘急了,那该咋的呢。

李麻子点了个烟屁股,望了望日头说,谁让我摊上这事呢,这样吧，我现在也没空儿，你晚上来，晚上我加个班，咱们再合计合计。

那红喜娘晚上去了吗。我话说了半句就呆住。我看见红喜气得和罗吉刚才一样。气坏的红喜把罗吉推到墙角。红喜剪着阿福头，气坏的红喜就像红孩儿。

"你推我做嘛？"罗吉挣扎着说，"去了去了，就是去了。"

"谁让你碎嘴。"红喜霸气地说，"去了就去了，干吗不去。"

"那你爹晓得吗。"这回我是问红喜的。去的是红喜娘，我怎么会问罗吉呢。我这么问，也是有原因的，别看爹一天到晚不离巷子口，他从不让妈离家半步，连妈上后街买菜，嘛时候回来，爹都对着日头掐得准准的。

就是我爹让我娘去的。

红喜骄傲地说，我爹说了，有嘛不能去，不就是陪李麻子睡觉吗，睡觉长精神，又丢不了嘛。倒是我娘不愿意，我娘去的时候，脸像绸布一样红，我娘回来时，脸还是红得像绸布。我爹说了，他娘的，你是不是也改名儿了呀。

我娘还不明白，我爹又说，你不是喜子娘，你让我越看越像那红娘嘛。我爹还哞哞哞笑了。

红喜仿着他爹哞哞笑，我没笑，罗吉也没笑。红喜继续说，不过往后好了，往后不是我娘去，反倒是那个李麻子来我家了。李麻子来，不仅带着猪下水，还带白糖，带蜜枣，那蜜枣可是糖腌的，去了皮的。

好嘛好，罗吉爬起来，整整衣服，李麻子可是主动找游美美改名的，可人家游美美改了吗？

这事我也晓得，李麻子说游美美的名字不好听，太资产阶级了。李麻子说他夜以继日,想了一箩筐的名字,游美美可以尽着挑。游美美挑了吗,当然没有。游美美挑了,就不是游美美了。那一阵子,街上的人好像都疯了,个个都想改名字,说改了名字好处多多,运气多多。游美美没改。游美美没改,街上的女孩儿却暗暗跟着她,改成俩字儿的名了。二丫头马红燕改名马燕燕,秦男改名秦芳芳,还有毛飞飞、任真真、韩婷婷、丁云云、孙甜甜、田丽丽,多了去了。

"哼,你整天游美美游美美的。"红喜反驳道,"游美美是你罗驼子想的吗,你不会还想找她做老婆吧?"

这话不仅伤了罗吉,也伤着了我。我也喜欢游美美,我不能娶她,还不能想想她瞧瞧她梦梦她吗。可我能说嘛呢,难道红喜说得不在理吗。不过眼下,我也只能和稀泥了,我说,不要吵了,有什么好吵的,专心玩游戏吧。

街上流行摔烟壳的游戏。红喜的烟壳最多,也输得最多。想象不出三个驼子摔烟壳的样子吧!肯定想象不出。不晓得是因为输惨了,还是别的,玩到一半,罗吉忽然说,下次再玩吧,我要走了。

"干吗去?"我问。

"是不是我赢了你呀?"红喜僵在那里说,"要是生气了,那就还给你。"

罗吉没理他。罗吉一边走,一边说:"哼,你们以为游美美是嘛好鸟吗。我要么不找,我要找个老婆的话,保准比游美美俏。"

6

罗吉找的老婆果然不差。要是游美美见到罗吉的老婆,我相信,她也会暗暗称奇的。可惜游美美早就出去了,惨的是红喜。游美美走得了,红喜哪里也去不了。红喜只能窝在他的钟表柜后,像个缩头乌龟。

结婚的时候,罗吉特地从中大街跑到东大街,给喜驼子送请帖,帖子是罗吉自个儿动手做的。红喜出了双份人情,人却没去。那天晚上,罗吉着人来请,来找。红喜躲起来了。罗吉只好亲自来等了。罗吉说了,今儿晚上,咱们仨驼子,要好好醉一醉。

红喜的大哥红福看不下去了,就说:"罗驼子,我去成吗。"

"成,有嘛不成的。"罗吉一挥手。

红喜姐姐红禄说:"罗驼子,那我去成吗。"

"成,有嘛不成,说不准你在婚礼上,还能碰到中意的人呢。"罗吉又是一挥手。

红喜二哥红寿说:"罗驼子,我就不去了,我腿跛,眼神也不好,我让红禄带些菜给我,成吗。"

"成,有嘛不成的。"罗吉还想手一挥,却让红禄抓住了,红禄说:"罗驼子,你是个好新郎,也是个好男将,你赶紧回吧,你还有那么多客人要待见呢,我们马上就到,带菜的事嘛,嘿嘿,就免了,你也不要为难,红寿不过是拿你玩笑的。"

"没事的红禄,管他玩笑不玩笑,你给他带就是了。"

红寿急了:"罗驼子,我可是认真的,我咋会开玩笑,婚姻大事,你要不信我,那我去就是了。"

红禄也急了,红禄一急就跳脚:"丢人哪,红寿你是要我丢人吗,要丢人,你让红福丢去,我可不带这个菜。"

红福不待红寿开口,马上表态:"红寿,这个菜嘛,你说我吃不了还兜着走,让喜驼子晓得,还不要骂我骂到生蛆呀。"

罗吉听不下去了，他还有很多客人要接待呢。可客人再多又嘛用呢，红喜不来，这个婚结得就没多大意思了。

红喜到底还是没去。罗吉后来告诉红喜，那一夜，他都没睡实。

红喜冷笑一声："搂着新娘子，哪个也睡不实呀。"

罗吉也冷笑："你搂过新娘子吗？你没搂过你还晓得。"

红喜听了，闷着头就走。给我一把拉住。我还拉住了罗吉，我说："罗吉，这就是你的不对了，你搂着新娘子快活，就该对红喜说这种话吗？"

罗吉急白了脸："你听听这家伙说的瞎心话，我明明是在等他嘛，他不去，害得我一夜没安神。"

"红喜没老婆，他咋说都成，你这么说就是气人了。"

"那你要我咋说。"

"咋说都不能这么说，做人要做厚道人。"

"好了好了。"罗吉咬咬牙，"喜子，我认得你的狠，我说错了，我是王八蛋，你不要生我的气，成吗？"

"王八蛋？哼，这可是你自己说的。"没有老婆的红喜，还是闷着头走了。

韭菜街上的事就这样，永远理不清个头绪。以前红喜嗤笑罗吉梦想游美美，罗吉婚后，又转过来嗤笑红喜。我们仨在一起的机会也少了，红喜很怕罗吉的刺激。罗吉也怕红喜的刺激。只要在一起，这个罗驼子就喋喋不休，说他的老婆怎么怎么待他好，待他一家人怎么怎么好。仨驼子里头，罗吉头一个结婚的。罗吉不但说他老婆人俊心善，还说到他老婆咋和他睡觉，咋让他快活。这种事罗吉咋能说呢，不过，我们还是喜欢听他说的，有时候是他卖关子，有时候是我们撺掇他说。可能在罗吉看来,既然我们是他最亲密的朋友,又没找老婆,让我们听听他和老婆的事,也算是对朋友有个交代吧。

"我一个驼子,能讨到这样的老婆,还有什么不满足的。"

罗吉说这话的时候,表明他要回去了。回家的罗吉胸更挺了,挺得有些嚣张,留着我和红喜两个光棍一个劲儿地流哈喇子。

"哼,有什么显摆的,瞧他能的,好像捧着一座狼山哩。"罗吉一走,红喜就吸溜着哈喇子,气得背上的锅高耸起来。

狼山是城南的一座山,山不高,二百米还不到,再矮的山也是山,罗吉能捧得动吗。我说,算了,我们应该为他高兴才是,我还打趣道,他捧着狼山,我们不也背了一座狼山吗。

"高兴个屁。"红喜不服气,"要不是有个做厂长的爹,谁还会嫁给个驼子呀。"

"话可不兴这么说!"我生气了。红喜的意思很明白,他不仅自己做光棍,好像连我也光棍定了。妈经常对我说,男人碰女人,是要有缘头的。"红喜,人家罗吉的缘头比我们早些罢了,罗吉能有女人,我们也会有的,不都是驼子吗。"

"你个驼子锁,你晓得个嘛呀。"红喜还是一脸的不屑。老实说,我很不喜欢红喜这样的脸色,我甚至想揍他个开花脸呢。"你晓得那女子干吗嫁给他么!"

"缘头嘛。"我说,"缘头天注定。"我的声音不那么响亮了。

"哎呀,你就没听人说吗,那女人跟罗驼子的厂长爹有一腿呢,哼,这个罗驼子,还在咱们面前现世,把咱们都当呆子呢。缘头,去他的缘头,要说缘头,也只是他爹和他老婆的缘头,罗吉至多也不过是捡烂菜的。"

韭菜街

按照红喜的说法，罗吉的老婆实际上是罗吉爹轧的姘头，而且早就轧上了。罗吉老婆就在他爹的厂里做保管。罗吉的老婆挂着厂里一大串的钥匙，整天叮叮当当，好像挑着一副铜匠担子，挑到哪响到哪。罗吉老婆跟公公待在一起比跟罗吉待在一起的时候要长得多，机会也多得多。罗吉老婆随便嘛时候，都可以打开一扇仓库的门，钻进钻出。罗吉爹同样可以进出每一间仓库，检查视察。就算女人不肯，也不敢不服。

这样推算下来，红喜的说法还是有些道理的。为了达到长期占有的目的，罗吉的厂长爹干脆把他领回家来，一来算是对这个姑娘，对姑娘一家有个说法，二来也给驼子罗吉成了家，成家才算立业嘛。明里是驼子和她一张铺，暗里是她和公公一床被，说不定在他们父子俩的大干快上之下，马上就会生个小兔崽呢，只是那小兔崽子究竟算儿子，还是算孙子呢。

这样去想虽说不舒服，虽说痛恨罗吉爹，也痛恨罗吉的漂亮老婆，我还是站到罗吉那边。我一下子把红喜推了个四仰八叉。红喜真的是摔重了，摔得哇哇叫。驼子跌跟头，两头不着地儿，红喜现在就两头不着地儿。我用力不轻，自己也退到墙角。我喘息着说：

"红喜，我说我们这是操的哪门子心呀，甭管真假，人家罗吉可是过得好好的呀。"

红喜不甘心，红喜一定要让我彻底相信。我说我信，我信我还不成吗，可信不信的，对我有嘛好处？

红喜说，你口是心非，你心里想嘛，我还不晓得吗？

那你要我要咋做呢。

眼见为实呀。

我一把抓住红喜，你是要把罗吉搞得家破人亡才称心吗？

谁说我要搞他,我们俩驼子,扳得过人家大厂长吗?

识相就好。

你驼子锁就不想瞧一瞧热闹吗?

不想。

算我求你了,驼子锁。

红喜是头一个喊我驼子锁的人。喊着喊着,还喊出了点名堂。冲着这一点,我有些敬重他。红喜真的在我面前,做出半跪半立的样子。不过一个驼子,面对另一个驼子,跪着和站着有多少区别呢。红喜拍着胸脯说,只要我答应和他一起去看,事后会送我一只手表。

我不明白,罗吉老婆和罗吉爹乱搞,碍了红喜嘛事,也不明白他为何这般热心,还下这么大的本钱。本来我还犹豫,但一只手表的诱惑也太大了,到底要不要呢,当然要了,不要才是呆瓜,不要我就不是驼子锁了。

不过我嘴上还在念叨:"手表,这太贵重了,我一个修锁的,要手表做嘛。""你会用到的。"

红喜晓得我同意了,口也硬了。他的主意是,我们带些薯干,预先躲进仓库,边吃边欣赏免费电影。

"可咋进去法呢。"

"废话,你忘了你是做啥的吧。"

"你要我开锁?"怪不得这驼子一定要拖上我呀。我紧张起来,拼命摇手,这不是盗窃吗,我可不干冒险的事。

"嘿嘿,没想到驼子锁,这么废物。"

"算了红喜,你怎么激,我也不去的。"

"你想啊,呆子,就是让他发现了,他敢告吗?"

韭菜街

这个理由倒是可以接受的。

"手表你也不要了吗。"红喜继续晃着他的手腕。

第一次"看电影",并没有看到。我们躲在这间仓库里,却听见罗吉老婆和罗吉爹在隔壁库房,翻天覆地的,大呼小叫的。完事,出来,关门落锁,有说有笑的,经过我们躲着的仓库门前,还停下来,很响亮地啵了一声。工厂是罗吉爹的天下,仓库是罗吉老婆的天下,妈妈的,怪不得这俩人美死了,我看天上的神仙也要羡慕他们呢。

我说嘛也不愿意去了。不敢去。怕。兴奋。流汗。还流哈喇子。上下都流。难熬。

更主要的原因是在人家的地盘,强龙敌不过地头蛇,我们两个驼子能掀得了啥浪涛呢。

红喜啥也没说,只是把他腕上的手表脱了下来,我就给他收拾了。

我说好吧,我可是看在你的面子上呀,就这一次了,这一次还不成,我再不干了。

红喜说,嘿嘿,这种好事,还能老让你碰到!

这一次成功了。

看电影的时候,我和红喜紧紧挤着,紧紧抓着对方的手,罗吉的厂长爹像一只鸽子,一边举着媳妇,一边咕咕咕的,但罗吉老婆的叫喊一浪高过一浪,拍打得我们无处藏身。可能正因为她叫得响,忽略了我们吧,甚至在我们悄悄出去,掩上了门,他们也没有停下来。

一出门,我就问红喜,刚刚把嘛东西放在操作台上。红喜说是半截电焊条。我问哪来的焊条。

除了罗吉，哪个还能有焊条！是的，罗吉修电视，罗吉的铺子里，有好多焊条。

你把焊条放那做嘛，你这不是要坏事吗。

我就是要坏他们的事，红喜说着，眼睛也红了，我就是要让她晓得，罗吉晓得他们的事，让她怕。

我摸着红喜的锅，就像摸自己。红喜，你是想给罗吉出出气吧，可惜呀可惜。

可惜个啥。

可惜她不晓得是你干的，罗吉也不晓得是你干的，可惜你是个驼子，你要不是驼子，凭你的本领，至少能弄个派出所所长当当的。

7

住在笼子里，挂在屋檐头，我尝到了甜头。可爹再不这般做了。爹说，这样的处罚，达不到目的，还落得街坊的骂，舆论太厉害了，舆论是山，舆论是墙。我说把我挂在屋檐头，我保证以后再不叫魂了。爹还是不同意。爹说嘴长在你脸上，我还能把你缝起来？你驼子现在说不，到时候忍不住了咋办，我是你爹，我还能吃了你么！

说的也是，我说爹，我可以立字据的。

爹说，为这事儿立字据？哪有儿子和老子立字据的？

那就间或挂一挂，就挂六次，六次，咋样，爹，驼子求你了。

爹就是不点头。

那就一次吧，我竖起一根指头。

爹笑起来，我很怕见爹笑，爹笑得很难看，越笑越丑，可他自个儿不晓得。妈是怎么忍受爹笑的？爹笑的时候，我都要背过脸去。

看情况，看情况吧。爹总算答应了。

我很开心。爹要做出多大的牺牲呀。既然他都应了，我就不好意思再催了。爹随时都可以叫大锁做这事儿的。

可咋等又等不来。我不说，爹就当没事了。爹是忘了，还是故意应付我一下的呢！

我急得眼睛喷火，爹还是不为所动，每天早晨，总是我先喊一声，爹就骂一声，然后收拾收拾，他就坐到旗杆巷，他做生意的地方去。爹不给我说话的机会，我也不便大声去闹。爹有做爹的派头，儿子也得做有儿子的样子。我只得追他追到厕所里头，准备着和他一起蹲坑了。

厕所里正好没人，爹已经蹲下来，憋着脸，屎橛子长长的，尿橛子也硬硬的，一样的酱紫色。我给他的恶相吓住了。屎橛子断掉之后，爹还过神来。主动问我到底嘛事，倒是我支支吾吾。爹说，你不要说了，我晓得你的意思了。

啥意思，我还没说意思呢！

你不就是想看到游美美嘛。

那爹咋晓得的呢，爹你真是神了哎。

别，你别捧我，你那点花花肠子我能不晓得，我是你爹，我能不晓得吗。

那爹是答应了，是吧爹。

要不是为了看游美美，我才不会求爹呢。爹的口气有些松动，但不明朗。他要我说说理由，说说游美美到底有什么好看的。爹说女人嘛还不都一样,你何必在一棵树上吊呢,你要看女人,哪里没有,家头有你妈,有二锁,外头还有孙甜甜,任真真,毛飞飞,哪个不好看。

不一样的,我就喜欢看游美美。我喜欢看游美美的脸,眼睛,嘴,牙,还有游美美的胸,游美美的腿。我越说越兴奋,好像游美美就在隔壁,我就是说给她听的。爹也索性闭上眼睛,任由我絮说起来。此时爹的屎橛子越拉越多,尿橛子也越伸越长,一副适意相,都快变成驴橛子了。我每说一句,停顿一下,他就嗯啦一声。

不等我说完,妈来了,艰难地提着马桶。

妈坏了我的好事。妈还怪我拉屎磨洋工。妈说,我再磨蹭,屋里的三把菜刀都给我磨。

趁这机会,爹赶紧束了裤子逃往巷口,妈则把我押回家,一边催我吃早饭,一边审问,爹蹲坑时到底说了些个啥。我只好如实回答。

妈听完了,就摸摸我的头,开始骂爹,这个老家伙,一大把年纪了,还喜欢听女伢儿的事。妈破例给我敲了一只鸡蛋,也不晓得妈是从哪听来,说是生鸡蛋更有营养,逼我吃了。

尔后,妈就问游美美上面喜欢穿啥,下面喜欢穿啥。我正奇怪着妈是怎么回事,别人都关心游美美的身子,妈怎么独独关心游美美的衣裳呢。连二锁也嚷开了,二锁说妈呀,你还说爹呢,你自个儿呢,你自个儿不也在乱打听吗。

妈一愣神,很快醒过来,个死丫头,我关心她做啥,我也是个女人,不成我对那丫头还有嘛念头吧。

二锁白了一眼,就转过去。

妈倒是来劲了,妈说,死丫头,你倒是反了,还管起妈来了。

韭菜街

在我们家,妈只负责二锁一个人,妈只会管二锁,二锁也服她管。妈继续说,妈问问,还不是为了你!你瞧你哪回扯件衣服不花我六尺布!你瞧瞧人家,人家游美美,用的布少,穿的又好看。

妈这么说,二锁并不买账。二锁来气了,二锁一犟,什么也不怕,二锁说,我才不要像她呢,妈,你心疼布,那你别给我扯就是了。

这段日子,游美美成了我家的主要话话儿。表面上,大家都不把游美美当回事,背地里个个都关心得很呢。就说二锁吧,她那么痛恨游美美,可还是悄悄问,三锁,你说说看,到底是她白,还是我白。

我说,她,她是哪个。

还能有哪个,就是那个小妖精呗。

哪个妖精。

游美美呗,二锁恨恨的,死驼子,你还故意跟我捉迷藏呀。

游美美是妖精吗。有这么好看的妖精吗。如果游美美是妖精,那就说明妖精里头也有好女人的。

三锁,你老实说,你凭良心说。只要你是老实话,好说歹说,我都不生气的,诺,给你宝塔糖。说着话,二锁真的拿出来宝塔糖,一拿就是三颗。

你白。

啥。

你比她白。

真的吗。二锁笑了,笑得像葵花,她又加了一颗糖给驼子我。

可你,我把二锁左看看,右看看,我肯定地说,你比她粗。

我还想说"不过你的牙比她亮",可二锁不要听了,二锁变了脸色，露出难过，难过得要哭了，哭之前，二锁把糖全抛洒给了我。

对游美美最上心的还是大锁，大锁跟我一样，好像才晓得西大街有个游美美。因为游美美来看我，大锁的态度也变了。

首先，大锁不再动不动就伸拳头了，妈给我搛菜，大锁也没有不满了。以前，大锁都是哼哧哼哧的，像头没食吃的猪。现在他会埋着头，装没看见，装自己吃得很香。

以前，爹让他把我挂到屋梁上，大锁慢吞吞的，嘴里嘀咕："干吗总我搬，干吗总我搬！"挂上去的时候，还悄悄掐一把，疼得驼子我直吸气儿。现在大锁很主动，问驼子我啥辰光睡觉，一副摩拳擦掌尽力效劳的样子。

我晓得大锁对我好，并不实心。大锁对我好，是因为游美美。大锁对我好，其实是对游美美的好，我们都不点破。

每天早上，妈给我套上书包，让我在门口等罗吉红喜。不一会儿，俩驼子就到了。我们结伴，前往明道小学。

明道小学在西大街顶头。我们溜达在韭菜街上，总会引来很多人瞅。街上的人瞅我们永远是头回看的样，看马戏似的，永远看不够的样。可我们不在乎。至少我不在乎，三个驼子去上学，总比一个驼子去胆大多了。

总是我和红喜，红喜和我搭着肩膀，罗吉拖后，这样，街上的人也看出来，三个驼子是驼得不一样的。三个驼子三口锅，两个背着，一个捧着。

背着锅的两个也不一样。红喜右手腕上套了块手表，我没有。红喜经常扬手看表。红喜的手表是日本产的。红喜的手表还经常出汗，表面一出汗，就像人的脸。

韭菜街

红喜说,手表像人,出汗的手表才是好手表。小日本的手表都是出汗的,进口货嘛。

"红喜,你干吗戴在右手上呢,我见人家都戴在左手呀。"

"是呀,他们戴左手,我就戴在右手,不一样就是不一样。"红喜答道。

至于哪来的表,他过会儿说是爹给的,过会儿说是姐夫的,过会儿又说是他捡的,反正是说不明白。

我和红喜,也试着和罗吉搭过,罗吉不愿意,罗吉总是害羞地缩着胸。缩能缩得住吗,他越缩,他的胸越高,他的头搭在胸前,像个睡着了还在走路的人。我俩不得不停下来等他,边等边有一搭没一搭的说些话。

其实我更愿意和罗吉说说话,总觉得罗吉比红喜有意思。但罗吉在睡觉,只有碰到高年级的学生伢,罗吉才会慌慌地喊,慌慌地追上来。

不过这样的事已经很少发生了。自从大锁远远跟着,没人再敢取笑我们了。我们可以大声说笑,大声惊叫。走过那些大个子身边,我们故意闹腾。这些横冲直撞的大个子一见三个驼子就歇菜,很自觉地避到屋檐下,让驼子先走。

罗吉想不通,他想不通这些大个子咋会怕他的。他这样的想法只能让我和红喜捂着嘴憋住笑。

罗吉后来想通了,他说,这些大个子一定晓得了他是罗主任的儿子。罗吉爹已经做到车间主任。

罗吉的想法让我们笑得更欢了。不过我发现红喜笑得很可怕。一个驼子的笑能好到哪里去呢。所以我再也不笑了,我想我要是笑,恐怕比红喜还要可怕的。红喜一笑,我反而严肃了。红喜就问,这么好笑的事,干吗不笑。

我们不在一个班上,放学回家,很难聚在一起。我们就等。回家做嘛呢,回家有比三个驼子在一起更快乐的事吗?不过总有落单的时候,尤其罗吉,动静本来就慢,还高一级。落单的罗吉终于让高个子们戏耍了一回。在驼子面前,所有的人都是高个子,那几个高个子实际上比我们小得多。他们不知轻重,把罗吉的书包扔在街上,待罗吉好不容易追上,他们又把书包一抓一移,猫戏老鼠就是这样的。他们一边戏,一边说,只要罗吉掏五毛钱,就可以取回书包,或者他们替他背着。

罗吉刚把钱掏出来,要递过去,突然发现那些高个子稀里哗啦全跑了,好像天转眼就黑了。罗吉没反应过来,只感到身边一阵风刮过去。

"那股旋风,就是你哥!"

罗吉说的时候,一副感激和羡慕我的神色。好长一段时间,罗吉都在谈这件事。他说大锁像只老鹰,把领头的大个子拎到他面前,让大个子向他认罪。他觉得有一个哥哥,比有一个车间主任的爹要强。

我说,我还宁愿有个做主任的爹呢。

"你那是站着说话不腰疼!"罗吉激动地反驳。

我说的实话,罗吉说的也是实话,可惜我爹是个修锁的,罗吉上面也只有三个姐姐。红喜插话说,那还不好办,让大锁做你姐夫得了!

都以为罗吉要生气,这回没有。罗吉说,好呀,我同意,我姐也会同意,可人家大锁愿意吗?

大锁咋会不愿意,我三个姐姐,他总能看上一个的呀。

韭菜街

罗吉说,我们傻瓜是不,你们当我傻瓜是不,你们就没看出大锁盯上了一个女孩吗?

再傻的驼子也能看出大锁的心。大锁已经完全给游美美迷住了。大锁救罗吉,给我挣了面子,这面子一样是游美美给的。

路过西大街的小客店,游美美已经站在楼上了。游美美的妈妈是小客店的服务员,游美美总是陪着她妈值班。

她扶着阳台的栏杆,笑嘻嘻地看着我们。

她光光的脚指头在拖鞋里磨动,像要探出被窝的小矮人。

她总是穿一件花裙子,她往下看,驼子们也仰起脸,向她看。能看见她的十个小矮人,还有她笔直圆整的腿,一直能看到裙子深处的花短裤。

游美美的花短裤上飞满了蜻蜓,但红喜说是蝴蝶。红喜甚至又要和我打赌。我俩就问罗吉。

罗吉说他看不清,他一仰脸,就眼神模糊。

驼子们争论的时候,游美美一直在楼上,她不可能听不见,但她又是一副听不见的样。她就那样歪着腿,看着驼子,哪怕她那条凶恶的狗舔她的脚趾,舔她的腿弯弯儿,她也不理。

但只要大锁的影子一出现,她就会消失。游美美的消失也像影子一样不知不觉。

大锁对游美美这么感兴趣,却从来没有向我打听过。我一直在等他打听呢。大锁早就不上学了,有的是时间盯游美美。可他干吗跟我们,跟我们干吗又从不吱声呢。

我不晓得大锁这是在和我们掰,还是在和游美美掰。

8

一宿没睡好,早上起来也无精打采。街上的人就问,驼子锁呀,是不是夜里做了坏事呀。我闷声说,倒是有坏事可做的,可我不感兴趣。

"哟,驼子锁也拽起来了。"和我打趣的人说了也就说了,匆匆而过。居委会的麻子李,托着紫砂茶壶趟过来了。

麻子李是李麻子的儿子,也算是子承父业。不过,他顶替李麻子,和我顶替爹不一样,他坐办公室,我坐巷子口,他月月有铜钿拿,我得自个儿一粒一粒挣角子儿。妈妈的,这世上就是不公平。

爹告诉我,这世上永远不得公平。

妈告诉我,三锁,你要认,你就得认。认个啥?认这世上的不公平,别计较,别上火,做人讲厚道。

我记住了,我晓得。我要是为这样的不公平上火,不是要撞墙吗。

没事时,麻子李就往我这儿凑,我还不得不递他一只细爬爬凳。作为交换,麻子李会告诉我一些韭菜街的糗事。那些事不听也罢,再说,我们这条街上,能有啥糗事呢。啥糗事我还能不晓得吗。麻子李说的糗事基本上没我不晓得的,我埋头修锁,他眉飞色舞。

我不想让他觉察我晓得,我怕他觉察我晓得。韭菜街上平平静静,这是让麻子李头疼的地方。麻子李觉得,平静的韭菜街让他失去许多锻炼的机会。麻子李曾经要求调到别的街道,调动,就意味

韭 菜 街

着升迁,上面没有通过,理由也正是他缺少锻炼。麻子李是对的,可安安静静的韭菜街又有啥子不好呢。

麻子李托着茶壶,就像托着一只小巧的鸟笼,他的步态永远不紧不慢,像个亲王,好像这世上没嘛事值得他匆匆奔跑。我有些看不起他,又不想让他发现。说到底,我凭啥看不起人呀。不过他这个样子也让我忽视了这个早上,他真是冲着我来的。坐下没多久,话没绕圈,麻子李就问我,游美美昨儿是不是来过。

游美美来了,韭菜街的人都看见了,这个问题不需要回答。麻子李又问我,游美美和我都说了些啥。我没回答,麻子李就把茶壶递过来:

"铁观音,上好的铁观音!"

我没喝,不过那茶香的确特别。我没有喝过茶,我所知道的茶叶,都是麻子李告诉我的,但麻子李让我喝一口还是头一回,也不像是客气。

你不想说,是有啥子秘密吗。麻子李笑眯眯的。

我还是埋着头。我能说个啥呢。

麻子李笑眯眯地告诉我,他是代表政府来询问我的。他既想表示郑重严肃,又笑眯眯,满脸的麻子都掬在一块,就像雨前的蚂蚁。见我不吱声,他也不强逼,临了他只是要我好好想想,想通想完了就告诉他。

这天下午,麻子李依约而来。我问他,茶壶呢。他说在办公室里。他说我要是想喝,尽着喝。麻子李还是笑眯眯的,这一天我碰到的人,对我都是笑眯眯的。不过麻子李已经没有和我说话的份儿了。居委会的马主任通知我去一趟。麻子李就是跑腿儿,也是不慢不紧。我以为他在寻开心,他却开始替我收家什,动手就摘那把大钥匙。

马主任比麻子李更客气，说话也更有水平，不过转来转去，还是那些意思。我想，在马主任面前，我要是啥也不吐，就不好做人了。我就说游美美来过两趟。我说我和游美美就说了些家常话。

"就没说点别的么！"

马主任就是有水平。我躲不过他，就说我还问了游美美一个问题，我问她当年到底穿的哪条花裤衩。

"怪不得呢。"马主任重重坐到椅子上，重重放下他的保温杯。

"怪不得啥。"我的心乱了。我是不是闯祸了！马主任当然不会回答我。马主任找我来，是要了解情况的，咋会回答我呢。可我怕呀，我问：马主任啊马主任，你就露一点点风吧，你说，那个游美美会不会是那边派来的女特务。马主任面色沉重，笑过之后，更沉重了。

这个晚上，马主任约我吃饭，同行的还有一个干部，看样子年纪不比我大，但马主任对他挺尊重。

我说我娘还在家呢。

马主任说，没事的，麻子李给你娘买了份快餐。

我想，妈一定在瞟我，麻子李一定在恨我。我只要这么一想，那干部就给我夹菜。满桌子都是好菜，那年轻干部好像看不见，只是笑眯眯地看着我。

马主任学着那干部样，也不吃菜，也笑眯眯看我。但我晓得马主任和我差不多，心里急，却吃不得。马主任可能比我还急，我的碗碟里堆了好些菜，马主任那里嘛也没。马主任一定想不到还是我惨。那些菜我一筷子没动。我不想给那年轻的干部一个"驼子从没上过桌"的感觉。好几次，马主任想直呼那干部的身份，都让那干部的筷子轻轻挡回去了。

吃完,来到名人茶馆,我才晓得,年轻干部姓黄,还是改造韭菜街的副总指挥呢。

9

有一天早晨,我和红喜一直等到太阳爬进锅,也没见罗吉的影,害得我们都没看得成游美美,还挨了老师骂。罗吉经常胸口痛,吸不来气儿。一连几天,都没等到他。

这天,我和红喜约好,提前溜出校门。我们要去看罗吉,还特地给罗吉带去一本小人书《永不消逝的电波》,罗吉一直叹惜没看到这本书,这回就满足他一下吧。当然,我也存了私心,我想换看《李自成起义》,要是他不同意,那就换《铁道游击队》。打心里说,我希望换到《铁道游击队》,那一套十本,有得看呢。可红喜说他要换《一支驳壳枪》,我笑他傻,那本书太老,也太假了。

红喜,你是个驼子,就是给你一支驳壳,恐怕你也是拉不出打不响吧。

可红喜还叫板上了,他说他就想看,非看不可。我只好提醒说,要换你自己换吧,别忘了这本小人书可还是大锁替我借的哩,实在要换,那也得等我先换过了再说。

罗吉看上去气色挺好。罗吉不单没病,还问找他干吗。红喜又叫了,你小子太不是东西了,我们好心来看你,你还装着没事人一样。

罗吉泡了茶,端了糖果,还拿出他爹的烟,请我们抽。

算了,罗吉,你别忙乎了,既然你没嘛事,我们就放心了。红喜，咱们走。可红喜就是赖着，他想抽颗烟。喜驼子，那烟是给你抽的吗，罗吉那是在给你摆谱呢。红喜可不管，他点了烟，还掏出一支，硬往我嘴上塞。旁边，罗吉已经擦上了火。我说我不抽，我一辈子也不抽。

三锁就这毛病，红喜对罗吉说，动不动就一辈子一辈子的，好像他能过几辈子。我说我抽不起，一听我爹抽着咳着，就怕了。

抽了烟，红喜还想喝杯茶，铁观音茶。人家罗吉已经泡了，不喝也浪费了。拉他，肯定拉不动，真拉了，他也会尴尬的。我就说，这样吧，你不走，我走。红喜只好恨恨跟出来了。

送到门口，罗吉说，以后他不去上学了。他再也不上学了。不上学，你做嘛。罗吉说，就待在家里。待家里，你做嘛。不做嘛，我就待在家里，罗吉说，有嘛好上的，难道天天让那些高个子瞧咱们的洋相吗。

我们看着罗吉关了门，听着他在家里磨动。这驼子，说不上就不上，说跳河就跳河了。

我们都有些愣神儿。心里却希望，当我们转身离去时，罗吉会突然四门大开，呱呱笑着，连说"你们上当了上当了"。这年头骗子很多，可我们是那么容易挨骗的吗？

罗吉一直想骗我们俩驼子，难道这是他的套套儿！不过这回，我倒希望他真的是在骗我们呢。我和红喜悄悄说定，要真是罗吉骗我们，我们就装出上当的样子，装出气急败坏的样子，罗吉不定多高兴呢。

红喜琢磨了一阵说，我们装，不就成了骗他吗。

就你聪明，我骂道，甭管骗不骗，咱们都得表现得像真的。

可是等来等去，家家都亮了灯，弄堂给照得更暗了，还是不见罗吉出来喊。也不见罗吉的家人。倒是听见他家里传来人声,还有唱歌的声音。当然,罗吉是唱不出来的。红喜戳戳我,带来的那本小人书还没给罗吉呢。

你想进去,要进你进吧。

我把小人书给了红喜,又在门外等,左等右等,红喜就是不出来。俩驼子挤在一块儿看电视呢。

罗吉家,不知嘛时候,给他买了一台电视,细爬爬凳那么大小。他们一边看,一边吃薄脆,还指指点点,早就把我忘到耳后,我不由分说,拽着红喜就走。

一路上,红喜都在抱怨我把他强行拉走。红喜不住扬起手腕说"时候还早时候还早呢"。在他眼里,我越来越像游美美的那条狗了。电视里头正在放《大西洋底来的人》。我说,我可没游美美金贵,也别忘了我可是中大街来的人。

更让我生气的是,罗吉没要我们的小人书。罗吉把《李自成起义》和《铁道游击队》都捧给我们。罗吉说他以后不看小人书,就看电视。怪不得这小子不想上学,红喜终于明白,整天抱着电视,还上学做嘛。

你以为呢,你以为罗吉真的是为电视吗。那为嘛。罗,我努努嘴,还不是为了游美美,谁让你笑他的呀。

现在,只剩下我们俩能看到游美美了,楼上的游美美也只瞧到我们俩。她的裙子照样被风吹得鼓起来,她的脚指头照样光光的亮,她养了一群蜻蜓,也可能是一群花蝴蝶。她晓得罗吉不敢看她了吗,晓得这两个驼子无精打采吗。

少了罗吉,还真的有些不习惯。三人行和二人转就是不一样。游美美总是在我们上学路过时,出现在阳台上。过了那阵子,就会被她妈赶回去。

也有人说,游美美在别的学校念书,不太清楚。我们也不想弄清楚,现在,红喜见天念叨的就是罗吉在干吗呢,罗吉在干吗呢。我听了,就没好声气,罗吉在看电视,罗吉约你去了吗。我去做个嘛,我有我的事呀,红喜装样说。

红喜还发现,东大街的人生活得最好,那里头做干部的多,大小都是个干部。西大街多的是小商小贩,也不错。就中大街一般般,都在小厂里三班倒,中大街的人没啥子出息。

红喜,你晓得东大街往东啥地儿。

不就是酒厂吗,嘿嘿,啥时想喝,都有得喝,难怪他们快活。

再往东呢。

再往东?再往东没了,再往东就到蔬菜队了。红喜的表情很茫然。

再往东就是火葬场了。我说,和火葬场做邻居,能快活吗。

咋不快活,红喜反驳,醉生梦死,这些家伙,死了都比别人方便,真是神仙过的日子。

那你去呀,你搬过去住啊。

我去做个啥,我生是中大街的人,死是中大街的鬼。红喜说,就算住过去了,他们还不是会说,瞧,那个中大街搬来的驼子!

话是这么说,我们都晓得自己还是羡慕东大街的,羡慕罗吉的,红喜比我更羡慕。表面上,他对罗吉的背叛愤怒,心里不定多痒痒呢。一块上学时,我们没有以前话多,也没那么准时了,就是说两句,也很快吵起来。放学时,更是难得一块回家。我是想等他的,总是难等到,他不是没下课,就是已经溜了。

红喜能溜到哪里呢。当然是东大街了。红喜经常溜到罗吉那里，一块看电视。电视上正在连播《加里森敢死队》，红喜狂热得不得了。后来发展到逃课，还要我到老师那里给他打掩护。一个班上有个驼子，会增加好多热闹，但老师们并不在意，老师们要的就是清静，守规矩。可红喜每次都要问，老师生气了吗。生气了，我说，当然要生气了，我说你病得很厉害，老师还要组织班干来看你，给你补课呢。红喜就笑了，笑完又担心他们真的会来。

作为回报，红喜会及时向我通报正在播放的电视剧。我对电视剧的了解都是从红喜那儿来的。我家没电视，中大街的人基本上都没电视。《霍元甲》《阿信》《神探亨特》《聪明的一休》，红喜都能讲出个味道来。红喜很乐意讲，兴奋时，还会把几个电视剧讲串了。和我分手时，红喜还会侃一句：大宝，天天见。

我不能不让人家开口啊。我还得装着听得很入神的样。当然，我也真的喜欢听。可喜可贺的是，红喜和我一样，也不能看到春节联欢晚会。

轮到红喜疑惑了，红喜说，你咋了。

我咋了。

红喜说，你不是不喜欢电视吗。

我啥时候说过不喜欢，我只是不喜欢罗吉那个神气的鸟样。

一学年没上完，我也退学了。

还是在厕所里头，我向爹请示。爹还是那么严肃，严肃得像正在下蛋的老母鸡。你想好了吗，他憋足了劲问。

想好了，我说。

只听得茅坑里"咚"的一响，爹终于拉出一根又粗又长的屎橛子："好吧，我随你。"

爹拉了屎，人也爽快得多。爹在家里表扬了我，他说，我们家里，最小的是驼子，最懂事的也就是驼子了。

但妈不高兴。妈不高兴，一是她没想到我会不好好念书，二是她最疼我，我竟然没先告诉她。妈呀，告诉了你，你也不会同意的。

最高兴的应该是二锁。听说我不上学了，二锁送了我几本书，都是爱情小说，还有一本外国的，叫什么《儿子和情人》。说是一本禁书。二锁拍着我的锅说，三锁，谢谢你，真的谢谢了，我考上大学，头一个就要感谢你，我要送你一口二十斤的白雪猪头。

我晓得，爹这么爽口，一是二锁就要考大学，学费越来越高，他有些吃不消，我退学能让他少块心病。二是爹无心应付和动员我，爹与大锁的矛盾越来越激烈。大锁越来越不像话，也就是说大锁越来越不听话了。

每天，大锁还是远远地跟在我后面，好像我是他下的鱼饵。自从和我讨论过游美美的胸，大锁再不打听了，倒是我很想打听他的进展呢。能向谁打听呢，他们哪个都不说，我自己也不能表现出很有兴趣。

有时候，二锁会和妈妈瞎嘀咕，她又瞧见大锁和游美美逛街了，我刚竖起耳朵，她又摇书当扇子，一头扎进书堆。

有时候，街坊也会问，驼子，游美美在你们家吗。

我摇摇头，我在上学，我咋晓得。

但不管咋说，看来大锁已经上手，我为大锁一阵高兴，好像大锁上了手，就等于我上了手。

我也为游美美一阵心痛，从此，游美美免不了要吃大锁的哈喇子了。再说那个游美美，她来家里，也真够大胆的呀。以前，她可是连脚影也不伸向中大街的。她妈晓得吗，还有她哥哥，她的恶狗呢。大锁一定会把妈哄走，妈正好乐得出去逛呢。

那个游美美来了，一定会看到木头笼子，她觉得好玩，还是好笑呢。想到游美美摸着我睡觉的笼子笑得全身乱颤，我就感到不是味，想到她有可能钻进笼子，我心里又热乎乎的。

大锁把游美美引进家门，事后爹都能感觉到。收工回家，爹就会嗅着鼻子，妈就问咋的啦，你的狗鼻子咋啦。

爹说，他闻到一股骚味，黄鼠狼的骚味。爹就怪妈没有打扫干净。天气这么晴，竟然不晓得把铺捧出去晒晒，真是白养你这样的婆娘了。

妈当然不甘示弱，妈说，你和我发嘛鬼火，你有屁就放吧。

爹就把一只碗砸飞。

每次爹和妈吵，大锁都不吱声，或者偷偷地笑。大锁的原则是，只要烧不着他，他也不引火烧身。爹的骂越来越狠，越来越恶，大锁就冷笑，后来发展到大笑。

有一次，爹骂得特别毒，大锁抢在爹前头，把碗砸飞了。要不是二锁躲闪得快，肯定要破相的。

那些天，二锁老是拍着胸口后怕，妈就给二锁弄了一碗水站筷子，放在她床底下。妈说，那双筷子就是定海神针，能让二锁定心呢。

二锁说，要是破了相，这学也不考了。

大锁哈哈一乐，你是怕考不上，还是怕破了相没人搞你呀。

妈就站出来，大锁，你咋说话哩，你再瞎扯淡，我就和你拼老命。你这么瞎闹，是不是因我生了你呀，要是因了我生你，那就一命抵一命。

妈说着，就冲上前去，吓得大锁连连后退，无法容身，就打开门,落荒而逃。妈对着大锁的背影跺着脚,还是骂,这个混毯,要是二锁考不上,看我不收拾你。

妈把账记到大锁头上,二锁特别解气。我说,二锁,你得意个啥,看看为了你,大锁谈恋爱都谈不好,你可要努力。二锁一急,拿起书本要砸。你砸啊,有本事你就砸,砸了你的书有来无回。

正在闹,却听见爹哭了。以前总是他砸碗,现在大锁也会了。大锁不仅砸碗,那个恶狠狠相,似乎连爹也要一块儿砸了。爹无声地哭,手背擦眼睛,变成三花脸了。

世道真是有些变,爹这么快就给大锁修理成了一只可怜的老狗。妈说,你哭个嘛,你不是挺威风的吗,你也砸啊,继续砸呀。难道还要我哄你这个老头子不成!

妈虽然这么说,还是走过去,给爹递了毛巾。二锁也很乖巧,给爹打了水。爹就像突然关上的水龙头,说不哭就不哭了。大概又在思考收拾大锁的办法吧。

现在好了,我不上学了,大锁总不能在我眼皮底下乱搞吧。

我说,爹,他要是骗我出去咋办。

爹说,那你就装肚子疼呀。

他要是赶我出去咋办。

爹说,那你就去喊我呀。

他要是连我也不让进门咋办。

爹说,嘿嘿,那我就让政府来款待他。

可奇了怪了,我待在家里的那些天,一次都没有看见游美美。大锁早晨咻溜出门,就没影了。不到睡觉是回不来的。

大锁不回来,我心安,看不见游美美,又让我难熬。

有时候,爹也趁上厕所的机会,溜回家转一圈,家里除了我,就是妈。爹的计划显然落空了。

可爹仍然能够闻到家里的骚味。他在狭窄的房间里蛇行得曲里拐弯,边走边嗅。妈说,你嗅什么嗅呀。

爹说,你就闻不见吗,这么重的骚味!

妈说,怕是还有游老美的骚味吧。

游老美是谁呀。爹没有理睬妈的讥笑,继续嗅着,骂着,这个小畜生,又挪窝了。骂不着大锁,爹就怪到我身上。本来大锁还回家溜溜的,我退了学,他干脆不回了,爹只能嗅着那股独有他嗅到的骚味,翻来覆去了。

10

雨从早晨就开始下,老天像是给捅破了。我和爹的吆喝全让雨声淹没了,韭菜街让雨水淹没了,大锁也让雨水封住了去路。这是大锁最难熬的日子,但爹还是闩了门,拿把椅子,靠坐门后。

大锁一边系鞋带,一边笑,你还能拦住我!

爹说,我当然拦不住你,不过你要想出去,先得拧掉我的头。

妈说,是啊大锁,你要拧,也得先拧我的头。

大锁说,我干吗拧你们的头,我又没疯,我就是疯了,也得去拧坏人的头呀。你们整天都在合计着让我背上骂名。

那你就给我老老实实待着。有了妈的支持,爹的底气足了许多。他的眼神露出凶光,谁见了都怕,就大锁不怕。

大锁说,这么大的雨,总得有人送二锁去学校吧。

你妈送。

大锁已经在穿雨衣,听了这话,雨衣一撩说,实话告诉你吧,游美美正等着我和她到雨中散步呢。

大锁的话,差点没让二锁笑歪鼻子,爹也差点气歪嘴。爹揉了把脸,总算把嘴揉周正了。爹说不管你想去哪,今儿个我们都要谈一谈。爹把妈和二锁放出去后,又关上门,坐下来说,今儿个我们要好好谈一谈,像两个男人那样谈一谈。

大锁重新穿上雨衣,像个特务。那我们平常都不像男人吗,还有驼子,就不算男人!

驼子当然是男人,爹说,可他永远直不起腰。

爹说,大锁,甭管你和游美美怎么玩,就是不能和她玩真的,更不能和她结婚。爹不等那个目瞪口呆的雨衣人说话,继续说,那个游美美,与他有关系,关系很大,说不准还就是他的种呢。

嘛,你说嘛,大锁跳过去,恨不能掐住爹的脖子,捂住爹的嘴。

爹说,事情发生在生了二锁,你妈坐月子期间。游美美的妈妈来修锁,取锁。游美美的妈妈没有给钱,也不知她是不是忘了,反正打那以后,她经常到巷子口和我唠几句,有一回还领我到她的那个小客店参观。游美美的妈妈把客房门一一打开,让我参观。参观到最顶头的一间房,她一下子就把我推倒了。

说到这里,爹闭了口,闭上了眼睛。有了头一回,当然会有第二回了。可你爹是个老实人,心里总是发慌。越想去,越怕去,又管不住自己的腿脚。

大锁笑道,爹,你有没有想过,剁掉它!

想过,爹说,真的想过,可你爹要是没了老二,还算个啥老大呢;真要是剁了,就没驼子了。我还想过把自己锁住,把钥匙扔掉,可这世上,有你爹打不开的锁吗。这些法子没派上用场,你妈就满月了。一切都过去了。再到小客店去,嘛事都做不了了,游美美的妈妈挺着肚子对我说,好了好了,咱俩的缘分也到头了。

说着话儿,爹突然敏捷地往后一让,偌大的年纪,真是难为他了:原来,大锁朝他伸过一条胳膊,爹以为大锁要动手哩。没事的,爹,大锁说,我摸摸你的额头是不是发烧哩。

啥,你说啥,爹的头昂得像要打鸣,你说我发烧!到现在我还记得,她一共欠我三块钱呢。三块钱呀,当时能买一箩油条,一袋粉条呢。爹叹息一声,不过回想起来,真像是不曾有过的事。这件事,我本来不想说的,连你妈都不晓得,可咋能不说呢,我要是不说,闷着,你做了傻事儿咋办。

两个男人谈话之后,大锁的确安静了一阵子。偶尔出去,也像一阵风回来。大锁更不爱说话了,脸也发黑,比爹还严肃。大锁真像一把锁,打算一直沉默下去。相比之下,爹则轻松得多。出门哼着小调,饭桌上还抿口小酒,大锁就压低嗓门问爹,你快活啥,你说那些话,是不是诳我收手。

爹说,我诳你做嘛,你能搞到女人,是你的本事,爹脸上也有光。我这是为你好,你也不想想,不说那美美是不是我的种,单说她妈那样,听说,那种人是传代的哩。

嘛传代,传嘛代,大锁的脸快顶到爹脸上了。

夹不紧呀,爹说,你总不会希望你的婆娘将来也夹不住腿吧。

大锁大手一拍,饭桌上的碗碟腾空一跳,这么说,我们家的人,将来也像你一样,夹不紧了!

大锁留在桌上的那个掌印,妈抹了几天才消掉。妈边抹桌子,边说,大锁大了。

爹哼了哼,大是大了,大了,吃的苦头也大。

大锁又整天往外跑了，哪个也没想到，先吃苦头的会是爹。那天下午，爹是一手扶墙，一手让街坊搀着回家的。到了门口，爹甩开街坊甩开墙，想像个男人那样走，结果上半身扑在门里，下半身还留在门外，可把妈吓坏了。中大街多少年没发生这样的事呀。一个人让门槛绊住，这是很讨嫌的事。也就是从倒在门槛上起，爹彻底不中用了。人也像一棵缺水的白菜，整个的蔫儿了。

整条街的人都晓得，妈咋会不晓得。妈虽是最后一个晓得的，到底还是清楚了原委。那天下午，游美美的哥牵着游美美的狗，来到旗杆巷口，对着爹拳打脚踢，又噬又咬。爹的锁箱子更是让他掀了个底朝天。整个过程中，爹都是骂不还口，打不还手。

你是个死人呀，就这样任由人家练！妈哭着，用泪水和着紫药水搽爹的伤口。爹皱着眉头说，少年人嘛，一时冲动，能和他计较吗，大事化小，小事化了，罢了罢了。

再冲动，也不是这个冲动相。

一个冲动的少年人，加上条冲动的疯狗，我能还么！爹说。

那你至少也得躲呀，逃呀，妈说，就那么呆呆的，让他俩练够了吗。

爹有些不耐烦，我是想逃是想躲的，哎呀，都说吃人家的嘴软，拿人家的手短，我看还得加上一句，搞人家的女人心酸，搞人家的娘就更不能放过了，让他练练，消消气，也就罢了，要不然，得躲到啥辰光哩。

这么说，你还真的搞了那个狐狸精罗。妈阴阳着脸，住了手，紫药水就滴到爹脸上。苍蝇不叮无缝的蛋，韭菜街上的人，把那种夹不紧的女人，一律叫作狐狸精。

你以为呢，爹满脸紫色，好像失血已久，你也以为我没搞到？

韭 菜 街

有这样往脸上栽赃的男人吗，要不是为那个杀头，我会说吗。

你这是栽赃吗，我看你倒是在往脸上贴金呢，妈气咻咻的，不过我倒情愿你搞过，这一顿打也就值了，还能给你长个记性呢。

算了吧，爹不高兴了，真是妇人之见，是祸不躲不过，是福逃不过。甭管有没有搞，这顿打总是逃不了的。

不单妈半信半疑，街坊们都议论纷纷。向自己的儿子吹嘘搞过女人，而且搞的就是游美美漂亮的母亲游老美，有这样蹊跷的事吗。这也是那天爹挨揍时，只有围观，没人拉劝的原因。没人同情他，没人站在他这边。甭说这事情有没有影子，就是有，也不能自揭伤疤，泼人家的污水呀。甭说你锁王在劝儿子，就是真劝，也成了教唆。

事情很清楚，爹把这事告诉大锁，大锁探问游美美，游美美责问母亲，母亲呼天抢地，儿子替母寻仇。有点像《宝莲灯》。现在，不仅爹遭了殃，大锁都受害了。大锁和游美美搞对象的事，一直瞒着游美美的哥哥，悄悄地进行，地下地干活。现在，游美美的哥哥和大锁掰上了。爹的伤刚刚结口，没几天，大锁也青头肿脸了。问他咋搞的，他也不说。妈说，你别的没本事，也学了你爹，挨揍的本事有了。哪有你们这样的爷们儿，一个个都给人家练得不像人了。

放在以前，大锁这样子回家，爹一定会幸灾乐祸，再痛骂一顿，这一次，可能自己伤在前面，没了资本。爹看了大锁一眼，说，大锁，你和我不一样，你是少年人，爹老了，跳不动了，你不能像我一样，也软蛋呀。

不行，这样不行，爹想了想又说，那娘儿们真是得寸进尺了，爹从铺上翻身下地，找鞋子，继续说道，欺负到我们头上不算，还想撒尿泼屎，再这样下去，我子子孙孙，都要毁在她手上了。

你想咋样，你想咋样。一看爹的架势不对，大锁拦在门口。我找她去，爹还在找鞋子，其实鞋子就在脚头。估计爹就是穿上鞋子，也没胆去闹。大锁说，听着，我的事，不要你管。

咋是你的事，明明是我的事嘛，爹说，她欺负我可以，咋好欺负我儿子！

你儿子会像你一样熊吗，大锁说，要不是看在游美美的分儿上，我早就拧下他的头了。

没几天，大锁又让人抬着送回来。那些天，家里就像战场上的救护所，伤员不断。这一回，大锁动了真格的，大锁纠集了一帮人，想修理一下游美美的哥。那边自然是早有准备，自然是两败俱伤。这两个浑小子，一起被人拉到中医院，接受同一个外科医生的包扎治疗。医生一边忙活，一边打趣，说他最喜欢这样的活儿了，流水作业，不浪费工时、材料，一举两得，还可以从中调停。俩小子给医生逗乐了，他们脸对脸，伤碰伤，无奈一笑，惺惺相惜，又立即绷紧脸。他们让人一起拉回家，没有歇脚，又给拉到派出所。

报案的是锁王。爹说他实在忍无可忍。这样做的结果是，大锁和游美美的哥哥，又一同吃住，在看守所里待了两个礼拜。

11

到现在我还记得，大锁放出来的那一天，回到家就闩上门。爹正要去上班，却给大锁一只手举上房梁，另一只手掐住了爹的脖子。

大锁咬牙切齿说："你个老东西，你是要让全城的人都晓得你搞过女人吗,那我也要让全城的人晓得,你生了个孽子!我就是个孽子,看你能怎么着我。"

可怜我爹让大锁举着,在半空中旋转起来。举累了,大锁顺手把爹钩到房梁的大铁钩上。

那钩子我领教过,可我好歹还住在笼子里呀,爹是直接给钩住了。我爹成年累月穿条劳动布的工装裤。铁钩钩着背带,爹像水中的青蛙,弹踢着腿脚。

我在罗吉那里,看到过一张图片,人在飞船里,就爹这个样子。由于游不走,爹弹踢了一会儿,就歇劲了,又成了水上的蜉蝣。

不过,爹总算缓过劲来,挂在铁钩上,四面不靠,总比让大锁掐住脖子好得多。爹呼哧呼哧地说,孽子,真是个孽子!我收拾不动你,总有人收拾你的。

过会儿,游美美来了。听到游美美叫,大锁赶紧开门,却忘了把爹放下来。爹没想到,生了个儿子是个嘎固的家伙,儿子的女朋友,也嘎固得很。这么一闹,不但没让游美美离开大锁,大锁不顾一切的举动,倒是迷住了游美美。

游美美深情瞅着大锁,大锁也深情瞅着游美美,伸出手来,就要搂住游美美,全不在意爹和我。

可是游美美推开了他,游美美不是难为情,游美美又完全让爹的样子迷住了。游美美站在爹底下,仰着脸。游美美看爹的样子,就像当初看坐在笼子里的我。然后,游美美抓住大锁的胳膊,一阵摇。游美美是个兴趣广泛的姑娘。

大锁扭扭捏捏的,在游美美跟前,大锁就像新媳妇。大锁说,他在和爹闹着玩呢。

"是。"爹呼哧呼哧的,又弹踢起来,"我这老寒腿,一天不吊就难受,多亏了有个孝顺儿子呢。"

大锁想把爹放下来,爹说还得再吊一会儿,他还没吊够。真的,我爹太像青蛙,或者宇航员了。

游美美一个劲儿摇着大锁的胳膊说,能不能让俺吊吊。爹趁机收手,爹和我一样,都想瞧瞧吊在铁钩上的游美美会是什么个样儿。为难的是大锁,游美美的连衣裙不方便钩,也经不住钩。

因为爹救了场,那些天,大锁对爹的态度明显好转。爹说,关键时刻,还得靠爹吧。

是的,是的,大锁说,还是爹英明。

爹说:"你得好好谢我哩,不是我,人家能追你追到门口!"

为了吊一吊,游美美回去就缠住妈妈,做了一条工装裤。游美美穿着工装裤,走街串巷,却再也找不到大锁了。

游美美和我说这话的时候,坐在宾馆的沙发上,掉着眼泪。游美美的样子,又让我想起大锁。大锁有过快乐的一阵子,那阵子整天哼着:"一呀摸,摸到妹妹的头发边。"

就是游美美和他一块儿,他也大咧咧色迷迷盯着游美美的胸,低声唱:一呀摸,摸到妹妹的头发边。然后我们会听到游美美咯咯咯地笑,游美美笑着说:下面呢,还有呢,还要摸个啥。于是大锁又唱:一呀摸,摸到妹妹的头发边。大锁唱来唱去就这一句,好像面对游美美这样的姑娘,他不忍心下手。

"后来,他回来过吗。"

"没有,一次都没有。"我摇摇头说,"你回来,就是想看他的吗。"

"看你也成呀。"游美美说,"至少你能让我想到大锁。"

韭 菜 街

可是我却不敢看你！我在喉咙里嘀咕着，听起来像在咽口水。游美美这回穿的花裤衩，不是蜻蜓，也不是蝴蝶——而是兰花草！我看得清清楚楚，却不敢多看。游美美是为了我才这么穿么！这样呆想着，心里有些高兴。说实话，要不是黄副指挥一再要求，我才不会过来呢。

黄副指挥是城建局的副局长。我发现，越是大官越和气，越是大官越有水平，要不然，小黄也不会做到副局长了，要不然我也不会答应他了。

黄副指挥耐心地告诉我，韭菜街拆迁已经启动，但关键还在改造，改造不好，老百姓是要骂娘的。改造的宏伟蓝图已经制定，就差投资了。建设局正在到处招标，游美美就是回乡投资的。像游美美这样的女人，能回来看看，说明对家乡，对我们这个小城感情很深，如果她一旦决定了，是不会犹豫，也会不求回报的。

黄局长还说，游美美是条大鱼，这样的大鱼游来了，咋能再让她游走呢。

"这么说，游美美现在是个富婆了。"

"也算创业有成吧。"黄副指挥瞅了瞅我说，"一个女人家家的，不容易。"

"可我一个修锁的驼子，我能做啥呀。"

"建设新街，人人有责，何况你大名鼎鼎的驼子锁。"黄副指挥说道，马主任喝彩带鼓掌，我也让他说动了心。

黄副指挥继续说，其实你驼子锁嘛也不用做，你就去看看她，陪陪她，说说话，你们不是很熟吗，就说说从前的事，就行的。你那里的工作嘛，放心，我们会考虑补偿的。

我说，我要啥补偿，我这个修锁又没定额，就当给自己放假吧。

还是咱老百姓觉悟高,黄副指挥感叹道,当年为了解放城市,老百姓付出了一切,今天,为了让城市旧貌换新,他们正在作出同样的牺牲,甚至更大的牺牲,马主任,黄副指挥越说越动情,你也看到了,像驼子锁这样的有功之臣,一定要补偿,旧城改造是个大工程大战役,还在乎洒他一点毛毛雨吗。

黄副指挥的话让我感动,这样的话我听得多了,也听过好多年了,黄副指挥还没生出来的时候我就在听,问题是黄副指挥从哪里学来的呢,他这么年轻!我真的是佩服他。

黄副指挥亲自开车,把我送到游美美住的宾馆。我问美美,咋不回家住呢。回家,美美说,我这不就是回家吗。游美美说这个城市,已经没有她的亲人。她说她喜欢住宾馆,一切都有人打理。

可我记得她说过,她住在西大街的小客店的呀。

我不敢问她,怕越问,她的话越多,也怕她真的让我看一看瞧一瞧她的胸脯。中年女人的胸脯,有啥好看的呢。她要是还和年轻时一样,那还好说,可咋可能呢,一个歪瓜裂枣的胸,那多难堪。说不准,她以为我这个驼子没见过女人的胸呢。

还好,游美美没有多说,擦了泪,就打电话。

不久,门铃响了。头戴筒帽身穿制服的男服务员,推着一辆小车进来。车上放满花花绿绿香喷喷的菜。

游美美摆了摆手,那男服务员就把菜碟子一一摆上,开了酒。游美美是红酒,给我倒的是小瓶装的白酒。这种小瓶子揣在裤袋里,刚刚好。

我搓着手,端着酒杯,问那小伙子:同志,你这个小车是不锈钢的吧,哪里有得卖。

小伙子没有吱声，悄悄地背着手，往门外退时，给游美美叫住了。游美美问道：先生，你不准备在这干下去了吗。

游美美的话很软，像是在哄小孩子，那个服务员却吓呆了，慌慌的说：夫人，我做错什么了吗。

游美美说，你错在啥都没做，去，给这位先生道歉。

哪里还有位先生呢。

我随着那小伙子的目光溜了一圈，最后见他定在我身上。

我听见游美美说，这就对了，这驼子锁，就是先生。

我赶紧说算了算了，游美美，我就别难为人家小伙子了，他忙，可能没在意我的话吧。

12

吆喝之后，翻身下床，没来得及擦我的猫脸，爹就要我跟他去厕所。爹欢喜拉屎的时候吸锅烟。

我说我就不去了，你吸烟，还要我跟着吸屎臭！

爹说，今儿个，爹有大事要告诉你呀。

啥事体，我来劲了，是不是我们也要像两个男人那样谈一谈呀。

真是锅子说锅话，你本来就是男人嘛。爹很肯定地说。爹看着他的儿子三锁我。不是男人，你爹能成为锁王吗。你爹可是在政府那边的名单里头，能查得到的人物呀。

爹指的是大前年，公安局把他请过去，登记他的名字，还告诉他，要是给人开保险柜防盗门什么的，一定得和公安局派出所打声招呼。爹最得意的就是，经常给政府请过去，帮忙开锁开箱哩。

不知不觉，我跟着爹，进了厕所。爹拉下裤子，蹲下说，驼子，别怪你爹，你爹在这儿蹲下来，就特别想和你说道说道。

我听着呢，爹。

我宣布，从今天起，你跟我上班去。

上班，上嘛班。爹说的上班莫非就是跟着他修锁！这怎么行呢，修锁是门手艺活，看起来轻松，要是谁都能学，这城里修锁的生意也不会让爹一个人包了。再说，祖传手艺从来都是传男不传女，传大不传小，我怎么敢受领呢。

爹说，修锁是他自个儿琢磨来的，不受祖传规矩约束。去吧，爹说，趁我没改主意之前。

我说，我不去，要去也得大锁去，大锁正好现在没事。

爹说，他对大锁彻底失望了，这么大的事，他可不敢交给大锁。

"要是这门手艺，能在你手上传下去。"爹说，"你爹我睡着了也会笑醒的。"

"爹呀，你和大锁闹翻了，我可不想和他闹翻，再说，逼他学学手艺，说不定他能收收心呢。"

"我干吗要逼他学。"爹激动了，"想求我收徒的人可多呢，你这一说，倒好像我在逼你呢，我可告诉你驼子，你就算不学，就是失传，我也不会传给外人的。"

这天我没去，第二天我去了。妈给我换了最干净的衣服，当然是大锁穿旧的。爹眼巴巴地看着我。那天旗杆巷很热闹，街坊们看着我很新鲜。看着驼子学修锁，就像看着老鼠娶亲。他们也没想到接班的是我。那天我穿着新衣服，坐在爹脚边。爹啥也不要我做。我更像个监工。来一个人，爹就介绍一次。然后，我恭恭敬敬叫

韭菜街

一声。

第三天，我去了罗吉那里。我想听听他们的意见。好长时间没和他们联系了。就在我退学没多久，红喜也退了。红喜说一个人上学，太没劲了。怎么没劲，我说，以后你可以一个人看游美美了。冤枉，红喜叫道，过去大家看游美美，怕游美美的哥，现在怕的是你哥大锁，人家游美美是双保险呀。都让你哥占了，游美美还有啥看头呢，哪有电视上的女人好看，我告诉你三锁，电视上的洋女人才好看呢。

游美美穿得再少，再亮，也不及电视上的女人，这是红喜和罗吉的一致看法。这两个人很少统一的，是电视让他们和好了！红喜告诉我，他们在一起，也不光看电视，他们要做的事可多哩。

两个驼子，还能做嘛呢。

红喜白了我一眼，拿出一沓本子出来。有日记本，有摘抄本，有手抄歌本。我随便翻了翻，嘛"梅花香自苦寒来"，嘛"黑发不知勤学早"，嘛"不愿坐享其成置身于丰收的果园，只想栽培幸福之花献给祖国的明天"，嘛《月亮代表咱的心》《我是一头来自北方的狼》。

罗吉还抄了一首《韭菜街》：

宿草芊芊古冢皆，一间茅屋半扉开。荒凉底事生惆怅，此地曾名韭菜街。

这是写我们的韭菜街吗，不像吧。难为我们的韭菜街会荒了不成！我听不太懂。罗吉也不清楚，只说是从他爹的旧本本上抄下来的。

罗吉，再给他露一手，红喜在旁边撺掇道。我不晓得罗吉还能干啥。那罗吉也真不含糊，清清嗓子就摇头晃脑：

　　我只要能有一天
　　度寂寞之生
　　就不是孤独一人

　　唉，只要我有一天
　　寂寞地躺进荒坟
　　痛苦才跟我离分

哪个写的。

歌德写的。

歌德是哪个。

哪个是歌德，他们也不晓得，只晓得是个外国佬洋鬼子，写的诗拉的屎。

写得好吗。

好是好，我还是听不太懂，也不想承认好。妈妈的，罗吉拿鬼佬拉的屎吓人呢。我说，你们这么认真，咋还退学。你们抄这些东西，能当饭吃吗。啥时候，你们也给我念念自个儿写的呀。

那天我像吃了枪子儿，说的话一点不像话。不像人话。我说，从此我就是个修锁的了。我说完就走。觉得自己走向的是深水河。

我和他们不同的。爹不可能给我买书买纸买笔，更别提电视了。可要我天天到罗吉家看，那就不是我了。我就是我，我不是红喜。红喜能做的，我做不了。别看我们仨都是驼子，但我们是不一样的驼子。我只能做个修锁的,还不一定修得好,但我必须养家糊口。

我没回家,直接拐到巷子口,坐到爹的脚边。我看着爹的脸,看着爹的手。爹的手很粗大,黑,也很灵巧。从此,我也会像爹一样的。

从此,我的手,就是爹的手。

坐在细爬爬凳上,我还听到一种谣言,谣言说,爹本来不准备传给我。爹还是想传给大锁的。爹找大锁谈过话。

大锁不愿意,面对这样的好事,大锁一点不领情。大锁说在巷子口,他一天也坐不住。他宁愿去纸箱厂送货押货,也不修锁。

爹劝不住,就让妈劝。

大锁还是不听。大锁说,让他修锁,让他天天跟爹一起,还不如直接把他捆起来呢。

谣言从大锁嘴里流出来,那就不算谣言。我没跟爹查实,爹却说,是的,驼子,我得老实承认,我是和大锁提过。他不愿意,他肯定是怕学不了。

原来爹也骗我,我真是没想到,爹也骗我。你也学不了,爹,你骗我,你不该骗我,我说,不过我愿意,我愿意让你捆住,我是个驼子,我在妈肚子里,就让你给捆住了。你只要告诉我一件事,我就来上班。

么事。爹放下锁,瞅着我。

我问爹,当年他上游美美妈妈那儿去,是咋对付那条恶狗的呀。说老实话,游美美的那条狗,不要说靠近他,想起来都让人腿打抖。

呆锅,你真是个呆锅子,爹摸着我的锅说,修锁这手艺,也只有呆子才学得。

都什么年头的事,爹说,那条狗早就不在了。当年约会,那条狗是老狗,说起来,应该还是美美那条狗的娘呢,你晓得的,当妈的也好,做狗娘的也好,是最容易心软的。说起来,那狗娘也算条恶狗,可她帮了我的大忙,每回我和美美妈妈一块儿,狗娘都乖乖坐在楼道口,没人敢来扰我们。

13

现在,我每天在爹之前上班,在爹之后下班。爹来时,我已经摆开场子,爹走后,我还得收拾摊头。

万事开头难,一开始修锁并不难,爹只叫我把修好的锁擦亮,等人来取。我总是反复擦,擦是锃亮锃亮的。接着爹叫我学拆锁,拆的都是好锁。爹说,听我怎么拆,他闭上眼睛也能装起来。有时候,我故意把拆下的零碎藏起来。闭上眼睛的爹,就向我摊开手。我藏了几件,爹就能说出几件。要是我把两三只锁的零碎件弄混,爹也不生气,一点不生气,好像难度就是他的需要。

爹能装,难道我就不能装吗。我开始自己偷偷试装。拆比装难,装比拆快。都说能拆就能装,完全错误,装得好不好,关系到这把锁能用多久。装得不好,谁都能打开,锁就废了。爹检查得很细,他夸奖我的进步,同时又提醒我不要弄乱,哪把锁的零碎还得放到哪把锁的锁芯。

收工,回家,碰到大锁,他都要抢在妈头里问我学得咋样。

他问得怪怪的,像是关心,又像是等着看我的笑话。我说谢谢你大锁,不是你退出,我还没机会呢。我说我学得咋样,我说的不算,我的仇家说的也不算,得爹来评,得修锁的人来说。

大锁问,哪个是仇家,哪个是驼子的仇家呀。

我说,我没仇家,我就这么一说。

泄了气,大锁还不忘叮嘱我,驼子,你得记住了,你可是我们家的传家宝。

爹让我接触保险箱了。

这是我最怕的东西。我以为爹一时半刻不会让我开保险箱的。爹说,你怕啥。我说我怕数字,我现在就是个大头,那些密码,会把我的头搞得像瓢的。

你学过数学吗。

学过,我说,我越学越怕。

爹说,有啥可怕的,你还学过,我一个数字没学,我不是照开吗。爹说,别看数字多,其实就十个,所有的数字都由那个十个组合的。十个数字,你记不住吗。

开保险箱是大生意,大生意不可能天天有。有时候一两个月也碰不到。不晓得爹从哪块专门借了个保险箱给我开。每天早晨,爹改换一次密码,晚上,我得把打开的保险箱和密码告诉他。我的任务就是蹲在旁边,不断拧动保险箱的旋钮。

面对保险箱,我就像条狗,攥着一根大圆骨。这时候,巷子口会围满了人,看我咋开法。伢子们挤来挤去,外面的人就伸颈跂脚,开了吗,开了吗。没呢,还没呢,看到的人头也不回说,切,你以为这是开瓜杀鸡呀。

好几回,红喜和罗吉也隐在人堆里,看我挥汗如雨,看我抓耳搔腮。等有人欢呼一声:"开了,驼子开了!"我直起腰,擦擦汗,红喜他们鬼影子都没了。

从三天开个保险箱，到两天，一天，后来，我一天能开仨保险箱了。爹很满意，他问我是不是该感谢他，因为他说过，只有我这样的驼子才学得好。我说我感谢你个啥，是我自个儿琢磨的呀。我这个孽子哥，爹骂道，这么说你准备出师了！是的，我说，你要是给我做把大钥匙，钉在鹰扬巷口，保准我的生意要盖过你哩。可能吗，爹疑惑地问，你这叫上屋抽梯，晓得吗。

我还真的不晓得。爹不识字，却整天琢磨一本破烂的书，爹不识字，但能认图。爹经常自言自语地骂，《孙子兵法》都不懂，还想成人，还想独门立户！爹骂的当然不只是我。我说，我是不懂，但我是个驼子，驼子修锁，哪个不想瞧瞧。爹没和我争，他说好吧，你把这把锁开了，我就让你独立。

开一把锁还不容易，何况爹给我的锁很平常，这样的锁我不知拆装过多少把了。可爹给我一盒子钥匙时，我傻眼了。

一把钥匙一把锁。爹的意思是要我找到那把钥匙，当然是越快越好。盒子里大约有头百把钥匙，最简单的办法，就是一把一把的试过来。可一个修锁匠如果这么做，那不是天底下最大的呆瓜吗，那还要修锁匠干吗。如果我一直往南走，也能走到地球北头，同理，对一个修锁匠来说，有些办法，明明管用，却万万不能去做。

"开呀，你咋不开呀。"爹眯着眼睛，看也不看我。

"是不是要我开给你看呀。"爹闭上眼睛，把手伸进盒子里，乱搅一气，两指夹出一把匙，让我开。"啪嗒"一响，锁跳开了。爹把钥匙拿过去，又扔进盒子，就像把一颗石子丢进海里，再次乱搅一气："驼子，现在轮到你了。"

天啦，我还没弄明白咋回事哩。在菜场上，我见过耍魔术的人，让我抽出一张扑克牌，插进去，他乱洗一气，过后，仍然能把

韭菜街

那张牌找出来。爹从来不去看,从来不离巷子口。有时候,韭菜街上会溜过马戏班的人,爹也不正眼。原来爹就是这样的魔术师。比起开保险箱,开锁才是锁匠的本行。看来,我只得耐下性来,从头开始琢磨了。

大概花了一年的工夫,一把锁我只要试五把,就能开开。又花了两年,我可以试三把钥匙,就能开开了。后来再咋努力,至少也得试三把,一点上不去了。我问爹,爹咋也不开口。爹的嘴巴就像一把锁。哼,不说就不说,手艺人都这德行,做啥都得留一手,哪怕是对自己的儿子。

爹没开口,只叫我给他一根细铁丝。爹的手捂住锁眼眼,铁丝伸进去,一阵撩拨,那锁同样"啪嗒"开了。我垂下头。在高手那里,开锁是不用钥匙的。原来开锁开到一定功夫,是和逗蛐蛐一样轻松有趣。

"我不想做给你瞧的,可你逼我。"爹说,爹的声音充满不安,眼神里满是他的错。爹又拿出一根回形针,那是他用来剔牙的。爹照样捂住锁眼眼,针头探进去一阵拨,那锁又跳开了。高手开锁,到手的东西都是钥匙。爹越摆弄,我越气愤。爹坐在那张凳上,像座山一样压住我,我喘不来气,我扭着脖颈一阵怪叫:

"修锁嘞——嗨——"

爹没动,倒是街上的人纷纷探过脑袋瞅着我,笑骂一声:"哪里来的瘟鸡呀,这会儿还打鸣!"

正笑着,叫着,妈一溜奔过来了。妈紧接口说:不得了了,大锁跑了,这回真的跑了。

不但大锁跑了,女孩儿游美美也跟着大锁,一块儿跑了。

其实游美美和大锁不是一起跑的。大锁跑了,穿着工装裤的游美美伤心透了,没劲透了。没几天,她也跑了。游美美的哥狠巴巴地说,他早就料到美美会跑,这不是跑了吗。这丫头片子,一定是找大锁去了。

她不找大锁,还跑个啥。这话等于没说。他们会跑到哪里去呢。不晓得,哪个也不晓得。

14

没了大锁,才想到大锁,妈更是一天不间唠叨大锁。二锁每次写信回来,也是先问大锁,好像她进了大学,全亏大锁。

大锁哪里去了呢。虽说大锁以前也很少回家,但时时刻刻都能觉着他。现在,没了大锁,又走了二锁,家一下空了。空的家是不能待的,我一天到晚坐在巷子口。爹倒是轻松,常常摇着扇子,走街串巷,要不就是找妈。只要妈一晃眼不见了,爹就慌。爹生怕一晃眼,妈也没了。爹成天盯着妈的屁股,好像妈是他提防丢失的另一把钥匙。

生意越来越难做了。没人修锁,配钥匙的倒不少。有时候,也央我上门换锁。路过鹰扬巷,红喜的钟表柜倒是围了不少人。红喜的头伸在玻璃柜里,细心得很哩。玻璃柜里挂满了手表,红喜的头依旧定在柜子里。

我比不上红喜,红喜也比不上罗吉。罗吉开在陆家巷的铺子,不像我和红喜,露天淋雨的。罗吉的铺子开得最晚,现在倒最红火。他修电视,修洗衣机,修收录机。罗吉的铺子最闹,收入也最肥了。

逢上礼拜天,罗吉的老婆就穿件旗袍,拖着木屐,从东大街,

韭 菜 街

一直逛到西大街，然后再逛回来。

罗吉的老婆胸脯胀得很大，奶头如枣，一跑一颤，一颤一顶，韭菜街的人不再看三个驼子了，就看罗吉老婆。

听说女人的奶子，摸的男人越多，就越大。就是啊，罗吉和他爹轮着摸，这女人的奶子咋会不大呢。

街上的人先看她的胸，再看她的肚子，可她的肚子始终大不起来。罗吉的老婆又喜欢人瞧，也喜欢凑热闹。没锁修，看看罗吉老婆也能提提神呢。

我正愣着，爹在我头上扑了一蒲扇："驼子，想嘛呢？想老婆吗？"

我说爹，我在想游美美呢，我想游美美是不是和大锁一块呢。

"不会吧，瞧你那眼神，就不是想游美美的眼神，想老婆就想老婆，你也不小了，到了想老婆的时候了。"

"好吧，你说我想，那我就是想吧。"

"这就是了，想就想，你想老婆，爹就帮你找找，反正家里也空出来了。"

"算了，爹，你就甭刺激我了，我一个驼子，要啥老婆。"

"小瞧爹了不是，罗吉他爹能给罗吉娶媳妇，我就不能吗，爹可以给你立个军令状，不给你找个老婆，爹不闭眼。"

儿子不能和老子立字据，老子咋又能和儿子立军令状呢。我以为爹和我说笑，一个月后，我收摊回家，灯光下坐了个姑娘，一看就不是本地人。姑娘看着我，有些羞。这就好，有些羞的姑娘就是好姑娘。

爹说，"这是花格子，这是三锁，驼子锁，花格子以后就归你了。"

花格子看了我一眼，又低下头，花格子全身上下，黑亮黑亮的，只有耳根后头透出一点点白。

难道这就算结婚了吗。撤了二锁的铺，大锁的铺就是我和花格子的铺。那只木笼子扔到门口。我真的结婚了。爹真是说话算话呀。

圆房第三天，爹妈才给街坊发糖递贴，摆了三桌。

有老婆和没老婆到底不一样。有了老婆，我干净许多，家里也干净些了，吃的睡的也有味道了。不过爹还是经常教育我，对女人要狠些，狠些，再狠些，你要是把女人太当回事，讨好她，舔她的屁股，她就不把你当回事，动不动还会给你戴顶帽子呢。

"帽子，嘛帽子。"我故意问。

"哼。"爹老眼一闭，"还能有嘛帽子，反正不是你喜欢的帽子，你就算喜欢帽子，也不喜欢那色儿。"

街上的人瞧我也不一样了。倒是我自己，不好意思再经过红喜的钟表柜。我和花格子说，花格子，你也不要过红喜的摊头。花格子不明白，我就告诉她，韭菜街上仨驼子，就红喜还没老婆呗。花格子说，那还不简单，给他弄一个呗。

给他弄一个，还不如给我弄一个哩，我冲着这婆娘吼道，人家的屄事，用得着你管！

"那给你还弄个啥。"花格子让我的无名火呛住。

"还能弄啥，弄个儿子呗。"

一年后，花格子生了个白白胖胖的小锁。花格子真是好样的。洗三那天，我们家的酒桌在韭菜街上摆了一长溜，一家不间都请了。韭菜街的人就爱凑热闹，我要是不请，他也要凑上来，爹是锁王，当然不做那种不尴不尬的事。

韭 菜 街

罗吉来了,拖着她的老婆,老婆后面,是他爹她公公。连红喜也来了。红喜不是来给我敬酒的。红喜是给罗吉敬酒来的,为他娶了个不下蛋的母鸡。可不管罗吉气得怎么像个公鸡样,那母鸡倒一点不急。

"三个驼子,一个儿子,有嘛不好!"罗吉的老婆一副大包大揽的派头。

现在,花格子的任务完成,也闲下来了。因为我日弄出了儿子,三个驼子又来往勤了,罗吉的老婆经常自作主张,把小锁抱到东大街,抱进陆家巷的家电维修部。吓得我爹我妈连追带骂,当然只能偷偷地骂,骂给韭菜街的人听,却不敢骂给罗吉老婆听。

罗吉老婆每次抱过去,都会给小锁一些衣服呀,豆奶粉呀,麦乳精呀什么的。骂给街上的人听,是说明我们家不稀罕她的"小意思"。偏偏小锁那崽,却喜欢她抱,妈和花格子强行去夺,那崽还不依呢。

"我说的吧,这龟崽和我有缘呢。"罗吉的婆娘更得劲,妈只好讪笑,花格子干脆一跺脚,闪到一边嗑瓜子儿去了。

不管哭笑闹腾,那崽的小手都喜欢抓挠罗吉婆娘的胸。婆娘正中下怀,扯开衣襟,一片白亮晃得人眯眼,奶香冲得人透不过气。真是怪了,生不了崽,还照样喷奶香!我那小锁大摇大摆,嘴里咬着奶子,手里还要攥一只,脸儿埋进了奶沟沟,瞧得人眼馋,连罗吉也歇了电焊枪,嘿嘿嘿流口水。那婆娘给崽吸得也只有仰面喘息的份儿。

小锁满月的那天,来的人更多。夜晚的韭菜街亮如白龙,身影幢幢,笑声就如天上人语。一串地老鼠嘁上半空后,有人叫道:花格子呢,花格子不见了,花格子不见了。

那个夜晚，韭菜街这条白龙翻滚到黎明，花格子就像龙身的一块鳞片，被风吹过来，又被风吹走了。

花格子到底哪去了！隔天有人告诉我，其实花格子那天傍黑就走了。有人看见花格子傍黑出了东大街，转了一圈，往西走的。还以为花格子在约请客人呢。有人看见花格子跟在一个老汉后面，不过，那老汉再怎么老，也比驼子锁年轻，面皮也白些。人们以为，那是花格子等来的远亲，却不晓得花格子跟他走了。

到这时，韭菜街的人才想起问一问，花格子是哪里来的。

花格子是立发桥的。

立发桥离城不远，有人自告奋勇要去找。罗吉和红喜抢着拍胸口，找人的花费，由他们开销。这时候，驼子锁开口了："甭找了，找也白找！"

"咋不找，你怕我们付不起吗。"罗吉跳起来，红喜也跟着跳，"你以为我们说着玩的吗，我不要老婆，小锁可不能没娘呀。"

街上的人都相帮着说："找着找不着，我们都不要钱的。不就是跑个腿吗，要是找到，以后我们的锁呀，表呀，还有我们将来买了电视，你们包修就是了。"

两个驼子抢着说："只要找，找到找不到，我们都包。"

驼子锁就是不让找。

我都不急，他们急个啥。事情很清楚，花格子不是立发桥的。花格子究竟哪里来的，只有花格子晓得，可花格子跑了。

韭菜街的人这才想起，花格子上门也好，生孩子好，从没见过花格子的娘家人，这算嘛事儿呀。这还不算，老婆跑了，驼子锁还没事人一样，一天没歇，天天修锁。他要是有锁修倒也罢了，驼子锁坐在巷口，稳如泰山，又无事可干。平常人家，就是阿猫阿狗跑了，至少也得喊几嗓子，东西大街溜两圈吧。这家人先是丢了大锁，现在又丢了花格子，怕是丢东西丢上瘾了吧。

听凭街上的人咋个议论，我就是不动，不找。

我心里头那个急呀，每当我躺在铺上，就想到花格子肉肉的身子。可我既然不晓得花格子哪里来的，又咋能晓得她去哪里了呢。

我也问过花格子，只要我一起头，花格子就不高兴，花格子不高兴了，就拿被子衣服蒙着头，露出屁股，露出的屁股还不让我捅。我也不敢捅。我就是这么个死驼子。人家不让我捅的屁股，捅了有啥趣呢。

花格子别的都依我，就是不让我问她哪里来的。我能有啥办法呢，再说她是哪里来的，就那么重要吗，只要花格子天天和我睡觉，我还管得了那么多吗。现在，花格子跑了，我又能做啥。

我这样的想法，街上的人又咋想得通呢。

我见不得的人倒是爹。爹给我娶了老婆，还没闭眼，我竟然没守住。我总算品味到爹要我对老婆"狠些狠些再狠些"的道理了，我咋就狠不起来呢。

唉，一开始，我以为我是最不幸的驼子。后来，我觉得罗吉比我还不幸。找了老婆后，我又觉着最不幸的驼子要数红喜。红喜可是什么女人的滋味也没尝过。不管我的老婆好不好，有和没有终究是个区别。

现在我感到，早知这样，还不如像红喜，打定光棍呢。红喜没有过老婆，所以不知道女人的滋味，可我一下子又没了女人，日子还怎么过。

我也不如罗吉，罗吉老婆不下蛋，还能在家里威风，在街上显摆呢。搞到最后，我这一辈子，还是赶不上那两个驼子。

红喜现在不但修钟表,还卖起玩具手表电子表来了,伢子们都往他那个巷口簇。

罗吉也开始回收旧家电,他爹退休了,弄了一架电瓶车,电瓶车还装了只电喇叭,大呼小叫,天天给儿子收旧家电,回来修修弄弄,再卖些个钱。韭菜街上的人买不起新的,都喜欢到罗吉那里去订货。到罗吉那里买旧货有个好处,坏了,他还给你修,不要钱。实在修不了了,罗吉还收走。

韭菜街的人喜欢到罗吉那儿去的另一个原因,是看罗吉怎么支使他的厂长爹。驼子罗吉把他的厂长爹支使得团团转,过等儿要他去送货,过等儿又要他去拖货,喝茶的工夫没有,坐坐歇歇的工夫更没有!

大伙儿又看不下去了。特别是在罗吉爹手下做过的老职工,都一块儿出头了。他们说,罗吉呀,你这样整是不行的,罗厂长不仅是你的爹,也是国家干部呀,你这么做,是违反党的政策的。

他们说,罗厂长也是有工资的,你爹他不用你养也就罢了,你还剥削他,难道他的工资养他自个儿还不够!现在,你爹就像个伙计,还是个老伙计,还是你这个儿子的老伙计,你不怕笑话,我们可怕,韭菜街的人都怕呢。万一他行车有个三长两短,看你驼子咋个交代法吧。

听了这些话,驼子罗吉脸也不红,心也不跳。他给发话的人一一递了烟,上了茶。他说,爹的工资我可一分没要,我还给他发工资呢。

发话的人问,那罗厂长的钱哪里去了!

罗吉握着焊枪说,说得好,不过这你就得问他了。罗吉说,我从来没要他收货送货,不过,既然你们这么说了,等他回来,我就

韭菜街

叫他收手，永远歇手。

罗吉这么一说，发话的人倒慌了。他们没想到驼子这么好说话，怪不得他的店红火呀，怪不得他爹愿意卖命呀。他们还是不放心，或者是本来有心要问：既然是你不要他干，那你说，你爹干吗还拼老命呢。

这回罗吉埋下头。看得出，驼子有些不高兴，甚至有些生气。大家也觉得话有些冲。罗吉闷着头说，这话你们也该问他，求求你们了，就算替俺驼子做件好事，就问问他吧。

他们本来就想问问老厂长，罗吉这么一求，就不得不问了。可他们热情，罗吉爹并不领情。

"干吗呀，你们这是干吗呀，你们吃撑了吧，我愿意呀！"

罗吉爹脖子一横。老头子的脾气真大。人家毕竟做过厂长，可他做厂长的时候也没这么凶过，再说，咱们也是为他好，为他的身子骨着想呀。

"哼，你们是看着我羡慕吧。"罗吉爹冷冷一笑，拍拍胸膛，"为我的身子，那我更得努力工作了，生命不息，战斗不止，鞠躬尽瘁，死而后已。"罗吉爹还说，你们听着，要是我儿子一生气，辞了我，我可不放过你们呀。

真是里外不是人呀，打噘号的人只好跟着老厂长，来到罗吉面前，堆起笑脸，夸罗吉是个孝子，好儿子，他们说，他们开始不理解，现在看到老厂长生龙活虎的，他们相信了，这条街上，还从没出现过像罗吉这样考虑周全的孝子呢。

不待出头的人说完，也不待罗吉表态，罗吉的爹就排开众人，挤上前去，同样冲儿子堆起笑脸，拍拍胸膛：

"儿子，哦不，罗经理，你就分派任务吧，俺老罗的身体没得说的。"

15

　　对于这件事，我是这样想的，罗吉的爹搞了罗吉的老婆，也就是爬灰，作为对他的惩罚，儿子让老子做下手，没日没夜地干活，让他没时刻扒，也把他的精气神耗掉。

　　罗吉的盘算可以说一举多得，问题是人算不如天算，只要能够扒到灰，老头子嘛事都愿意干，可能正因为接受了儿子的惩罚，他扒得更安心更好受些哩。

　　不过，没多久老头又发现，这样的惩罚不仅没有让他累，没有腰酸背疼腿抽筋，反而让他的精气神更旺了呢。

　　罗吉啊罗吉，你真是聪明一世，糊涂一时呀。

　　当然，这话我不会对罗吉讲，更不会对街上的人讲。我不管这些，不管别人的爹，也不管别人家的事。

　　让我疑惑的是，我见不得爹，爹也见不得我了。花格子走后，爹就矮了半截，很少逛街了。爹整天窝在床铺上，被子衣服蒙在头上，也露出屁股，却是半个破屁股。妈不喊他，他是不起来的。以前我认为，只有驼子直不起腰来。现在我发现，花格子一走，爹也直不起腰来了，他不是驼子，但他像个瘫子，只想瘫在床上。

　　早晨，爹也不理我的一嗓子，偶然嘟囔一下，就像在说梦话，让我很不得劲，韭菜街的人也不得劲，又不晓得哪里不得劲。

　　想当初，大锁离开家，爹先还紧张，严肃，后来大锁迟迟不归，爹反而轻松了，脸上也有了笑容。妈只是滴了几滴眼泪，就让爹喝住。爹说，嚎个啥，有啥可稀奇的。这个臭小子，死在外头才

韭菜街

好呢。

我相信,爹这话是发自内心的。爹真心希望大锁死在外头,一辈子不回来。爹其实有些怕大锁。大锁走了,爹不但不要为他的手艺和婚事操心,还可以继续在家称王称霸哩。

可是花格子一走,爹竟然倒了下去,我就不理解了。花格子是我的媳妇,花格子跑了,最丢人的应该是我呀。

咋办哩,我不能因为花格子跑了,就不修锁呀。韭菜街也不会因为花格子跑了就不热闹呀。这个世上,只要还有人用锁,只要还有人找我修锁,我就得在巷口待下去。

街上的人很同情我。没人看我的笑话说我的闲话。谈八五的时候,大家尽量不往花格子身上扯。要是有谁不小心说漏了嘴,听的人就会吹胡子瞪眼睛,说的人也一副愿打愿罚相。

见我不动身,只是埋头干活,他们骂了扯寡的人,又开始骂花格子。他们的咒骂像石头一样砸在我的心坎,人家一片好心,我还不能劝他们住口。有好几回,我都让他们给气笑了。我只得憋住笑,要不然,他们又得以为我气疯了呢。

我咋可能不伤心呢。好端端的一个女人,说不见就不见了。我是看着花格子坐上我的床的。我是看着花格子在我家泡大的。当然,那也少不了我的功劳。花格子说过,驼子的手是一双会说话的手。

这话我爱听。我希望天天听到花格子的赞美。那样子,驼子的手更加会说话了。驼子的手会让花格子神魂颠倒,快活上天。手会说话的男人,肯定不一般。能说出这话的女人,肯定也不一般。可谁能想到这个女人如此狠心。

所好的是,花格子跑了,还给我留下了儿子,给我留了个想头。

也有人开心。花格子跑了，最开心的要数罗吉老婆。罗吉老婆是真开心，她的开心就摆在脸上。每天一大早，修锁的一家吆喝着起床后，头一个跑来敲门的就是罗吉老婆。

算起来，罗吉老婆比我们起得还早哩。她是来抱小锁的，她要带我们的小锁。不管多忙，她都要瞅空摸摸小锁。

每天抱着孩子，拉着孩子，晃悠在韭菜街上，就是罗吉老婆最开心的事。罗吉老婆曾经多次央求我们，花格子不在，就让小锁和她睡一块儿，这样她更好带了。

我们一直没松口，恐怕永远也不会松口。我想，小锁跟她睡，那我们成什么了。再说，小锁要是真的不离她的手，那罗吉他爹还不要吃了我们一家子呀。

罗吉老婆可不是个轻易罢休的女人。

有一天午后大雨，摊头挡不住了，我只得落汤鸡一样逃回家。家里没人。爹肯定在看牌，也不晓得妈把小锁抱到哪里去了。

我喝了一碗生姜茶，暖暖身子，往枕上一挨就睡着了。

迷迷糊糊的，我听见有人低声喊我。接着一双冰凉的手，滑到我的裤子里，把我一下子泡开了。

我睁开眼睛，是花格子！

我捺捺花格子挂在额前的头发，是罗吉老婆！

罗吉老婆跪在我的床边，拨弄着我的尿橛子。她弄得我很舒服，但我还是推开她的手，想站起来。

"不要紧。"罗吉老婆哧哧笑着，"你们不是整天盯着我的屁股议论吗，我就弄给你看看。"

"不行，我妈快要回来的。"

"这么大的雨，哪个还回来。"

韭菜街

"那我也对不起罗吉呀。"

"我愿意呀，你有嘛对不起的。"

"那我怎么对得起花格子呀。"

"哼，那是花格子对不起你，看你这些天，唉。"

女人哀叹一声，又弯下身子，并没有要停止的意思。我想着把她推开，却抓住了她的臂膀。我想起那个对不起哥哥，对不起嫂嫂的笑话，悄悄念叨着对不起罗吉、对不起花格子，但瞅着女人在我身上忙活，心里头满满的是不该有的骄傲。

我想和她说点嘛，可是我说不出口。我总不能说，想我驼子，一年到头，风风雨雨，哪里想到还有这种艳遇呀。原来这就是偷汉子呀。我一个没出息的驼子，也成了女人偷的汉子！我有些相信我爹和游美美她妈的事了。我都能做到的事，爹咋可能做不到呢。

我说不出口，罗吉老婆开口了。说想认个干儿子。既是干儿子，也不能亏我这个做老子的。

我立即清醒过来。我说，打住吧你，你嘛也不用说，说了也白说，使美人计也没用。

"谢谢你夸我。"女人冷笑一声，"我还是美人吗。我使了美人计吗。你就是不同意认亲，我也愿意和你弄的，随时随地。"

我又没话说了。我觉得自己挺下作。

爹说过，吃人家的嘴软，搞了人家该心软。不过就这样子，罗吉老婆已经很满足。这次偷情，她没有达到目的，但并没有影响她的心情。她照样牵着小锁的手，每过一家，都要停下脚步，听听人家对孩子的夸奖。

孩子也喜欢她抱，喜欢趴在她的胸前，把头埋在她的奶沟沟里。我的儿子这样子，我当然又惊又喜。惊的是这小子从小就赖皮。我一个老实巴交的驼子，咋养了这么个杂种。喜的是这小子有女人缘，将来不愁找不到老婆，不像他爹驼子我，找了老婆也守不住。

"哟，老板娘，这是哪家的孩子呀。"有人就和罗吉老婆打趣。

这下子老板娘可火了，真的是火了。"哪家的，还能是哪个的，我养的呗。"罗吉老婆火上了脸，气鼓鼓的。小锁更紧密地拽住她，吸贴着她，好像躲在一条风吹雨打的小船上。

就因为和我有过一次，这婆娘说话也有了底气！

"你的，你和哪个捣鼓的呀，咋没给我们送红蛋呀。"逗趣的人不依不饶。

"你管得着吗。"罗吉老婆死死抱着小锁，"和哪个捣鼓都行，横竖不是你！"

"妈呀。"怀里的孩子叫了一声，大概是让她勒得痛了。不过这一喊简直是救了老板娘的命。罗吉老婆流出了眼泪，死命亲着我的孩子，罗吉老婆的亲嘴声，三条街都能听见。

这小锁也怪，花格子走后，他从没要一声妈。他把罗吉老婆当成他的妈，真是个有奶便是娘的家伙。人前人后，他总是喊罗吉老婆"妈"，也难怪这婆娘不想放手。

我有些恨这小子的忘恩负义，又恨不上心。这么小的小人，他懂个嘛，他不叫亲他的女人"妈"，又叫哪个"妈"呢！再说，他的眼睛，时时让我想起花格子的眼睛，他身上的奶味，也让我时时想起花格子的奶味，我越想越伤心，越想越丢脸。

我只能把伤心闷在心里，带回家去。我躺在床上叹息，饭也吃不香。我的肚子咕咕咕的，消化着我伤透的心。可我现在连这一点我也做不到了。我的面前始终躺着一个比我还伤心的老家伙，我说

韭 菜 街

我哪里还有机会有空地儿，让自己也伤心一阵子呢。

在爹面前，我得像个懂事的儿子，也必须像个男人，摆出一副立业成家的男人派头。一句话，我应该不在乎花格子跑了。我劝爹起来，出去活动活动。虽说不用像我一样，天天到巷口坐班，但是晒晒太阳也好呀。阳光不仅温暖，还有紫外线呢。出去和人唠唠，也免了老年痴呆呀。

我完全一片好心，老家伙不领情，一点也不领。爹说他情愿老年痴呆也不出去。

"就这么眼一瞪，脚一伸。"爹做了个闭眼的动作，"最好了。"

开始，妈也跟着我劝爹。劝不过。我都劝不过，妈还怎么劝！妈就站到我这边，劝起我来了。妈说，看着我劝爹，她就心痛。她说我劝爹是假，劝自己才是真的哩。妈呀，妈说的话就是剜人。

"你懂个屁！"爹侧个身子，哼一声，妈就不响了。妈去做饭，我也泄了劲，躺到床上，翻过身子，压在被子上。我的手不由自主伸到那里。我又想起花格子。

可爹不让我想。不知啥时，爹已经坐到我床头，拍着我的肩。是不是爹又要和我说事了！每次爹和我说话，都是大事，都让我的生活有些变化。但我还是没想到，这回爹是向我请罪。爹说他对不起我。

什么叫作"对不起"，难道爹和妈辛辛苦苦日弄我，又辛辛苦苦生下我，还犯了法了！

爹说，花格子跑了，他有责任。这些天来，他一直不安，不敢见我。而我像个没事人，他看了更难受。

我说，"爹，就别再提这事了，老婆跑了，当然是做儿子的没用了。爹这么说，还不如打我一顿呢。"

爹摆摆手,"驼子,你不晓得,花格子是爹买来的呀。"

"啥,买的?爹,你又在骗我了。难道一个驼子生下来,就活该让人骗,骗他的人还是他老子!"

"爹是骗了你,爹应当早点告诉你。早点告诉你,你就会提防着点儿的。现在看来,花格子放你鸽子了。想我锁王,心细如发,竟然栽在一个女人手上,我心疼呀。"爹说着说着,差不多要哭了。

他心疼个嘛呢,疼他花的钱,还是跑掉的花格子呢。不管心疼嘛,爹为了我,真是嘛都豁出去了。

"可是爹,你干吗骗我呢,你总是骗我,就因为我是个驼子好骗吗。"

"爹那还不是怕你不愿意嘛,你的嘴又碎,万一街上的人晓得,那还不要传到公家耳朵!再说,我看这花格子面善,就没多想。哎呀,爹也是老糊涂了,知人知面不知心呀。"

"好了,不说了,爹,说嘛也没用了。"我心里头气得很,还要哄着爹,就像哄着孩子,我说,"我可不会怪你,我还要感谢你呢,花格子走了,我们不是还有小锁吗。"

"你不晓得,爹不说出来,堵得慌呀。"

"你早就该说,现在还堵吗。"

"不堵了,不过爹求你,买花格子的事,你可千万别说出去,驼子爹跪下来求你了。"

16

这种事情,就算爹不求我,我也不会说。家丑不能外扬,说出来我能有嘛好处呢,一点也没有。爹一再要我保证,要我起誓。得

韭菜街

到我的保证之后，爹踏实下来，精气神却没有好多少。爹经常反反复复说一句话，反反复复想一件事，反反复复找拿在手上的扇子。爹真的是大不如前了。

唉，原来我以为罗吉爹爬灰，是韭菜街最大的笑料，现在我才发现，我们家的事比罗吉的事，不晓得要好笑多少倍呢。在巷口，我经常听人说起放鸽子，现在竟然放到我身上。想起来了，我想起来了，怪不到当初听我说道红喜还没老婆，花格子那么积极。在花格子看来，红喜没老婆，等于她又多了一桩大生意。

晌午，没有活干，我就瞧瞧天，瞅瞅街，想想花格子，思量爹。正瞅着想着，麻子李直奔而来，拉起我就走，我咋甩，都甩不掉他的手。

去哪。去你家呀。去我家做啥。你不去？你不回去，可甭后悔，可是你爹让我来喊的。爹叫我，他自己咋不来。再说，老头子哪里能支使得了麻子李呀。

麻子李啥不言语，就是拉着我。我说，我跟你走就是了，但你得告诉我，到底是好事，还是丑事。当然是好事了，麻子李圆着眼睛说，死驼子你想到哪去了，你当我麻子李是乌鸦呀。

我家门里门外，已经挤满人。老远就听得有人喊：来了来了，驼子家来了。

我心里一颤，先是嗅到那熟悉的奶味，接着就看到花格子的影子。是花格子，真的是花格子。不是花格子，还能是哪个！

花格子瞅到我，就站了起来。花格子还把桌上的蛋茶递给了我。花格子的样子，就好像她没有跑过，从来没有跑过，只不过出去晃悠了一趟。

我的鼻子有些塞。我不晓得我这是高兴，还是气愤。再看看周围的人,个个都笑嘻嘻的,拉着花格子问长问短,恨不得把我的花格子脱光了,里里外外都查一遍。

他们的样子不像是装的,花格子的样子也不像是装的。妈在锅台上忙活,爹把自个儿蜷在一团烟雾里。花格子回来了,花格子回到韭菜街,所有的人都开心,我也应该开心呀。

可我就是开心不起来,胸口就像搁着一块石头。

我又能摸到花格子了,我的手又起作用了,就是有些活活抖抖。

这一回,我也学乖了,我没问花格子这么些天都去了哪里。爹,妈,还有街上的人,都好像约好了一样,哪个也不打听花格子跑过的事。我当然更不想,也不敢打听了。

打听了又能咋样,难道我要揍她一顿,或者干脆把她赶走?不可能的。她能回来已经不错了。那个罗吉,老婆那样子和他爹乱搞,他都能忍,我就忍不下来吗。嘿嘿,我的忍劲可比罗吉大多了。花格子离开的这些天,我不是忍过来了吗。

八十五天。花格子离开了八十五天。我想告诉她,还是忍住了没说。不过,重新回来的花格子,比初来乍到主动多了,和她睡觉也更舒服了。花格子好像晓得自个儿理亏,对我爹妈是嘴甜,对我呢,是身子腻歪。花格子一腻歪,我就忍不住由着她弄了。能做到这一步,我还能要她咋样呢。

不过,花格子也变了,脸上的态度和上次不同。花格子虽然热情,有生气了,却常常走神。花格子的走神和爹不一样,爹是老了,花格子是想说啥,又忍住了不说。花格子虽然没有叹出气来,但我能听到她心里的声响。

我说,"花格子,我晓得你想说啥。"

韭 菜 街

她一愣,"你晓得?"

我说,"我还晓得你为啥不说。"

"你真晓得?"花格子盘起两条腿。

我说,"算了,既然你晓得,我又何必再说。"

花格子笑笑,轻轻摇摇头,贴紧了我,但我感到她的心飞得更远了。我就说些话逗她乐,我告诉她大锁和游美美的事,我告诉她爹让大锁钩起来的事,我还告诉她,原来我是睡在笼子里的。

这些事,我以前都没有说过。花格子听着,脸上始终不相信。她问我游美美是不是很好看,她问我爹给钩起来咋不发火,她还想和我一块儿睡到笼子里。

我说,游美美好看不好看,难说,这要看各人的眼光,但起码,游美美的花裤衩是很好看的。至于笼子,一个人睡还可以,两个人睡就有些难了,一男一女睡,就更难了。

花格子笑得咧了嘴,"有啥难的,俩人睡,可以像蛇样,缠在一起呀。"

"可我们不是蛇。要算蛇,也只有你像,我不像。我呢,我啥辰光都是个死驼子。"

我们闹得欢,爹也高兴。这些天来,爹总是把自己裹在烟雾里,我估摸他在偷着乐。花格子回来,他也活过来了。爹亲口承认他骗了我,我想他现在一定很后悔对我说了实情吧。

花格子不在家,爹总是和我交换眼神,那眼神让我捉摸不了,神神道道,我再问他,他就一笑,在门槛上磕磕烟嘴,磕得烟灰四溅。

奇怪的是街上的人,他们和爹一样,也用一种神神道道的眼神看我。

"咋样了呀，驼子！"

"啥咋样？"

街上的人就一愣，好像我不该这么反问。

"花格子待你咋样。"

"还能咋样。"我埋头忙活，"该咋样就咋样！"

"那就好。"问话的人就放了心，颠几步，又跑过来，一张臭嘴热烘烘地抵着我耳朵说，"盯紧点儿，可别让她再跑了。"

怪不得他们都这样看我呀。他们都认为花格子还会跑。而且这回跑了，就永远不回来了。

"驼子，你可得小心，这个女人不平常呀。"

事情有些解释不通，花格子既然跑了，还回来干吗。回来了还想跑，她有病呀。

"防人之心不可无，驼子！"

大家晓得我不会相信，总有人瞅空提醒我，把我弄得麻乱，一闪眼，我又看到花格子，她正拐在街头嗑瓜子呢。

所有的人里头，只有罗吉老婆还那样，走到哪儿响到哪儿。罗吉老婆常常坐到我的摊头，怪怪地盯着我笑。她一笑，我就想到和她做的事，再想到和花格子做的事，好像全让她看见了。她一笑我就赶紧埋下头。

我晓得我在佯装，但罗吉老婆并不点破。她越是这样，我越是感到，花格子回来，我就背叛了罗吉老婆。天啦，这是哪跟哪呀。

如果花格子真的还要跑，咋办呢。既然大家都这么想，我就不能不想想了。再想想花格子的走神相，想想她想说不说的样，我觉得大家的担心并不多余。可是她要走，我能咋办？腿长在身上，我还能砍了她的腿！我就是砍了她的腿，也捉不住她想跑的心呀。

罗吉说过,女人天生不安分。要想让她安分,不如给她一个靠脚。在罗吉看来,他老婆现在就很安分,因为他老婆有了靠脚。

罗吉的话总是讹而六三,让人糊涂。当时我们听他这么说,都哈哈大笑。只有罗吉不笑。罗吉说,首先,老婆不嫌他驼,这就够了;其次,她有了靠脚,就不会出去搂事了;爬灰嘛,也不是哪一家的事,这也算是肥水不流外人田;最后,我罗驼子,从不盯梢老婆,这也是女人最定心的地方。

我记得罗吉说的时候,别人是越笑腰越驼,我和红喜是越笑腰越直,直得难受,又只好弓下来。尤其是罗吉咬牙切齿,说要是别人搞了她老婆,他不割了那人下酒才怪呢,这话让我脸上在笑,心里胆寒。

现在想来,罗吉的话还是有些道理。罗吉这个人就是这样,他的话总像芥末,让我越吃越辣,越辣越香。

17

现在,小锁跟着奶奶睡,小锁的睡相和我当初没二样。小锁是想睡到我们这边来的,可我妈他奶奶不准。小锁一闹,我妈他奶奶就问,小锁呀,你是要看动画片,还是要和妈妈睡呀。小锁当然是两个都要了。奶奶说,你只能选一。

"你妈这是不放心我呀。"花格子终于叹出气来。

我也做过妈的工作,妈死活不同意,我也不想坚持。我说,媳妇,你甭多心,妈还不是替我们着想!两个人睡和三个人睡是不一样的,别看小锁小,比大人还会占地呢。三个人睡,还咋折腾呢。

花格子回来后,我们天天折腾。折腾有折腾的乐趣,也有折腾的辛苦。一折腾，就能感到自个儿老不老。我感到我是老了，花格子倒是越折腾越滋润。我想收手，花格子不依。我说，来日方长呀，媳妇儿。花格子就说，那我们就折腾到底。

这话是花格子打电视上看来的。没辙，我也只好跟着她，继续折腾。折腾到最后，我感到这完全成了一件苦差事。我有些怕花格子，我觉得我身边躺着的是一只饿虎，不知疲倦，不要睡觉，只有折腾，才能得饱。

我说："媳妇儿，你是不是有嘛心事。"

"我能有嘛心事。"

"你有心事，就告诉我。你不要瞒我。你不瞒我，嘛事我都答应。"

"我能有嘛心事。"花格子说，"我有心事，你也解决不了。"

"你是不是又想走了。"我突然问道。

花格子不折腾了，身子板得像角铁。然后，花格子摇摇头，又点点头。

花格子说，"驼子，明天我们看电影去吧。"

花格子的要求比我的问话还突然。不要说我和花格子去电影院，我自个儿也没进过电影院。韭菜街的人从不进电影院。我们只看露天电影。一个驼子进电影院，那像什么。我是让观众看电影，还是看我死驼子呢。如果还有露天电影的话，我想我这一辈子也不会进影院了。

"咋的了，不敢去，还是不想去。"

"咋不敢，我求你去还来不及呢。"

那天晚上，韭菜街上的人就晓得了我和花格子要去看电影。

电影院上演的是大片《龙卷风》。票是罗吉托人买的，罗吉老

韭 菜 街

婆送过来的。韭菜街的人都看到了花格子挽着我驼子锁,横过宁海路,踏上人民路。

走过韭菜街,我们听到啧啧啧的咂嘴声,不晓得街上的人是在夸我,还是夸花格子。我还听到,一个女人摔着刷锅把骂男将,你瞧瞧人家,你瞧瞧人家,人家驼子都看电影去了。

我骄傲得想抬起头,又心虚地弯下腰,要不是花格子提议,我还真的想不到呢。

找到座位,没等多久,灯暗了,风来了,花格子也搂着我哭起来了。花格子哭得很低,也可能是狂怒的龙卷风压过了她的哭。

待她哭完,我递给她一张纸,这是卖饮料的女人给的。花格子擦了鼻子擦眼睛,我盯着荧幕上的天空。乌云翻滚,像奔走的千军万马。我心里乱哄哄,脑子里也闹哄哄的。我嘛也没有看下去。

"要走,你就走吧。"我对着满天的乌云说。

"我想带了小锁走。"

"啥,你说啥。"我不相信自己的耳朵。花格子说得很轻。风太大,我也怕没听清。我觉得自己就是一根快要让风卷上天的麦秸。

"我晓得你不会应的。"

"我当然不会应。"我说,"你走吧,你随时可以走,但你不能带走小锁。"

"要是他,他不是你的儿子呢。"

"啥,你说啥。"我不相信自己的耳朵。我觉得耳朵里灌满了沙子。小锁不是我的,那是哪个的。花格子又不吭声了。她低着头,绞着双手,浑身战栗,好像也要给风吹上天,问题是不仅她要上天,还要把小锁带上天呢。

"驼子,我晓得你是个好人,你把我抓起来吧。你把我送到公家那里去吧。"

"我抓你干吗，你是我老婆，你就是跑了，你也和我睡过觉。"

"我不是你老婆，我是个坏女人。"花格子说，"你要是晓得我做的事，肯定会送我去公家的。"

花格子确实不是我的老婆，花格子早早就在老家结了婚。花格子已经是两个孩子的母亲哩。花格子和他男将生了两个女儿。

花格子也不是头一次放鸽子，花格子到我这儿来，已经是第三回放了。

每放一次鸽子，都能给家里带来一笔不小的收入。

不过，这一回放的时间比较长，她的男人已经等得不耐烦。这一回不仅光景长，还给我生了个儿子。就因为小锁，花格子才没很快跑，这也是她男将恼火的地方。花格子的男将扬言说，要是她再不回，就闹到她的娘家去。

可恨花格子的娘家人，也站在花格子男将那一边，好像花格子放鸽子已经放出瘾来了。

花格子只得乖乖跑回去。

在她自己这一方，是很愿意待在这韭菜街的。花格子不像我，我的世界只有一条巷口那么长，那么大。花格子跑过好多码头，也算个混脚了。可花格子认为，还是韭菜街好，哪个地方也比不上韭菜街。

我心里高兴，嘴里却说，一条破街，还没有尿檞子长，有啥好不好的。花格子说，舒服不在长短，这么多地方，就韭菜街的人待她最亲。

哪知男将一听说生的是儿子，又把她当作宝贝了，软的硬的哄着她，要她把小锁带回去。只要她把儿子带回去，再也不用她放鸽

韭菜街

子了,不用她下田,什么活儿都不用她干。

"要不然,他就会闹。"花格子说着捂起脸,"他会打死我的。"

"你就不怕我打死你!"我说着,还抓紧了拳头。

"你是个好人。"

"好人就该受这样的报应吗。"

"那你还是送我去公家吧。"

花格子这么一说,我又泄了气。真要送她,还会等到现在!

第二天,街上的人路过摊头,都要听我说电影。我只说放的是《龙卷风》。好大的风。把牛和卡车都刮上了天的风。

"风是真大!"

听的人都张开嘴巴。他们问我,龙卷风在哪里刮,我说不晓得。他们问我,龙卷风啥时刮到韭菜街。我说快了快了。

街上的人吓了一跳,纷纷飞走,有一个人还跑掉了一只鞋子。见我在后面拍着大腿笑,他们又慢吞吞地跑过来。见我笑出了眼泪,他们问我,龙卷风到底会不会来,啥时候来,怎么没听广播里说。

我说,怕个鸟,到时候广播会通知的,我们不记得地震那一年吗。

"日他娘,死驼子和老婆看了场电影,就会取笑咱们了!"

他们哪里晓得,我的笑有假呀,他们更不晓得我家的地震比龙卷风强多了。

这一回,花格子真的是要走了,带着小锁走。我竟然就答应了她。我肯定是把自己当作花格子的男将了。

我想着自己就是和她生了两个女伢的男将。手里拉一个,肩头背一个,每天站在村头,望着山梁上渐渐变大的花格子。

我的眼睛都望酸了,眼睛一眨,花格子又在变小,变成黑点,最后看不见了。

我想,我要是她的男将,我就得天天尝这样的滋味。

现在,我整天琢磨的就是咋个把花格子放走。花格子是我老婆,我却在帮着她逃走,说了哪个能相信!可我就是这么做的。

明的和爹讲,肯定不行。暗的让她走,也得有些手段。绝对不能让人看出名堂。街上的人要是晓得我亲自放跑了花格子,不吐我唾沫星子骂我窝囊废才怪呢。

花格子也疑心了,她拿不准我是不是真的放她走。最后几乎是我逼着她上了路,就差端支三八枪顶她的腰了。我真是个窝囊废么?不是,那又干吗这么做!

当然,我也是有条件的。我说:"格子,你要说清楚,小锁到底是不是我的种,你说清楚,就可以走了。"

花格子支吾了一下,掰着手指说:"是的,不是你的还能有哪个,韭菜街上我只认得你,只和你睡过一张床。"

这一点我相信,我不相信的是自己的眼睛,说花格子还是个姑娘可能有些过头,可咋看她,也不像是已经生了两个伢子的婆娘呀。都说姑娘是金奶子,新娘是银奶子,大娘是狗奶子,这女人有了三个孩子,我还是当她金奶子。我看着她说:"那就好,哪个地方不长草?只要是我的种长的苗,长在哪里都一样,但你要答应我。"

"啥,你说。"花格子又一紧张,更像个刚毕业的中学女生了。

"你们得好好待小锁,要是你男将不待他好,你就把小锁送回来。"

"我答应你。"花格子说,"他要是不待小锁好,我就夹着小锁跑回来。"花格子顿了顿又说,"驼子,其实你可以打我一顿的,你咋打,我都认了。"

"他是不是经常打你。"

"是的呀。"

"为嘛。"

"我放鸽子呀。"

"不是他让你放的吗。"

"是他让的也打呀。"花格子笑出一口白牙,好像我的话有多逗。"放心吧驼子,我扛得住。"

"可我为嘛打你。"

"为嘛?我瞒了你呀。"

"你真宝呀花格子。"我叹了口气说,"你以为打你一顿我就解气吗,我打你,还不如扎自个儿的掌心呢。"

真的,打她一巴掌,这样的心思我一点也没有。就是后来晓得花格子又骗了我,我也没有动她一指头。

18

花格子是傍晚走的。正好我在收摊头,花格子背着小锁来了。这是我们约好的。花格子什么也没带,除了小锁。背着小锁的花格子也有点驼。人们常说,夫妻越过就越像,照这样下去,要不了多久,花格子也会成为女驼子了!就是冲着这一点,也得放她走。我不能让她像我,整天弯腰吃草的样。

小锁在她背后上笑着,朝我舞着手。我只好和儿子做鬼脸,其实我这个样子,不做鬼脸,也和鬼差不多。我想上去亲小锁一口,又怕吓住他。没辙，最后我给了儿子一串钥匙。

这可是我的宝贝收藏，一个修锁匠，最喜欢的东西也只能是锁和钥匙了。修锁匠也是人，是人就免不了要想女人，可他又没本钱搞女人，所以在我这里，锁和钥匙就有特别的意思。我倚靠在山墙上，电线杆上，迷迷糊糊瞅着这些奇形怪状的物件。想多了，也就习惯了，反正没人晓得，也没人在乎我这样想，对我来说就不一样了，有了这想法，我收藏钥匙和锁的爱好更狂热，对它们也更爱惜了。

现在，我把它们中的一串，送给我的儿子。在这一串奇形怪状的钥匙里，有精巧拷边的挂锁匙，有中空的长杆匙，有双齿匙，有的带着花边状匙扣，还有如杀人武器般巨大的钥匙。我在小锁眼前晃荡一长串钥匙，哐哩哐啷的，递到他手上。小家伙嘴拙，哇哇哇地不知在说些啥鸟语，更不会问我，这是些什么玩意儿了。这样也好，省得我啰唆。

这就和他们分开了吗。不晓得为嘛，我一点没有和他们分开的感觉。我瞅着花格子走进黑暗，就像瞅着喜鹊飞进树丛，瞅着女人回娘家一样。

随后我也回家了。花格子那边厢是飞鸟回巢，这边厢我心虚得很。我不晓得咋告诉爹告诉妈。

这些天来，我一直在考虑该咋解释花格子离开的事，而且还带着我们的儿子。我是告诉他们真相，还是犟驴一样，来个死不开口！

和花格子最后的几天，我们一边折腾，一边就讨论这个，她走的事反而撇到一边了。讨论来讨论去，也没找到一个最好的法子。

所好的是除了妈问，淡淡地问，只问过一次，花格子哪里去

韭 菜 街

了，小锁咋也不见了，爹压根没吱声。我庆幸自己轻而易举就混过难关。简直太轻松了。

街上的人就没那么客气了。他们那样子，就像我一家偷过他们的鸡，套过他们的狗。花格子再次跑了的隔天，他们就成帮成伙涌到我的摊头，不是修锁，也不是拉寡，就是来围攻我的。他们骂我是吃屎的。骂我没良心，一点不在乎爹妈的心。他们说，像我这样的驼子，还不如死了呢，最好是一头撞死。一个人犯一次错不要紧，要紧的是不要犯第二次，你咋能眼睁睁瞅着花格子跑掉哩。

我想告诉街坊们，花格子不是偷偷跑的，是我放跑的。我想看看他们听到之后，到底是副嘛嘴脸，会咋个处置我。可他们火力太猛，根本不给我机会，我想说也开不了口。

"你哑巴了？你理亏了吧？要不你咋不回话呢！"

"嘿嘿，死驼子这是在装死呢！"

瞧瞧，瞧瞧，瞧瞧这些人哪，我想挪一挪细爬爬，都给他们按住了，哪还想咸鱼翻身啊。街坊们说，他们就是要拿出批林批孔的劲头，批倒我，批臭我。批林批孔我不太记得，但我领教了那种味道，我想，那你们就把我当作孔子吧，谁让我扶不上墙，让大伙儿失望，让爹妈伤心呢。

"苍天呀，大地呀，同样是驼子，区别咋就这么大的呢。"

在韭菜街的人眼中，我现在根本不能和罗吉，和红喜他们比了。我在人群里头寻找那俩驼子，就是找不到。我虚弱地找到爹，但他闪开了。他的目光像小鸟的翅膀掠我的大头，我觉察到爹的意思：他尽力了，他不想再搅和了，再咋搅和，我都是一摊泥呀。

生意本来就不好，他们这么一闹，更没人来修锁了。他们说，宁可扔掉买把新锁，也要"封杀"我。像我这样的驼子，胸无大志不说，老婆也守不住，根子也守不住，又不敢撞墙，那他们只好动手了。我印象里，韭菜街的人还从来没有如此团结过呢，连麻子李都出面了，他也站到那边来反对我，不过他五短身材，好不容易挤到我身前，想说道我一两句，又给挤兑到后头。他留下的唯一一个词，就是"封杀"，这让大伙儿新鲜了好一阵子。

为嘛"封杀"，而不直接杀了我呢。

这里面，还不能不提到罗吉老婆。小锁走了，这婆娘没伢子玩了，最受打击的也就是她。她和爹一样，没有怪我，这就让我奇怪，让我不安了。她每天都到我家去一趟，然后来到我的摊头，搅和在人群里，却一句话也不说。无论她站在人前还是人后，我都能感受到她锥刺般的目光。她瞅我，像瞅个犯人。

有一天下午，众人唧唧喳喳说道后，喘息的当儿，罗吉老婆却开口了：

"在立发桥！"

"啥。"街上的人支棱起耳朵。

"在立发桥！"

"哪个呀。"

"在立发桥！"

是花格子在立发桥吗。这怎么可能呢。我只当作笑话，街坊们却认真了。去探查的人立马就回了头：花格子果然在立发桥。花格子整天领着伢子，也就是我的儿子小锁，在村头，在桥口，在草垛里乱窜。花格子当然也要干活儿了，脸吹得更黑了，但气色不错。小锁呢，一点不认生，常常偷冷儿离开花格子，往伢子堆里扎。看样子，小锁和花格子已经完全忘了韭菜街。

花格子，连你也骗我。你为嘛要骗我。

韭菜街

你就是骗我,也不要这么快让我晓得呀。

你就是骗我,最好也离我远点儿晃悠呀。

现在可以肯定,花格子不是立发桥的,但她又"嫁"到了立发桥。看来,立发桥还是她的据点呢。

不过也有值得我高兴的事,花格子在立发桥,这样每个月小锁的生活费就有落头送了。

花格子离开我的时候,我悄悄塞给她和小锁三个月的生活费。我说,一个季度一次,可我往哪里寄呢。花格子说,没事,会有办法的。我说,这事可不能含糊,我们的儿子将来是要念书,上大学的。

现在好了,现在找花格子也不用另想办法了。

"你还乐。"街上的人瞧我一脸红光,都瞪圆了眼睛,"有你这样的死驼子吗。"

"是啊,驼子当然应该高兴了。"麻子李总算比他们聪明些,"瞧见了人,还是大活人,老婆孩子都瞧见了,还愁啥呢。"

"也是啊。"街上的人跟着醒过来,一醒过来就搓手,问我啥辰光去弄花格子,"不要你驼子动手,你只要一声令下,咱们手到擒来。"

我相信他们说得到,也能够做得到。何况花格子头一次跑,他们就想去摸了。我们街上的人,不是车工钳工,就是搬运工,做这样的事,对他们来说,就如麦田捉龟,十拿九稳。

不过街坊们还是很谨慎地蹲在我的摊头,围上一个圈子,有的拿着一根铁丝,有的拿半截钥匙,在地上划拉着,研究行动方案。

"你们要干吗,你们要抓花格子吗。"我拍着工具箱喊叫。

"还不是为了你个死驼子。"

"我们也不是抓,是营救。"

"都一条街上的,我们能见死不救吗?驼子你还记得吧,你爹给你吊笼子,也是我们救的吧。"

"放心吧驼子,我们揩哪个的油,也不会揩你驼子的油,不信等花格子回来,你问问她,看我们有没有动她一根指头。"

围着圈的人,不时回头和我打个趣,转身继续研究。不知哪个家伙突然想到祥林嫂。祥林嫂是淘米时给逮住的,咱们可不可以弄只小船去呢。有人立即拍拍胸说,船包在他身上,可立发桥有河码头吗。

还有人提出疑问,花格子当然是要淘米做饭的了,可现在家家户户,不是井水,就是自来水,河都堵了臭了,哪还到河头淘米呀。

我实在忍不住了:"可不许你们胡来呀!"

"是呀,你们胡扯个啥。"又是麻子李,"就不能说点正经的吗,那祥林嫂是啥人?那是在万恶的旧社会呀。"

他说,祥林嫂的结局也不好。还有,抢祥林嫂的时候是一个人,那时候阿毛还没生呢。

他还说,咱们现在是,花格子和小锁,一个不能少,可不能惊了伢子呀。

众人连连点头称是。一计不成,有人又想到趁花格子到田里摘棉花的机会上。他们开始分工,哪个装成收破烂的,密切注视花格子的一举一动,哪个负责通风报信,哪个负责现场指挥。

他们甚至想到,立发桥的人会不会围追堵截,要知道,这种事,不是没有过。

讨论的结果是,逮花格子的人要少而精,防守反击的不但要多，也要强壮，勇敢，关键时刻，要能杀出一条血路。

然后，他们又议定了几条路线。花格子不是喜欢放鸽子吗，这一次咱们也带只鸽子，来个飞鸽送信。

听他们这么一说，我突然想起罗吉送我的那本小人书《敌后武工队》。

19

游美美喜欢喝的酒有两样，一种血红玛丽，还有一种蓝色妖姬。

怪里怪气的瓶子，怪里怪气的颜色，倒也配得上她这个怪里怪气的女人。游美美待在城里的个把月，基本上都喝这两种酒，反正我看见她时，她都在喝，不是红的，就是蓝的。每回，酒店的小伙子推车进来，她就拣出这些酒。

游美美也给我倒过一次，我勉强抿了抿，实在咽不下去。可能我喝过之后，脸就绿了，把游美美逗笑了。

再去，我就自备瓜干酒，从东大街打的，灌了一水瘪子带过去。水瘪子就是军用水壶，是街上的一个退伍兵搬家时送我的。不过我的水瘪子比一般的小，也不是光瓷，表面上有一格一格的纹，就像豹子皮。

我还从西大街包了一包水卤花生。嚼五粒花生，我抿一口酒，然后说说我家的事。

说实话，每回到游美美这里来，我都有些矛盾。我对自己说，再去一次，就这一次，下一次，再也不去，不去了，真的不去了。

下一次，我又不由自主来了。

游美美最漂亮的时候,我只能远远望着她,等到能靠近些了,她却让大锁占着,泡着。

现在,终于和我坐在一起了,她却成了乌鸦,顶多也就是一只肥乌鸦。我宁愿远远瞟着她,也不愿现在这样子,俩人窝在一起。瞧着她喝酒的样,压着两条大腿的样,我禁不住要想,老天真狠,干吗要拿游美美来折磨我这可怜的驼子呀。

我不晓得她心里是咋想的,我不晓得她咋会愿意跟一个驼子待在一起。

在这个城市,想和游美美接近的人太多了。找她投资的自不必说,听说她现在单身,想和她成家,或者那个一下的男人也不少。游美美没兴趣,游美美就愿意和我在一起。

我也常常提醒她,到街上走走吧。游美美间或到街上走走,都是政府的人陪着走,要么就是悄悄溜到韭菜街,拉一只细爬爬,坐到我的摊头。

虽然人老珠黄,还是渐渐有人议论我和她。尤其是议论我,在他们看来,我和游美美在一起,有点像癞蛤蟆想吃天鹅肉,还很有可能吃得到。

"是吗,他们都咋说的呀。"

"也没说嘛。"借着酒劲,我吞吞吐吐,告诉游美美,"就说你跟我在一起。"

"是啊,咱们是一起的。"游美美笑了,笑着还用手背擦着嘴,把牙缝里的渣子剔出来,拎一拎,又放进嘴里磨,边磨边说,"我可是你的嫂嫂啊。"

本来我想探探游美美的口,她这么一说一笑,我倒也不好再说啥。

韭菜街

街上的人可不这么想。再说她啥时做过我的嫂嫂呀。不错,当年她是有可能做我的嫂嫂,不是没做成就散了吗。游美美这么说,显然是想混过去,不接我的茬,是不想让我难堪。游美美似乎晓得我的心事。我有嘛心事呢,难道我还想上游美美不成。但游美美那边,一定就是这么想的。

可我干吗还要来呢。就算有黄副指挥的要求,也可以少来些呀,再说那个马主任,早就不提误工费的话了。难道我转来转去,真的还是想瞧瞧她那个歪瓜裂枣的胸吗。

"驼子,不要多想了,他们说他们的,咱在一起,吃吃喝喝,不是蛮好吗。"游美美倒是比我想得开。

游美美说,在她眼里,我驼子锁就是韭菜街,我告诉她的事,就像在她面前放电影。

这话我听不明白,却看见她的眼睛在发光。说实话,这时候游美美的眼睛还多少能够让我想起多年前的她。反过来,倚靠着电线杆的我,在她眼里,恐怕就是一糟老头子了吧。

我说我一个驼子,说话颠三倒四,能说个嘛名堂让你开心呀。

哪个人不颠三不倒四,游美美鼓励我,人们颠三倒四的都是些忘不了的事,再说,只要是韭菜街上的事,只要是你们家的事,我都爱听。

她的回答证明了我的猜测,在她眼里头,我的确是个叫花子,顶多顶多也就像个拾荒的。先前,我还逗她,说人们对我们在一起风言风语的呢。看来驼子我也有些自作多情了。

这让我又多少有些难堪。但游美美对我的支持,又让我非常开心。要知道,对于我放手花格子,街上的人都反对我,批判我,恨不能把我的锅背踩直。可游美美说我做得对,做得好。

游美美说，像我这样的男人才是真男人。游美美说，她要是花格子，绝对不会放掉我这样的男人的。可惜她不是花格子，花格子也不是她。

花格子啊花格子，你听见游美美对我驼子锁的评价吗。

游美美还说，如果她是花格子，她会感激我的放她一马。

如果她是花格子的男人，她也要感激我的高抬贵手。

然而如果她是我，她绝对不会这么做。

为什么？这话又让我云山雾罩了。

游美美说，像我这样的男人，她可做不到。如果她是韭菜街的人，她可能比任何人都要痛恨我讨厌我，弄不好，还要砸碎我的狗头。

驼子，你可以受人的骗，却不会骗自己，也骗不了自己，你也没有骗自己吧，就是现在，你对你媳妇，就那个花格子，还是又疼又爱吧。

20

街上的人虽说没有砸我的狗头，但也好不到哪里去。他们瞧不起我，比花格子的离去，还让我难过。这样的冷遇，还不如砸了我的摊头一了百了出口恶气爽呢。我得罪了他们吗，我就不能按照我的想法行事吗。

偏偏这时候，二锁回来了。二锁早不回，晚不回，这个时候回来了。

二锁和我一样，也依着一根电线杆，那电线杆的额前，还架着一副眼镜。

韭菜街

二锁和我又不一样。在我看来，上了大学的二锁，从此和我就是两样人了。

两样人，就是两样心。二锁也是这么做的。在我印象里，二锁很少想到这个家，也很少回到这个家。有几次回家，探头就走，她不从我的巷口走，所以我都不晓得她回来过。来无影去无踪，这一点，二锁倒是和大锁相像，又没大锁彻底，让人很不舒服。这回，她竟然带了根电线杆子回来，当然不是要和我比试比试，看样子，她是想住一阵子了。

依着电线杆子的二锁，气色不错，甚至比没进大学前，还富足。倒是那杆子，白虽白，却站不稳，风一吹就要趴。我说姐啊，这个时候，不放暑假，你咋还有空。

以前我都喊她二锁的，现在人家有了男将，我也得文明些，做做样子。哪知这丫头一点不领情：怎么着，我的家我不能回吗，我愿意啥时回就啥时回。说着，还一脸灿烂瞧着她的电线杆，瞧着瞧着，还在电线杆上啵了一下。

我说，那本书我看完了，你要吗。

啥书。

我从枕头下面，拿出那本没有封面的书来。《儿子和情人》。这本书我翻过不少回，封面也压掉了，可是我一张也翻不下去。

我不喜欢鬼佬的名字，也看不明白。有一次，修钢笔的张驴儿跑过巷口，不知咋的，就从我的工具箱里翻出这本书，硬是要拿走。张驴儿心疼地拍拍书脊说，看你驼子，嘛书到了你手里，都成狗肉账簿了，还不如给我呢。张驴儿每天都像鱼鹰，翘在校园路口，闲下来，可以自己翻翻，修笔了，可以让学生妹翻翻，修好了笔，还可以在书上试试笔尖呢。

一本洋书硬是让他说成天书,我当然不甘心。现在,我拿出来还给二锁,算是物归原主,有个交代,当然还有另外一层的意思。

我的意思是提醒二锁,她说过,考上大学,她头一个要好好感激我的。她还说过,要送我一只二十斤的白雪猪头。可这样的丫头片子,我真的能指望她吗,不要说是猪头,我能得她一句好话就不错了。这不,猪头没有,花格子也走了,她倒好,倒把一根又白又瘦的电线杆推到我面前,这不是显摆着气人吗。

二锁果然忘了她说过的话,她接过书,抖了一抖,面皮一红,就塞到电线杆的怀里,个死驼子,给我老实交待,我不在家的时候,你都做了些嘛事。

一照面,二锁就摆出高高在上的架势审问我,这是我没想到的,尤其是还当着电线杆的面。她这么做,那根电线杆,还会把我这个小舅爷放在眼里吗。

"我做了嘛,修锁呗,你有锁修吗。"我生气。我只能生闷气。

"哼,别以为我不晓得。"二锁背着手,在家里跌跌绊绊走起来。"我虽不在家,韭菜街上放个屁,我都能闻到的。"

瞧这丫头,也太托大了。一副管家婆的架子,就是妈也没这样待我呀。我不晓得这根电线杆,到底看中了二锁个啥。

"你都晓得,晓得你还问。"还问。

二锁"咦呀"一声,住了脚回了头,"个死驼子,倒是会回嘴呀,你这是人话吗。"

"啥人话鬼话,你说的就是人话吗。"

"好,那我问你。"二锁定定神,咬咬牙,"你把好好的老婆弄到哪里去了,你不好好修锁,逼着老婆放鸽子,放了,又没本事收回来,你还是个人吗,你还是个男人吗。"

韭 菜 街

天可怜，这是哪跟哪呀。坐在床头的电线杆也起了身，他不晓得这个家里到底怎么了。

"我不是人，我只是个驼子，行了吧。"我不想和这丫头说话。二锁不仅带回一根电线杆来显摆，明摆着是朝我找茬讨债的。这样的女人，我还能和她说啥。

"你这样做，对得起爹吗，你不是要把爹活活气死吗。"

"你才气人哩，我的老婆，我自个儿还不能说了算！"我说，"二锁，你又为这个家到底做了嘛，你每趟回来，除了吃除了拿，除了指手画脚，你做过嘛，不要说为人类事业做出巨大贡献，这个家你都贡献不了。"

二锁就是这么个人，你不要指望她个啥。妈从不说她，但我还是清楚的。我也不说个啥。有一年，她把家里晾晒腌制的萝卜干全挪走了，好像城里闹饥荒，咸菜都没得。我们家的萝卜干，是韭菜街一绝。切、串、腌、晒、晾、收，我们花了多少工夫呀，拉在巷口，也没少挨邻居闲话，还得提防有人顺手牵羊。二锁就这么一锅端地包走了，我也没说啥。可现在不说，还等到啥时候说！做人要厚道，但妈还说过一句话：你不仁，我也不义呀。

"你，你你——"果然，二锁一下子憋气哑炮了。我姐二锁的脸发白，身子直颤，她伸出留着长指甲的指头指着我，慢慢向后倒去。她本来是要倒向床头的，眼睛瞥一瞥，一头扎进电线杆的怀。

别看电线杆站不稳，这时候倒是蛮活泛的。他一把揽住二锁，把她抱到床上，放躺下来。他慌慌张张扫了我一下，又镇压下来说，"没事的，她就这毛病。"

"真的没事吗，姑爷！"看来妈已经认可这个女婿了，一急就喊出了口，可能觉得太随便，妈又转口，"二锁呀，二锁！"

电线杆鞋也不脱，就骑上我姐二锁的身子，嘬着嘴，去套二锁的嘴。

"他这是做嘛。"妈不好拉电线杆，只好扯我的衣袖。

"人工呼吸。"我拉着妈坐到另一张床。

电线杆吹起来。我们看见电线杆的尖屁股一缩一缩的，我们也看见二锁的身子一胀一胀的。不久，二姐的脚撩了撩，电线杆翻身下地，二姐翻翻白眼，长吐一口气，两只膀子举起来，伸了个大懒腰。

这时，妈又扑上去了。不但妈扑上去，连爹也扑了上去。他们摸着二锁的脸，摸着二锁的身子。他们摸着劝着二锁，不要想不开。他们说，驼子本来就不会说话，丢了老婆，心情更不好了。

他们说，你是大学生了，还找了好工作，为这事想不开，划不来呀。你瞧你，你还找了相公，你们走到一起不容易，你们的路才开始走，你这一撒手，你那相公可咋过呀。

那一刻他们说的话，比和我一块儿，一年说的话还多。他们劝二锁的时候，我就像个木头人，坐在床头。我想，爹呀，妈呀，你们咋就不劝劝我，我的日子就好过吗。

但是他们越说越不像话，先是电线杆出了门，接着二锁也听不下去了，她也翻身下地，没事人一样，在地上转了转。我是什么人呀，二锁说，我还是做姐的呢，我能和驼子计较吗。

好像为了证明她的确没啥事，这天夜里，二锁和电线杆闹腾的动作特别大。先还听得他们俩哼哧哼哧，后来哼哧没有了，只有拨拉拉的尿水响。这让我们很是难为情。我没想到二锁这么野，也没想到电线杆还这么能行。我不晓得爹和妈怎么想的。只是他们的动作越大，我们越是不敢出声。我干脆躲到被子里去了，我盖了两层被子，也不能挡住他们的屙水响。

后来，我只能想花格子，想罗吉老婆，我想，和二锁比，我和花格子折腾得再凶，那日子也像白过了。

所好的是早晨一吆喝，那电线杆就爬起来，找厕所去了。爹本来也想去，但给电线杆占了先，爹只得站在街口咳着抽烟。经历了这一夜，早晨再一起蹲坑拉屎，咋说也有点不自然。

恨的是二锁，她竟然想赖在床上。韭菜街的人都起床了，她想不起床，没门！首先我不同意，也过不了妈这一关。妈最讨厌赖床的人，不过我还是没想到她对二姐这么狠。二姐怎么求，她都不同意。这一回轮到我笑她了。当然，我不会笑在脸上。我只是等在家里，看妈怎样把她赶起身。

"再不起，我可掀被子了。"

"你掀吧，嘻嘻。"二锁一笑，"我嘛都没穿呢。"

"你以为我不敢。"妈哼哼，"你不要脸，我还要脸呢。"

妈的火气真大。"回到这条街，进了这个家，我告诉你二锁。"妈喘口气说，"你就得像这条街的人，不要落得人家说闲话。"

21

又到了晚上，这丫头更来劲，和那个电线杆搞得家里鬼哭狼嚎，狂风大作。咋会这个样，难道二锁在大学里头就学了这事，这么个事不上学也会呀。

他们这样做，我们还只得不吭声，连爹也不敢咳嗽。我呢故意打呼噜，房梁上游走的老鼠好像也搬到隔壁人家了。

转天我还是忍不住问二锁，这么"猖狂"做个啥，是朝哪个示威,还是显摆自己的能耐呀。二锁一点不脸红,甚至还有点"厚颜无耻",她说咋的啦,我在我家,我想怎么着就怎么着,爹妈都没说嘛,你倒有意见来了。

我说我有嘛意见,我只是担心你不给人家搞死,就是会搞死人家,爹妈不是说了吗,你们的日子还长着呢。

谢你了驼子,二锁笑道,难为你还有这片心,不过你是多心,我们还没到七老八十的地步呢。

唉,瞅你木木的,二锁哀叹着说,说了你驼子也不懂,你以为我就容易吗,我们的事八字儿还没一撇呢。

没定?没定你还让他这么搞。

错,二锁朝我一竖指头,是我搞他,就是没定才要搞呢,最好是能把肚子搞大,到时候,嘿嘿,生米就做成熟饭了。

你就不怕人家甩了你。

那倒不会,二锁说这点自信她还是有的。别看电线杆个儿挺高,胆子倒很小,本质还算厚道,再说电线杆子的爹妈都是国家干部,再怎么着也得注意影响呀。

二锁说这些年来,她谈了不少朋友,每次都是人家搞她,每次她都顺着人家,每次搞完,都是人家随便找个借口,或者没有任何借口就蹬了她,这一回,她得主动出击。二锁说,不管软的、硬的、红的、黑的,她都得进驻那个家,她死也得死在电线杆家里。只有进了他们家,这事才算定,到时候,不怕他们不给我换个好工作。

怎么,你还嫌工作不好呀。二锁待的那个城市做过国都,在我看来,不要说有工作,更不要说挑肥找瘦,就是能到那逛一圈,我也知足。那你要找个啥工作呀。

说了你也不懂。

"电线杆啊电线杆,我也不想做你的小舅爷了,你能溜则溜吧,这样的丫头,迟早会整得你叫天不应的。"

我不能眼看一个好男人,活活毁在二锁手里。我是在巷口和电线杆说这些话的。那天二锁陪妈去买菜了,电线杆坐在我的细爬爬上,让我说得一惊一乍。我说别的就不说了,这二锁动不动就晕,就是哄你的,过去她从来没这毛病的。

"不会吧。"电线杆挠挠头,"我记得《黄帝内经》上就讲,人的身体是有阶段性的变化的。"

"嘛变化,她就是怕你有变化。"

"我有嘛变化。"电线杆更加糊涂了,"难道我还会晕。"

这家伙也真是,晓得《黄帝内经》,却不懂我的话。我说她哪有嘛晕病呀,那是在吓唬你,让你不敢离开她。

"嘿嘿,我还真是有点离不开她了。"

二锁说得没错,这电线杆还真厚道,至少比我厚道。可我没想到,屁股一转,他就把话传给二锁了,二锁笑得喘不来气,瘫在电线杆怀里,指着我说,"驼子呀驼子,你不但自个儿丢了老婆,还想破坏我们的爱情,哼。"二锁回头在电线杆鼻头又是一啵,"你就死了这份心吧。"

这个时候,电线杆倒有些不好意思,好像做了什么对不起我的事,他说算了算了,驼弟也是为我们好。

二锁不依不饶,"为我们好,有这样的好吗,你听说过这样的好吗,我有病,他竟然说我装病,有装得这么像的吗。我是有病,晕得厉害,可我有人护着有人操心。你呢,你就没病?哪个来照顾你的病呢,我看驼子你还是好好操心你自个儿吧。"

二锁又说,"妈呀,这个驼子病得这么厉害,我看最好把他送到二院去吧。"

二院在打靶场,是这个小城的疯人院。我离开家时,还听见二锁在对妈说,趁我们都在,有人手,把他送走算了。说完,她带领电线杆狂笑起来。

那天晚上,我没有回家。我一直坐在旗杆巷口,守在我的摊头。妈来喊过我,我没有应。妈笃笃笃笃回去了。

夜深了,路灯也熄了。我还是坐在那。远远听到一对人影磕着石板走近,我靠着电线杆的这一面,他们靠在电线杆的另一面亲嘴儿,亲得秘密而响亮。

不久,我感到一只屁股抵到我的头上,软和和的。大概把我当凳子了。一只活活抖抖的手也摸过来。摸到我的头时,突然就不动了。接着我感到一股热气吹到我的脸上。

"鬼呀——"女的先叫,男的先跑,跑了几步,男的又跑回来拉女的。他们的脚步在这个夜晚,就像一阵杂乱的马蹄。

后来,还有一只猫儿来翻我的工具箱。没有翻到嘛,就窝到我的脚头取暖,呼噜了几下,爬到我的膝头,见我还是不理他,就没趣地循着哼哼呀呀的声音走了。深夜的韭菜街到处都在哼哼呀呀。我分辨不出哪个声音是二锁的,哪个声音是电线杆的,但我想,这里面肯定有他们的声音。

随后,天发蒙,我的眼前一片黑。我努力吼了一声,远处传来爹的咳嗽,那么软弱。天发白,发亮了,街上也有人开始晃动,有人和我打招呼了。

"哎呀,驼子今天真早呀。"

"驼子,你忙啥,是不是修了一夜锁呀。"

还是麻子李来拉我回去的。这回不会是好事吧。麻子李没应声。家里坐着片儿警刘矮子,还有派出所的老伍。麻子李一直不服刘矮子,这回咋愿意给他跑腿?因为老伍来了。老伍一出门,就说明有事,有大事。老伍到我们家来了,能有嘛事呢,是不是二锁和电线杆胡搞,让人反映了呢!

刘矮子笑嘻嘻的,他说有个情况向我核实一下。

好的,你说,嘛情况。

你是不是娶了个老婆。

我说这情况你还不晓得吗。刘矮子依然笑嘻嘻的,摆摆手,像赶一只苍蝇,说驼子,我和老伍这是在例行公事,你只要答"是"或者"不是",就行了。

"是。"我说。

"你是不是娶了个老婆。"

"是。"

"你老婆是不是叫花格子。"

"是。"

"花格子是不是给你生了个儿子小锁。"

"是。"

"花格子是不是跑了。"

"是。"

"花格子回来过。"

"是。"

"带走了小锁。"

"是。"

"花格子住在立发桥。"

"不是。"

刘矮子顿了顿，朝老伍看了一眼。老伍的脸像一只锅底。

"那她在哪。"

"不是。"

刘矮子又停住了，还是笑嘻嘻的，倒是老伍皱了皱眉。我赶紧说，不晓得。

听着驼子锁，刘矮子说，我们这是在帮你，要是能找到花格子，我们一定会帮你领回来的。我说，感谢亲人刘主任。刘矮子赶紧说，我算个什么。不过瞧他的样子是欢喜我这么叫的。

"花格子是不是你老婆。"刘矮子提了提气，重新开始盘问。

"是。"

"有人说她住在立发桥。"

"不是。"

刘矮子无奈地停下来。有点像罗吉给我们放录音带，放着放着就会卡。他求救似的看着老伍。老伍清清嗓子，一口浓痰石子一般，一直射到门外对墙。对墙刷着"只生一个好"，老伍的黄痰就射进了"只"的"口"里。驼子，我们晓得你婆娘就在立发桥，我们已经派人去探过了。但我们不好随便抓人，现在只要你一句话，我们就可以动手了。

"你们要动手，动嘛手。"

"还不是为了你。"老伍说，"一句话的事儿，一个字儿的事，你说是，我们就去把她还给你。"

二锁插进来："个死驼子，你说呀，快说呀，你真的不要老婆了吗。"

"不是。"

韭菜街

"啥。"

"不是。不是就不是。"

"那我们只好找证人了。"

老伍的脸仍然变成锅底，他拦在门口，查问几个看热闹的街坊。没想到，几个街坊和我答的不一样，但意思一样：花格子是驼子的老婆，但花格子现在和驼子有没有关系，花格子有没有骗驼子，他们可不晓得。他们不晓得的事，可不能瞎说，瞎说了会烂嘴丫的。

这回轮到我奇怪了。街坊们不是整天骂我没用吗。他们不是一直吵着要去逮花格子吗。我既感到奇怪，又很感激他们。

老伍还不死心。那几天，他和刘矮子挨家挨户打听花格子的情况，可老伍和我一样意外，所有的回答竟然都差不太多。

"驼子，你晓得吗。"刘矮子和老伍的盘查结束后，麻子李说，"我可是替你捏了把汗呢，花格子的小命就捏在你手里呀。"

这让我又不明白了。

你以为他们真的会把花格子还给你！麻子李说，老伍这个人你还不晓得吗，他想做官快想疯了。你要是认了，那花格子就是放鸽子，放鸽子就是人贩子，那老伍可就立了一大功。老伍正等着立功，瞄着城东派出所副所长的位置呢。只要做了所长，哪怕是个副的，他就可以独当一面，就可以扫黄打非，就有人给他塞红包塞黑包了。

我点点头，还是不太懂。我不晓得我的回答会有那么大的用处。不过有一点我是清楚的，我姐二锁帮我，却不是真心疼我。街坊们恨我，笑我，倒是真的站在我这一边。

22

老伍这个人,人脸我很熟,但不太打交道。不知不觉,修锁也有些年头了,我驼子锁的名声也不小了,可老伍有事,还是习惯找爹。不但老伍绕着我,我也绕着老伍。人家不找我,我不能硬凑趣,那还不让老伍看扁了!

有一阵子,城里头失窃的事突然多了。老伍三天两头找爹去看,也就是去现场。不是说有困难找警察吗。老伍抱怨道,他现在就怕电话响。电话一响,老伍就耍不成了。老伍有了困难,就来找我爹,看看贼是怎么弄开锁的,看看是不是同一伙贼搞的鬼。那阵子,"退休"的锁王比我还忙,人是精神多了,抽的烟也上档次,腰却弯得快赶上我了。有时候,爹过去明明不济事,老伍还是习惯招呼他去,好像有了爹,就多了一种破案手段。

事先没有任何兆头,老伍就突然招呼我去看现场了。老伍像扔一只破袜子,把爹扔了。老伍总是着人到摊头来喊我。

可这样的事能蒙得住爹吗。他们倒好,说扔就扔,我对爹咋交待呀。我总是对来人说,你们还是找我爹吧,他有经验。来人跺着脚说,老伍交待过,不管咋样,都要把你请过去,请不动,捆也要捆走你。

也有躲不开爹的时候,瞅着爹的眼神,我于心不忍,但爹就是爹,爹说,死驼子还愣着做嘛,起来,直起腰,像个人样,赶紧去呀。

这样的事次数多了,我也就静心了,觉得平常了,不再推三阻四了。说到底,哪个去还不一样!爹没去,我去了,肥水还是流到我家里。

仔细推算下来,老伍态度的变化,还是从他跟刘矮子审问我之后开始的。这就奇怪了,他没立得了功,没升得了职,倒像我帮了他天大的忙。帮忙是帮忙,又不见他给我工钱。给也给点,那要逢他高兴。

我不好开口,也不晓得以前他和爹是咋算法的。有时候是一个季度给一点,有时候,在他的办公室说话,说着说着,他突然想起嘛事一样,拉开抽屉,扔给我一张两张票子。更多的时候,是给我一包两包烟。我说不抽烟。

"可你老爷子抽呀。"老伍说,"你实在不要,就带给锁王,算我孝敬他的。"

也有的时候,可以跟着老伍,蹭一顿饭吃,改善一下伙食。那我就赚了。我一边计算着饭钱,一边心疼,心想赚是赚了,还是不如给我票子。有了票子,我可以自己花,也可以改善一家的伙食,还可以赶紧凑齐这个季度他们娘儿俩的生活费。

老伍哪能想到这些!酒足饭饱,老伍总要抽根烟。老伍的同事们都散了,老伍硬是拖着我留下,喝饭店的免费茶水。老伍抽烟时,总是要扔我一根。他晓得我不抽,还是要扔我一根。我当然不敢抽,就捏着烟,在手指间拎起来。快要拎碎时,又让老伍抢过去,掏空一头,在嘴上舔湿,接到他快抽完的烟屁股上。

老伍,咋说你也是个人物,都嘛年代了,咋还抽这样的烟呀。

老伍抽的是"大前门",不带嘴的。不带嘴的烟越来越少,主要是没人买,可老伍还在抽。

"好接呀,可不能浪费。"老伍说,"驼子,我问你一问题。"

我以为老伍还在想案子的事,也正经起来,老伍问的却是,驼子你琢磨琢磨,贼多了到底是好事坏事呀。

"好事?好事还要我忙活!"

"我看是好事,然后才是坏事。"

这叫嘛话。大概是日子过得不顺遂,老伍话也囫囵了,我不反驳他,这种囫囵人,和他也没啥好说的。别看他一身制服,人模狗样,要是脱去这层皮,说不定还不如我驼子锁。我晓得这么想,有点穷开心,但还是免不了想:要不然,他老伍咋老是招呼我来哩。

老伍瞅我支棱着耳朵,越发认真了。老伍说,为啥有这许多贼呢,还不是说明大家伙儿袋子里有了,让贼惦记上了!你瞅瞅街上的人,个个贼眉鼠目,贼多得快和银行职员差不多多了。钱哪,不是吃掉,穿掉,嫖掉,赌掉,就是存银行,要不就是让贼掏掉。从前有贼吧?有是有的,都是小偷小摸,根本上不了案子的。

老伍这话倒是说得不错,过去家里有嘛呢,从前的贼在意的是一只鸡,一串香肠,甚至屋檐下的淘箩也要。街上的人也急,也气,但顶多是跳着脚骂一天两天,再互相埋怨一两天,哪里还想到去报案呀。

"过去的贼,偷人比偷东西多。"我逗趣说。我想我不能总是让老伍压着,听他教训,训孙子一样。

"现在偷人的也多,不过不叫偷人,也不叫私通、通奸了。"老伍并没有让我逗笑,更像是给我上课了。"现在叫情人,叫找小蜜,叫包二奶。"

我的乖乖,别看老伍晦气相,懂的还真不少。尤其是"二奶""小蜜",我还都是头一回听说。老伍说到这些词儿的时候,一脸得意。回头我倒要找个机会,和红喜罗吉他们沟通沟通,显摆显摆。人哪，看来还真不能光守着自个儿的一亩三分地，多出来活动活动，懂的事儿也多些。

"说不定那游美美，就是出去做二奶了呢。"老伍眼光灼灼地瞟着我。

妈妈的，老伍也惦记着游美美！这话咋说的，游美美会是二奶！可惜老伍不再说游美美，也不再说偷人的事了。

老伍说，贼多了咋又是坏事呢。一般来说，贼是不伤人的。贼只要钱，只要大彩电，可是哪个人愿意放手，眼睁睁瞅着自个儿挣下的票子让贼挪走，彩电让贼搬走呢。这样一来，就要坏事了，谁都有个狗急跳墙，他要钱，给他就是，他要彩电，让他搬就是。死心眼的人就是多，弄得不好，票子彩电照样没了，连命也保不住了。所以上头现在对盗窃案越来越重视了。说是不能让贼感到我们这个小城钱多人傻。说是有一起要破一起。这一重视，可就苦了你我了。

妈妈的，原来这老伍绕来绕去，却是在给我做思想工作。虽说把我也捎带进去，把我也当个人了，可这跟我有啥关系呀。

要是做贼，我肯定是最有本事的贼。我能挖锁开箱，可我绝不做贼。那他和我说这些干吗呢。难道老伍是在警告我不成！

老伍还说了许多贼故事。说有的贼还好喝两口。有个贼进了人家的屋门，竟然在人家屋头睡了一宿，还是邻居发现的。有的贼偷完了，看到人家不抵抗，竟然叫人家给他做夜伙呢。还有一个贼进了屋门，当然都是深夜了，人家两口子正在做那事，那贼便把刀子扎在桌子，把一支黑乎乎的木头手枪拍在大腿上，掏出烟来抽，说："不急，等你们干完了再说，我是个贼不错，但我从不乘人之危。"人家做不下去，这贼还在一旁打气鼓劲呢。

放在平时，这些稀奇事会让我笑散腮帮，现在我一点也不想听。我几次想站起来走人，老伍又让人给我续水。老伍说，你真要走！

我说伍所长，我可不能跟你老人家比，我得干活儿去呀。

老伍就是再傻，也该明白我的意思了吧。跟着老伍，越来越看不到我的那份工钱了。老伍还一点不脸红，他冷笑一声说，驼子呀，你是真不懂还是装傻呀。

老伍说，"你以为我们抓花格子，真要你点头承认吗。"

"那你去抓呀。"我的声音也高起来。"你抓你的。"我声音虽高，也发颤，站也站不住，我还真怕老伍牛劲上来呢。

老伍说，"我不抓，打死我，回家摆摊，我也不抓。你不晓得吧，我老婆也是东大街的呢。"

老伍交了底，我的头上也冒汗了。照老伍这么说，他也算是韭菜街的女婿了。春天，他和刘矮子找上门审我，不过是要走走场子。老伍还真是帮了我的忙呢。老伍帮我的忙，我还要钱做啥，我就是给他钱，就是天天跟着他，也比罚款、拘留、判刑划得来呀。

23

老伍暗中相助，让我体会很深。我深切体会到，这个城里的人，只要沾上了韭菜街，只要搭上一点亲半点故，就会成为韭菜街的一员，就会拧成一股绳，老伍就是个典型。像二锁那样长反骨的，毕竟少之又少。

二锁和电线杆是匆匆走的，有点像逃跑。说好了，本来他们要在家待两三个星期，好好"休息"一阵子。结果俩星期不到，他们就待不住了。这回二锁啥也没带，还留下一罐方糖和一瓶咖啡。我爹泡过一杯，想开开洋荤，喝了一口就吐开了。

那本《儿子和情人》也扔在家里。后来妈还捡出二锁的一条花裤衩，细得只有几根带子。二锁从来不是个丢三落四的女人，这回丢大脸了，就是她走了，街上的人还是忘不了议论她。他们说，这个二锁也真是，书都念到地里去了。

是呀，她不单领了个相公回家，当众胡搞，还想出卖兄弟驼子呢。

听了这些话，我脸上发热，心里也不是滋味。再怎么着，二锁也是我姐。我说二锁不是胡搞，那是她男朋友，将来要结婚的。

啧啧啧，还男朋友，还结婚，她订婚了吗，她订婚，我们咋不晓得，大爷，你晓得吗。

不晓得，那位大爷连连摇头，摇得拐杖咯咯响。

我说，也谈不上出卖我，二锁也是为我好。

有这种好吗，她要是为你好，那我们算个嘛。

你们更是为我好呀，我连忙挤出笑脸，给为我好的街坊们递烟。我不抽烟，也没钱买烟。这回破例，是不想他们老是把帮我的事挂在嘴上。烟是接过去了，却没有住口。他们说，要是老伍听信二锁的话去抓人，那我老婆，重则劳改、拘留，轻则罚款。罚款还是好的，可花格子哪有铜钿，到时还不是落到你驼子头上吗。这笔账我算过多次，就不值得开口了。

二锁前脚走，后脚还真有人来了。是来要钱的，不过我们好长时间都不晓得他是个讨债鬼。

来人和大锁差不多年纪，只是蓬头垢面，大锁虽是个混混，还是挺讲究的。不过也说不定，这么些年过去了，谁晓得大锁混成啥样了,所以一开始我们还真以为大锁回了呢。这个像大锁的男人一来就往椅子上一骑,好像那是他的专座。我们试着喊他大锁,他不应。我们扳过他的脑袋瓜,他就把脑袋瓜别过去。

哪个呀,爹在里屋的床上喊。爹其实早就晓得来人了。他也以为是大锁。他不敢出来,就是不想见大锁。想想吧,要真是大锁回来了,爹这把年纪,能打还是能骂呢。可是不打不骂,他还像个做爹的吗。

哪晓得呀,妈说,问了又不说,像个哑巴。

谁说我哑巴了。那个人终于开口,爹也松口气,出来见面了。但是问他做啥,找我们有啥事,那家伙又不开口了。

不开口,不等于不是个活人。饭刚端上桌,那人就抓起筷子伸进菜碗。这让妈很不舒服。妈待人一向客气,她想说句客气话,可那人不给她机会,我瞅瞅妈的脸,那句没来得及说的客气话把她憋得真够呛呀。

吃饭时,妈一直在打嗝,妈每打一次,就拍拍心,捂着嘴,像是要把那个嗝堵回去。妈一边捂着,一边躲闪着爹和那人,像是准备接受又害怕他们责怪。

"哟,来客了。"是阿三,阿三想进来,看见家里有客,就停在门外,捧着吃了一半的饭碗。

在韭菜街上,饭时串门是犯忌的。妈沿小就告诉我,做人得厚道,就是要做到一不偷,二不馋,饭时串门的人前世都是馋鬼。

"那阿三咋就可以串呢。"我听着妈的话,连连点头,心里还是不服。打我懂事起,看到的阿三,总在待在人家屋头。平时倒很难瞧见他,我也不晓得他住在哪。晓得了也没用,听说平时阿三总是懒在铺上睡觉。

韭 菜 街

"坏了坏了。"妈一听急了,"个死驼子,你难道想做阿三那样的人吗。"

妈再急再气,也很少骂我死驼子。这回喊出口,说明问题严重了。我当然不想做阿三,阿三是馋鬼变的,连老婆都娶不到。

"那你是想做张瘸子了。"

我也不想做张瘸子,张瘸子和阿三没二样,也喜欢蹲门口,也没找到老婆。我是想找老婆的。不过我还是佩服他们。只要哪家有好的吃,他们总能准时准点找上门来。这就有点像哪家办喜事,马上就是唱道情的上门一样。

后来,我们只要看到阿三或者张瘸子在哪,就晓得哪家有好吃的了。要是阿三张瘸子去那个人家次数多了,多得超过我们的想象,我们就得议论,那家人到底发了嘛财,要么是不是做了嘛歹事。我们不恨阿三,不恨张瘸子,倒是恨那一家子,他们凭啥比我们吃得好!这种恨又不能表现出来,所以相当难受。

这时候妈就会叹口气说,算了,做人厚道,就成。可厚道有啥用,厚道不能当饭吃,也就不能长肉了。说到底,我们的爹妈不准我们学阿三学张瘸子,我们也不愿意学阿三学张瘸子,但我们喜欢看到阿三张瘸子,我们喜欢阿三张瘸子上门。韭菜街上再小气的人,也喜欢阿三张瘸子,伢子们表现出相当的热情,爹妈呢,则是相当得意。街上这么多户人家,阿三张瘸子单单上我的门,是看得起我家呀。能惊动他们,是很不容易的呀。

还有一个情况就是,阿三和张瘸子很少碰面,很少在同一家门口出现。难道他们有分工吗,可是没人见他们联系过,再说,哪户人家做好吃的,这种事哪个也不会去贴通告呀。都说同行相争,同行相欺,我们看不到他们的欺,也看不到他们的争。我可以肯定,这两个馋鬼碰头的机会，远远不如我们仨驼子。

"我还以为大锁回来了呢。"阿三捧着碗，站在门外，不自然地笑着。要知道，阿三串门，从来都是自然的，主人也从来不会露出不自然。

妈已经起身，忙着招呼阿三进来。阿三就是不进来，好像还在为他的判断失误痛心。

妈的笑有些勉强，因为她实在不晓得咋向阿三介绍埋头吃饭的那个人。不仅韭菜街的人习惯了阿三张瘸子，这些人家的客人亲友，也很熟悉阿三张瘸子，看见阿三张瘸子，他们会和主人一样，主动打招呼，起身让座，忙着递烟，要是来的女客，也会抿嘴给阿三张瘸子一个笑。人家阿三张瘸子一把年纪了，没有老婆，说不定都没有近过女身，给个笑总是得体的吧，女客们的笑总是那么动人，真心。

可是我们家的这个客人呢，不起身、没有笑不算，连面也不照照，只是埋着头扒饭，好像碗里有颗金子。偏偏他埋头吃饭的样子也很像大锁。怪不得阿三以为是大锁呀。这让妈很难堪，妈晓得一旦阿三把这事抖搂出来，多丢面子呀。人家不会说我们的客，人家会说我们家不会处世。

"阿三，进来一起吃吧。"还是爹活泛些，"来吧，阿三，这是大锁的一个朋友。"

面对阿三或张瘸子，爹也热情，也得意。这俩馋鬼到我家的次数不多，那就更不能怠慢了，可我还没见过爹这么热情呢，好像来了大锁的朋友，比大锁本人回来，还让他开心。还好，那个埋头吃饭的家伙也很配合，终于唔唔唔唔的，算是招呼过了。

这倒难为了阿三，他走也不是，留也不是，最终他就坐在门槛

韭菜街

上,靠在门框上,而阿三那样的人坐在门槛上,看上去又是那么相称、得体。好像那里是他们最好的位置。

这时候,妈已经把碗里最后一块大排夹出,向阿三走去。

真是出鬼了。到现在我都弄不明白,那天我咋就想起吃肉来了呢。旗杆巷直通菜市场。那天收摊,卖肉的赵屠夫正好收工。他问我要不要肉,还有一块,上好的大排。我想也没想,问也没问就接受了。

出鬼的不是阿三上门,阿三不来我才冤呢。无巧不巧,大锁的朋友咋就来了呢。那个人还真是大锁的朋友。爹没话找话,一说就撞着了。

吃了睡,睡了吃,睡就睡的大锁那张铺,坐就坐的大锁那个位置。几天下来,大锁的朋友气色明显好转,原来脸是黑的青的,现在是红的白的了。

既是大锁的朋友,爹就亲自带路,反正他现在是个闲事员。爹先带他到东大街的剃头店剃了个头,又颠到西大街的堂子泡了个澡,一泡就半天。

背是毛头敲的。头是剃头匠的老婆洗的。剃头匠的老婆馋得像阿三,懒得像张瘸子,可大锁的朋友来了,咋说也得卖大锁个面子。敲背的毛头更是个狗眼看人的主儿,毛头从来都是大锁的跟屁虫,大锁的朋友到了,他就像孝敬大锁的爷,反正爹从来没享受过毛头这般服务。毛头只给街上城里的"大人物"敲,还忙不过来,还收双份的钱。要是没双份钱的活儿,毛头就打扑克。说是说照顾同行,其实洗澡的都晓得,毛头是不愿意干。

大锁的朋友来了,毛头用了双份的力气,加二的恭维,一分钱都没收。一个敲着搓着,一个哼着享用,毛头和大锁的朋友有了感情。大锁的朋友让毛头叫他死胖子,这倒和我有些像呢,不过就一字之差。可这个死胖子不胖不瘦。

死胖子泡澡搓背的辰光,爹待在雅座,待在死胖子的座位上,替他守着衣服柜子。跑堂的给爹泡了一杯末子茶,告诉爹,那死胖子爬出汤池儿,像个浪里白条,只可惜了一池水,晌午刚换,看来夜饭前又得换了,不然晚上来的客人会搂事的。

爹不相信,跑堂的就领他进去。看了一眼,爹没敢看第二眼,赶紧往外跑。剃头匠的老婆也和爹差不多,他都给死胖子换了三盆水,洗出来的水还是不敢瞅,这哪里在洗人头呀,就是洗个猪脑,也不至于这样呀。

现在好了,死胖子焕然一新。是的,是焕然一新。记得上小学,老师要我们用"焕然一新"造句,我咋也造不出。我向大锁请教,大锁扬扬拳头,死驼子,你找揍是不。我又向二锁求救,二锁只给了我个白眼和背脊。多年以后,咋想也没想就吐出来了呢。

死胖子换下来的衣服,让罗吉老婆抱走了。怪就怪在小锁走了,罗吉老婆还是经常来,好像盼望"喜从天降"。妈不肯,罗吉老婆抱着就跑,妈追不上就喊,闺女,你实在要洗,水费我们家贴。

罗吉老婆说,不碍事的大妈,我有小天鹅哩。妈打着嗝,不晓得洗衣服和天鹅有嘛关系,我告诉妈,小天鹅是一种洗衣机的牌子,罗吉家新买的,全自动,好多人都去参观过。在我们韭菜街上,罗驼子处处都要显示他的第一。

怪不得那婆娘的手还像水豆腐,妈呆呆说着,眼睛落到死胖子的身上。死胖子穿的是大锁留下的衣服。有些紧,有些绷,人也显得壮实了些。

韭 菜 街

"我是不是胖了些。"死胖子问。

这一问,我们全家都踏实了,至少说明这些天,我们没有亏待客人。可是街上的人又要问了,大锁的这个朋友干吗来的呀,是逃难还是躲债的呢。韭菜街上,天天有乡下的亲友来往,坐不了多大时辰就走,经常拉拉扯扯,街上的人留,乡下的人要走,这个死胖子倒好,不提走,也不提来。看样子扎根来了。

最想问的,当然还是爹。妈不止一次在他耳边抱怨,快要见底了。爹很想问,但问不出口,就让我问,难道我就好意思,何况还是大锁的朋友!我打定主意,不做臭人。

爹又让妈问,妈当然也不想问了,她嘟嘟嚷嚷,满肚子的意见,说这是我们男将的事,咋要她个妇道掺和。

爹说,不问就算,可你揭得开锅吗。

拗不过爹,妈只好硬着头皮,在死胖子对面坐下来。妈坐下来,还摇空茶叶盒子,给死胖子冲了一缸子茶。

我和爹紧紧张张盯着妈,妈的嘴脸哆嗦,看来不比我们好受。我只好假装跑进里屋,不想爹也跟进来。就听见死胖子说,大妈,你有事吗。

没事没事,妈连忙说。

是不是受凉了,死胖子认真起来,大妈,你要是不舒服,我送你上医院。

没事的没事的,我好像看见妈摇晃的头。

那你去躺一会儿吧,死胖子说,要是不适意,就喊我,我这个人,力气有的是。

死婆子,爹悄声骂开了,平时对我唠唠叨叨个狠,现在呢,就是搬不上台盘。

你呢，你也好不到哪里去，你有本事，咋还要我来问。

爹和妈吵起来，又怕让死胖子听见。只要死胖子一靠近，他们就浮出笑容，难怪死胖子要夸他们了：大妈大伯呀，少年夫妻老来伴，你们越笑越像，真是好福气。

有时候，爹还溜到我的摊头，坐一坐。我要他坐到我的位置，他又不肯。爹说让妈和死胖子"单独谈谈"。可还是没用，妈总是开不了口，一开口就成了罗罗话。最后倒是死胖子不好意思。死胖子说，大伯大妈，我来了不少日子吧。

还剩一天，就整月了。妈飞快地说。

哎，死胖子叹息着，我看这事儿，就不必等满月了吧。我一直等你们问，你们又一直不开口。

是不是大锁的事，爹小心开腔了。

死胖子闭闭眼睛，伸出左手的五根手指，岔开。

你是说大锁欠我的——那个。我再不动动嘴，就显得在这个家里一点没我位置了。

死胖子闭着眼睛，没动。

多少，五十！妈有些急迫。

死胖子睁开眼睛，瞅瞅我妈，又闭上了。

五十，五十人家死胖子还会上门来，爹对妈说，是五百！我说大锁咋不归家呢，这畜生躲债呢。

五千！死胖子闭着眼睛说完，才睁开来。

哦——我们全家三口一齐叫道。我相信，整个中大街都听到我们家发出的叫声。五千块是多少钱呀。我听说罗吉他爹的福利房，不过花了五千还不到呢。

我听见妈在哭，爹把她喝住了。爹说，五千块？这畜生都花在

韭菜街

哪里呀。

是呀，我们问过他，也劝过他，要他适可而止，要他想想家里的难处。死胖子说，可大锁是你儿子，你们还不晓得他吗。

不会吧，妈突然站起来，我的儿子我当然晓得，大锁就是再那个，也不会欠债，就是欠债，也是救急，就是救急，也不会欠这么多的。

我还没见过妈这么凶呢。妈没有歇口，爹扯她，她一甩，好像要和死胖子拼老命。妈开始给死胖子报起菜市场的价来。报了菜价，妈又报油价，鞋价，布价，米价，还有小饭馆儿一桌酒席的价。妈不仅晓得以前的价，还晓得现在的价。

妈的意思我晓得，大锁再咋乱花，也欠不了这么多。妈说，最贵的是电器，而这些东西我们家那时还没添呢。据妈观察，大锁没戴过手表。

事实上，我们家现在也没添个啥，红灯牌收音机和飞跃牌电视，都是罗吉着人送过来的。我还从抽屉里找出表，告诉死胖子，表是鹰扬巷口的钟表匠红喜送给我的，也与大锁无关。

死胖子的眼里放出光，他把表拿过去，托在手掌心，又甩一甩。表停了，我赶紧说，平时不戴的，不过上一下油就成！

名牌死表，嘿嘿，死胖子把表套到手腕上，从裤子里掏出一团纸，说这是借据，大锁的借据。

在我们展开借据，头撞头查看时，死胖子又从上衣口袋，衬衫的口袋，还有夹层口袋，不断掏出一团团的纸卷。不是大锁欠债，我们还真不晓得，这死胖子身上，有这么多的袋子呢。

大锁的钱不是一次借的，也不是借的一两个人的。借据上没有大锁的名字，却有手印。死胖子说，这好办，到公安局派出所鉴定一下就成，现在科技发达呀。死胖子堵了我们的口，爹也不想再看那些纸条了，看也看不懂。

死胖子说，大锁说好了还，该还的时候人没了。不是手紧，谁愿意做这样的讨债鬼呀。还是大伯说得好，躲债的都是些畜生，我就是这样的畜生，咋才能不躲债呢，所以我讨债来了。讨了债，还了债，我就不是畜生，我就给自个儿平反了。

爹说，死胖子，你躲债是没法子，讨债也是好体谅的，可你该找到大锁要去呀。

找得到我还不找！死胖子说，跑得了和尚跑不了庙，你是大锁的爹，这块是大锁的家，大锁总要归家吧。你们有钱，就让我走人。没钱，我只好等了。

没有，有钱还用你说，有钱还等到现在，爹说，别说五千了，五十也没。

人人都有难处，死胖子说，他不是个不讲理的人，也不是个算筋算骨的人。他可以给我们打个折扣，八五吧，八折也行，再少他不好和别的债主交待，拿到钱，他马上滚蛋。

爹说，要钱没有。不是不给，没有就是没有。要命有三条，要是还不够，可以搭上这间破房子。

24

现在，死胖子又重新安顿下来。我们的命他当然不要，但他喜欢房子。爹一说道破房子，就把死胖子拴住了。爹毕竟上了岁数，绕不过他。

死胖子在我们的房子里跨着大步，目光像长柄扫帚，像要替我

韭 菜 街

们家掸尘。他问爹,咋办手续。

爹抖着嘴,气晕了,抖了半天,爹说,你找房管所吧。

房子是房管所的。是公房。每个月得交房租。

这是真的吗。死胖子跑出了门槛,又转过身。

真的! 爹说。

真的? 我说,你觉得真的就真的。

死胖子拿不定主意了,我要一所破房子干吗呀。

你去吧,我说,你先替我们把这个月的房租交了吧。

也是呀,死胖子收住了脚,有些垂头丧气,我去,人家凭啥信我呀,我还是要钱得了。

爹怪我多嘴,不该拦着死胖子。照爹的想法,死胖子到了房管所,所长也是个胖子,还是个有权的胖子,两胖相争,必有一伤,房管所的胖子是容不得人说话的,所长胖子会叫派出所的哥们把死胖子带走,从此,死胖子就会消失,我们就会回到从前的生活。

这个想法很好,很美妙,也很呆瓜。哪个都晓得,讨债鬼是最难对付的人,白白扔了五千块,死胖子能就此罢休!何况我也没拦他呀。

安顿下来的死胖子,日子没以前好过了。我们不再把他当作客人,我们也不是有意慢怠他,实在是家里没货色了。我们不再主动和他说话,却比以前话多。我们经常当着死胖子的面吵嘴,说街上的事。死胖子劝我们,我们不听,死胖子也想听听街上的事,我们不理,继续说道,反正不给他插话。

现在,我比以前起得还早,一起床,抹把脸,就上了摊头。妈提着菜篮子,说是上菜场,也不晓得拐到哪去了。爹呢,爹不是蹲坑蹲两袋烟的工夫,就是去看牌。总之我们躲着死胖子,我们把啥也没有的空房子交给了死胖子。有时候,我们只开两顿伙,有时候,妈偷偷摸摸,从巷口探出头,塞给我两只烧卖,一只菜包,叫我赶紧吃,趁热吃,边说还边瞭望我们的破房子。

现在,我也和妈一样,经常打嗝,好像吃饱了撑的。死胖子问,我就说是饿的。

每次到家,都看见死胖子坐在床上,或者椅子上。死胖子哪里也没去。死胖子眼巴巴地望着我们,望着我们的肚子和嘴。他脸上的光不见了,人又黑下来,头发也乱了。但死胖子笑嘻嘻的,笑得有些媚。这样的媚不该媚在男人脸上,更不媚在一个胖男人脸上。不过有一点倒好,无论我们开三顿,还是开两顿,死胖子都不在乎。无论我们喝稀粥,还是酱油汤,死胖子都不在乎。

我就不信,我不信,这话现在妈挂在嘴上,我倒要瞅他能挺多久。

驼子,爹趁机教导我说,你要是也像这个死胖子,这么能忍,这世道,你还怕嘛呀。

我忍得还不够吗。我忍着这个死胖子,我忍着这个家,我忍着离开我的花格子,我忍着去看小锁的念头。我从黑夜忍到白天,从早晨忍到傍晚。回到家,我忍着臭骂一通死胖子的心,说着笑着,"我们这个家呀,越来越像个小客店了。"

也是呀,妈接口道,大锁走了,二锁走了,小锁走了,花格子走了,现在又来了个死胖子,不过你也是要走的吧。

在我们这家小客店,三个房东,就一个房客。只是房客不交钱,还等着收我们的账呢。

"小客店"的说法,让死胖子一下子活过来。"这是真的吗,咱们真的想搞个小客店吗。"

韭 菜 街

　　我们不过是打个比方，死胖子当真了。死胖子说要真的办小客店，他可以投资。他可以把那五千块一个子儿不少，全投进去。他要做最大的股东。"现在不是流行股份制吗，我们可以通过选举，产生董事会和总经理。"

　　"我听说，董事长一般都是最大的股东。"我试探着问。

　　"我也想做事呀兄弟，做点正事。"死胖子说，"吃干饭，不干活，哪个受得了！吃下去，也屙不出呀。"

　　"不过你要小心了死胖子，你虽是大股东，却不一定做到董事长总经理呀。"

　　"为嘛！"死胖盘起腿，立直身腰，像条准备攻击的蛇。

　　"如果你发扬风格，那你只有零票。"我继续说，"如果你想当，那你也只有自个儿的一票，在这个地盘上，你没有多少群众基础呀。"

　　"要嘛基础，要嘛基础呀兄弟。"死胖子一副瞧不上我的样子，"我只要票数，晓得吗，股份是可以折算成票数的，一股一票，算了，跟你也说不透，大伯肯定懂的。"

　　"要是游老美还在就好了。"爹卷起烟屁股，把自己藏到雾里咳起来，边咳边说，"我们可以请她，要是我出面，她还是会答应的。"

　　"哼哼，你请她，她当然来了。"妈冷笑着，笑得人头皮发麻，脊背发凉，"保准她会从天上飞过来的，你快去请呀，怎么还不动身呀。"

　　"你这是嘛话。"爹说，"你咋能这样待一个死去的女人呢。"

　　"不是我想的吗，你赶紧飞过去呀。"妈还在冷笑，"怕是想她快想疯了吧。"

爹争辩道:"人家干过小客店,有经验嘛。"

"嘛经验。"妈说,"游老美那样的经验还要现学吗,我就不行吗?"

"不跟你说了,你个泼妇。"爹晓得妈会越说越离谱,赶紧溜出门。急着死胖子在后面直拍双腿,"别走啊大伯,咱们再合计合计呀。"

我能忍,死胖子也能忍,韭菜街的人却忍不住。几百年来,韭菜街还没见过死胖子这样死皮赖脸的人呢。韭菜街到底有了多少年?有说一百年的,有说五百年的,也有说五十年的,这都不重要,重要的是把这个死胖子赶走,不要坏了这条街的风气。死胖子不是阿三,也不是张瘸子,死胖子是个讨债鬼,要是人人家里都冒出一个讨债鬼,这日子还咋过!不就是撕破脸皮的事吗,你们一家也太窝囊了,你们不敢撕,那我们来撕,你们家的事,就是韭菜街的事!

街上的人打算为我们出头了。他们和爹的意见一样,大锁欠的债,当然得找大锁要。不错,大锁跑了,脚长在大锁腿上,谁还能管得他的跑,可你死胖子的腿也连着脚呀。

还有一种意见是,死胖子根本不是大锁的朋友。死胖子很可能就是个招摇撞骗的家伙,是个冒名顶替者。死胖子一点够不上胖,他凭啥自称是个死胖子呢。没人见过死胖子,也没听大锁提过死胖子。大锁跑了,但街上还有大锁的死党,比如毛头,他就不认识死胖子。毛头最有发言权:既然死胖子都是大锁的朋友,那我算个啥。毛头很为那次给死胖子搓背敲背气恼,觉得丢脸丢大了。毛头自然也是赶走死胖子的热心人。

赶走死胖子,应该简单不过。好汉还难敌四拳呢,死胖子单

韭 菜 街

身一人，我们怕个鸟。我们也不必担心死胖子报复。他要报复也只能报复大锁。最直接的办法，是几个人一拥而上，把死胖子捆将起来，穿在一支杠棒上，要么竹篙上，直接扔到通扬河的桥下，是死是活，那得看死胖子的福分。

还有个办法，就是把他送进派出所，投进大牢。报官虽然麻烦，但也不是大不了的事，那个老伍，肯定是一喊就到的。

投进大牢，算是便宜他了，毛头很内行，要是圈在采石场，每天抬石头凿石头吃石粉，才够他受的呢。毛头有个哥们，也是搓背的，在瓦房巷的堂子里做活，要命的是他搓着搓着，一不小心搓到女客身上去了。毛头的哥们从采石场放回来后，整个人都变了，"就像一条蜕了壳的蛇，我晓得为啥？"

毛头问我们，又不给我们想一想，接着说道，"全是石粉闹的，一个再厉害的角色，只要让他吃三个月石粉，就会变乖，像死胖子这种人，三天也就够了。"

两种办法我都不同意。人家没偷没抢，来要债，还有借据，报官没用，派出所不会管这样的事。要说报官，死胖子更有资格报官。再说，咱们这条街，多少年来一直没报官的事，因为一个死胖子，坏了韭菜街的名声，不值得，担负死胖子一个家伙不要紧，韭菜街的名声我们可担负不起。至于扔到通扬河，那更要不得，到时候哪个扔？哪个扔了，恐怕就不是进采石场的事了。

那你说咋办，毛头急了，街上的人都急了。他们没想到我驼子锁的心也有比锁眼还细的时候。

办法当然有了，而且只有一个，我说，那就是等，死胖子既然能突然来，也会突然走的。

"哦——"众人一片失望，随后醒过来，开始骂我，"好你个死驼子，敢耍弄我们，你这也算办法？你这样的办法三岁伢子也晓得呀。"

"这个死驼子，也就晓得修锁，老婆跑了不急，家给占了也不急，下一步，你一觉醒来，就会发现，你让人扔在门外呢。"

"嘿嘿，那辰光死驼子一定以为是在梦呢。"

"没事呀，死驼子没事的，他可以住笼子呀。"

"还是大锁狠。"

"就算死胖子是大锁的朋友，大锁也容不得他这样玩呀。"

"可惜大锁不在，驼子哪能顶得上大锁。"

"还个顶个呢，我瞧他都抵不上大锁的屌毛灰。"

是死胖子把我扶起来的，是死胖子帮我收拾摊头的。看来，街上的人和我说道时，死胖子就躲在附近。我望着这个人，这个蓬头垢面的人，想从他脸上头上身上找到一点骗子的痕迹。说实话，我情愿他是个百分百的讨债鬼，也不希望他是道道地地一骗子。

"你打算啥辰光走。"

"能走，我随时都走！"

死胖子怕瑟瑟地说。街上的情况，死胖子也看到了。现在，他更加不敢离开我家了。死胖子真像一条蛇，盘在我们家了。但送走死胖子，比送走花格子难得多。到现在，也没人想到我会掩护花格子。死胖子在明处，想搞他的人在暗处。出了我家的门，哪个晓得会是啥结局等着他呢。每天，我离家上班，死胖子都眼巴巴地望着我。可我也不能因为他就不干活呀。每天收工，瞧见死胖子，心里总是好受一些，他看见我了，也很开心，就差摇头摆尾了。

直到有一天，我发现爹横在门槛上，妈在一旁嚎着，干号着，死胖子没影了，我才晓得出事了。

出大事了，我的头也大了。

25

"谁都可以骗你，但你不能骗自个儿。"

游美美说得不错，不管花格子怎么待见我，我都不会忘了她的好。花格子怎么做，我都能够体谅她。还有哪个能像游美美说到我的心里头呢。恐怕也正因为游美美这么理解我，我才经常来陪她唠嗑的吧。另外，我还有点私心，我想知道，游美美这些年在外头，到底做了些啥。都说她是富婆，可她的钱从哪里来的呢。

有人说她是个二奶，比如那个老伍。老伍这种人，不会随便说话的。可是我看游美美没有做二奶的本钱。

还有人说，游美美是做妈咪的。游美美不美了，但她手底下有好些个貌如天仙的小姐。传话的人还指出，有人在东莞，在珠海，都见过游美美。不是哪个都能做妈咪的，能做妈咪的女人，不仅自个儿要漂亮，还得有"后台"，游美美有"后台"吗。

我倒是相信罗吉老婆的话。不晓得罗吉老婆从哪块听来，说游美美和一个香港老板过起了小日子。也有说是台湾老板，不过我听说台湾老板都抠门儿，还是香港老板凿实些。香港老板和游美美过了一段日子，就把游美美带回香港。香港老板有万贯家财，还有五个儿子。这五个不成器的儿子就像五谷丰登，整天围着老爹，计算着瓜分他的家私。

香港老板临死前，见了游美美一面，说：

"美美，你给了我人世间最快乐的时光，你从来没问过我的钱，没要过我的钱，但我不糊涂，我不是那种不念情的人。我劝你还是赶紧回吧，要不然你会给这些活畜生给整死的。你不要担心，我都打理好了，我给你办了个户头。我的钱，一份给了你，还有一份，写进遗嘱，全捐了。你回吧，赶紧回吧。"

"游美美，这些年来，你到底是咋熬过来的呢。"

每次话到嘴边，我都问不出口。游美美好像晓得我的念头，总是很聪明地绕过去。我们一边喝酒，一边绕着说，绕来绕去，游美美总要绕到我哥大锁身上。看来游美美也是很念旧情的。只要我一提到说起大锁，游美美就来劲，相反，因为明白游美美找我，是为了她的大锁，我很泄气，无精打采。游美美问我，大锁有没有回来过，我说没有。我晓得，只要我说了大锁回来过，话头就刹不住了。

我说，大锁没回来，大锁的朋友倒是来过，住了好久。

是吗，游美美倾下身子，靠过来。

我说，大锁的朋友是来讨债的，大锁欠了一屁股债。大锁躲债躲在外头。大锁这小子也太不是东西，自个儿东躲西藏的，还让一家人背黑锅。大锁的朋友说，大锁在外头吃喝嫖赌，啥事儿都干。

不管我咋说法，游美美的眼睛都渐渐变得水水的，亮亮的，又像是上了一层薄薄的雾。游美美的嘴唇也像三月的桃花瓣了。

那大锁的朋友呢。游美美急急打断我的话头。

你想找他？

你呆呀，找他就能找到大锁呀，游美美说，再说能有几个子儿呀，还他们就是，我来还！

我说，大锁的朋友先是给送进了采石场，没过一个月，就吃枪子儿了。

26

实际上,我一点都不相信爹会死在死胖子手上。就是现在,我还是不信。死胖子自身难保,咋还会搞我爹呢。搞死我爹,他又能得到个嘛好处!可哪个让他跑的呢,跑了,就是"畏罪潜逃"。

爹死的时候,家里没人。只有一把刀,刀上有血。血是爹后脑勺上的。爹老了,这么老的人,不用刀,摔一跤也会摔个半死。那把刀是死胖子的。我倒是没见过死胖子亮过刀,可街上的人见过。尤其毛头,毛头说,搓背的时候,死胖子还刀不离身呢。搓背的时候,不管伏着躺着,死胖子都把刀枕在脑瓜下面。

死胖子的刀,死胖子的逃,韭菜街的眼睛,死胖子还有啥可说的!倒霉的是这个死胖子跑都不会跑,他想抄近道,可他抄的是郊区的菜地,深一脚浅一脚,死胖子的鞋子沾满新鲜的大粪,报官之后,老伍牵着狼狗,后半夜,死胖子就给捉拿归案了。

真相大白,死胖子倒是见过大锁,但死胖子不是大锁的朋友。死胖子是个骗子,专骗乡下女人。只要让死胖子瞄上了,没哪个女人不给他迷倒。死胖子不仅骗女人的色,还骗女人的财,玩厌了,榨不出油水,死胖子就会消失。

这回死胖子骗到城里来了,死胖子想在城里过把瘾,也想躲开那些乡下女人,躲开那些让他戴了绿帽子的男人,却一下子就栽了。

这件事不仅让韭菜街热闹,城里头也轰动一时。听说省城的晚报都登了呢。

"骗子都是高智商，这个骗子也是的，咋就整到一个老头子身上来呢，真是蚊子叮菩萨——认错了人呀。"

"我看他这回是修锅匠补锅——倒贴了！"

"这个锁王也真是，给别人开了一辈子的锁，回头倒好，自己的命也没锁住。"

不过死胖子啥都招，就是不承认那把刀。

不承认那把刀，也就是不承认砍我爹了。

"老伍，哦，应该是伍所长了。"毛头说，"你是咋样让死胖子认罪的呢。"

"副的。"老伍说，老伍说话的调调变了，变得慢吞吞的，老伍说，"铁证如山，我们绝对不搞刑讯逼供。"

"是呀。"毛头还是紧问慢问，"他要是认死不招咋办。"

"呆，要是你懂，哪个都可以当所长了不是。"红喜的大哥，红福说了句漂亮话。

"那是那是，我是啥料我还不晓得吗，所长我做不成，给所长搓背总可以吧。"毛头给自个儿找了个坡，把枪口转向我，"驼子，破了这么大的案子，你该感谢所长不是，一是祝贺，二是感谢呀！"

"副的。"老伍瞪一眼，"瞎说嘛呀毛头，把我当外人是不。"

麻子李说话了，麻子李说，"我看伍所长倒要感谢驼子才对，不是这件案子，伍所长哪能立功呀。"

老伍让麻子李说得有些绿，毛头又抢嘴圆场："驼子家的案子结了，老伍也立功了，应该同喜同贺呀。"

服丧的日子，韭菜街一派喜庆气氛。我们街上从没过案子，更没有命案，这么快就破案了，还不大快人心！再者，我们街上的习惯，总是白事办红。死都好呀，当然死不叫死，叫老，老了老了，就一了百了，也不用捱久病无孝子的重罪了。街上的人，包括怀叔，个个都夹着两刀纸，向我祝贺，好像爹老了，我就得了头彩。

怀叔的纸，我不想收。这么大年纪，还让他破费，要折煞我的。怀叔恨道："你不收，你真的不收吗，你是不是也嫌我老不死呀，我老得送纸钱的分儿都没了吗。"

我说，"好了怀叔，不讲了不讲了，我收，我收还不成。"

怀叔还在气头上，说你个死驼子也是狗眼呢，"你不收就不收罢，我让人给我折一下不行吗，你就当是烧给怀叔的，还不行吗。"

没有人哭，老太太们拽着我妈，让她歇歇，折纸钱的活儿由她们做。她们一边折纸，一边念叨爹的好处，好像是在念叨她们的老相好。那些天，我们家里充满烟气香气，堆满准备烧给我爹的纸元宝，停满五彩的纸船纸房子。我实在是没想到张瘸子还有一手，张瘸子给我爹扎了一辆三轮车，说爹在那边闲得慌时，可以开着溜溜风。立即就有老太太老头子们当场订货，说是到他们老去时，无论如何，也要给他们扎。

没想到爹到了那边，能过上这样的好日子，这样的日子要是能够万古长青，哪个不想过呀，连我都有些动心了。

表现最积极的还是毛头。毛头说他是大锁的弟兄，大锁家的事就是他的事，驼子腿脚不方便，大锁又不在，他不干哪个干！说实话，爹这样去了，我咋去送信呢，可毛头不在乎，毛头披麻戴孝，毛头坐在他一个哥们的摩托上，奔丧的活儿都让他包了。毛头对我说，驼子，你只管磕头，来了吊丧的客，一边烧纸，一边是要有子孙磕头的。

毛头这么积极是有原因的。听说派出所要增加人手，准备成立联防队。老伍已经答应毛头，让他到联防队试用试用了。

丧事向来都比喜事要赚钱。不但爹得了那些钱，我也受了不少人情。虽说街上不比乡下复杂，丧葬的程序还是差不多。奔丧之后的头一顿斋饭，叫送饭。然后逢七开吊，七七四十九，一共得吊丧七次。里头饯程（头七）和六虞（六七）最隆重。饯程收了一份人情，六虞我又收了一份人情。

我记得和花格子结婚，也收了人情的，是爹收的，但最后算下来，我们欠了债。这回我可是赚大了，这么多的钱，我咋办呢。难道我以后不修锁了吗。临时请来做账房的红寿把礼单给我时，我都懵了，我说我要这些钱干吗，将来我咋还他们的人情呢。

"你要还啥，你呆呀。"他们说，"街上的人死了，大家凑个份子，一块找个乐子，这是应该的呀。"

最闹的还要算六虞。这一天一夜，我们家折腾得没完没了。放了三条焰口。每放一条焰口，就加一个大和尚。一条放给爹，一条放给爹的爹我的爷，还有一条放给妈的妈我的婆奶奶。都是我做的主。

呵呵，也有我驼子做主的时候。既然收了这么多人情，干脆做大做强些算了。先是道士作法，接着和尚念经，到了晚上吃饭喝酒时，跑堂的何九敲着"莲花落"做垫，何九一手捏着装有铜钱的竹片，一手捏着两边都是锯齿的竹片，边敲边唱我爹我家，唱到最后，总是反反复复那么几句：

　　一么子鲸，二么子银，三打鲤鲫，四鲲鲢，五么子鲨来，蝴叶蝶儿绕荷花，花开莲花落哎！

然后才是正戏开场,戏班子吹起唢呐,唱起《何文秀》。

大家都说唱得不错。班子是草台班子,有几个人原来却是城里剧团的台柱呢。大家听着喝着,脸红红的。《何文秀》是很惨的,听着听着,就有老太太干号,像要呕吐,还有年轻的媳妇嘤嘤地哭,让男人们一逗一搡,又笑起来,挂着泪花,有些难为情的样。

花格子是在唱到最悲的时候到的。带着小锁。小锁已经有我高,可能还高点。有些怕人。直往花格子屁股后头躲。两颗眼珠子特别大,这么多人,让他特别怕。我想抱抱他,肯定抱不动了,我想安慰安慰他,又忙不过来。见了罗吉老婆,小锁倒是很乖巧,好像还记得一点。这样,罗吉老婆也哭起来,死死捂住嘴。

来得早不如来得巧,我偷空拉住花格子,把钱塞到她的手。是麻子李代表居委会送的一份,说是慰问金。爹没吃一粒国家粮,但锁王一生,也算是英雄盖世了。麻子李对我爹评价很高,还给慰问金,就不是虚的了。

花格子接过去,放进袋里,对我笑一笑。那一笑,让我也活过来了。没人通知她,不晓得她咋晓得的。也没人在意她,街上的人好像已经承认我和她眼下的关系,到底是嘛关系?我也说不清。

我还想和花格子套咕两句,红寿过来,拉住花格子,说是要花格子唱一个,"大伙儿说,欢迎不欢迎呀?"

"欢迎。"饭桌上一片掌声,还间有伢子拿筷子敲碗,给大人喝住。

花格子忸怩一通,红寿说:"大伙儿说,要不要她来一个呀!"

"要!"又是一片掌声。接着红福也让人拽了出来。来的是《逛新城》,现改了些词儿。红福的脸像红布,花格子的脸黑亮黑亮。虽说来了还没喝口水，花格子却唱得底气十足，热热火火：

  花格子：狼山升起的红太阳，咱们城内放金光。
翻身农民着新装。父女双双逛新城呀。
  红福：女儿在前面走呀，走的忙，老汉我赶
的汗呀，汗直淌。一心想看城里的新气
象，迈开大步进呀进城忙呀，
  红福：诶，诶，为啥竹竿立在路旁。上面挂
满了蜘蛛网。
  花格子：电线杆子行对行，驼子日夜发电忙；
接起线来家家亮，大家视野放光芒呀。
爸爸呀，（呀）快快走，（哦），看看
城里新面貌。
  红福：女儿耶，等等我，看看城里新面貌。
快快走呀，快快行呀，哦呀呀呀呀呀。
  红福：诶，诶，这座楼房真奇怪，烟囱高来挂着大木牌；
  花格子：新建的工厂生产忙，城里天天来变样，为了
农业大发展，每人拿着铁锹来生产。爸爸呀，
（呀）快快走，（哦），看看城里新面貌。
  红福：女儿耶，等着我，看看城里新面貌。快快走呀，
快快行呀，哦呀呀呀呀呀。

  不是爹的葬礼，我哪晓得张瘸子有一手，又哪晓得红福还有一

手！看来我们韭菜街上藏龙卧虎，个个都有两把刷子。

可是我高兴不起来。他们越闹，我越是悲伤。没人劝我，但我听他们在悄悄嘀咕："驼子没事的，过几天就好了。再说哪个走了爹走了娘高兴得起来呀。"

"就是呀，就是想乐，也得埋在肚子里裹在被子里乐呀。"

听他们瞎话，我转开了。我抹抹眼睛，望望爹的遗像。眼睛里干干的。我对爹说："爹呀，老实告诉你，爹，我不是为你去了伤心。我是恨他们，恨咱们韭菜街的人，他们简直不是人！"

爹说："你恨他们做甚，你这个孽子！"

我说："是他们伙起来搞了你，还搞了死胖子！"

爹说："你都晓得了！"

我说："我咋不晓得，我当我真呆呀！"

爹说："哼，爹也晓得，可爹愿意，那爹也不是人了！"

我说："那我可不敢说！"

爹说："你晓得了也不能说！"

我说："我就要说，我就要骂他们！"

爹说："好啊，你去说吧，你去骂呀，你这个孽子，你有种了是不！"

我说："他们是骗子，他们骗你，骗我，还骗政府。爹呀，哪会有这么多的骗子呀！"

爹不说话了，瞪着眼，渐渐地有些笑眯眯的，好像要瞅我到底咋个出洋相。没人相信我的话，连爹也不晓得，他自个儿是咋个上路的，我能去骂哪个呢，伸手不打笑脸人。背过身去，我打了自个儿一巴掌，还想打第二掌，老伍在外头喊了："驼子，还有没有酒了，上酒呀。"

"来了，上酒！"我觉得我的声音很粗壮。酒有的是，你们只管喝，至好是喝死你们。

27

大锁终于回来了，还带着一个女人，街上好多人都看见了。我和妈没见着，说是住在旅馆里。

见到他的人都说，大锁搞的这个女人很水灵，很乖巧。大锁让她待在旅馆里，她就待在旅馆里，大锁让她不要乱跑，别人和她搭话，她都不敢应。大锁就是有门儿，总是能够碰到好女人，当然我的花格子也不错，只要她好好养小锁，我也就称心了。

自从爹走了，妈就病害害的。我都在担心，妈能不能挨过这个冬天呢。现在好了，大锁一到家，妈的精气神就来了，听说大锁还搞了个女人，妈更是笑疯了，整天在家收拾，收拾过后，就问大锁，啥辰光让那女人搬进来。

大锁说，没影儿造西厢，我哪有女人呀。妈说，人家都瞅到了，你干吗还瞒着妈，丑媳妇总得见公婆，听说这女人不丑哩，只可惜她见不了公公了，你再不把她搬进来，恐怕也见不着婆婆了。

我正要问你呢驼子，大锁望着爹的遗像说，爹让你撒掉他，你咋没撒。

爹的骨灰安放，有三个办法，一是照爹以前说的，撒到两河一海里，海是黄海，河是串场河和通扬河。二是买口棺材，入土为安。还有就是，安放到革命烈士陵园，可以正正经经扫墓。

我选的第三个。陵园原来只有烈士，可是扫墓的人越来越少，还都集中在清明节，平时冷清得很，陵园都快养不下去了。

韭菜街

没辙，不知哪个出了这么个点子，辟了一小块地，收拾了几间空房子，做起墓地生意。没承想一下子就火了，就是在哀乐声中，也能看到陵园工人们在"扬眉吐气"。我爹算是第一批入住的，现在不行了，现在就是找人也没用。市里专门发文，只有达到一定级别的老干部，才有入住陵园的资格。

主管陵园的民政部门，本来睁只眼闭只眼，现在见上头没有怪罪，立即收缴了墓地的经营权，重新修葺，打算把墓地弄做本城的名人堂。

大锁倒好，嘛事也没干，还怪起我来了。

说你啥好呢，驼子，大锁说，你连爹的这么个小小的要求都不能满足吗。

那可不是啥遗嘱，我争辩说，真的撒了，没准你又是一法话了，还不晓得你会咋骂我哩。你要有本事，那时辰你在哪。不过现在也不晚，你要撒，拿出来撒了算了。人家还巴不得腾个空呢。

厉害，大锁对我竖起大拇指，你定好的事，还想让我做馊头！

那你要我咋办，我说，你要是有能耐，也放个人进陵园，我才服气你呢。

妈，你听听，你听听，大锁对妈说，这死驼子还将我的军哩，将来他没本事让你和爹合葬，就将我的军哩。

那你的意思是，将来也把妈的骨灰撒了？你那就算是合葬吗！

不要吵了，吵个嘛，妈说，大锁你也真是，一回来就吵，我才不和我那个死老头合葬哩，我也不烧，我随便找条河跳下去算了。

大锁瞪我一眼，忙着去劝妈，妈，你要跳就跳红星河。

为嘛。

那条河水浅，淹不煞呀，听说都快干了。

贫嘴,哪个有心思和你贫嘴!妈打落大锁的手,你说,你到底啥时成婚,妈不见你成婚,是不想走的。

快了,大锁说。妈又开始收拾起来。快了,快了,大锁这么说着,每天早出晚归,就是不见动静,也不晓得他在折腾啥。

那个乖巧的女人不见了,没几天,旅馆里又来了个女人,扎着花头巾,哪个也看不到她的脸。花头巾不住哆嗦,就是掉不下来。

大锁经过我的摊头,让我给喊住。我说大锁呀,你整天忙个啥,你可是答应了妈的呀。

你是说结婚吗,大锁立住脚,拉过一张细爬爬,我正要找你哩。

我说,你是我哥,有嘛困难,我尽力。

结婚嘛,总得花钱,你晓得,哥虽说在外头混,可不比你呀,到现在也没混个名堂来。

那你在外头,到底混个嘛呢。

嘛都混,想是想混个人样来,这不,你都瞅见了。

那时,爹可是先紧你的,你说你不愿整天坐巷口哩。

不要说坐在巷口了,一想到一年到头待在韭菜街,我就快憋死。我宁可让人搞死,也不想给憋死。不过我可没怪爹,也没怪你的意思,就是手头有些紧呀。大锁可着劲儿拎指头,眼睛到处光。

你以为我是个富人吗!

那你总有些积余吧。

我得给妈送终,我不能指望你,我还得给她们生活费哩。

你那事我听说了。可我没想到,老婆跟人走了,给人家睡,你还贴钱给她花。

不应该吗,上次她回来,说要跟我一起过,我还没答应哩。

韭 菜 街

你没答应？有志气。这种娘们就该晾晾她，再说哪里找不到好女人呀，驼子你只要松口，我立马给你找一个，人家还没开过苞哩。

大锁越说越飘，他在讨我高兴哩。那得多少钱呀，我装着来了兴趣。

那能多少呀。大锁伸开左手，翻了一番。

"一万！"我惊得咋舌。

你喊嘛喊，大锁左右看看，一万还多吗，你是我兄弟，算了，我也不赚你的钱了，八千五，咋样。

八百五我也拿不出！

兄弟啊，你咋这样哩。

你要我咋样。

那你说，大锁岔开大腿，这次爹办丧事，你收了多少。

你还有脸问这个，我放下一把生锈的锁，抓起一柄小铁锤，怪不得你突然家来，你晓得吗，爹为了你，命都送了。

你凶嘛凶，有话好说嘛。大锁双手推在胸前，生怕我砸过去的样。

那个横行霸道的大锁哪去了？啥时候起，大锁也变得胆小了！

我晓得，你们都讨厌我，没人喜欢过我。

你还有脸说哩。你走后，哪个不念叨你。可你倒好，死在外头，天事不管。

可能吗，爹管过我吗。

他还管得了你！你晓得吗，为了对付那个要债的死胖子，爹是逼着人家下手的。

坏了，我咋一不小心，也扯谎了！大锁听着听着，眼睛也圆起来，是真的吗。

我说，咋不是哩。那把刀是我们家的。刀是爹递到死胖子手上的。我已经管不住自个了，我说，爹把刀递给死胖子，人也硬扛了过去。我像是在说一件我亲眼所见的事。我越说越相信，越说越明白：天啦，其实爹是惦记大锁的，要不然爹咋会豁出命来。

大锁捂了脸，人也蹲了下去。

我以为他在哭，长这么大，我还没见大锁哭过哩。大锁都哭了，我也有些难过，

大锁捂着脸说，算了，你也别再跟我提结婚的事了，反正也不是没结过。

你结过婚，那你老婆呢，你伢子呢。

没吃过猪肉，还没见过猪吗。大锁又摆开架势，说他这些年来，结过婚不算，睡过的女人就不知数了，他在石河子呆过，在西宁呆过，在温岭呆过，最疯的一次，他让人追了八百里，原因就是他睡了老板的女儿，又不想在那安家。

追上了吗。

追上了，那还要说，我又饥又饿，爬都爬不动了。不过那刀客是我的兄弟，我接济过他，本来他想砍我一条腿带回去，我也认了。我们喝了一晚上的酒，说定了喝完就砍。等我醒来，他人没了。

那他回去咋交待呢。

呆驼子，大锁说，这有嘛，他随便弄只羊腿不就得了。

人腿和羊腿，那区别大了，我咋也想不明白。

关键不在于是不是一条腿，在于有没有这个情分。大锁直起身子，时候不早了，我得走了。走几步，大锁又回头悄悄说，兄弟，

我说的那事,你再琢磨琢磨,愿意的话,先付一半也行,自家兄弟嘛,还不好商量!

赶紧滚吧,滚你妈的去吧!我这一叫,街上的人都立住了,还有的人从屋檐下钻出来,远远近近瞟着我们两。

28

妈问我,大锁哪去了。我说我不晓得,怕是晚会儿家来吧。妈就在明间里等,过等儿,还开门瞅瞅。瞅瞅街上的灯都熄了,妈也熄了灯,还是坐在明间里等。

我说,妈,你坐那儿干吗,天冷,早点上铺去呀,都啥时候了呀。妈说,我得等他,这小子,不晓得又窜哪儿去了,我不等他,哪世才问到他话呀。

要是他不家来呢。

那就等一夜。

半夜,有人来敲我家的门。门一开,许多人涌进来。领头的是老伍。老伍也不吭声,带着他的人马,把我家搅了个底朝天。

"哪个呀,是大锁吗。"

"老鼠搬家呢妈,你睡你的。"

"也怪啊,我们家的老鼠就是不得闲,我们这个家呀,怕是老鼠都留不住了。"

我去关门,老伍站在门口吸烟等我。烟头在夜里红得烫眼。

"大锁呢,你见着大锁了吗。"

"见着呢,下午还和他说话的哩。"

"人呢?大锁这回闹大了。"

"嘛事。"

"这小子,他卖嘛不行。"老伍啐了一口,烟头在夜空中划拉着,照亮了韭菜街,"他卖起女人来了。"

要是老伍晓得大锁竟然要和他的兄弟做生意,他还不笑死!

"晚上就没回来!"

"驼子,这回你可得站稳立场呀,大锁这可是犯罪,你可不兴包庇。"

"我保证不瞒不藏,但我让我去报案,恐怕做不到。"

"放心,我们有专人守候,你积极点配合就是了。"

老伍在等大锁。妈在等大锁。我也在等大锁,我得劝劝这家伙,一把年纪了,要做就得做正事。可是我们再没见着大锁。大锁别的没本事,闪人还是有法子的。我感到,大锁再也不会出现了。

旅馆里的女人都让老伍他们拿下了,听说还不止一两个。溜掉了人贩子,老伍这回算不得破案有功,还得着人把这些女人一个一个地送回去,这可也得破费一把呢。

可那些女人根本不领情,一听说要给撵回家,女人们更不依了。她们要等大锁,大锁说过,保证她们吃香的、喝辣的,她们两手空空就这么回去,回去咋个儿交待呀。她们哭哭啼啼,扒着门框,就是不想回去,说是实在要撵她们,她们就一头撞死算了。撞死了还有人收尸,现在她们一抹黑,往哪走呀。

没辙,老伍只得安排警力,给她们做工作,宣传政策。没用,女人们就是不听,个个都像发怒的豹子。

老伍说:"你们晓得吗,大锁骗了你们,大锁是个骗子,大锁要卖你们,卖了你们,他就赚大钱了。"

"是啊,我们晓得呀。"

"大锁这是拐卖人口罪,你们要是听他的,也是违法。"

"天啦,我们有嘛罪呀。"女人们连连叫苦,"我们就是卖,也是卖自个儿,碍别人嘛事呀。"

"警察同志,你可不兴吓俺!"

"是啊,我屋头还等着这笔钱花呢。"

"大锁这个天杀的,说得比唱得好,人倒没影了。"

"警察同志,你就行行好,就让我们卖一次吧,我求求你们了!"有个女人朝老伍跪下来,死死揪住老伍的裤腿。

"卖给你们也行,你们都是公家的人,应该懂得规矩。"

老伍再也吃不住了,一声吼,跟着一跺脚,那女人砰的给跺到墙角,额头出了血。女人回头扑过来,哇哇直叫,边叫边撕身上的衣服,说是老伍想奸污她。

就为这,副所长老伍给停了职,还背了个处分。

老伍现在,也像个驼子了。

29

街上的人听说大锁是个人贩子,就跑到我家来打听。他们不敢直接问,就问二锁咋不回来,问大锁啥时候结婚,他们等着喝喜酒呢。我一边搭着笑脸应付,一边和他们打手势,生怕他们说漏了嘴。

还好,街坊们知根知底,帮着我哄妈。我妈呢,让大家说得眉开眼笑,好像大媳妇就要进门了。妈对我说,驼子,你没守得住媳妇,这回可得让大锁吸取教训哩,你得原原本本告诉大锁,你是咋娶了媳妇,又是咋丢了媳妇的,你得一字不漏,成吗。

成,咋不成！我连忙点头应承。

哎,这就好,妈说,驼子,你虽说没留住媳妇,但你有儿子,虽说儿子不在身边,可不管他跑到哪,不管他将来做市长省长,他都是我的孙子,你还是有功的。

我说,妈,你有福啊,我就等着再抱个孙子吧。

那是自然,妈说,不过人不能贪,贪了就会短寿,大锁这回要是能给我生个孙女,就更好了。

没想到妈的思想这么进步呀。

啥呀,妈说,一个孙子,一个孙女儿,这不是两全了吗。

妈唠着,手却没个停,妈把我们家收拾得亮亮堂堂,干干净净。妈一笑,脸上的核桃纹也没了,平平展展,眼睛乐得剩一条缝缝儿。

听说凤山寺开坛,妈又要我带她去,她要给大锁烧香,祷告他生意兴隆,她要给大媳妇烧香,祷告她能生个女儿,当然,要是生对龙凤胎,她也不反对。我说妈呀,你就不给自个儿烧一烧吗。

给自个烧,烧个嘛,难道我还过得不够吗？妈说,你爹那个死东西还在那边等我哩,哎呀,这些天,我天天夜里瞅见你爹,不是我要见他,个死老头子有嘛好见的,是他来拉我呀,你爹说,他在那边过得可舒坦哩。你爹说,我再不去,他可等不及了,好几个女将缠着他呢。我就不明白了,不成阴间里头女将也比男将多吗,再说了,你爹有那么抢手吗。好吧,去就去吧,去晚了,恐怕我给他做小的位置也没了,再说,你爹那脾性我还不晓得吗。我也不是非要跟他,跟着他,还不是再受一世的苦呀,可是他的臭脾气,哪个女人受得了,我是不放心,女人嘛,像我,就是这么个贱骨头,驼子,你可不许笑我呀。

我说我不笑，我保证不笑，你们这才是永远的爱情呢。

爱情扯不上，我也不懂嘛爱情，妈说，驼子，你可不许拦我呀。

我拦你做嘛。

那我去了。

你去吧，妈。

我真去了呀。

你去哪里呀，妈！

白天夜里，妈就和我说这些话。听妈说这些话，我的心口有些疼，像是有人拿着一把铁锹，在挖我。看来，妈的日子不多了。我说，妈，你还有嘛吩咐的，你尽管说。

说了管用吗。

咋不管用，我是个驼子，可我也是你儿子，别人能做的事，我也能做。

那你就去把大锁找回来。

要是能找，还到现在吗。要是能找到，还用得着妈开口吗。我差点要说出来，老伍都找不到大锁，我能找到吗。

妈是逗你玩哩，大锁这小子是野鬼投的胎，哪个也找不到他的。妈是瞅你太闷了，跟你瞎话话。哎，养了你们仨，二锁，我是最不担心，这丫头胆大，比大锁还胆大，有股倔劲，我最放心了。大锁呢，大锁虽然浑，总能找条活路。你驼子呢，是个闷葫芦，只能这么着了，我最不放心的就是你呀。

妈，你放心吧，我说，我们不是过得挺好吗。

是，你最孝顺了。你吃的苦最多，可你不说，也不藏着，掖着，你总是能往好处想，这就是你的好处了。

是妈教得好呀，妈不是常说，做人得厚道吗。

我说了吗，是我说的吗，妈说，厚道有用吗，厚道人最吃亏呀。我这一走，你还咋过呀。

没事呀，我修我的锁呀，我天天给你们烧钱去。

那也不必，要那么多钱做嘛，妈说，你还是好好修你的锁吧，要是不够花了，我会给你捎口信的。

30

游美美回来的这一年，我家门上的对子写的是：

只要日子过得去
好点歹点又何妨

横批：

忍者神龟

走过路过门口的人总要认真看一看，品一品，我觉得他们想笑，又觉得大不敬，所以显出一副滑稽相。

色纸是绿的。这还是罗吉教的呢。罗吉说，吊丧四十九天，服丧二十七个月，这期间，你不能快活，不能做一切娱乐活动，不能和媳妇同房，不能搞破鞋，千万，千千万万不能。

我不会玩牌，老婆也飞了，这些要求我都能做到，哪个女人鞋破了，也不一定找上我驼子呀。罗吉又说，服丧三年中，贴对子的色纸也不一样，头年白纸，二年黄纸，第三年绿纸。绝对不能乱，乱了就麻烦了。

"乱了到底有啥麻烦。"

"麻烦可大了。"

"难道我们家的麻烦还不够多，不够大吗。"

就说爹老了这事吧，这么大的事，二锁竟然不回来。我问麻子李，麻子李拍着胸说他打过电话，而且不止一次："二锁说了，她很忙，她一时走不开。要不你打，我和她说。"

电话很快接通，二锁那边很嘈，她直问我嘛事。

"嘛事儿呢，没嘛事儿，爹走了，你就不能回来磕个头吗。"

"好驼子啊，你帮我代劳一下就是了，再说在哪磕不是磕呀。"

"你真的不家来？可是妈让打的。"

二锁半晌没气儿，过会儿才说："实话告你吧，驼子，那哪是吊丧呀，明明就是庆祝，胡闹嘛，还不如我在这儿静静心，想念老爹呢。"

这倒像句话，其实我也是这样的感受，我也想静静心。我说："姐，你答应给我的猪头，我就不要了，我就想去城里，去你那儿转转，成吗。"

"你走了，屋里头咋办。"

"屋头不是还有妈吗。"

"妈又咋办呢。"

我给这妮子噎住了。二锁的口气渐渐严厉起来，"你这哪是想静心呀，分明是想玩想逛，也亏你想得出，父母在，不远游，这个时候，你还想到游玩的事儿，爹妈算是白疼你了。"

二锁这么一说，我鼻子有些酸，有些恨自己不孝了。可转念一想，爹妈就没疼你二锁吗，不疼你能去念大学吗，不疼你能进大城市工作吗，你这分明是耍滑嘛。我不死心："姐，你放心，去的车票我出，回程票我出，这样总好了吧。"

"那倒没问题。"二锁说，"可你住哪儿呢，总不能睡在天桥下面吧，城里头住宿贵着呢。"

天啦，城里那么大，就没我驼子住的地方吗。针孔里头我也住得下呀。再说，你二锁和那个电线杆好上了，我这个做舅爷的，就不能上门！打地铺也行，睡地板也行呀。二锁还是在变着法子拦我哩。

"驼子，再过些日子好不好，好不好呀，现在我走不开，我这里厢也到了生死关头呀。"

有那么严重吗，我正想问，二锁在哪头哭起来了："你不晓得呀，我和那个臭小子又要崩了。"

"他咋的你了。"女人一哭，我就没主张。

"他想甩我呢，他说我们不合适。"二锁说，"驼子你说说，为啥受伤的总是我，为啥我不蹬人人蹬我，为啥人人都在欺骗我呢。"

预料的事终于发生。我想，哪个男人和我家二锁都不合适。可是发生了的事又让我难受。我的脑子乱极了，我想起电线杆子和二锁在家时搞出的那些声音，我相信整个街上都能听到他们的声音。不错，花格子也跑了，不过毕竟她让我搞过，还留了个种，可这个电线杆，搞了我家二锁，竟然想甩手！

"姐，你不用急，也不用怕，我这就动身，我还就不信呢。"

"你。"二锁哎呀一声，"要是大锁在，就好了。"

"你不信我？"我说，"你不信我也好办，我喊上毛头他们一块去，韭菜街的人随你挑就是，你想咋整就咋整，把韭菜街搬过去都成。"

"你可别乱来呀。"二锁突然尖叫道,"你别来,千万别来,姐求我了。你不来,就是帮了我。"

说到底,二锁还是不想让我去。这倒让我怀疑起来,她是真的玩崩了,还是在诳我!我现在没别的毛病,病根儿就是哪个人也不信,我不相信任何人,也不相信这世道,修锁也没过去利索了。要是别人配钥匙,我就想,他真的丢了钥匙,还是有啥阴谋呢。要是人家请我去开锁,我就想,他为啥要开锁,他开的是他的锁吗。

31

这么一想,我又去找游美美了。我决定告诉她,大锁回来过。我总算想通了。不管别人咋个骗我,不管骗子有多多,我都不能骗游美美,我不能让游美美伤心,我不能让游美美感到,这世道真的没啥过头了。

我去的时候,黄副指挥也在。我头一次在游美美的房间,看到别的男人,而且那个男人还喝着游美美的红酒,好像还是蓝色妖姬。我不喜欢喝洋酒,也舍不得浪费游美美的酒,这个黄副指挥倒是老车(ju)哟!我心里老大不爽,又觉得没道理不爽:人家黄副指挥是嘛人,我算嘛人,游美美也不是我嘛人呀。

"黄局长也在呀!"我恭恭敬敬招呼一声。

黄副指挥和游美美一样,脸上红红的,不过红得不好看,红得发紫,就像霜后的柿子。酒没多少了,他们一定喝了些辰光。游美美红得好看,却有些不自然,离桌子老远,紧紧抱着胸,好像忍着劲,怕自己发火。再看黄副指挥,也哭笑不得相。难道他们吵闹过！不应该呀！

见我过来，姓黄的点点头，换了一张笑脸："驼子锁呀，我正要找你呢。"

"黄局长找我，有这么巧吗。"

"不找你还能找谁，只有你能够打开那把锁。"

"没问题，开锁的事，我保证尽力。"

"不是尽力，而是一定得完成。"黄副指挥下了死命令，见我愣神，他又软下口气说，"驼子锁，你要是能开了这把锁，就是为韭菜街，为旧城改造做了件大好事，功德无量呢。"

这黄副指挥是把我当作万能钥匙了，我怎么着也能露一手。"旧城改造已经进入攻坚阶段。"这是黄副指挥的原话，"建不是问题，咋样建都是建，问题在拆和迁，要拆得先迁呀，没想到市民们对老街的感情这么深哩。"

"黄局长，嘛也别说，下命令吧。"

我糊里糊涂应承下来，还一副咱们的目的一定要达到，一定能够达到相。黄副指挥要我开的是红喜这把锁。红喜不愿意搬到安康小区，说是太远太偏，房子质量也不好。红喜不愿搬，还串联别的人也不要搬。

夸下海口，我撂下游美美，硬着头皮上了阵。虽说天天坐在巷口，虽说旗杆巷到鹰扬巷没尿橛子长，我也好久没有遇他了。我没敢说实话。我怕他不买账，一下子堵口，说不准还会笑话我。我们互相客套着。我问他生意咋样，他也问我生意咋样。我说生意还可以，他说生意不太好。

"不太好？你不要太好了红喜，跟我哭穷没用，我又不问你借钱。"

韭菜街

"你要是跟我借,我卖血都给。"红喜拍拍胸,"说吧驼子锁,你要多少。"

生意做久了,连红喜也会说话了。"算了吧,喜驼子,留着你自个儿花吧。听说我们这儿就要搬了。"

"不晓得。"红喜埋下头去,红喜的头越来越大,可能是越来越秃吧,秃头好色,红喜色不了,"不晓得他们在搞嘛鬼,还说是分段修建呢。"

"先搬先享受嘛。"

"哟哟,领导来了。"红喜瞅着我,一副不认得的样子,"要搬你先搬,我去吧,你去享受吧,我的让给你。"

"让给我,你住哪。"

"我哪里没得住,我住得好好的。"

"这么说你是不想搬了。"

"我做嘛要搬!"

"先搬先拣房,你不要搞到最后,还得搬,却没得好房住了。"

"骗鬼吧,全是骗子,嘿嘿,我红喜也不是那么容易上当的。"

这喜驼子还真是把难开的锁哩,我也没指望一捅就开,一开就灵。过了两天,我又去了。其实这些天我一直在街上晃悠,晃得红喜都奇怪了:"驼子锁,你吃饱了撑的,乱晃嘛事呀。"

"我走走呀。"要的就是他开口,"这条街快没了,挡也挡不住,我走走还不行吗。"

"哦,那你走吧,我就不陪你了,我要干活儿。"

"你有得忙呀。"我觍着脸靠在他的钟表柜上,"你真的不搬吗?"

"你不晓得,这些狗娘养的,给我算的是七百一个平方,厨房还不算,屋坯也不算,别人是八百,最次的也七百五,凭啥,驼子你说他们凭啥这么干!"

"这不是欺负人嘛!真要这样,我也不同意红喜搬。"

"狗日的说,我的房子骑在线上,我说,骑在线上,不正好吗,你晓得狗日的咋讲!"

"狗日的咋讲!"

"那小狗日的拿出一个小册子,扬在手上,像是举着红宝书,说按照政策,我的房子在合围以西,合围以东一个级差,以西一个级差。我说我不管嘛合围不合围,我也不懂嘛合围不合围合,不加钱我就不搬!"

"对,就不搬,他以为我们是驼子,驼子就不是人吗?"

这黄副局长也太不像话了。我没有去找他,在事情没有解决之前,我不想见他,更不想在游美美那碰到他。马主任听完我的汇报,就拨电话。这段日子,居委会的任务完全变成动员大搬迁了。马主任告诉我,红喜说对了一半,红喜的房子一半是七百五,一半是七百,现在好了,黄副局长答应,全部给他算八百,不过,你得告诉红喜,这事儿不要传出去,只要他搬,我们一定补给他。

"我呸,一两百块钱,就想收买我!还叫我咋做人!"红喜更气了,"你也去告诉他们,大家马儿大家骑,要加,该加的都得加,不要盖鸡窝样。"这个红喜还有理呢,是不是所有的驼子都是死脑筋呀。不过换了我,好像也要这么做。

"咦,等一等。"红喜放下镘子,打量起我,"驼子锁,你到底做嘛的呀,消息咋这么灵,你是媒婆呀。"

我心虚地摇摇头,笑得肯定像我爹一样难看:"没,没有,我这不是听说了,过来看看呀。"

韭 菜 街

红喜仍然盯着我，冷冷的，要笑不笑的，我觉得我不但丑，还很"狼狈"，简直就是"狼狈不堪"。一方面，我是带着任务来的，我想劝劝红喜，二方面，我又站到红喜那一边，只有站到红喜那边，才算站在韭菜街上。

"没想到，没想到啊，真的没想到。"红喜重新拿起镊子，扶扶眼镜，开始修表，"连驼子锁这样的人也给招安了，说说，驼子你说道说道，他们给你加了多少钱，你现在也算大人物了，嘿嘿。"

"屁，我算嘛人物，你才是个人物哩，韭菜街上，人人都在瞅着你哩。"

"我是人物？我驼子红喜也成了人物。"红喜笑得像乌鸦，"成，你就告诉他们，这个人物，我做定了。"

第三次来到红喜跟前，我怀着无比沉重的心情，我告诉他，事情糟了，不可收拾了，他们不再准备给他加钱了，不搬，他们着人帮着搬，那叫作"强制执行"。"都怪你，你硬充好汉，你照我说的应了，不就好了吗。"

"谢谢你了驼子锁，我早就晓得了。"红喜说，"今儿早上，马主任和老伍都给我来上课，下了最后通牒呢。"

原来那黄副指挥还找了其他人劝红喜，我这厢跳上跳下，那厢黄狗一直就没指望我！

"你啊，大好人一个。"红喜抱着胸，一副同情相，"我早就料到这么个结果，搬不搬，都这结果！"

"那你打算咋对付！"

"活人还能让屎憋住，办法多的是，但我只用一个。"红喜成竹在胸，两只脚踢踢身边的一只铁皮箱子，踢出闷闷的响，好像箱子里关着一只羊。

礼拜天，推土机来了，还来了黑乎乎的一帮人。不见老伍，领头的是个女人。街上的人咬着耳朵说，那女人是十里堡的乡长，高手一个，专拔钉子户。看来他们单挑这个日子，也是有目的的，他们打算杀鸡吓猴。礼拜天的红喜，好像更忙了，红喜的生意很红火，找他的大多数是挑电子表的，也有修名牌表的，还有的是给表换电池的。不管修表的、挑表的，还是换电池的，都给眼前的阵势吓住了。想挤，又挤不出去。红喜急着喊："慌个嘛，还没给你找头呢，还有你，你到底还换不换电池呀。"

女乡长敲敲红喜的钟表柜说："红喜同志，有空吗，我们是来解决问题的。"

"当然有空。"红喜说，"政府来了，我能没空吗，不过我很忙，可不要耽误我的生意。"

"我们也不想耽误你，这事说快就快，快不快，还在于你红喜同志！"

"嘛事，只要不是房子的事，都好说！"

"还就是房子的事。"

"房子的事你们还找我，山间铃响马帮来，坦克不是都开进来了吗。"

街上的人给逗笑了，有的人还故意笑得东撞西撞，女乡长脸上有些挂不住："那是没法的法子，毕竟人民内部矛盾嘛，我们只想讨个说法。"

"没得说法，我也不想讨我们的说法，咱们两挪了。"红喜说，"不过我要告诉你这个领导，你有坦克，我还有火炮呢！"红喜说着，又踢踢那只铁皮箱，红喜伸出手来，他的手上，躺着一只一次性打火机。

韭菜街

"还反了你,你想放火,你不晓得这是犯罪吗。"

"我放火,我为嘛要放火。"红喜反问道,"我驼子的命不值钱,但也是条命,我要我的命,这日子不过了还不行吗,你们还愣着做嘛。"红喜转向派出所的人,"你们是不是想弄走这箱油,放心吧,你们弄走一箱,我还有一箱,弄走一箱,我还有一箱!"

女乡长脸一沉,小手一举,红喜也捏紧那只打火机,街上的人不由得往后一退。

这时候,女乡长的包里,响起动听的铃声。

这个电话来得十分及时,也非常管用。女乡长眨眼工夫多云转晴,像是喝过一杯红酒。她小手一挥:收兵。街上的人就一收肚子一屏气,闪出一条路。

推土机轰隆轰隆后退,打转,开往人民路,大伙儿才欢呼起来,一边欢呼,一边搞肩捎腰,不相信眼前的事,不相信驼子大获全胜,不相信一个驼子也能成为英雄。

红喜的胜利,让我沾了一些光,也丢了一些分。大家不理会我,人人都知道我在这里头,做了个不光彩的角色。可我不在乎,我依然弯着腰,时时刻刻吃草相,我觉得我的身板是直的,心是正的。

"红喜,你应该感谢那个电话呢。"

"做嘛!"

"不是电话响,你就没命了。"

"哼,还不晓得要感谢的是哪个呢。"

我不如红喜。我完全服了红喜。拆迁办的人也消停了一阵子。听说女乡长给市里的头头骂得狗血喷头:"发展永远是硬道理,但任何时候,稳定都要压倒一切。"黄副局长自然也少不了受一顿训,这小子亲自登门表示歉意，还带来领导们的亲切慰问："为老百姓办实事，就得全心全意，让大家满心满意，安居才能乐业，我们绝不能让人骂娘。"

黄副局长当场表态，韭菜街上一视同仁，不搞级差，所有的拆迁安置费都立即补足补齐，"领导说了，要让街民们走得放心，搬得舒心！"

应该感谢喜驼子。街上的人商定，不管早搬晚搬，每家都招待红喜一顿。只有毛头说，他不请红喜。众人说你毛头咋能不请，难道你不是咱街的人吗。毛头眯着细眼说，我不会做菜。不会做菜，你找个厨子呀。毛头说，家家都请，你们就不怕喜驼子吃不动吗，罢了罢了，我还是请他进澡堂吧，我亲自给他搓背，我还要请个妹妹，给他弄个全套。

街上的人笑了，笑得有些怪："这还差不多，鬼毛头，你早些说呀。"

红喜死活不依。最初大伙儿以为红喜是不好意思，或者是怕扫黄打非。

"放心吧，红喜。"有人出主意了，"不是有老伍吗，到时请老伍压阵，毛头放哨就是了。"

红喜还是不同意。"那你到底要咋的呢。"毛头急了："不想搓澡也可以，你总得说个道道呀，你要女人，我给你去找，你要星星，我给你去摘。"

红喜说："算了吧，我嘛也不要，我就是不想搬。"

"嘛。"没人相信自己的耳朵，"我不搬，这是真的吗。"

"我就是不搬，看他们能咋样！"

"你不是吃了屎吧红喜。"街上的人生气了，"你是不是在学驼子锁呀,可不要害了咱韭菜街呀。"

"你们搬不搬,我不管,反正我是不搬。"

"那你做嘛不搬,当初我们听你,现在我们可不敢听了,明摆着,你在耍弄我们吧!"没人晓得红喜心里头想的嘛。

"要是政府规划需要,我照搬不误,一分钱不要。"红喜说,"要是他们把我们的房子拆了再赚钱卖,哼哼,我就不搬,你们打听清楚了吗?"

"我操你个祖宗。"众人终于火了,"我们只要钱,我们管那么多做嘛。"不是红喜的兄弟护着,红喜的钟表柜早就让人掀翻了。韭菜街再次乱作一团。这一回红喜不再是英雄了,连姐姐红禄都怪他发疯了:

"红喜呀,你瞅瞅你做的事儿,人家都操到我家祖宗了,说不准下面就要操你姐了,你不搬,我们搬!"红禄还说,"要死要活,那可都是你的事。"

32

红喜有没有疯,先放到一旁,发疯也不是这发相的。有人打赌,红喜背后,必有高人指点。这个高人是哪个,又在哪块呢。

我还是经常晃荡,红喜从不出门,不出他的地盘,所以不像是街外的,那么就是韭菜街的了!一时间,街上的人又互相猜疑起来,常常指着扫帚骂淘箩。

"不搬也行。"黄副局长这趟没露脸,着人传过话来,"红喜同志实在不想搬,那我们只好在房屋行政强拆听证会上见了。"

听不太懂,既然是强拆,做嘛还得听证!不过这样也好,大伙儿总算有个盼头了,还有些解气。可哪晓得,红喜背后的高人竟是罗吉!俩驼子一向不照面,照了面也是冷嘲热讽相互轧扎,这一点路人皆知,哪晓得他们还会联手呀!

哼,你罗驼子还有个爹撑着,瘦死的驼子比马肥,人家红喜呢,红喜啥也没得依靠,你这不是害了红喜又害韭菜街吗。

大家把仇恨的枪口对准罗吉,却不能开口,没有发言资格。主席台上,坐了一排边的人。红喜和罗吉坐在台下的长条桌边,他们对面,是房管所的人,拆迁办的人,还有工程队的人。至于我们,只能坐在靠窗的翻转椅上,只有旁听的份儿。

我不恨罗吉,但我恨罗吉和红喜,他们联手的事竟然把我也瞒了,再怎么着,我也是个驼子呀。说不定,他们心里头,还把我当作叛徒哩。

大会主事的介绍,罗吉是红喜的代理人,所以从头到尾,罗吉的话最多,上天入地,听得人云里雾里。红喜呢,坐在那,像个木雕,主事的问到他,他才放一冷箭,浊声浊气的。

这样的会最不好玩,想想从前,城里头动不动就是万人大会,人山人海,多气派呀。这个会又长又臭,开到最后,除了罗驼子说得嘴丫泛沫,别的人都是呵欠连天,主事的有气无力摇摇手说:情况都清楚了,我们充分尊重红喜同志的意见,不过这次拆迁,本身就是政府行为,至于处理意见,请当事人等待通知吧,现在——散会!

会一散,我就努力着跑在前头。我要去找游美美。说啥我都要找到游美美。我不能再瞒游美美了。大锁是个人贩子,我要趁早告诉她。我要游美美趁早收了那颗心。大锁这样的泼皮怎么能够配得上游美美呢。

游美美肯定不信我的话的。后来相信了，也肯定会伤心，伤心也难免，总比她痴等苦想要省心。

要是游美美想不开咋办。游美美一气之下，跑了，离开这个伤心的地儿咋办！游美美要是不再投资，我不是坏了大事吗。

我本来就跑不上前的脚步更加慢下来。

一进酒店，我就让人围了。围住我的人直喊，来了来了，驼子锁来了。也不晓得他们在朝哪个瞎嚷嚷，好像我是他们的大救星。

"驼子锁，你那个富婆呢。"

"游美美吗，我正要找她呢。"

"不在呀，好几天不在呢。"

这是咋说的，难道游美美已经走了，游美美已经晓得了大锁的事！是哪个杀千刀的抢先告诉她的呀。

"你个驼子锁神通不小哇。"酒店的人要跳脚了，"你就别逗我们了，她的账还没结哩。"

"你们不至于要我结吧，我是个驼子，可背不起黑锅。"

"账单倒是黄局登记的，说到时一起结，可这个黄大局长也不见人了。"

"黄局还不好找吗。"

"找他，他不来，我们哪敢找，就是找到他，我们不好逼他结呀。"

"那就是你们的事了。"

账不账与我嘛关系呀，我想的是游美美，我脑子里全是游美美，是十八岁的游美美。现在的游美美却穿着唐装，像个待嫁的老姑娘。

没有见到游美美，我这心里头闷闷的，也只好打转，酒店的人拦也拦不住，喊我也不听。

不过游美美走了也好，省得我为难，也省得我破坏大锁在她心里的形象。

半路上，我让一辆乌龟车挡住。乌龟车的驾驶员亲自打开车门，让我进去。一侧脸，黄副局长坐在旁边。

"黄局，人家在找你哩。"见多识广了，我也学会省字儿了。

"找我干吗，找我有嘛用，我又没住店。"

"结账还不简单，要是结了账她能现身，我现在就去结。"黄副局长说着，抬手揉揉印堂。眼前的黄局脸皮发暗，看来做官也不是嘛美差。

"驼子锁，你老实说，你见过游美美没。"黄局又有些不甘心。

"见过呀。"我说，"最后一次见她，你不是也在吗，你还喝了不少酒呢。"

黄副局长脸更暗了，听任乌龟车像条船飘浮。

"她这一走，可害了我呀。"

"不会吧，游美美说过，故乡是她百老归天的地儿，她还要为故乡的建设添些砖加些瓦哩。"

"添砖，还加瓦？屌毛灰都没有。"黄局恨得直咬牙，"驼子你不晓得，她把人家的订金都卷走了，上百万呢。"

"啪"的一声脆响，打在黄局脸上。那是我甩出的耳光。我一辈子没打过人。我也没想到我驼子竟然会打一个官人。现在我出手了。出手时，我才明白，我是多么痛恨这个少不更事的家伙，凭啥他年纪轻轻就春风得意，凭啥他能做官，凭啥他能坐车我个驼子却要跑步！我只能修锁，到底凭个啥！也就是这一耳光甩出之后，我才晓得我是多么爱护游美美，天皇老子也不能污蔑我的游美美。

韭菜街

我的手还在哆嗦,黄局的半边脸让我抽红了。他愣愣捂住脸,摩了摩,又放下,倒是抓住我的手:"打得好啊,驼子,打得好,谁让我栽到一个女人手上呢。驼子,你还想打吗!"

黄局侧过身子,把那半张青脸对住了我。

33

车到旗杆巷,黄局让驾驶员开了门,放下我。

"对不住了,驼子锁,我得回家了,我得收拾收拾了。"

难道这个黄局也想逃!

黄副局长并没有收拾得成,也是在半路上,就让人拦住了。黄局下车,又上车,让人带到游美美住过的酒店,进了游美美住过的房间,睡上游美美睡过的床。

换了我,还不美死!可我不够格,人家黄副局长那叫双规。只有官人才能双规,还得做到一定级别的官,才能双规,我不够格,要带只能带到楼下的普通客房。人家饭菜是送到房间,我呢,分到一双筷子,一只洋瓷盆,还得去饭堂排队,好多人都盯着我看。我就转着圈子让他们看。等我打到饭菜,已经没得坐了。还好,打菜的窗口关上了,我就把盆子放在窗台上,踮着脚扒饭。

紧扒慢扒的扒完,赶紧回到指定地方,免得他们批评我不好好配合。我在外间,审查我的人在里间炒地皮,也就是八十分,打升级。

等了半天,肚子又饿了,打牌的人伸着懒腰出来,两个趟出去,两个来到办公桌边,一坐一站,站着的把笔和本给坐着的,坐着的翻本子,拧开笔套,甩甩笔管,地砖立即爬出一溜小墨点,活像沙漠上的驼队。

"想好了没。"站着的人浑身上下摸自己,恐怕在找烟。

"嘛。"

"你和游美美到底嘛关系。"

"没关系。"

"没关系?"浑身上下乱摸的人住了手,像是给人浇了盆水,"没关系,你还尽往这里跑?"

"是黄副局长让我来的。"

"这就对了,他让你来做嘛。"

"就让我陪游美美说说话。"

"都说了嘛?"

"扯淡呗。"

"光扯淡,不会吧。"

"他说让我要套牢游美美。"

"套住了吗。"站着的人来劲了,又开始乱摸起来。

"套个毛。"我说,"这不是跑了吗!"

"去去去。"坐着的人不耐烦了,他推推站着的人,"你这样问,问个毛,我咋记?还是我来吧。"

看来他们想搞车轮战哩。站着的人正好累了,一屁股坐下来,大腿压二腿。我觉得挺有意思。至少我一直坐着,没他们累。再说坐着的人咋问,还是问不出个名堂。最后我不得不提醒他们:"同志,你们到底要从我身上找嘛呢,我除了背上一口锅,嘛也没!"

"晓得,你不就是驼子锁吗。"站着的朝坐着的看了看,那家伙正在数自个儿吐的烟圈,"妈的,这驼子啥都不晓得,他真是把好锁哩。"

韭 菜 街

就是这样的好日子,我也没能过几天。第三天早上,我再次坐到椅子上等他们。一等就是老半天,里间就是没人出来。我忍不住,推门进去,毛也没。

我来到门厅,问酒店里打扫的伙计。我说同志,里面的人咋不在呀。

"啥人呀。"伙计擦了一把汗,倚在拖把。

"问我的人呀,我还等着他们审查呢。"

"没人审?没人审你还赖着。"伙计笑道,"你是不是尽想好事儿,这房子你住得起吗。"

他这一说,我赶紧溜了。一直溜出酒店的大门,还听见伙计的笑声。

回到韭菜街,拍拍胸口吁吁气,我还在想,我咋跑得这么快呀,比兔子还快。但是再快,也快不过黄副局长的消息。黄副局长犯了事,已经闹得满城风雨,有鼻子有眼了。这黄副局长和游美美合穿条裤子,一起卖步行街的门面房,他们把步行街的未来说得像夜巴黎。他们打出的口号是:

"奉献一阵子,幸福一辈子!"

"你想把一千元换成一万元吗!"

好多人心动了,找关系,托人。登记,交押金。临了,黄副局长让游美美先走一步,他留下来看看风头。好在上面果断,黄副局长的阴谋诡计才没得手。

墙倒众人推,有个承包商写了封人民来信,说黄局收了他五万,却没有兑现他要的工程。信没挂名,但黄局已经瘫痪,说他是收了,他不仅收了这五万,还有好几个五万、六万、十万、二十万的呢,有想拆房子的,有想建房子的,有想铺路的,还有想卖水泥的，想搞内粉刷外装修的。这样，零零碎碎加起来，黄副局长也算个富翁了，不说枪毙，牢底是要坐穿的了。

审查人员一对账，却对不上号。按照黄副局长的交待，他收的钱远远超过他手头的现金、存折、房产和名牌家电。黄副局长的名牌手表可以套满两只膀子两条腿，这些表，在红喜那里是见不到的，于是罗吉又和红喜逗趣：

"红喜呀，你不是说，嘛表你都有货吗，咋没见你有黄局的那牌子！"

红喜先是说，黄局手头的那些表早就不生产了，后来又说那些表是新牌子，是限量生产的，"你罗驼子有钱，你咋没弄一块戴戴呢！"

"你还怕我弄不到吗。"罗吉洋洋得意，"我正等着他们拍卖呢，听说下点毛毛雨，就能搞到手！"

这边厢在议论黄局的手表，那边厢也没闲着，黄局和审查人员又坐下来，核算他的赃款赃物，越核，差距越大。

"都花了呀。"黄局说，他和审查的人都熟，说话也轻松，"收钱是记账，没听说花钱还记账的。"

"那你说说，都收的嘛人的钱呢。"

"我只记钱数，哪个送的是不记得，你们把我当呆头呀，我老黄倒霉归倒霉，也不至于那么呆吧。"

"黄局，你晓得的，咱们这是在办公差，办好了，事情过了，咱们还是哥们，再说，咱们不想漏掉一个坏人，也不想冤枉一个好人哪！"

"你叫我咋记，他们送钱送物的式样多着哩！"

"你别急，慢慢想，慢慢说。"

韭菜街

"那就是我记岔了。"黄局说,"我现在哪还有嘛脑筋,都给你们整疯了。"

他们又一笔一笔地对,对不上的,就删掉,并记明,这一笔是重复交待的,那一笔是黄局紧张害怕乱说的。然后,黄局和审查人员重新签字,放入卷宗。

就算这样,还是有二三十来万,来历不明。不仅黄局,审查他的人也撑不住了。审查人员当然不希望再删再减,再减再删,就轮到他们自己该接受审查了。他们的本意,是想从黄局身上挖个口子,揪出一长串。这个黄局,交代自己很痛快,就是一个真名实姓的人都没有。

黄局病了。黄局不但脑子瘫了,身子也垮了。上头批示,把黄局送到市第一医院,同时考虑到黄局交待问题还算彻底,且旧城改造,还是有功的,对他的审查,可以到此为止了。

这边一结案,黄局家里又闹开了。闹的原因是,黄局有三处房产。头一处,是黄局和老婆伢子住的。如果婆娘要离,房子自然要给她。

另外两处就难分难解了。黄局不仅有二奶,还有三奶、四奶。黄局下班后,想歇口气了,就一个电话召见她们。这个黄局经常和他的二奶、三奶、四奶在这两处房子轮流快活。三个女人也不避嫌,还经常凑成一桌,陪黄局玩麻将吃花酒逗乐子哩。

现在好了,天亮了,到了该说分手的话了,三个女人,只有两幢房子,咋分哩。如果是一个月前分多好,那时候,黄局只要一松口一点头,就有人往他包里塞一把新房钥匙的。

黄局住院时,病床旁经常出现这三个女人,反倒是他的老婆不露面了。她们都想得房子,黄局也确实许过愿,给她们每人一套房子。现在,黄局不开口了,她们就相互吵,个个都说自己是真爱黄局。

二奶说:"一夜夫妻百日恩,我都陪你睡了有两百次吧,还不该得吗。"

"是一日夫妻百日恩!"三奶提醒。

"你那也叫做得多吗,我陪黄局,是你的翻倍,那两套都该我的吗?"四奶就不那么客气了,"可我不要。我这人不贪,我只要一套。"

"可他给你买了不少衣服呀。"二奶不服气,"还有你。"她又指着三奶说,"他给你买的鞋子足有一百双吧。"

"你要吗,你要你就拿去。"三奶性子弱,一气,说不出话了。

"我要,我要你那些破鞋吗,也亏你说得出口!"

"我是破鞋,你说我是破鞋?破虽破,当家的货,你算嘛东西啊。"

吵累了,再说吵也不是个事,她们又围着黄局,要他给个说法,好像在等他裁判。

"别吵了,好不好。"黄局吃力地说,"再吵,我哪个也不给,我都交上去!"

"好了,我们不吵,我们也不想吵,毕竟姐妹一场呀是不!"四奶脑子转得最快,她给黄局揉胸口,三奶就给黄局捏脚,二奶按摩起黄局的头:"哟,黄局,你的头发都白了唉!"

"要不这样好吗。"黄局说,"现在,想再给你们弄一套是不现实的,你们干脆,干脆抓阄吧。"

"行,抓就抓,抓到是福,抓不着算冲!"还是四奶,头一个响应,她最小,手气特好,玩起麻将来动不动就自摸,赢的钱也最多。

"我不抓，要抓你们抓！"三奶不同意了。

"不抓就是放弃，那我也没办法了！"三个女人里头，黄局最疼的就是三奶。三奶柔，三奶媚，不管多犯愁的事，只要三奶一到，总能让黄局开心。黄局最不放心的也就是三奶。本来他已想好，抓阄时做些手脚，暗中指点三奶一下，准成。现在她反对，他也只能硬起心肠。不过他终究有些不过意，叹口气，又开导她说："三妹呀，这不是没法嘛，那些踢球的，你也看到过，哪次比赛，不是抓阄呀！"

"我也不抓！"二奶站到三奶一边。二奶的手气时好时差。再者，虽说三奶弃权，但万一我抓个空，剩下的那个阄不还是三奶的吗，黄局对三奶一向偏心，三奶不抓，说不准就是个圈套套哩。

"一票同意，两票否决，这个法子行不通。"黄局说，"要不这样，咱扔一块钱，国徽朝上的得，朝下的没得。"

哪个想到，这回反对的是四奶。四奶说："要是三个人都扔了朝上哩？"

"细的往上长，老四你先来，哼，我还就不信呢。"黄局威风凛凛。四奶更不敢扔了，不敢扔，还一个劲儿地往墙角躲，好像有个看不见的人在拖她。她想，要是她扔了个朝下，她们俩不就白得了吗。这种事，不怕一万，就怕万一。四奶突然没把握了。这可不是打牌，一把输了，还有下一把。就是把把输，还有下一桌。牌运总会转的。这一扔，就是扔掉一幢房子呀。幸亏没抓阄，四奶想想有些后怕，我咋这么傻呀。四奶觉得，没准她们都瞄着她傻呢。

"我倒有个办法。"三奶提议道，"不晓得当讲不当讲！"三奶在扬剧团呆过，说话总是文绉绉。

"讲！"其他三个人都转向她，四奶的泪花花里还夹着感激。

"索性卖了，三分三——"

是啊，这么好的法子咋就没想到哩。二奶想抱起三奶，可自从跟了黄局，就没干过活儿，身子也丰满，就是使不上力。只要黄局一挨身，二奶就发软。

三奶也不敢动，因为她瞅见黄局生气了，黄局是没有对她生过气的，这回真是气急了，对她失望又失望了。

"这是嘛逼主意。"憋了半天，黄局说，"现在说说也就罢了，真要去卖房子，不仅得充公，我还落个隐瞒不报，罪加一等。知人知面不知心呀老三，你不会是想落井下石吧，你也说道说道，我哪里就对不住你了呀。"

"哇——"三奶哭了，水龙头裂开样。三奶哭着诉着："随便你了，我也没对不住你，没房子拉倒，反正我肚子里头有了你的种，我也该知足了！"

34

多亏黄局口紧，没有扯到荷花带上藕，不过他这样一个骨干倒下，影响还是蛮大的。打算投钱的缩了手，观望的人也铁了心。影响最大的是抓常务的副市长。旧城改造是他的心愿，也是他一手策划的。本来，副市长已经接到调令，到地区报到，另有重用。他有两个去处，要么到地区做副秘书长，要么到江南的一个县市做副书记。

从来都是江南往江北升迁，江北去江南的不多见。显然，副市长对后一个位置更感兴趣，虽说不是正职，副书记和副市长还是不

韭 菜 街

一样。副市长觉得,他这一去,不仅仅代表他个人,还代表所有的江北人,他要证明,江北人一样可以开放搞活,一样可以玩得转吃得开。

只是吃请的人太多,大伙儿都瞟着他飞黄腾达,想留条后路,上头也给了副市长充分的交接时间。吃到第五天,也就是黄局犯事的第三天,上头来了通知,副市长暂缓南行。理由很简单,哪个拉的屎哪个擦屁股,旧城改造一定要搞下去,只许成功,不许失败。

"老贾,你要学会力挽狂澜,这也是给你一个证明自己的机会嘛。"副市长的"后台"语重心长地说。意图很清楚,搞好了再谈跑的事。

"放心吧,孔书记。"贾副市长哼哼哈哈,"我一定把屁股擦得当镜子照。"

放下电话,贾副市长说:"有人捣蛋了。他妈的,自个儿上不了,也不让别人上,中国人就这德行。可我怕啥,我啥也不怕,酒照喝,牌照打,活儿照做。"

副市长没想到这一回的难度之大,大于上青天。一方面要笼回那个些开发商,二方面得重新对付那些拆迁户。尤其是二方面,韭菜街的人说嘛也不肯动了。

他们说,"做嘛呀,拿咱们穷人寻开心哪。"

他们说,"是啊,韭菜街是不是成了他们的蛋糕呀。"

他们说,"还没拆,就犯事儿,还步行街,还美食街呢。"

他们还说,"拆吧拆吧拆鸡吧,他们真有胆儿,扔颗原子弹下来得了。"

"英明,英明,还是红喜英明呀。"这回,毛头也不得不服红喜,"喜驼子,这回说嘛我们也不搬了,我们跟着你!"

"跟着我,真的跟着我吗。"红喜说。

"我们跟定你了。"毛头拍拍胸口。

"那我搬,你可不要动罗!"

"你要搬,你为嘛又要搬了!"

"不为嘛。"红喜摆弄着他的钟表,"我就是想搬!"

"你不是让我们打听吗,我们都打听清楚了,他们给我们的地皮费是八百,卖给开发商是三千。现在你又要搬?"

"我也打听了,他们还没批到拆迁证呢。"罗吉接茬说,"也没钱拆,屌毛钱也没,听说都得打白条呢。"

"打白条,那我们到南京告他个娘。"

"要是南京告不动呢。"

"那就到北京告。"

"要是北京还告不动呢。"

"那就只好找毛主席了,给他老人家烧炷香,准成。"

"要告,算上我一个。"毛头说,"可现在喜驼子想搬,驼子,你脑子进水了是吧。"

"是啊,我脑子进水了!"

"你是拧巴,还是在玩咱们!"

"我就拧巴,我就玩你!"

"你再说,你再说,我先拆掉你的家伙。"马屁拍到马腿上,毛头快疯了,他捋出胳膊,就要动手。

"拆吧拆吧,反正我也要换身行头了。"

红喜说到做到,第二天的鹰扬巷口,再也不见红喜的摊头。韭菜街又乱套了。就在昨天,大伙儿还把红喜看作英雄哩,这个英雄又一次变成狗熊了。还有人悄悄地说,红喜这一辈子没碰过女人,

韭 菜 街

会不会这是在怄气呢。

我可不这么看,要是他真的顶着风对着干假装好汉,我还瞧他不起哩。我觉得,从前红喜不搬,是不满公家的算盘,现在红喜要搬,是不服韭菜街的规矩。红喜的心事,这些人哪晓得!红喜就是红喜,这一点,倒是和我很对路哩。我们一样的驼,也一样的心。

"驼子锁,那黄狗和游美美搞大了,你搞了个啥!"闹了个没趣,街上的人掉头就拿我开涮了。

"我能搞个啥,我要是搞大了,还能坐这儿!"

"那倒是,红喜搬了,你咋不挪挪呀。"

"我不搬,我哪里也不去,我就靠着这根电杆子过日头。"

"坏了坏了,这驼子锁和红喜倒了个个。"街上的人,一时没想法了。

一辈子就待在这根电杆下,一辈子就做修锁一件事,这就是我现在的想法。这样的想法,说给哪个听哩。街上的人不会听,红喜也不会听,只有游美美会听,可是她听不到了。

事实上,就是现在,我也不信黄局的话,不相信游美美卷跑了钱。游美美就一个人,一个女人,她要那些钱做嘛。我修锁赚钱,要养妈,要养花格子和小锁,游美美呢,游美美要养哪个。要真有那回事,游美美就和二锁一样了,二锁回来,带走的是腌萝卜,游美美收走的是钱,那她还想着寻大锁做啥。她不想我也就罢了,她连大锁也不想,这是我最最不敢想象的事。难道所有的人都想来这破烂的韭菜街捞一把,包括那个死胖子!

我也晓得自己的毛病,这么些年来,我一直没有忘掉游美美,游美美就是我的一切。游美美毁了,就等于毁了我。这次游美美离开,会不会找到大锁呢。这是我最关心的。我希望他们碰到,又不希望他们碰到。

我也晓得,我惦记着游美美,现在看来游美美倒不一定惦记我。她啥也没说,就跑了;她待在城里的个把月,一回都没有到家来坐坐,没有见见我妈。她都不如花格子对我好。

可就算这样,我还是忘不了她。我这辈子做得最痛快的事,就是给了黄局一耳光,那还不是为了游美美呀。

35

这年冬天,下雪了。夜里,妈翻来覆去,睡不着。一下雪,天就暖,嗓子发干。妈要我给她一碗水,我就给她一碗水。我给妈剥了两个糖炒栗子,喂进她嘴里。妈最爱吃糖炒栗子了,不过这回她只吃了半个,在嘴里磨叽老半天,还是吐在我手心。

妈要我给她拿夜壶,我也给她拿了。没承想撒尿时,妈又拉屎,溅了我一脸。臭不臭,妈问。不臭不臭,我顾不上擦脸,先给妈擦净了身子。呆子,妈笑得像个孩子,屎不臭,那啥臭。

理拾妥当,妈又要我睡到她的铺上。见我愣神,妈说,咋的了,驼子,你嫌妈老了吗,你嫌妈打嗝吗,小时候,你不是见天嚷着,要和妈睡吗。

我钻进妈的被窝,又给她推出来。都这么大了,老了,咋还能睡一头。我爬出被窝,钻到妈的脚头。妈全身滚烫,脚馒头倒是冷的。妈的脚是大脚,缠过裹脚布,后来不兴了,妈的脚也解放了,成了半大不吊的脚。我抱着妈的脚馒头,就像抱着一块硌人的冰。抱着抱着,也就发烀了。其实我爬上爬下,也冷得直哆嗦,不晓得冰不冰的了。我冻得牙齿咯咯响,妈就问,驼子,你躲在那头吃嘛呀。

我说，妈，我没吃嘛。

哦，我还以为你在吃哩，吃得好香呀，把我的馋虫都勾出来了。

妈你要吃嘛，我给你弄。

妈是想吃，可哪吃得下去呀，你还是给妈唱个歌吧。

我哪会唱嘛歌呀。街上倒是天天有人拎着个收录机，放着好听的歌，"左手一只鸡，右手一只鸭"的，听得人心颤，可我不会唱。

妈说，你随便唱，妈都爱听，唱老的也行。

那我就给你唱《一条大河》吧。

嗯。

"一条大河——"我刚唱了个头，就咳起来。看来这条河我是过不去了，就像公鸡害嗓子。

妈说，别急呀驼子，这深更半夜的，别惊了人家伢子。

妈，那我还是给你唱《王谯楼磨豆腐》吧。

在下姓王名谯楼，
一生全靠两只手，
三代祖宗磨豆腐，
我挑水推磨烧浆点卤样样都能揪。
只因我喜欢交朋友
常往赌场里面走，
不是执骰子，
就是推牌九。
近来我的赌运丑，
财神菩萨不肯跟我走，

把把抓坏牌

骿什不离手，

执骰子手不顺，

摆下来是幺猴，

我赌牌脾气怪，

还有个三不走：

天不亮不走，

人不散不走，

钱不了不走。

就这样出来三四天，

算一算，

一共输了八吊五百九十九，

心里想翻本，

口袋里钱没有，

想借又借不到，

只有一条路，

再向我家老婆去伸手，

去、伸、手！

  这回轮到妈咳了。妈咳得被子都跳了起来，咳得床铺也跳了起来。我赶紧翻过去，妈傲起头，吐了一大堆痰，先吐在我左手，左手等不下，又吐到我右手。妈就像一条鱼，不停冒泡泡。吐完，妈才松了口气，说驼子，你说的比唱的还好，不是你说唱的好，我这口痰还出不来呢。

  妈，那我就继续唱给你听。

好吧，你唱吧，可别忘了明天，背我去看看你爹呀。

哎，我应着，继续唱起王谯楼。我只会唱王谯楼，也不晓得唱了几遍，唱到后来，我自个儿也睡着了。

36

早晨醒来，怀里有两只热烧饼。我顾不上想哪来的烧饼，下口一啃，才晓得是妈的脚。妈的脚热乎乎的，摸摸她的腿，又冷得吓人，比电线杆子还硬。

妈已经上路了。妈就这样走了！妈的面色红润，笑得很甜蜜。

让我奇怪的是，她的嘴上抹了一抹糖，还是红糖。高高兴兴来人间，甜甜蜜蜜上天去，给上路的人抹口糖，这是我们街上的习惯。是哪个给妈抹的呢，难道是妈自个儿！可我们家没有红糖呀。

要上路的人最难缠。怪不得妈缠了我一宿。我咋这么浑呀，我都不晓得妈要上路了。

我想起我答应妈的事情。妈呀，你咋不等等我，自个儿就动身了！

开了街门。街上没几个人。这场雪下得好大，都齐到窗户了。漆黑的屋顶现在是白的，像是盖了一床大棉被。几只柴雀在屋顶上跳着。

我不晓得咋办才好。爹走时，还有妈在；现在妈走了，我找哪个拿主意呢。

开始有人开门铲雪，铁锹铲到青石板，钝钝的响，让人牙根发痒。扫雪的人裹得严严实实，瞅不清是哪个。一阵风吹来，雪从屋顶落下，吹到我的脸上，脖子里。

一辆三轮车倒退着进到街心,雪地上立即有了黄色的印辙。接着车主现身了,同样裹得紧紧的。

"九公,你起了啊!"

"驼子,起起起起了,再再再再不起,得喝喝喝喝西北风了。"九公是个大舌头,喊起我驼子,倒是挺顺溜。

"九公,驼子想跟你商议个事儿。"

"嘛嘛嘛嘛事,你你你你说,是不是要挑我个生意呀。"

"能不能把车借我半天呀。"

"咋的啦,你要要要要用车。"

"这不是下雪了吗,我妈不放心我爹呀。"

"是呀,是得去看看看看一看。"

"九公,你放心,就半天,哪,这是给你的,二十块钱!"

"说说说说钱就小了,你把九公当嘛人了。"

"不是,本来嘛,借你的车,我可不敢误你的工呀。"

九公吹着胡子,就是不收。我把钱塞进去,他又掏出来,扬到我脸面。街上已经有人在看我们了。"九公,你要不收,我就不用你的车了。"

"那那那那行,我收,我收收收收成了吧,我要再不收,人人人人家当我不肯借,是吧。"

糖已化开,我给妈擦了擦嘴角,替她穿着一层一层的衣服。我把妈的衣裳,能穿的都穿上了,同样包裹得严实实的,还给妈戴了一顶遮耳的棉帽,就是雷锋戴的那一种。那可是派出所的人送给爹的,爹没舍得戴,现在总算派上用场了。

直到妈只露一个红通通的脸,我才抱着她,上了车。九公已经在车上铺了厚厚的羊皮垫,还问我,要不要他送,"反反反反正,

韭菜街

我闲着也闲着，闲闲闲闲着，还难受呢。"

"就不麻烦你了，九公，我能行的。"

我灌了一只汤婆子，放在妈怀里，然后，推上车子。

"这驼子还真心细哩。"

"驼子，你要是骑骑骑骑不上，就推推推推着走。"九公叮嘱道，"雪雪雪雪天，路滑。"

"哎，我不骑，路路路路也不远。"

车子压在雪路上，咕嘟咕嘟的。坏了，我怎么也像九公一样大舌头了，他会不会生气呀！妈坐得笔直直的，两手抱着汤婆子，扬着脸，好像在看屋檐头垂挂的粗大的冻冻钉。妈的鼻头也红了。

"妈，你坐稳了。"我一用膀力，加快了脚步。车子越推越快，风呼呼呼的。我几时这么赶过路呀，一个驼子又能走多快呢，快得好像我没走，我瞅见街上的人比我跑得还快，连街边的大房子小房子也在跑。一只鸟儿，箭一般掠过我的头顶。他是飞往我家，还是飞往墓地呢。

糟糕！我在胡思乱想，前面却是一段下坡路。刹是刹不住了。我一手扶着车龙头，一手按着妈的腿。我只能追着车子跑了。路越来越颠，妈在后座上不住地跳，好像准备跳车。完了，一条黑狗直愣愣地盯着我，像要瞅我的好看。我一拉龙头，三轮车苦苦叫了一声，妈越过我的头顶，飞了出去。

有人把我扶起来，拍拍我的脸。我找我的妈。妈已让人抱回后座。还有人把汤婆子递给我。我的周围，都是和雪一样白的脸。

"小心点，驼子锁！"

摔了个跟头，我也学乖了。妈，咱们慢慢走还不行吗，时候还早呢。太阳刚出来。广场上，鲜艳的女人们带着鲜艳的孩子们在玩雪球，堆雪人，打雪仗，男人们挎着相机，衔着烟，支着下巴，围着他们团团转。

跑了一段路，我热得够呛，妈的脸更红了，眉毛却是白的，嘟着嘴。我抽出毛巾，擦擦汗，想给妈擦，又想到没必要。

推到陵园门口，我已经敞开棉袄。看门的是个老头，我招呼一声，递给他一根烟。

"驼子锁，你可真够时髦的。"

进了里，墓地看门的也是个老头。

"驼子，你这车进得去吗。"

我把整包烟都给了他。

"小心些，驼子，可别挂了冬青树呀。"

墓地里只我一个，还有妈。雪地上只三条车痕，黄如狗屎。三轮车一直推到爹跟前。我很少来，我没有单独来过。每次都是和妈一起来，每次都要妈催，我才来。我不晓得自己咋回事，对爹好像没有那种念念不忘的感觉。

你来了，爹说，这倒霉的天你来做嘛。

不是你催吗，急煞鬼，我来晏了吗，妈说。

哪个催你呀，你爱来不来。

哼，死东西，驼子，我们家去。

大锁呢，大锁咋不来。

你还想着他！这个杀头，也不晓得躲哪去了。

他躲？过去他躲我，现在他做嘛躲！

做坏事了还不躲！他们都瞒着我，大锁瞒着我，连死驼子都瞒我，他们以为我瞎了，可我的心没瞎呀。

晕，大锁回来又逃走是哪年的事！妈咋比我还记得牢呀。

韭 菜 街

37

韭菜街的人都埋怨我,说这么冷的天去墓地,不冻煞人才怪哩。

阳光一来,雪就开始化了。街面上脏兮兮的。

妈的丧事,就没爹那么热闹了,几乎有些冷清。韭菜街上就这样,嫁女丧妻,总没有娶亲丧夫热闹。幸好还有阿三和张瘸子,阿三是钱程来的,张瘸子是六虞来的,我心里才活泛了些。

"驼子,把你妈的盒子也埋到陵园去吧。"

"咋可以呀,一个萝卜一个坑,我可不想好事。"

"啥呀,让你妈和你爹合葬,又不多占地儿。"

"就是嘛,你不敢去,我们替你去。"

找也是白找。咱们街上就有这种人,以为事情就那么简单。我可丢不起那个人。我不能让人说,这个死驼子,修锁还有把调,给他妈找块墓地都找不着,过旷掉了。我是个相付(识相)的人。我不去找,他们没话说了吧!不能合葬,那我天天守着妈的盒子还不行吗,我天天给妈敬香,天天给妈送饭还不行吗。

总有那么一天,我也会上路的。上路的时候,我带上妈就是。

躺在床上,能瞅见供桌上的盒子。盒子上,妈妈的相片火柴皮那么大,闪闪发亮。这样我心里踏实。妈呀,你啥时想听歌,我就给你唱。你啥时没钱花了,我给你烧。

妈呀,不管你怪不怪我,反正我以后天天盯着你,我还能瞒你个啥呢。我要是做错了事,你打不到我,可以骂。你骂不着我,也可以让我发烧呀。

妈,你可不能不管我!

妈的盒子好解决,还有个事就难办了。要过年了,贴嘛对子呢。是贴白的,还是绿的呢。贴白的,对不起爹。贴绿的,对不起妈。

我只好去找罗吉。我实在不想去找罗吉。嘛事到了罗吉手里,都有办法。同样是驼子,做嘛他那么灵巧,我就这么笨哩。

但我又不得不去找。罗吉是高人。连红喜都找他,我还能不找!

"这还不好解决吗。"罗吉说,有些责怪的意思,好像这么个芝麻事,不该来烦他,罗吉屁股都没抬一抬,"上联绿纸,下联白纸,一箭双雕!"

"那横批呢!"

"你呆呀,横批就来个白纸写绿字呀。"

罗吉总有办法。这个办法不能说有多灵巧,可我咋就想不出呢。

纸是我买的,字是红喜写的。红喜的字,比我和罗吉都好。红喜说,别人的事,他可以不问,驼子锁的忙,他不能不帮。

这家伙,到死都要和罗吉掰手腕。

"二十三,糖瓜粘;二十四,扫房日;二十五,推糜黍(磨年面做年糕);二十六,煮大肉;二十七,杀只鸡;二十八,把面发;二十九,蒸馒头;三十晚上守一宿,大年初一扭一扭。"

这些看来都做不成了,但家家都得贴对子,搬空的房子也贴,年三十贴对子——专说好话。还别说,就我家门上的对子吸引的人最多。街上的人先琢磨色纸,再琢磨字,就是没个人进门来。他们

韭 菜 街

把我递过去的烟丫在耳根,他们招呼着街坊:"快来瞧啊,瞧瞧驼子锁家的对子!"

鞭炮声隔三岔五,零零星星。不晓得哪家,在屋檐头挂了一支小鞭,乒乒乓乓,就是看不到人影。街上的人越来越少,说不搬,还是搬了,有的是在夜里搬走的,有的是让儿女拽走的。街上的人说了,不搬,还能咋的,胳膊扭得过大腿么!一个搬了,就有第二个搬。有些人搬了,还回来看一看,瞅着小工们上房揭瓦,他们就喊:"小心,那根椽子禁不住站的!"他们穿着新衣服,跟我唱个诺,说还是住在老街上好啊,方便。他们说着住新房的麻烦,嘴角却挂着笑,没说几句就闪了。

往年,还有丁家龙的班子来舞龙灯,家家户户开门迎接,踩高跷的,唱花鼓的,挑花担的,荡湖船的,跳马灯的,更是前去后到,多了去了,从初一到初五,眼睛和耳朵是忙不过来的。现在连唱道情、打莲花、跳大神的都不见了。看来,韭菜街真的要在我们手上晃到头了。

上灯圆子落灯面,落灯(正月十八)这天,我也给妈和自个儿下了面,上好的龙须面。碗一放,嘴一抹,我就去开市,今年开市比较晚,早开晚开一回事。

刚刚摆开摊头,舒舒坦坦靠在电线杆上,街上来了一串人,鲜亮亮的。这些人不是胸前挂着相机,就是肩上扛着炮筒子。他们一进街,就咔嚓咔嚓拍起来。说是这条街快要拆光了,他们得抢救一下文化遗产,留些珍贵的资料,将来可以上电视,可以印到书上。有两栋房子,还是明朝的。

这是好事,可既然珍贵,干吗还要拆!再说,他们都在拍嘛呀,他们见嘛都拍。街上的人对着相机,对着炮筒子,是稀奇的,也是木木的，他们不管，他们照拍不误。

拍了人，他们又拍破房子，拍房门上的对子。他们连我都拍，我只听见"咔嚓咔嚓"地响，一闪一闪的光，让我的眼睛睁不开。

好不容易睁开眼，还有一个女娃在跟前，别人招呼她，快走，前面就是陆家巷了，那里有栋完整的房子，说不定就是唐伯虎嫖女人的住处哩。女娃就是不应，她甩甩手，让他们先走。

这女娃身子高挑，皮肤雪白，头发是黄的，黄得卷起来，披在肩头。女娃围着我，转了一圈又一圈，熏得我身上香喷喷的，鼻子发痒，我说："姑娘，你找嘛呀。"

"我就找你呢老师傅。"

"找我做嘛，你有锁要修，有包链要换吗。"

"我要给你做个大特写！"

"你要写我？我有嘛好写的，你也不晓得我的身世啊。"

"不不不。"女娃抿嘴笑了，笑着比画着，手脚一刻不停，过等儿对着我身后的大钥匙，过等儿对着我的驼锅，"我要给你拍个大镜头，就是大头照。"

"我吗。"我指着自己的鼻头，"求求你了姑娘，你就别让一个驼子出丑了罢。"

"哪里呀师傅，你可是快要失传的手艺人哩。"姑娘撇着嘴，眼睛灼向远去的那群人，"他们不懂艺术，嘛也不懂，他们全是傻子！"

"那你晓得我身后这条巷子的来历吗。"

"好啊，师傅，你说道说道，我来记。"女娃高兴地放下相机，从包里掏出笔和本子来，张开红红的小嘴儿。

"我也是听爹说的，说是大宋时候有个姓段的，就住在城里的归鹤楼,大清时,归鹤楼改名题鹤庵。大宋皇帝宋徽宗,你晓得的吧。"

女娃点点头:"晓得晓得,这狗皇帝给金兵活捉,丢了大宋江山。"

"是啊,这皇帝无能归无能,咱们城里这个姓段的伢子倒是个才子。他勤奋刻苦,头悬梁,锥刺股,考了个一甲第一名,得中会元。姑娘,你要晓得,状元能有几个,那些金榜题名的状元,可都是天上的文曲星哩,这姓段的小子虽不是嘛状元,也不是榜眼,不是探花,却给咱韭菜街,给咱这个小城大大地长脸了唉。街上的人一高兴,就在他的门前立了根旗杆,故名旗杆巷!"

"嗯,有点意思。"女娃说,"可惜没月光,月光洒在韭菜街上,照在旗杆巷口,我的大特写就更耐看了!"

晕,这女娃仰着脸,眉眼像熊猫,脸上的茸毛潮乎乎的,又让我想到游美美了。

38

今年开市晚,全因开春晏。一开春,我才暖泛。打春三日,百草拔芽,瓦楞草泛青,鸽子也飞得勤了。

拆迁办的人上门时,带着拆迁费的白条,还有一箱苹果。我也应得挺痛快的,我痛痛快快签字,痛痛快快收条。因为我如此痛快,还得到了八十元的搬迁奖呢。我又痛痛快快交了钥匙,当然我自己还留了一把。家里的东西还没搬哩。我说我要去蹲坑。

我一边蹲坑,一边想,家里的物子,多是不多,但总有两件,放哪里好呢。城里头现有的好房子差不多都让拆迁户们拣光了。就是有得拣，我手头的钱买间厨房也不够。

束了裤子往回走，我还在想这事，一到门前，我呆了：我家的破房子已经真真地开膛破肚，倒了一面墙，房顶也揭开了。

就这眨眼的工夫，我家所有的物子都让人拾掇在屋檐头。扛着钉耙和铁钎的小工们，朝我笑笑："驼子锁呀，今儿夜头，你打算咋过呀。"

"我还能咋过。我咋过都是过呗。"我埋下头，不想让他们瞧见我的眼泪。我拼命扒拉那堆东西，扒金子一样，扒得满街都是坛坛罐罐。房子都没了，还要这些做嘛。

终于，我歇了口气。我抱住妈的盒子。还好，妈还在。我把妈紧紧搂在怀里。

小工们叮嘱我，过会儿就有拖拉机来，拖碎砖碎瓦，运桁条木椽。所以，这些物子，就得我驼子费心了。

"可你们总得让我合计合计吧。"

"对不住了驼子锁。"工头披着衣襟说，"上头逼得紧，我们也没法子。"

我晕晕地抱着妈，回到旗杆巷口，远远望着我的房子发怔。

"驼子锁，今年有嘛打算呀。"难得罗吉有闲，早不来晚不来，这刻来了。

"我有嘛打算，我是年年打算，年年修锁。"我赶紧打个哈哈。我不能在罗吉面前丢相。

"你要是愿意接受，我就把那铺子送给你。"

"切，我要你的铺子做嘛。"狗日的罗驼子是在可怜我吧，我有那么惨吗，"我还是修我的锁吧，别的我也弄不来，我怕电。"

"白送你也不要？那我只好关了。"

韭菜街

"那你有嘛打算。"

"我打算做先生。"

"你要教书？你才念了几天书。对了，你是高人，高人一等。"

"我想做个算命先生。"罗吉没理会我的讽刺，"我腰痛，胸痛，不能一直呆坐，我的日子不多了唉。"

"你算嘛命呀，算来算去，不还和我一样的驼。"

"你呆呀，相命赚的钱多呀，好些个老板找我算哩。"

"你个驼子，要多少钱花，你是不是也想养个二奶三奶的呀。"

"我不养二奶，我用个小秘，行了吧。"

"妈的，驼子用小秘，也真有你的。"

"咋的，你不信。"

"我信呀，你罗吉嘛事做不出来，你是看破红尘了吧。"

"胡说，算命运，看风水，知盛衰，这可是最精深的传统文化，咱中国也就落这点东西了。"

"好了好了，你高，真高，可你是瞎子吗。"

"我装啊，我嘛也不用看，还有嘛我看不透的，实在不行我就戴副墨镜。"

"那我咋看不透你，啥人我也看不透。"

"你看我这样行不。"罗吉不理我的茬，坐到我的细爬爬上，一动不动对着我。我不晓得他瞅着我做啥。

罗驼子的脸板板的，额头平平的，两眼空空的，眼珠子突突的，眼白子圆圆的，他像在瞅我，瞅我后面的电线杆、房子、巷口，又像是嘛也没瞅。还真像个瞎子呢。

"驼子锁，不是我劝你，红喜也搬了，我也要改行了，韭菜街都没了，你还修嘛屁锁呀。"

"没嘛事了吧，没事我得干活了。"这个罗吉真好笑，我这儿都拆了，韭菜街全拆了，难道他的铺子就不拆，他拿嘛送给我！他做先生了，他老婆咋办！他不能给自己算，有没有给老婆算一算呢。

其实罗吉一走，我嘛也没干，我没活儿可干。我靠在电线杆上，电线杆暖暖的，贴了一层一层的小广告，广告上写着数不清的电话号码。电线杆子真好呀。妈的韭菜街再咋翻，还能没电线杆子！我就靠根杆子过。我就不搬。

离了韭菜街，我会成个啥呢。我可不想混成大锁二锁相，孤魂野鬼的溜。

所有的人都在奔跑，只有我呆呆的，木瓜一样，原地不动。锁不住他们，还能锁不住我自个儿吗。在这里，我还有许多事要做。只有这里，才有我的生活。我只能生活在这里。这是我的韭菜街。外头好不好，我不晓得。韭菜街好不好，我有数。

说不准啥辰光，游美美又找回来呢。说不准啥辰光，会有人寻访从前的韭菜街，会有人蹓到我的摊头："驼子师傅，你晓得韭菜街咋个走吗。"

我会回答："不用走了，韭菜街没了。"

来人不甘心："那到哪里找去啊。"

我会回答："不用找了，我就是韭菜街，韭菜街的事你只管问我！"

随便啥辰光，哪怕明明没指望，等待总比寻找划得来。

此时，我很想给广告上的每个号码挂个电话，我很想晓得，有没有人给他们打过电话，有多少人给他们打过电话。

可我没有电话，我装电话也没处打。

"修锁嘞——嗨——"

韭 菜 街

于是我凭空一声吼,可我吼的不是时辰,爹又不在,没人出来应我。我的喊叫,倒是把怀叔的空房子喊破了口,矮墙上伸出个头,又缩回去,半开的门冒出尖尖的屁股,接着,一对男娃女娃窜出,瞅也不瞅我,往西,贼跑。

天啦,昨儿傍晚不是见过他俩在街上溜达吗。街上的人都说,空房子空久了,要闹鬼,闹狐狸精,这下有得闹了。不过闹也闹不了几天,通告已经张贴,二月里来好风光,这里就要重开张。

闹不闹都是他们的,我嘛也没有。这个年,二锁没回,没消息。花格子也没来看我。都已经四个月了,花格子也不来拿她的生活费。要不我去找她!我能找到她吗。她会给我开门吗。

记得《王谯楼磨豆腐》里还有段戏文,妈经常唱给我们听的:

> 有人说我家老婆是巧手,
> 能苦能累真少有,
> 纺棉花半夜纺到五更头,
> 都说我谯楼不学好,
> 血汗钱轻飘飘在赌场里丢。
> 有人说我老婆多情又美貌,
> 有人说我老婆半夜不睡觉,
> 常有人来把门敲。
> 到了家门口,
> 我来试试看。
> (笃笃笃)
> 妹子哎,
> 干爹爹带我去看灯,

快开门，
　站得我两腿疼。

那王谯楼的婆娘点上油灯，从门缝里往外瞅，不是卖豆腐的又是哪个！一边骂，一边笑："个死鬼，你还晓得家来。这几天，出了家贼哩。"

这豆腐汉本想查点婆娘，自个儿偷钱去赌的事倒给抖搂出来，赶紧说道：

没事没事，
只要不偷人，
就不喊地保。

他老婆说，死鬼哎，侬也不用喊，侬也不用叫，家贼难防狗不咬。

反正没什么事做，我过等儿学着王谯楼唱，过等儿又学着他老婆嚷。我想着花格子悄手悄脚拉门闩，悄声悄气喊我"死鬼"的样子，不觉不察地笑弯了腰。

韭 菜 街

我们这些苏北人

有关我的家,以及我叔叔的一切,都是平淡无奇的,甚至可以说有些淡而无味。但一个人的根常常与他的目标紧密相连,因而长久以来,不管我如何折腾,如何成败,挥不去的总是我的出生地,我的那些亲人们。

1

我只有一个叔叔,但我们从来都不管他叫叔叔,也从不管他叫二叔,正如我们不管父亲叫老爹,更不叫爸爸一样。我们喊父亲一律叫"摆摆",喊叔叔一律叫"牙牙"。叫摆摆没啥稀奇,我们这里的人都这么土气地喊,叫牙牙就怪了。一是虽然我们这里都管叔叔叫牙牙,俩字儿的读音却不一样,标准发音应该是"芽雅",而我们喊叔叔的时候,两个字的发音都是"芽"。二是我们喊小姑的时候,也这么喊,也喊芽芽,而不是喊"亮亮"。这么着喊小姑,是因为父亲最严,小姑最亲,也最疼我们。换句话说,喊叔叔"牙牙",也就等同于"亮亮"了。

那么,我们和叔叔是不是也很亲呢。我看不见得,更不能和我们与小姑的关系相比了。在我的印象中,我们家和叔叔家的关系,也就是父亲和他弟弟的关系时好时坏,好的时候,父亲年过半百才和叔叔分了家;坏的时候,月黑风高拿铁锹动斧头。总的来说,坏的时候居多,至少打我懂事时起,两家基本不和,也不怎么往来,年酒几乎都不请了。再往前推,那时我还小,但我仍能感觉到,分家前已经有不少隔阂了。要不然,为啥割家割了几十年,却在奶奶生前就散伙了呢。奶奶是个瞎子,是瞎子就爱唠叨。奶奶最后的那几年住在叔叔家,却一直唠叨着叔叔的不是,逢人就夸我父亲的好。

我这个人打小就比较一根筋,就这个称呼我曾多次请教过父亲,也请教过叔叔。父亲爱拿背脊对着我,叔叔总是笑笑,绝对不是那种高兴的笑,又不是苦笑,却透出一丝淡淡的无奈。

我们还发现,我的堂兄、堂弟、堂姐、堂妹,喊我叔叔,从来不叫摆摆,却叫阿爸。注意:不是阿爸(坝),而是阿爸(拔)。这绝对又是一大发现,特大发现,但这个发现没有任何意义,不仅我们发现了这个不同,庄上的人都发现了。大概全庄乃至全公社,也只有我叔叔搞这个特殊了。我们都叫摆摆,他却让孩子们叫他阿爸,真是邪门了。照理说我们庄上也有外乡人,嫁到庄上的外地媳妇也不少,人家都随俗了,可叔叔一家子倒好,硬在找别扭似的,要显出高人一等。我们不解,还有些愤愤不平。

就这个问题,我也请教过父亲和叔叔。叔叔还是笑,却笑得极爽朗，极豪迈。父亲呢，这一次答得倒是爽快：人家在上海滩混过的呗！

2

这真是我没想到的，也从没听叔叔说过。父亲倒是年年去上海的，一年要去三两趟。每次回来，庄上就像过节一样。父亲不是给这家带回了面盆，就是给那家带回了缝纫机。那时候，给女儿的嫁妆里，如果有台"洋机"，既能说明家底足，也能说明时尚新潮，风光得不得了。最重要的还是钢丝车，当然，都是组装的。一切都要凭票供应，自行车更是紧俏物品，想一想吧，我父亲竟然能气定神闲地弄到手，而且是到上海去弄，就像能飞上天拔雁毛一样，庄上的人当然要刮目相看了。只有一次，他啥也没带，母亲却和他闹翻了。就是那趟父亲打上海回来，母亲不像以往那样迎接，也没有给他做饭弄菜。

母亲把自己关在房里了。

母亲这个样子，父亲居然没有动怒，反而掏出五块钱给我大姐，让她去买些烧腊肉回来。大姐买回来后，父亲又亲自切块、装盘，端上桌来。然后朝我们努努嘴，我和二姐一齐跳上了桌，又被大哥一巴掌打了下来。原来父亲是要我们去房里请母亲来吃。我不得不佩服大哥，他对父亲的理解，比我们所有的人，甚至比我母亲还透彻。我们一个一个地进去，一个一个地出来，如同小蝌蚪找妈妈，找是找到了，可妈妈就是不想睬我们。所有的法子都用过了，哭的，笑的，跪的，甚至胳肢母亲的法子也不灵了。

父亲的黑脸白了，但也只是一小会儿。他放下那把铜质水烟袋，严肃地进到房里，砰地就被推了出来。父亲朝我们讪讪一笑，笑得白里透黑。桌上，烧腊肉香味弥漫，熏得我们直流口水。母亲不来，我们就吃不成。其实母亲从来不吃，每回母亲来不及伸筷，就让我们一扫而光了。我没想到的是，二哥比我还急，二哥说，摆摆，我们吃吧，妈不来我们还……二哥话没完就挨了一脚，这回是大姐，大姐从来不打人的，打了也不疼，这回却把我二哥整到桌子底下了。父亲看了大姐一眼，大姐却不瞅他。父亲又进了房，还关上了房门。不久，房里头便乒乒乓乓地响起来，母亲压抑着在哭，父亲低声下气地央求。不晓得发生了什么事，可是我们不敢动，我们看着大姐，怪的是大姐也捂着嘴，捂着脸，泪从她的指缝里露珠一样爬出来。二哥怯怯地跑到大姐身边，伸出脏乎乎的手指去拨那些闪光耀眼的泪珠。他以为是他惹气了大姐呢。大姐一把抱过我二哥，搂到怀里，哇地哭出声来，比房里头哭得响多了。

那时候大概我们所有的人都恨死了二哥，嫉妒死了二哥。我们多想让大姐抱一抱、搂一搂，大姐是我们心目中的仙女。私下里，大哥早就对我们说过，将来他要找老婆，就找大姐这个样子的，而不是二姐那个样子的。惹得二姐连连追问，那我咋的了，我咋的了。

过后，我们才晓得，那次父亲去上海，不是没带东西。带是带了，就是没带家来。父亲其实提前一天就回来了，只不过住在庄外，东西也送给了庄外的一个女人。能送给女人的东西，不外乎穿戴的。消息自然是庄上的人传给母亲的，父亲也没想到会传得这么快，快得想补救也来不及了。其实就是他能补救也没用，难道他还能立马再去一趟上海吗。我们倒是有些不相信，但父亲所做的一切已经证明他心虚，他承认了消息可靠。这一点上，父亲倒是可以成

韭菜街

为我们的好榜样呢。我们这些做儿女的，做错了事，向来都是能赖就赖的。父亲还保证，再也不找那女人了。情况属实，我们有些恨父亲，但那也只是一瞬间的工夫。我们感到痛快的是母亲解了气。向来都是父亲对母亲动手的，这一回，母亲出手如电，一下子就把父亲拿下了，真是百年不遇。

上学放学的路上，我们经常碰到那个女人。也许是以前没在意吧，现在，那个女人老是在我们面前晃来晃去的。我们还晓得她有个好听的名字，阿霞。瞧见我们，阿霞有时还会停下来，笑眯眯的。她是那么高挑、苗条、白白净净的，一点不像乡下女人，更不像那种干粗活的农妇。她总是臂挽一只竹篮，篮子上罩一块花布。她到底是个什么样的女人，那花布下面到底罩着啥玩意儿呢！要不是大姐指给我们看，说她就是父亲送礼物的那一个，打死我也不信。

看见她，晓得她与我父亲的关系了，我们竟然一点都恨不起来。她对我们嫣然一笑，反倒是我们的脸红如鸡冠了。我们撒腿就跑，阿霞的笑声和香气便追赶过来。远远的，我们停下来，便觉得阿霞还在向我们招手呢，风摆杨柳一般。说实话，我们不仅恨不起来，还有点替父亲惋惜。父亲说到做到，让我们敬佩，也让我们失去了和这个女人接近的机会。真希望她是我们的姑妈或姨妈当中的一个呀。她要是能到我们家里做客——哪怕是坐一坐也好呀。她的样子实在是有点像我们的大姐，但又比大姐成熟，那种感觉自然是说不上来的。可父亲说放手就放手了，以后再也没听到父亲在这方面的传闻。母亲照旧任劳任怨，父亲照旧甩膀子，吆三喝四的，要不就是去上海，仿佛啥都没有发生过。

父亲如此轰轰烈烈，受人敬重，也不过是每年去一去，再怎么去也永远是上海的过客。可叔叔在上海待了好些年，却悄无声息的，要不是父亲提起，我们哪里想得到呀。这是真的吗，抽空儿我还是问了问叔叔。叔叔先是不理茬儿，后来见我缠着他，估计不搭理我一下，我肯定不会走，便说，当然是真的了，你们不信我，还能不信你摆摆的话吗。我立即感到不自在，我怎么能这么问叔叔呢。其实我没别的意思，但由叔叔亲口说出，心里才落个踏实。可这样一问，就好像我怀疑起叔叔的身份，叔叔当然不开心了。

讨了个没趣，我只得赶紧走开。叔叔又喊住了我，还把我抱坐到他的腿上。叔叔很胖，胖得像个和尚，身上还有股子馊味儿。我已经够脏够臭的了，用妈和大姐的话说，我是天下最臭的孩子，可没想到叔叔比我还熏人。他粗重的鼻息如同大象，几乎把我掀翻下来。不过，他的大腿圆滚滚的，坐在上面又舒服又柔软，很养屁股。看在他给了我一块宝塔糖的分上，看在他是上海客的分上，我挪了挪身子，躲过他的鼻孔，依到他的膀弯里。

叔叔说，他不仅在上海滩混过，还在上海的小弄堂结了婚，生了孩子呢。养了伢，那你养的伢呢。叔叔呵呵一笑，呆子，就是你的堂哥堂姐。那小弟呢，小弟是不是在上海生的。叔叔皱皱眉，想了想说，也是也不是吧。我摇摇头。听不明白的事我就摇摇头。叔叔进一步说，小弟是你妈儿在上海怀上的，生是生在江北的。江北？我们这儿不是江北吗，苏北人在上海就是江北人。那你在上海怎么混的呢。混生活呗。混啥子生活呀。叔叔瞅了瞅周围，然后压低嗓子说，我拉车的干活儿。我摇摇头。拉车，拉黄包车，你不懂吗。我晓得的呀，你是人力车夫？我坐直身子，连说带比画的，忽然有些对叔叔肃然起敬了。是呀。就是《战上海》里的那种车夫？是呀。那时候你在上海吗。在呀。那个人就是你吗。当然不是了，

韭菜街

叔叔笑了，露出嘴里那两颗暗绿色的金牙。不过叔叔只承认是铜牙，我们也宁愿相信那不是金子。

叔叔又说，只是看上去，那小子有些面熟，咦，《战上海》你看了几遍呀。五遍。尽管我多说了一遍，还是没压过叔叔，我看了八遍呢，叔叔骄傲地瞅着我。那你去找他呀。到哪里找去呀，叔叔叹了口气说，人都散了，散就散了。都散了，都像你一样离开上海了吗。大概是吧，叔叔扬起脑瓜，好像麦秸垛和高高的树梢后面，就是外滩的码头。那牙牙，你干吗回来，不待在上海呀，上海不好玩吗。好玩是好玩，可哪是我们这些江北佬玩的地方呀。江北佬，你说你是江北佬。叔叔的说法很新鲜。是呀，我们都是江北佬呀，在上海，江北佬是最吃不开的，小瘪三闹你，上海人也瞧不起你哩。上海人有啥了不起的，我有些气愤。叔叔说，瞧不起也就罢了，反正他过他的，我活我的，主要是我拖家带口一大帮，全靠我一个埋头拉车，实在是混不下去了呀。

那就回呗，我安慰叔叔，回来种地，还有咱们一家子呢。是啊，正好那辰光你摆摆捎信给我，说家里在分田，要我赶紧回来，晏一步就完了。叔叔说着搂紧我，紧紧地搂着我，我真的要感谢你摆摆呀，要不是他，我连站脚的地儿也没呀。他不是你大哥么，我大方地说，心里头也很为父亲自豪，而且你只有一个大哥啊。是呀，叔叔捏捏我的鼻子，我欠他的，一辈子都欠他的，我欠他一辈子呀。你欠他个啥呀。叔叔正想说下去，妈儿，也就是我婶婶在屋里头喊他了。一晃眼的工夫，我觉得妈儿悠长的呼喊再也不那么刺耳了。

叔叔回来后，父亲立即把房子让给他，还修补粉刷了一下。父亲自己则带领我们，在河北砌了三间五架梁的元宝屋。叔叔住的房子是青砖青瓦，房梁和桁条还都黑乎乎的，仿佛还在诉说着日本鬼子的罪恶。这房子还是曾祖父传下来的呢，要不是鬼子在冬天放了一把火，我家会有数不清的房子呢。叔叔住的房子，就是用烧剩的瓦片、木头心子重砌的。祖上在曾祖父这一辈最兴旺了。曾祖父的梦想是考个武状元，结果比武那天，他突然闹肚子，勉强上场，只一个回合就给人扁坐到地上，爬不起来了。兴许是他不愿爬起来，因为那样的结果只能再被人扁一次。所幸瘦死的骆驼比马肥，状元没捞到，曾祖父在地方上的名头却依旧响亮。曾祖父一生就爱打抱不平，当然，他的打抱不平是有收益的。用现在的话说，曾祖父靠一身武艺，专门替人讨债。再粗俗一点说，曾祖父是个打手，顶多也只个高级打手。所以，对那些有钱的主儿来说，我的曾祖父没有考上，未必不是一件好事，他们甚至还暗自庆幸呢。

　　父亲说，实际上他爷爷并没有真正打过几场架，那些逃债的只要一听说这事交给我曾祖父管了，往往立马抬着礼箱，递帖投拜。最传奇最怪烈的一次，就是给人拦截在独木桥上。面对着桥这边的鬼头刀和桥那头的链枪长矛，曾祖父反而笑了，笑声朗朗，惊得喜鹊和乌鸦齐飞，树林和河水变色。曾祖父拔开刀丛，跳离了独木桥。围攻的人越聚越多，殊不知曾祖父怕的就是人稀，只听他张飞般断喝一声，在敌人目瞪口呆之际，他虎背轻舒，熊腰徐展，抓住一人的双手，反扣到脊背作了盾牌，又抓住一人双腿作了武器护在胸前，大摇大摆地走进重围。我曾祖父天生眼如铜铃，手如蒲扇，加之披着独门盔甲，舞着奇门兵器，所到之处，如入无人之境。

　　收了两头的好处费，曾祖父没有买三妻四妾，而是置办了百亩良田，又大摇大摆做起太平乡绅来。据说每一任县官都到过我家求计问策。要办什么案子了，这些县官也会派人过来，和我曾祖父

韭菜街

"协商"一下。遇到少数不知深浅的,又恰是与我曾祖父有关的,他便骑上平原上唯一的一匹马,一直骑到大堂之上,举着"回避"的公差赶紧扔掉牌牌扶他下马,而"肃静"则接过马鞭拉过缰绳,紧跟着"赵五"看座,"王六"上茶,那可怜的县官一瞧架势不对,也只有恭敬不如从命的份了。

父亲是以训示的口吻,对叔叔说道这些辉煌的陈年芝麻的。估计叔叔已经听过千遍万遍,但还是硬着头皮听着,恭恭敬敬听着。父亲为啥一说再说,恐怕也只有叔叔晓得。再怎么着,老大把房子白送了他,他想去帮老大踩水土抹泥墙,老大都没要,老大的罗罗话不能不听听吧。事实上,叔叔不仅认真恭敬听,而且对我父亲言听计从。偶尔,叔叔也想抵抗,但是那种抵抗的想法总是躲在嗓子眼里,一发出就成了含混不清的声响,父亲严厉地问,啥,你说个啥?叔叔就赶紧埋下头走开了。

凶归凶,父亲对叔叔一家从来都是尽力维护的。家里有什么好吃的,不要说逢年过节了,就是平常裹饺子吃面条,或者来了客人,总要把叔叔喊过来,喊一次不来,就喊两次三次。不管叔叔来不来,还总关照我妈送两份过去。也难怪妈妈有意见了,请就请了呗,请了还得送。不仅妈妈有意见,我们都有意见,只是不敢提罢了。可只要父亲一哼,妈妈还是乖乖地分送过去。妈妈一手端不下,就叫我们跟着送。我们也是自告奋勇的。走在路上,尽管妈妈一直警惕地盯着,我们总还是有机会短两个饺子,或者吃一嘴盖在面上的肉丝的。可有一天让父亲喝住了,父亲说,一趟送不下,就跑两趟呗,又不是啥重活儿。大概父亲是看出了我们的名堂,又不想揭破吧。

要是叔叔,或者叔叔的孩子们受了欺负,父亲也总是要出头的。反过来，我二哥有次在河工上让人打了，父亲连听也不愿听，妈妈一再在他面前说道，父亲倒笑了，打得好，打得好，咋没打别人？让人家教训了，还省得我动手呢。

所以我们从来没想过，叔叔会和父亲分家，而且赶在他五十岁之前。我们不知道，叔叔离开他大哥还能怎么过日子。叔叔五十岁生日那天，摆了七八桌，父亲却离家去了弶港卖蚕席。他一直对叔叔提出分家深为不满，怎么着要提也得他这个做老大的提呀。再者，他有啥对不住这个老二的，老二又有啥理由提呢。他怕叔叔来请，到时他去不是，不去也不是。谁知那天，叔叔家里的人一个都没来，一趟也没来。午后，叔叔的屋场上，鞭炮放得噼啪响，震得我们只得关上门捂住耳。后半夜，父亲回来了，主动问起叔叔的生日。妈妈白了他一眼，你还说呢，人家找你了找了个遍。我不在，你们也可以代表。代表个屁，妈妈说，你是当家人，你不去，难道我们还去混饭吃不成！那是我唯一一次见到妈妈撒谎。瞧瞧父亲的满足相就晓得，妈妈撒谎，比我们水平高多了。

3

一大早，我在红星河头摸鱼捞虾，给父亲逮住了，一顿痛打是免不了的。我故作镇静，小腿肚还是不住地抽搐。父亲把我带到大树底下，放我坐到他的腿上。树上，一只带露的知了叫得有气无力、断断续续，父亲一伸手，摘果子一样把它摘下来，递到我手里。笑眯眯地望着我，我却不敢看他。我知道父亲不会打我了，心里还是紧张得乱跳，只想早点离开他的腿。他并没有圈住我，可我就是动不了。

韭菜街

原来父亲是想打听，叔叔和我到底唠磕了些啥。他这么快就晓得了，难道是家里有人告了密！妈妈经常对我们说，不要和叔叔家的人一起玩，那自然是更不能和叔叔一起了。所以父亲虽然笑着问我，虽然给我抓了一只知了，我还是感到大事不好。幸好叔叔并没有说道父亲的不是，我可以如实相告。起初，父亲并不相信，他不相信叔叔会说他的好话。我说，牙牙说他欠你的，他欠你一辈子呢，父亲这才眉开眼笑了。他欠我个啥呀，父亲谦虚道，这世上哪个欠哪个的呀，再者他是我兄弟，我不拉他哪个拉他呀。就是嘛，我说，我也是这么想的，他到底欠你啥子呀。

那他有没有提起，父亲追问道，他在上海的时候，我给过他金子呢。我想了想，觉得还是得老老实实回答，这倒没有，你给他金子做什么。父亲没睬我，脸色又灰下来。我见父亲转眼间又不开心了，赶紧补充道，牙牙说了，要不是你捎信让他回家来，他恐怕现在连落脚的地儿都没了，你不仅让他有了田，还给他安了家哩。父亲一听反倒火了，一脚踢在树根上，踢得树皮纷飞，苔藓四溅。父亲说，我叫他，我还捎信给他，他就是掉在黄浦江里，我也不会去捞的。见我惊异地瞅着他，父亲冷笑一声，他呀，他是走投无路，躲藏不了了，给押回家的，这他也没有说吗。

押回来的！这又是一个新发现，同时我还发现自己紧张得鸡皮疙瘩后心凉，这么说叔叔是个坏人！叔叔一个拉车的，配得上押送吗。要我相信父亲的话，倒不如让我相信那颗金牙呢。可父亲啥也不说了，半个字也不愿意透露了，他推开我，拍拍屁股说，你实在想要晓得，那你还是去问你牙牙吧。父亲边走边回头瞅瞅我。他谅我不会去问。他估摸我再也不会和叔叔一家子套近乎了。父亲猜对了，我是不敢打听，但不等于"押送"会让我从此远离叔叔。恰恰相反，我到叔叔家去得更勤了。我总是瞅空儿去，而在路上，碰上叔叔家的大人孩子，我又表现得战战兢兢，脸上满不在乎。

我判若两人的表现让家里人放下心来，叔叔一家子却感到莫名其妙了。说良心话，叔叔一家老小对我还是非常疼爱的。大概一来我是个孩子，他们没有必要和我计较，二来我在家里面，也是个老幺，他们疼我，也可能有希望和我们家改善关系的意思。常常会碰到这样的情景，一见我的犟相，堂姐或者妈儿就会把我搂在怀里，抚摸我的额头，问我到底咋的了。有时候，堂姐还会变戏法似的，给我一块纸包糖。我不喜欢堂姐，但糖我是会收下的，手心攥紧糖的同时，我会一摇头，一耸身子，蚕蛹破茧一般，挣脱她们，撒腿就跑。其实我是多么迷恋她们的搂抱。堂姐长得不好看，可她身上的香和大姐又不一样，大姐的香是槐花般的香，而我堂姐和妈儿的香是百雀羚的香。她们搂抱我的时候，我能感到自己的战栗，我晓得再待一会儿，哪怕是一小会儿，我都有可能在那迷人的香气里昏睡过去。

现在想来，我的异常表现全源于他们是上海人，我好奇、敬畏，又嫉恨、恼怒。我始终不承认他们是上海人。就算她们是上海人，我也要尽可能地给他们来个下马威。然而，下一次我那迷了路的腿又不做主地拉扯着我，悄悄跑到叔叔家，依在他们门前，或者坐在他们家的门槛上。叔叔全家人一如既往，相当热情。叔叔会对我笑眯眯地哼一哼，而妈儿永远都能从房里找到好吃的，年糕、脆饼、麻团，诸如此类的食物，哪怕我堂弟馋得流口水，或者做出奇形怪状的动作，也没他的份儿。总之，我似乎已经忘记了对他们的不敬，叔叔一家也似乎根本就没在意我对他们的不敬。

不过每次妈儿给我零食时，叔叔总是有话要说的。叔叔说，

韭菜街

慢！妈儿的手就停在半空中。一家人都能听到我的哈喇子在喉咙口咕咕地流，当然，小弟的哈喇子永远都比我还要多，还要响。

叔叔说，叫我一声吧，你来了半天还没叫人呢。看在妈儿的分上，我便"牙牙"一声。哪个大人不喜欢有礼貌的伢子呢，盐多不坏菜，礼多人不怪，舌头打个滚，叫人不蚀本。可叔叔听了，却急急地说，不是这么叫法的。那还有啥叫法子呀。叔叔放下筷子，耐心地解释道，叫芽雅，不是牙牙，然后他期待地望着我，抖动着嘴巴。你不是我的牙牙吗。是呀，是芽雅！叔叔点点头。叔叔重复了两遍，可我叫出声来的还是牙牙，叫得堂哥堂姐们都笑了，叔叔没笑，还有点气急败坏，他狠狠地剜了妈儿一眼。妈儿比叔叔小八岁，又白，当然不甘示弱了，她边朝叔叔对眼，边把手上的吃食递到我跟前。叔叔只好拿起筷子，朝我舞着说，哎，好吧，叫不来就叫不来吧，那你就叫我一声叔叔吧。叔叔？我为什么叫你叔叔！对呀，叔叔乐开了花，就这么叫，就这么叫。哼，你要我，这回轮到我气愤了，你才不是我的啥叔叔呢。我扭头就走，当然没忘了抢走那些好吃的，我听到小弟在我背后哇地哭起来。

我不知道"叔叔"是什么。我只在电影里头听到过这样的称呼。还是后来二姐告诉我，叔叔就是牙牙，准确地说，就是芽雅的意思。二姐在我面前，多少有点炫耀的成分，可我不问她，还能问哪个呢。怎么问起这个，二姐突然警惕地审视我，她似乎想起了啥。我也明白过来，绕来绕去的，原来叔叔还是称了心，怪不得他乐得不成人样呢。很快，全家人都晓得了这件事。我们坐在方桌边上，瞧着烟雾里的父亲。父亲捧着他的宝贝铜烟袋，定定地放在膝盖头，眯着眼，从鼻子里放出烟来，好像在找寻桌缝里干硬的米粒。也不知过了多长时间，才听见父亲说，嘿嘿，这个二杀头，倒是真拽呀,还要伢子叫他叔叔,拽到天上了!啥呀,妈妈说,人家拽到上海去了。

老师经常对我们说,一个人不用怕犯错误,怕的是犯同样的错误。现在我终于有了体会,叔叔再也占不到我的便宜了。不管叔叔怎么诱惑,我都没再上过他的当。我不明白的是,叔叔为啥如此看重这个叫法。叫牙牙不也是挺好的吗,再说我们也叫惯了,一时半会也改不过来呀。后来,叔叔再提要求时,我便说,牙牙,叫你一声并不难,不过我也有个条件。啥条件,你说,我就喜欢你这样讲条件的伢儿。叔叔既意外,又惊喜。我说,我还能有啥条件呀,我扫了扫堂哥堂姐,根本没把小弟放眼里。我说,只要你让他们改口,我也改口。改啥口呀,叔叔疑惑道。他们不是叫你阿爸吗,你先让他们叫你摆摆呀。说完我照旧扭头便走,不同的是这回我没要妈儿手上的零食,理直气壮,所以我也没听到小弟的哭,反倒是叔叔的饱嗝,舂米样地传出来。看来我的这个要求击中了要害。天,我怎么这样机智呀。

有时候,我也会扑空,叔叔家里的人都不在,下地的下地,上学的上学,连小弟也不晓得野哪儿去了,只有我奶奶在东房里摸索,或者扶着门框,仰望门外的光线。要下雨了。奶奶望了一会儿就这么说。天凉了。过会儿奶奶又说。她一个瞎子,我不晓得她凭啥这么说。奶奶的眼白有钱币那么大,奶奶说,那是云朵飞进了她的双眼。奶奶说,谁让我天天看天呢,天天看天,老天爷不乐意了,嫌我多事,就派来云朵挡我的路。多年以后,我才懂得,奶奶得的是白内障。奶奶不是瞎子,奶奶的眼睛完全可以治好。事实上,我父亲也准备给她治,哪怕去上海,也得给她治。可奶奶不领情,甭管咋劝法,奶奶就是不想治。奶奶说,我都七老八十的了,

韭菜街

还花什么冤枉钱！老大，你是钱多的没处去么，奶奶说，钱多，那就买给我吃吃吧。再劝，奶奶便唉呀呀地叹口气，老大，你说，我就剩口气了，看好了做什么呀。父亲说，看好了眼睛，你方便些呀。我有啥不方便的，我有啥不方便的你说。奶奶气恼了，我给你们添麻烦么，老大，我也不是怪你，你说这世上，还有啥我没看过的么，我看多了，看透了，也看够了，看不见我还觉得安逸些呢。

安逸，在我们这里说成"唔依"。的确，奶奶除了走路要扶着拐杖、门框、凳子走，失明对她没有丝毫影响。她总是自己倒洗脚水洗澡水。她在窗户下支了一口窝，自己做饭烧菜。有一次，奶奶甚至跑到村口买回了盐，结果给老大骂得不吭气儿了。父亲不让奶奶出门，说她在出一家人的洋相。奶奶说，好了好了，以后我不出去就是了。不出去，奶奶照样不闲落，她总是让自己忙活着。不是忙着用铁元宝磨豆瓣，就是在床头翻她的小包包数角票。但只要有人现身，奶奶就安安逸逸地坐着，扶着她的拐杖。她装得没事人一样，其实我们对她的小包包了如指掌，小包包里也就一两块零碎钱。因为一旦有了几个钱，她又会分发给我们。父亲让她留着，她便说，我要钱做什么。父亲说，你身上有了钱，也好防而不备呀。奶奶更来劲了，我有啥要防的，大不了是个死，我要是死了还要钱做甚的。

"看见"我，奶奶很高兴，但是她的脸上没有任何变化。三子，你来了。她总是能"看见"我，"看见"所有的人。有时候家里来了亲戚或者大队干部，大家坐到桌头，也把奶奶请坐到最大的位置，总是让奶奶猜一猜。奶奶一猜一个准，我们都有些怀疑奶奶到底瞎了没瞎。每次我到叔叔家，就是再蹑手蹑脚，也逃不过奶奶，她开口说话的时候，我总要被她吓一大跳。而后我垂头丧气，乖乖隐进她的怀里。

我抱着奶奶，我的头埋进她的胸膛。奶奶的喉咙里竟然也和我一样，咕咕咕地流着哈剌子。正想着瞅空逃跑，奶奶说，你这就走吗，二丫头在房里呢。

二丫头叫雯雯，比我大不了多少，我也从没当她是堂姐。一听这名字我就来气，庄上的女孩子不是叫芳啊、云啊，就是菊啊兰的，凭啥二丫头叫雯雯。听雯雯说，阿爸拉车拉到衡山路，碰到另一个拉车的，那伙伴告诉阿爸，说他老婆生了，在家号着呢。阿爸没歇脚，只是问生了个啥。丫头宝！那工友说着话，连人带车呼地就过去了。阿爸的步子反而慢下来，慢得车上戴礼帽的四眼狼不耐烦了，嘀咕着催。阿爸等的就是四眼开口，四眼一开口，阿爸说，他今天不收车钱。四眼说，你这么慢，还不如我跑呢，你是不该收。阿爸说，他只想讨个吉利。四眼笑着说，是我讨到了吉利吧，我天天得坐车，要是天天有人不要我车钱才好呢。阿爸说，老婆生了个丫头，先生，你给送个名儿吧。

叔叔这才有了个丫头叫雯雯。

4

雯雯睡觉很沉，还打鼾。翻一个身，总要腾地放个响屁，好像在给自己壮胆似的。妈儿常常甩着木勺子说，小弟的疤多，雯雯的屁多，他们听了，竟然和别的人笑得前仰后合。雯雯这个名儿用在她身上，真真是糟蹋了。当然，一个上海女孩爱放屁，而且毫无顾忌地放，那时候我想着还是有点幸灾乐祸的。

韭菜街

我摸到床边,雯雯眼睛猛地一睁,眼珠黑咕噜地转,倒吓了我一跳。正要叫出声,雯雯的手指竖在嘴角,嘘了一下。雯雯伸了个懒腰,问我,是不是奶奶又要洗澡了。

偷看奶奶洗澡是我和雯雯经常一块玩的游戏,有时还带上小弟,可小弟玩一会儿就走开了,他不明白澡盆里的奶奶有啥看头。要说是因为奶奶光着身子,可他小弟整天光身子也没人看呀。他不明白的事儿多着呢,雯雯拍拍我的背脊,安慰道。尽管明知啥也看不着,每一回我们还是坚守岗位,坚持到奶奶洗完。奶奶总能掐准时辰,就着黄昏的最后一点光,把澡盆放在房间正中,对着房门口,洗她的身子。有时候,她会喊我们进去,要我们拿丝瓜筋给她擦背。她也喜欢我们用皂角擦她的身子,擦她多褶的脖子。我们当然乐意效劳了,可奶奶很精,她总是在肚子那块放上她的毛巾。

更多的时候,我们会从屋檐下分头靠近,肥猫一样爬过门槛,再匍匐前进。我们看见光线洒在奶奶的上半身,她的白发闪闪发光。然而,澡盆挡着的小肚子那块却始终一片阴影。想往前再进一步是不可能的了。奶奶肯定发现了我们,但她装着没发现,要是我们再进一步,她就会悄声地骂我们,孽子呀、作孽呀啥都骂。等到我们进去,抢着给她倒洗澡水时,她已经背着我们擦身子,或者干脆坐在床上了。我们始终闹不明白,这个时候奶奶的动作咋会那么利索的。

我摇摇头,看她做啥,不看了不看了。那你来做啥呀,雯雯翻了个身背过去,撅着屁股,我赶紧退后一步,怕她的屁扑到我脸上。我想看看你。我脱口而出。其实我来叔叔家,是瞅准了他家没人的。我想查查妈儿的房间,查查她那些好吃的都放在哪儿。小弟说他查过多次,就是查不到,可每次我来,妈儿又能变戏法一样拿出点什么来。小弟虽然小，但晓得我的心思，他早就提醒过我，不要打这个主意了。可我还是不甘心。要是把妈儿的百宝盒连窝端了，下次来啥也拿不出的妈儿才尴尬呢。我经常做这样的梦，谁知这次好不容易逮着了机会，又给雯雯堵上了，真是触霉头。雯雯说她的头有些晕，肚子也疼，妈妈就让她待在家里，学堂那头由她去说。雯雯快乐地在铺上打了个滚，才问我，看她做啥，她有啥好看的。

既然已经说出来了，我就得拍着脑门继续说了，我说我也是才想出来的，奶奶是女的，你也是女的呀，我们为什么一定要看奶奶呢，看你不是一样吗。那时我还没到上学的年龄，雯雯睁大眼睛望着我，她奇怪我咋会乐成这样，再乐也不如逃学乐呀。雯雯说，理是这个理，可女人不一定都能生伢呀。哪有啊，我说，女人不生伢，难道男人生呀，我可没那个洞，肯定没。雯雯继续说，河西的翠花就没生，她是女的吧，她有洞洞的吧，可她一个都没生，她都成家十几年了呀。她总归要生的，我说。不会的，永远不会生了，雯雯说，我妈讲的，翠花是不会下蛋的母鸡投的胎。那你总归有个洞吧，我有些失望，还在做最后的努力，你就让我看看你的洞洞，说不准我能知道你会不会生呢。是真的吗，雯雯也来了神，你真的能看出来吗。那当然了，我对自己竖起大拇指。可我没有洞啊，雯雯说，我照过镜子，我就是没有洞，我连洞都没有，还咋个生伢呀。雯雯说着说着都快哭起来了。你哭个啥呀，我也慌了，我还没看呢，你看不见，不等于我看不见呀。

雯雯平躺过身子，揉着眼睛说，看是可以的，那你给我啥好处呀。啧啧啧，我叫起来，看个洞也要好处呀，雯雯呵，都说你鬼，你也不能鬼成这样呵。说实话，那时候我不清楚，雯雯生来就

韭 菜 街

有了上海人的精明。那你是不想看了么，雯雯说，可是你在求我呀。那好，我也给你看就是了。去，雯雯说，你压根就没洞，我能看什么。要是雯雯真的想看我，我还不好意思脱呢。我就知道她懒得看，因为夏天玩水时，我们都脱得精光，雯雯总是远远的羞我和小弟。别呀，我说，那就给五张烟壳吧。雯雯摇摇头。三张糖纸。雯雯顿了顿，还是摇摇头。两张光林纸，我下了狠心。雯雯还是不动弹。那就只有这把小刀了。小刀，小刀就小刀吧。雯雯无奈地应着，好像吃了多少亏似的，却不知道我的心里有多痛。可我一想到，就要看到一个上海女人的洞洞了，又觉得咋算法，也还是划得来的。我把捏在手心，已经汗湿湿的小刀摊开来，雯雯就跳下床，一把抢过去，放进她的裤袋，立马脱下她的裤子。

她靠着柜子站着，脸朝北，窗外的光只能打到她的头顶。是的，我看见了雯雯白亮的肚皮，肚皮有些鼓，但肚皮下面光光的，啥也没有。两腿间也是鼓鼓的，也就一道凹痕，再细看还是啥也没。我有些紧张，想靠近些，雯雯推开我的脑袋，说只许看，不许碰。我说为啥呀。不为啥。要不你再提个条件吧。提条件也不成，雯雯说，我妈说了，这地方哪个也不能碰的。你自个儿也不能碰吗。我从来不碰。那又为啥呀，你不查查，哪里晓得有没有呀。雯雯说，我是想碰的，可是一碰到那儿，我就痒痒，痒痒得直跳，所以我就不碰了。你能不能转过来，这样子我咋看到呀。行了，你看到没有呵，雯雯有些不耐烦了，都怪我，刚才没有规定一下时间。

雯雯还在犹豫是不是转过来，屋角头传来叔叔的脚步声，叔叔是个大脚板，走到哪儿都能听出来。我魂都吓飞了，撒腿就跑。你跑个啥，你还看不看了呀？雯雯在后面叫道，可是你不看的呀。不看就不看，反正也看不出个名堂，我心里想着，懊悔自己做了个赔本买卖。跨出他们家，沿着屋檐头往东溜，本想避开，却一下子撞进了叔叔怀里。叔叔抱住我不放，任我怎么挣也挣不脱。叔叔背了一袋子嫩玉米棒，要我拿些回去。打死我，我也不敢呀。可叔叔就是不放我走，我赖着屁股，往后退着，"哇哇哇"地叫着，随后，我的左脚疼得提了上去，像条跛了腿的狗。

我的脚掌心，直挺挺地刺了一根针。我提着我的左腿逃回了家。二姐见了，以为我又在耍猴儿，踢了踢我的腿，我又哇地叫了，妈妈赶紧过来，抱我到茶凳上。可她也无计可施。她的额角冒汗，眼睛飘起泪花，就是不敢下手。还是大姐有办法，她说，妈，三子，你们都闭上眼睛吧。闭上眼睛做什么，妈问道，但还是闭上了。我也闭上了眼，只要能帮我取出针来，叫我做什么都成。我只感到大姐的手摸索着我的腿脚，脚掌心猛地一抽，心也好像给抽到喉咙口：没事了，出来了——大姐立马拨出了针，是根绗被子的针，足在两寸长。妈妈打了一下大姐屁股：死丫头，没想到你还这么狠呢。我正想耍耍泼，妈妈已经掉过头，揉了揉眼：老实交代，今儿个你做了啥坏事。没有。真的没有？没有，我死劲地抿着嘴，摇摇头。明明我是个受害者，妈妈却始终认为，做了坏事的人，才会遭报应。越坏的事，报应越厉害。"你好好想吧。"妈妈敲着我的脑瓜子说，"你不说也可以，你不说，还会有报应等着你，说不准，我们一家子都会受你的害呢。"

偷看奶奶洗澡的事，妈早就晓得了，那次父亲就想扁我，让妈给挡住了。妈说，细伢子，他懂个啥。倒是我的两个姐姐听说后，低着头，红着脸。打那以后，她们进房就关门，换件衣服都防着我。以前她们从不避着我，有时候在锅膛口洗澡，都带上我呢。虽然我不太明白她们的变化，但我清楚，看雯雯的事绝对不能说的，尽管是她同意的我还蚀了本。我要是说了,才会有报应呢。就是妈妈放了我,父亲也不会放我过身的。就是父亲放了我,要是传到叔叔那头,可就让他们家抓住把柄了。

我不会说,雯雯自己也不会乱说的,这一点我可以肯定。果然,无论是在叔叔家,还是在路上,碰到雯雯,雯雯还是老样子。如果硬要说有什么不一样,那就是雯雯和我说的话少了。雯雯几乎不再主动和我说话,拿我取笑了。一块玩的时候,雯雯也很少看我,偶尔的一瞥,那目光也很快蛾子一样飞走。我只觉得雯雯是有话要对我说的,我一直在等她说。到现在都在等。

5

我上一年级,雯雯上三年级。我上三年级时,雯雯是四年级。这一点不奇怪,我们三年级的班上,就有好多学生比雯雯还大呢。那时上学就一个好处:可以留级,留多少级都没关系。就在三年级时,我们班上发生了一件事,让语文老师当场给揪了出来。我们的老师气呼呼地走上讲台,气呼呼地指着教室最后一排说,不要脸,真的是不要脸!

"不要脸的"到底是啥事呢。我因为个儿矮,又是小龄生,永远坐在第一排讲台下面,永远只能享受老师的唾沫子,后排的事却永远听不明白。我努力扭头,往后排望去,瞅到的却是一样的脸,一样的偷笑,一样的没事人样子。屁股稍稍抬起,就挨了老师一鞭。课后找人打听,可没人理我。就是理我,也就那么一句:细伢子,你懂个屁。那口气那腔调几乎和妈一个样。是的,我只懂屁,我受够了雯雯的山芋屁。但终究是功夫不负有心人,经过几天的跟踪，我从别的班上偷听到，原来我们班上年龄最大的两个学生，一男一女，还是同桌，做了我和雯雯早就做过的事。这有什么呀，不就是看一下吗，只是他们也忒胆大了，竟然一点不避嫌，当人目众地看。

因为还有人和我一样这么做，我心里有了些底气。而且我是认真的，他们是游戏的，太不当回事的态度，我更为理直气壮了。尽管如此，我还是不敢告诉妈妈。我只是在等待，等待着看热闹，看看我们的语文老师到底怎么处理这件事。可惜我没能等到，学期还没结束，语文老师就给赶出校门，彻底回家扛扁担修地球去了。原来，有天放晚学，语文老师把那位女学生留下来，带到办公室，罚她站着，一直站到办公室里所有的老师都回家打麦子了，他才认真地命令式地对他的学生说，他也想看看。他和我们一样好奇！女学生哆哆嗦嗦的，以为自己没听明白。语文老师只得放下手里的笔，重复了一遍他的要求。女学生捂着脸，身子弯如虾：你才不要脸哩。然后夺门而逃。

我不明白的是，我那个大龄女同学为什么可以让她的男同学看，却不准语文老师看。要说不要脸，也是她不要脸在先，为什么老师想看，她还继续嚷嚷别人不要脸哩。照她说来，不要脸好像还是有区别的。不过这些都是后话，再长大一点，我才晓得，我是多么幼稚，我才是多么的不要脸。当时可想不到这些，当时我想到的是，雯雯有没有听到我们班上的事。这事闹得挺大的，照理雯雯应该早有耳闻。但她的脸上，什么反应也没有。就是我们的语文老师彻底回家之后，雯雯也还是那副表情。上海女人真厉害呀。我还是不死心，密切地盯着她，不放过每个机会。她是忘了我的看，还是压根没把我的看当回事呢。但她总该还在用着我的小刀吧，这可是

韭菜街

实打实的事。看过雯雯以来，我去叔叔家的次数明显少了。我也不晓得什么原因，我既想去，又不敢去。不去，二姐会奇怪。去了，又怕面对雯雯。就是去，也是他们一家都在的时候，而且我也不是一个人去。

妈说的报应到底会不会应验呢？

叔叔和妈儿一共生了四个孩子，尽管他们都是上海人，但只要看到堂哥堂姐，我还是表示怀疑。堂哥是个矮子，长得又老。堂姐个头也不高，脸型有棱有角，屁股扁平，还往横里长，和她擦身而过，经常会让她撞得跌跌绊绊，撞了你她还鸭子一样笑。她一笑，我就感到她一点也不喷喷香了。不要说他们是上海人，江北人他们也不配。事实上，我的堂哥堂姐碰到我的哥哥姐姐时，总是自觉不自觉的矮了三分。估计他们也不认为自个儿是上海人。我就记得有一次，我二姐喊"上海姐姐"时，堂姐的脸刷地红了，然后她掩着脸就下田去了。至于小弟，我对他的感情是矛盾的。想到他生在上海，养在江北，两边的光都让他沾了，我就气不打一处来。反过来一想，他现在这个样子，既不是上海人，又不是江北人，除了我还带带他，没人和他玩，就觉得他又可怜又可嫌，真是命苦啊。但是一想到一见到雯雯，我又打蔫了。雯雯才是货真价实如假包换的上海人呢。为啥？一个字：白。大姐也白，阿霞也白，但和雯雯一比，那白就白得有问题了。到底有啥问题我说不清，只觉得雯雯白得细泛，透明，连她身上的茸毛也顺顺的一崭齐的白。

再长大些，看了电影《城南旧事》，我又突然想起雯雯来。雯雯和英子相像如一对双胞胎。

可是，雯雯不见了。我头一个发现，雯雯没了。那天，雯雯上午没上学，下午也没去，我就有种预感。一放晚学，我就往叔叔家奔。到了他家门口，我又不敢进去了。要不是小弟拉，我断断不会进去。我低着头，直到妈儿塞给我一块已经化了一半的糖，我才抬头扫了一圈，没有雯雯，可是叔叔一家子还有说有笑的。第二天，二姐问我，咋没见雯雯，我说我咋知道呀。你不是总盯着她嘛，二姐取笑道，我赶紧低下头。妈对父亲说，是呀，是有好几天没见雯雯了。父亲照例吸了口烟，人家的事，你操个啥心呀。不过，最终还是父亲出的头。那时雯雯已经消失个把礼拜了，而叔叔一家依然无所谓的平静。父亲把他兄弟我叔叔拽出胡桑田，问雯雯到底咋回事。叔叔也不答，没听见似的，只顾往家跑。叔叔大概是想，我不理你，你总归没趣了吧。哪知这回父亲认真了。父亲跟着叔叔，一直跟到西房，连奶奶那边也没去。

　　妈儿躺在床上，裹着被单，脸也朝里。大热的天，妈儿也太怪了吧。被单一抽一抽的，父亲就晓得是咋回事了。叔叔家的事，做老大的还是知道一些底的。从前，有个上海瘪三和叔叔住一条弄堂，老是来串门，老是想约妈儿出去白相相，见了叔叔，那个上海佬还一副不在乎的样子，显然是没把这个车夫放眼里。街坊街邻的，碍于情面，叔叔一直忍气吞声。有一段时间，叔叔干脆不拉活了，整天看着妈儿。但一家老小那么多张嘴，叔叔不可能一直看在家里呀。只是他一收工，要做的头件事就是收拾妈儿。咋个收拾法，我不晓得，反正妈儿给他治得哭天喊地的。叔叔查点得最多的，就是妈儿跟那个瘪三白相了没。有时，叔叔还会对老婆说，你这是何苦呢，明人不做暗事，你只要认了，哪怕你只认一次，我绝对不会再动你一个指头了。妈儿当然是死不认账的，这种事一次和一万次是一个道理。叔叔也拿她没办法，再说街坊们已经警告过叔叔，再这样子收拾法，就送他到局子去。

韭 菜 街

雯雯一生下来，叔叔就来劲了。叔叔喜气洋洋的，不是为家里多少了张嘴欢喜，倒好像他掌握了什么如山铁证。算来算去，叔叔都觉得雯雯不是他下的种。妈儿蒙着脸，低低地叫道，不是你的，还能是哪个的呢。是呀，叔叔笑眯眯地说，不是我的，到底是哪个的种呢。雯雯这丫头，也真是不争气，越长越白净，越长越秀气。妈儿也是江北人，还是父亲着人给叔叔找的，家住双池村，离我们周家庄就一袋烟的路。所以照叔叔看来，他下的种，只能是堂哥堂姐那个样。可雯雯除了和妈儿一样白，一点不像他，更不像前头的哥哥姐姐，叔叔能不急吗。

好在叔叔家一有动静，父亲就去弹压。现在，叔叔是不是又在和妈儿算旧账呢。父亲咳了一嗓子，说哭个啥，有啥事，我给你做主。父亲这么一说，那被单抽动得更厉害了，妈儿号啕大哭，边哭边喊叫着二丫头。父亲这才晓得，二丫头让他兄弟送人了，送到白米镇上去了，送给了一个卖烧饼的。个二枪毙，你还在报复你女将不成！父亲一声断喝，把叔叔从门背后喝出来。叔叔嗫嚅着说，我能报复个啥，要报复早就那个了，还等到现在！老大，我实在是养不起了呀。

养不起也得养，你能送人，咋不送给我呀。我敢吗，叔叔嘀咕道。父亲说，这么多年都捱过来了，眼看着就快接到力，二丫头又长得俊，要是嫁个好人家，哼，快活杀你！叔叔一听，冷笑道，你以为我想沾她的光么。那你也不能下狠手呀。叔叔说，我下狠手，我下狠手！我不享她的福，我还送她去享福，你倒说我下狠手！那也不成，父亲说，赶紧把丫头领回来。叔叔低着头说，这是我家的事。啥，父亲扬起手，举过头顶，没有劈得下去。因为他瞅见他兄弟我叔叔也拉开了架势，昂着头，突着眼球。关键是叔叔手里，还攥着一团小秤砣。在父亲面前，叔叔还从来没这么硬过呢。

雯雯再次出现在家里的门槛上，是那年夏天。傍晚。在她的身后，是一只好奇的猫，一大堆飞舞的蜻蜓，还有她的养父养母。说实话，养父母待她不要太好了。天上掉下个小仙女，两口子经常背着雯雯，高兴得互相擦眼泪，擦得满脸大葱和芝麻。捧在手里怕跌了，含在嘴里怕化了，夜里头，做烧饼的夫妇哪怕再累也有一人醒着，守着雯雯，生怕一觉醒来，这小仙女又会飞上天。可雯雯对这一切都视而不见，她一天也不想待，但她又一句话都不敢说。她唯一能做的是不吃不喝，也不睡。养父母吓坏了，他们摸雯雯的额，她就伏到枕头上。他们捏她的脚，雯雯就缩得到床角落。不到一个月，雯雯就瘦得皮包骨了。做烧饼的终于晓得，他们就是再疼再惯，也养不住这个小仙女的。他们问她，是不是想家。雯雯点点头，又摇摇头，说她回家了，阿爸是要发火的。

把雯雯送到门口，烧饼夫妇死也不肯进门了，他们一个劲儿地赔礼道歉，说没能把丫头养家，他们没这个福分养啊。说着唠着，他们又互相抹眼泪了。叔叔阴着脸，把雯雯搡到一边，问她是不是真的想回。雯雯埋着头像鸡啄米。叔叔说，你再想去，可不成了。雯雯说，只要回家，让她做啥都成。叔叔笑了笑说，可是你说的呀，嘿嘿！轮到叔叔赔笑脸了，他对着雯雯的养父养母一个劲地作躬打揖，说对不起了，送她去享福的，没承想她还这么没福分。叔叔说了一遍又一遍，要不是人家打断，估计他还会罗罗圈地说下去。烧饼夫妇说，行了，老哥，不怪你，也不怪我，你更不要怪丫头了，这是命，人的命，啥也别提了，再提我还要谢你呢，怎么说，丫头也陪我们过了一阵子呀。直到做烧饼的两口子消失在村口的大树下面，叔叔才舒了一口气。当初，他可是受了人家不少礼钱的。

　　雯雯回来后，妈妈做主请过她一次，说是得给雯雯压惊。瞧雯雯那样儿，谁不心疼。可叔叔不许雯雯来，雯雯自己也不愿来。雯雯不仅人样变了，性情也变了。没有以前那么爱说爱笑了。现在雯雯从不一个人待着，她总是跟着我妈儿下田，抢在头里干活。她当然干不过我堂哥堂姐了，只有趁他们歇工的时候，她才能赶上去。偏偏那哥姐俩和她过不去，不但不帮她，还故意抢上前，雯雯又不服软。总是叔叔头一个回家，然后是我妈儿回来做饭，然后是我堂哥堂姐。待到一家人吃得差不多了，雯雯才出现在屋角头，扔下她的担子篮子，人也像一根麦秸，轻飘飘的。兴许，雯雯是想通过劳动，让自己成为他们的样子！也兴许，她怕阿爸还会变着法子，把她送走！

　　叔叔瞧在眼里，会说，丫头，快吃吧，吃了把锅刷了。我妈儿说，死丫头，到这刻儿才家来，你不要命了！去，吃了快洗洗脚睡觉，锅子爱莲洗。爱莲就是我的堂姐。读了大学，我才晓得，爱莲这个名字一点也不土，甚至比雯雯还讲究，土的是我堂姐。可叔叔不依了，叔叔说，让爱莲洗？爱莲洗的话那我的话不就是放屁了！

6

　　妈妈不止一次提醒父亲，说再这样下去，二丫头会让他们逼死的。父亲总是不吭声。唠多了，父亲就吐出一口烟，狠狠地说，二杀头是在和我掰呢。掰个啥，妈妈问。他这是做给我看的呢。做给你看。向我示威呢。越说越不明白了，妈妈像我一样摇摇头。父亲说，哼，听他闹吧，反正他们家的事我不管了。你不管哪个管，妈妈责问道，你不管还要你这个老大做啥。我管得了么我！父亲嚷起来。

不管叔叔怎么闹，父亲说不问就不问了。可叔叔一点没歇手的迹象，对雯雯倒是变本加厉了，而雯雯依旧没有怨言。雯雯的脸黑了，黑如炭，头发白了，白如雪。叔叔从来没打过雯雯，他说不是他的孩子，他不能脏了自个儿的手。雯雯停学下田后，叔叔的身子明显虚弱了，他不是这块痛，就是那块疼，经常让雯雯去替他的活儿。冬天到了，队里派河工，叔叔说他腰酸，可能是腰子坏了，酸得头都抬不起，咋还能压担子呀。

这些话，叔叔也只能是在家里说说。在队里头，父亲说话才有分量，不仅因为他经常去上海，还因为他做过大队长。因为腐化堕落，才降为生产队长。再后来，他连生产队长也不想做了。在我们苏北，男人搞女人，干部叫腐化，一般男人叫嫖婆娘。叔叔不赌不嫖，说的话真的不如放个屁，父亲什么也不干了，大队小队的干部还是买他的账，有事没事儿都喜欢弯到我家，捧起父亲的铜烟袋抽一口呢。

阿爸都软到那个份上了，我堂哥只好说，那我去吧。堂哥想的也不错，除了阿爸，家里就他算个大男人，他不上谁上呀。不过他说得悲壮，背过身子，似乎还抹了抹脸。没想到阿爸毫不领情，还瞪了他一眼，你能呢，再能都快成土行孙了。堂哥个头锉，锉得比爱莲还矮，小的时候不觉察，眼看到了娶婆娘的年纪了，又长着一张老头脸，还不如我叔叔滋润，哪个女人跟他呀。堂哥刚想发作，二丫头说话了，要不然，我去吧。啥，堂哥转着头，好像没听个明白。一家人都瞟着雯雯，只有叔叔不动声色。我去吧，不就是挑河么，说完雯雯进了房。

韭菜街

雯雯挑着担子到晒场集中，队里的人都愣大了嘴巴，几个女将不由分说，把叔叔从岗棚里拖出，问到底咋回事。她要去的呗。啥，她要去，她要去你就放她去，你还算个男将么。有个女人吐了一口，女将们跟着都吐起来。叔叔晓得这个时候不能还口，一凶，女将们非剥了他不可。叔叔团在地上，像个四类分子，闭上眼睛，索性不起来了。就是到了这个节骨上，父亲都没有出头。还是雯雯推开女将们，把阿爸从地上拉起：你们吵什么吵，这是我家的事，我顶我阿爸的活，咋的了！

河工上的雯雯干活一点不如男将少，担子一点不比男将短。唯一的例外是，男将们打着地铺，睡在人家的堂屋，雯雯和一个年轻的寡妇做了伴。过年歇工，雯雯的眼睛细了，嗓门沙了，个头却高了，高得像根葵花棒。二丫头成了叔叔家里最高的人。村里人就取笑我堂哥，小伙，挑河有啥不好的，你瞧瞧你妹子，都那么高了，要是你顶你阿爸，那个头本派是你的呀。

雯雯不但个头长了，还做了队里的妇女代表。现在，雯雯不仅在家里忙，还要在队里忙，忙得看不见她的影儿。就是看见她了，她也看不见我，我也不敢走到她近前，和她一比，我小得像蚂蚁。我已经读初中了，还是那么小。难怪妈妈常常念叨，看来咱们家也要出个土行孙了。而我想的却是，老不见长，是不是真的遭了报应呢。叔叔呢，面对越来越高，也越来越像个江北女人的二丫头，我的叔叔又有何感想呢。但二丫头再怎么变化，也没有动摇叔叔的心。二丫头在忍着他的粗暴，更重要的是，老大也在忍着他的挑衅，哼，我倒要看看他们能忍到啥辰光啥地步呢。叔叔肯定是这么想的。后来的事证明了这一点。

那是个阴天，雾蒙蒙的。那天下午，我二哥砍削了叔叔家的樱桃树枝。在叔叔和我家的自留地边界上，本来是有一条小路的，春天，叔叔让我妈儿在小路上插上了一排短短的芦竹围做栅栏，我家里的人也没当回事。其实早在去年冬天，他们就在小路上移栽了樱桃和石榴树，栅栏实际上已经插在我家的地头，二哥是最早发现这一点的，妈妈也确认了，可我们都没在意。主要是父亲不在意，想想也是，有了固定的栅栏，叔叔再想咋吞食也没辙，栅栏没有腿，没有腿就不会走路，叔叔断了他自己的妄想，有啥不好的呢。可是夏天还没到，那些树枝就伸展过来，树上花枝乱颤，想必地下的树根更是横行无忌了。听说，叔叔来年还准备在栅栏外边秧上楝树和刺槐树呢。

　　我说这些，只不过是为了说清一点，我们对叔叔家，还是大方的，二哥砍削樱桃树枝，也是有些道理的。何况在妈妈的指导下，二哥砍削得很有分寸，就好像他将来真的想做一个合格的裁缝，二哥齐刷刷砍削的是那些飞舞在我家上空的枝叶。那一瞬间，我们觉得家里亮堂了些，地上的青菜也肥大了些。不过，吃夜饭时，父亲还是批评了妈妈和二哥。父亲说，二小傻，难道你也傻么！妈妈想顶嘴，见父亲动了真气，忍了忍，就没作声。吃过饭，一家人坐在桌边，静静地瞅着父亲。父亲又捧起了铜烟袋，这回他没要二姐给他填烟丝，也没要我给他吹着捻火纸。父亲说，砍的时候，有谁瞟见么。我瞟见的，妈妈说，那辰光我在菜地里浇水。我问的是他们家，父亲不耐烦地捅捅铜烟管。

　　都在。大姐说。

　　都在么？父亲瞅了大姐一眼，明显的有些不信。

　　真的都在，除了牙牙。二姐补充说，父亲的脸色也和缓了些。二姐继续说，他们站在厨房的西山墙边，排成一个小队，看着二

韭 菜 街

哥。二哥砍完后，把那些树枝扔在他们家的菜地里。这时候，他们已经离开了墙，排在栅栏边上了，堂哥还袖着手，握了一把短柄斧头。他们家的人表情像老天一样阴沉，眼神却像星星一样闪烁。最后，还是妈儿带领他们家去了。

二姐用一种舒缓的语调，好不容易说完了那天下午发生的事，长叹了一口气，二哥赶紧递给她茶缸。几年后我才明白，大姐为什么要在主播和记者之间做艰苦的选择了，当然她最终的选择是嫁给了一个商人，她说，再好的选择都不如选择做一个商人的老婆，商人只喜欢钱，而女人可以负责花钱。

但是，当时父亲并没有表扬她。父亲望望漆黑的窗外，喃喃地说，这回怕是躲不过去了。

你怕个啥，躲个啥，妈妈气咻咻地说，他还能吃了你不成！

你晓得个屁！父亲重重地把烟袋放在桌上。睡觉，都去睡觉，呆坐在这做甚！

我们都上了铺，大哥和二哥睡到河北的元宝屋，大姐和二姐睡到叔叔东边的磨坊，我睡在妈妈的怀里。大概哪个也没睡着，翻烧饼似的，好不容易合上眼沉下去，已是后半夜。恰恰是在后半夜，叔叔闹起来了。我们都是事后才晓得的。叔叔先是擂响了我家的门，然后狗熊样冲进我家的玉米地，都是些才长胡子的玉米呀。可叔叔还不解气，又挥舞那把斧头，一气砍下去，砍了十来棵桑树，硬是砍出一条路来。要不是父亲及时出现，还真不晓得，砍完树后，他会做出啥事。

那一天的后半夜，庄上鸡飞狗跳，我们兄弟姐妹五个却睡得像死猪，只有妈妈和父亲紧紧相依，叔叔那边呢，一家老小站在栅栏边上，做了叔叔的后援团。妈妈是想上去帮父亲的，一看那阵势，她赶紧对我妈儿说,大家都别动,看看他们兄弟咋个闹。父亲凶狠地瞪着我妈一眼,虎步扑了上去。

父亲高挑,叔叔矮钝,再说叔叔杀气腾腾,照理父亲不会沾到便宜。也许叔叔心里还是有些害怕老大的吧,一仗下来,父亲松了门牙,鼻子见血,叔叔却挂下了耳朵,关键是第二天,叔叔逢人诉说时,还哭哭啼啼的。他也不想想,最气的应该是我二哥:事情是二哥引起的,事到临头,他却在摆大觉,让老子中了彩,他能不气吗。我大哥呢,更是一个劲的抽自己的嘴巴。要知道,平时瞅空子,大哥总是抽我们的嘴巴,他的嘴巴,除了他自个儿抽,也只有父亲抽得到。早晨八九点钟的辰光,这兄弟俩提了家伙,就要往叔叔家里冲,给父亲喝住了,父亲说,你们还嫌不丢人么!

这一仗,算是把两家的亲情彻底打消了。大姐出嫁时,妈妈提出请叔叔一家,父亲不允。妈妈说,不正是和好的机会嘛,你们兄弟俩这么绝情,还让你们的老娘怎么活呀。父亲说,哪是我不允,这结果就是那个二杀头想要的呀。亲戚们会齐时,又提出请叔叔,我父亲还是不允,但我小姑的缠劲大,缠得父亲头痛,赶紧挥挥手让她去,小姑去我叔叔她二哥家坐了半天,说得口干舌燥的,一回到我家就抓茶缸子,喝完了才骂,这个二哥呀,太不识好歹了。父亲面无表情地问,咋样,我说了不要去,你们还不信,碰上这种不上台面的人,何苦要捧他哩。

回门时,大姐去看奶奶,顺便也给叔叔带了礼。叔叔很客气地接待了姐姐和姐夫,就是不收礼。大姐说,你不收,我们就不走。叔叔说,不走我管饭,吃了饭礼还得带走。妈妈着我们几个去探了几次,都见他们面带微笑地坐着,说着体己话。我扯扯新娘,我大姐的衣服,姐夫朝我笑笑,我恶狠狠地瞪了他一下。从此,大姐就得和这个人一块过了。可她好不容易回家一趟，还烂坐在叔叔家赔笑，也真是的！吃中午了，二姐把大姐牵回来时，大姐是抹着眼泪的，姐夫在一边赔着笑，不住地安慰。都以为是姐夫欺负了姐姐，姐夫一瞅大伙儿的脸色不对，慌忙举起手里的礼物：原来叔叔还是没收——连奶奶都在捶床骂他不识事哩。

7

也许就因为两个儿子老而不和吧，奶奶在这年冬天走人了。入棺的时候，奶奶的双膝弯曲，按也按不去。两家老小都跪在地上，活活抖抖的。叔叔看不下去，转身就拿来木榔头，让大伙儿闪开，父亲想拦没拦住，叔叔先是轻轻敲了敲，尔后一榔头下去，噗的一响，奶奶的腿就崭崭齐的并拢着沉下去了，要不是中间隔着脚户（专门穿寿衣的人），这兄弟俩恐怕又要打翻了，叔叔还不依不饶的直嚷嚷：你不是老大么，你不是很能么，你咋就没法子让老娘睡安逸的哩。

为什么叔叔一定要我们叫他"芽雅"？为什么父亲一向以老大自居，叔叔一向忍让着父亲，现在却掉了个个儿？整个少年时期，我都让这些家事困扰着。叔叔央求我们改口，我渐渐的还是有些明白的：他是希望我们正儿八经承认他这个叔叔，而不要把他看得像女人一样轻——可我们为啥就改不了口的呢。至于父亲的忍让，乃至一退再退，直到工作之后，一件偶然的事，我才有了些数。

还是从我的堂姐，二丫头说起吧。我考上大学的时候，雯雯正式结了亲。雯雯的婚事已经耽搁好些年了。雯雯二十四了，在乡下，二十四岁的女人少说也有了一个伢子。不是雯雯拖，雯雯这样的姑娘咋愁找不到好婆家？是我妈儿不同意。不仅妈儿不同意，我们也不同意，简直不可想象。叔叔的意思是，让雯雯换亲，这样我堂哥才能找到老婆。换亲也就是交门亲，有点像是两场麦子一场打，可这中间肯定有人是要做出牺牲的，叔叔要雯雯嫁的竟是个哑巴，哑巴的姐姐再嫁给堂哥，亏的自然是雯雯了。媒婆来说媒时，一家子没人敢应，我叔叔一个劲地叹气，好像是在为此事不能谈成而遗憾。

媒婆走了，叔叔还是叹气。没人强迫雯雯，大家都不提这事了，就连暴脾气的堂哥也躲着二丫头，不敢面对她，只有叔叔在叹气。叔叔吃饭时叹，叹得提不起筷子，上铺时叹，叹得睡不稳当，蹲坑时叹，叹得拉不出屎，下地时也叹，叹得日月都跑到云层后面去了，一家子都让叔叔叹得烦心，你问他吧，他又不回你为啥子。一天晌午，媒婆搬着小脚，又喜滋滋地来了，进门就公鸡般的笑，说这事要成了，你们可是双喜临门呀，我也可以得四份礼了呀。妈儿背着手说，瞧您老这话说的，那事儿没哪个应准你呀。见妈儿没有让座，更没有打蛋茶的意思，媒婆愣了愣，强作笑容道，没影儿的事我能来吗，我要是诳你，我这张老脸还往哪搁呀。妈儿问，那到底是哪个承认你的哩。你家二丫头呀，媒婆拍着腿说，你瞧这丫头，鬼怪得狠哩，我还以为是你们让她请我的哩，要不然我咋能来呀。

二丫头下田打药水了，小弟去喊，小弟也不见了，又让爱莲去。爱莲倒是很快回了，雯雯却没回。原来小弟喊了，丫头不睬，他便自顾玩去了。雯雯说她分不开身，打完药水，她还得捉虫子呢。不过丫头说了，这事就听媒婆婆的，好好招待人家，该咋的就咋的。爱莲一口气说完，妈儿的泪就出来了，也顾不上抹，冲进里

韭 菜 街

屋，抽掉席子，把我叔叔掀到地上：都是你，你个杀千刀的，你是要把丫头往火坑里推吧，她哪里惹你了，你还是人吗。我叔叔坐在地上，舞着手，张着嘴，像个哑巴，根本没有说话的机会。不是我堂哥堂姐死命拉扯，妈儿没准就一头撞房门框上了。

那年的春末和初夏，雯雯再也不往队里跑了。分了田，分了农具，生产队早就解散，成立了村民小组，雯雯忙完田里，一有空儿就坐下来打毛衣。现在，妈儿就是家里的队长，每天分派大家干活儿，堂哥堂姐也不和雯雯计较，连叔叔也和善了许多，雯雯有的是时间打毛衣。下田少了，雯雯的皮肤又泛了白，眼睛又大又黑，直勾勾的，倒是花白的头发泛了黄，随意地扎了支马尾巴。她经常拿着半缺子毛衣，扎进女人堆里，谦恭地请教这请教那的。瞅她那个忙乎劲，妈儿越想越气，总是趁她前脚下田，后脚就把她的毛衣拆了，棒针也拔了。雯雯回来，也不言语，东找西找的，凑齐了针和线，又打起来。反正是妈儿拆一次，丫头就重打一次。

那辰光我正挥汗如雨，每天陷身于题海战役。累了，我就望着墙上的标语，暗自念叨：人生能有几回搏！困了，我就用小刀在腿上刻画小小的十字，告诫自己：一定要离开这里，离开土地。总算熬过了高考，雯雯的毛衣也打完了。那天傍晚，知了还在聒噪，树梢的晚霞烧红了半边天，雯雯在村口拦住我。我已经不记得是什么时候和她独处过了，心里头惴惴的，却又想和她说说话，问问她到底是咋想的，为啥甘心和一个哑巴结婚。可雯雯不让我开口，她把指头竖到嘴唇上，要我别动，她去去就来。她像一阵风飘走了，又像一阵风飘来，气喘吁吁的，手上多了个纸包，旧报纸包扎的，方方正正。我问她是啥。她说是送我的。我问她是啥。她说你瞅瞅，还合适吗。我忙不迭地撕掉报纸：是毛衣，是她千辛万苦打出来的毛衣！你要送给我？我惊慌地问。不送你，还能送哪个。她说着话，已经往回走了。可你不是给他打的吗。给他，他配吗，雯雯笑了，你就要出远门，就当是我给你的礼物吧。还不晓得能不能走呢。那是肯定的，你不能走，还有哪个能走呀。

我紧紧地抱着毛衣，我能闻到毛衣上的香，那是雯雯身上的汗香。回到家，我一屁股坐在杌子上，呆呆地望着家里人。大家瞧见我手上的毛衣，都愣了。不用问，也晓得是哪个送的了。二哥说，她的东西你也敢要，你是不是疯了呀。二姐说，为啥不能要，不要白不要。想不到二姐已经上大学了，说话还那么冲。妈妈说，你们瞎掺和个啥，要不要，那是三子的事，三儿呀，你到底收不收呀。我说，妈，我想请她看场电影。

那时节，乡里的影剧院正在上映《雷雨》。和雯雯一说，她高兴得脸上沁出了汗。月上柳梢，我在村口等上了雯雯。那天晚上的雯雯特别好看，特别有精神，瞧她那个兴奋劲儿，我都不敢细瞅她了。我们一前一后地走，一会儿她走到前面，一会儿我走到前面，走不多久，前面的又停下来等后面的，这时，我们只得肩并肩走在路的两侧了。从小路拐到了马路，路上的人也多起来，我们不敢说话，事实是一路上我们都没说几句话，心里怦怦地跳，好像正做着啥亏心事一样。快到影剧院的时候，忽然下起了雨，我们只得手拉手的，急急忙忙蹦跳着，跳进了黑乎乎的影剧院。

电影已经开始了。引座员的手电光照过来，晃得雯雯妖娆了身子，我嗫嚅着，把票递过去，跟着手电光入了座。我们的座位位于中间的过道上，两条腿可以舒展地摊开，但是有人走过时，又不得不收回，一旦收回，我的双腿就不由自主战栗起来。更奇怪的是，每个走过的人，都要仔仔细细盯着我们，好像这是两个空座。银幕

韭菜街

上的反光，始终使剧院处于半明半暗中，周朴园正在命令繁漪喝药，伴随繁漪的反抗，雯雯的手伸了过来，战栗着抓住我的胳膊，只那么一小会儿，她又放开了。等到雷雨大作，繁漪叫喊时，她的手又过来了，这回她干脆抓住了我的手，我回抓着，她的手湿漉漉的，很纤细，根本不像是一双劳动的手，我稍一愣神，赶紧推了回去，但又觉得这样做有失风度，幸好在黑暗里，什么也看不见，我睃了她一眼，她圆睁睁地盯着银幕，似乎并没在意。回想起来，我之所以推开雯雯的手，可能是觉得和一个堂姐如此亲昵，有种近于乱伦般的耻感与害怕，可推开之后，我才实实在在感到，肮脏的是自己的念头。

那真是一次奇特的经历。电影结束了，剧院里灯火通明，观众们走光了，工作人员已经在前后台关门落锁，我们才直起身，离开了那个令人六神无主之地。雨夜的乡间，空气清新，虫子在草丛里鸣叫，一棵带鸟巢的钻天杨迎面从田地中间走来，传出鸟儿的梦呓，漆黑的地平线泛着鱼鳞般的星光，雨丝风片吹在脸上，香香的，又凉凉的，有一只田鼠竟然大胆地溜过我的脚背，痒痒的，所有这一切都让人心情舒畅，心境开阔。可是，电影既没有让我和雯雯之间更亲近些，也没有更疏远些。回家的路上，和来的时候差不多，我们仍然各走各的。我以为我有好些话要和她说的，我可以劝她再考虑考虑；我以为她也有好些话要对我说的，她可以叮嘱我出门要当心，结果我们什么也没说，好像那一切都是多余的，但我们心里头却轻松了许多，平和了许多。分手的岔道上，雯雯向右我向左，仿佛一夜之间，我们玉米样抽穗打苞，告别了懵懂年代。

8

腊月里，雯雯出嫁，我还没放假，二姐也到东北的老同学家看雪去了。话又说回来，就是在家，我们也去不了，总不能热脸去贴着冷屁股吧。不过，那些天，我睡不踏实倒是真的，还和同系大三的一个男生干了一架，被传说成我和人家争风吃醋了。我一笑了之，心里想的却是，要说报应吧，也该我遭报，咋的弄成我进了大学还长了个子，雯雯却嫁给了一个哑巴呢。

因为是双事临门，也可能是叔叔不过意吧，二丫头的事办得还算周正，嫁妆也很周全。除了我们家，叔叔把八竿子也打不着的亲戚都请到了，还声明不要礼包。送日子那天，二丫头把家里打扫得干干净净。出门那天，二丫头把缸里挑满了水，给猪喂了食，给羊添了草料，她姐爱莲几次拦，都拦不住。最后，二丫头进了房，盘坐到床上，请阿爸进来，关上房门。阿爸说，丫头呀，你这是做啥呀，你越拾掇，我越是慌呀。丫头说，你慌啥，我做的都是我理该做的。阿爸说，丫头，你要是觉得委屈了，后悔还来得及。我不后悔的，丫头说，我为啥后悔呀，阿爸，你晓得我为啥这么做吗。晓得，阿爸说，我晓得的。丫头笑了，还是阿爸了解我呀，我做这一切，就是想告诉你，我是你的丫头，做女儿的咋能不体谅父母的难处。我晓得的，叔叔说，你是我的丫头，你是我的好闺女呀。

在小姑的搀扶下，雯雯上了拖拉机，坐在高高的鸳鸯被上。突突突，突突突，拖拉机手摇响了马达，鞭炮也起哄似的格炸炸的，在满天飞舞的纸屑里，雯雯出发了。忽然，叔叔拉开房门，哭叫着拨开众人，向远去的青烟和黄尘蹒跚追去。

虽然没有去赴宴席，父亲一点都不沮丧。妈妈说，你还笑得出来，人家都在看你的笑话呢。笑我，笑我干啥？父亲说，人家要笑也是笑二杀头忘了本呀。父亲坐在烟雾里，大腿压二腿，一副自得相，再说了，他家结了两个亲，咱们家出了两个大学生，我不应该乐吗，我就怕我睡着了要笑醒了呢。

二姐上学时，父亲去过她的学校，我进大学，也是父亲送的，中途还来过一两趟。他不用我陪，他喜欢一个人在校园里晃悠，既不像晨练，又不像个捡破烂的。每趟来，他还趁着寝室没人给我拆洗被褥，弄得我很没面子。偏偏室友们爱拿父亲取笑，说楼下缺个门房，要是老爷子愿意的话，倒是可以找找去的。父亲当了真，问是不是真缺人手。寝室老大说，那还能假，每个月还好几百呢。父亲摇摇头，钱我不要，管饭就行了。老大说，你不要钱，你不要钱给他们干什么。我为什么要钱，父亲说，进了城，有得吃，有了这活儿，还能天天盯着小三子，我要钱做啥。真的不要么。坚决不要，父亲说。老大叹息着摇摇头，那这事黄了，人家是一定要给钱的，可你老人家又这么讲原则！

一室的人笑得没地儿待，又跑到隔壁寝室去当笑料说道了。当然，父亲走后，他们给我道了歉，他们说，他们是真的觉得我老爷子有意思，但他们一点没有轻慢老爷子的意思，他们就觉得和这老爷子说道，真的很开心。尤其是老爷子临走，都要对我谆谆教导，要我踏踏实实，刻苦学习，积极上进，更是让他们忍俊不禁。

他们要是晓得，我不仅答应了父亲，还向系里递交了入党申请，不知要笑成啥样呢。他们要是晓得，父亲听说我想入党，马上表现出吃惊和反对的话，可能又笑不出来了。瞅着父亲情绪那么激烈,开始我还以为他在为我的进取高兴,弄了半天,才晓得他是反对的,而且坚决的反对,不容置疑。我没想到,在这个问题上,父亲竟然和班上的同学一样的态度。父亲说,入不入有啥不一样吗。

当然不一样了,我说,入了我就是党的人,听党的话,做党的事。父亲哂笑道,要入,你摆摆早就入了,那年你摆摆在田里扯麦子,支书来做我的工作,说我要是入了,将来好接他的班,我硬是没入呢。是啊,我说,你真可惜,要不然你现在就转干了呢。你知道我父亲咋说的:我把利益让给别的人,不正是党一向要求的吗。我说我和你不一样,时代不同了,有了党票,将来发展起来,快一些。废话少说,父亲怒目圆睁,你还是先学会做人吧,年纪轻轻,就想这些,你还咋个发展呀。见我一脸的诧异,父亲和缓了口气说,别的我都依你,你哪怕花花肠子找女伢都成,就那一点,说不行就不行!行啊,我痛痛快快答应了,那你老支我两招呀。支招,我支啥招呀。咋个追女孩子呀。呸,父亲笑出满口黄牙,一掌推了我老远,追女人?那是最臭的招数了,让女人追你,才是本事,要不然我咋要你学会做人的哩。

9

由于父亲的阻挠,交了那份申请后,我再没有任何表现。我没去追女孩子,当然也没有女孩子来追我。看来我远没达到父亲指点的那个境界。不过,好歹我还能写写弄弄,毕业时,分配到了局机关办公室,干了一年,领导还算满意。会餐时,主任说了些表扬和鼓励我的话,回来一琢磨,我才开始写思想汇报了。上面竟然很重视,党小组长和支部书记分别找我谈话,把我列为培养对象,还

韭菜街

给我确定了联系人。一个月后，情况却发生了变化。当时我写的一份讲话稿，局长大加赞赏，待到办公室里只有我和主任时，主任告诉我，我的工作能力大家都看眼里，个人品行和入党动机也有目共睹，只是那个事情嘛，还得放一放。眼见主任忽然吞吞吐吐的，我一再追问，主任也就不再隐瞒了，外调显示：你的家庭有些历史问题，具体地说，你的叔叔，你是有个亲叔叔吧，当过伪兵！

伪兵？我的脑子开始过电影。都是些老电影。特写。大帽檐。卑鄙谄媚的脸。闪回。远景。再定格。然后是断裂。完蛋了，我彻底完蛋了。我的未来就这样让一个伪兵生生地切断了。父亲是晓得我没戏的，只是他不便说出口而已。

国庆节回乡探亲，我第一次没有叫父亲，因为我根本就没有跨进家门，我直接找到了叔叔。叔叔在堆草垛，一见我，便把铁钗扔过来，自己爬到草垛上，要我叉草给他。我说还是我上去吧，叔叔笑道，你行吗。实际上我在犹豫，我这样当人目众的帮他，消息马上就会韭菜香一样传到我家里。他只要一下来，我就好扯着去他们家了。你还愣着做啥，大学生了，不想干活了是不！话说到这份上，我也只好硬着头皮干了。叔叔蠕动着肥胖的身子，吭哧吭哧的，我有意地东叉一下，西叉一下，忙得他团团转，但他好像摸到我的心思，手忙脚乱，就是不尅我，可能是多了个意外的帮手，他还自得地和别的堆草人打着招呼。

不记得多久没干体力活了，一个草垛堆完，我也疲惫如雨中的稻草人，瘫在垛脚。叔叔滑溜下来，拉上我就走。我不想动。叔叔说，你不会是来学雷锋的吧，我还以为你有话跟我讲的哩。怪了，今天明明是我想审问他，却总是让他牵着鼻子瞎转悠。

妈儿抱着一个婴儿，坐在门槛上，哼着调调儿。我走到跟前，她眯上了眼,把婴儿递过来。越过婴儿的小脑瓜,我看到屋里还坐着一个年轻人。白白净净的,简直可以说是眉清目秀。二丫头的伢儿,你不抱一抱?妈儿嘟嘟囔囔的,要死了,二丫头对你可是最好的,你连她的孩子都不惯惯?还是个小伙呢。

那个年轻人对我笑着,直起身,到场院里劈柴去了。这么说他就是雯雯的男人。可他是个哑巴,他真的是个哑巴吗。

我突然明白叔叔拉我来的用意了。坐定,喝了口漂着油花和锅灰的茶水,我问叔叔,在上海滩,他到底是做什么的。拉车呀,还能做什么。真的拉车。是呀。别的没干。我能干什么,去偷去抢,去骗去诈,轮得上我吗。那拉车之前呢,我换了个坐姿和语气。拉车之前?是呀,你不会一直就拉车吧,我笑起来。可能有些嘲弄他的样子,他也听出我的意思,叔叔本来就是个红脸膛,这会儿红得发紫,还有些气喘。你到底要问啥,他望着我。我没别的意思,我打着手势,我只想晓得拉车之前,你做什么的,你怎么会到上海去的!你摆摆没告诉你吗。没有。那你问他去吧。你不想说,还是不敢说!我又笑了,我觉得我终于有了个打击他的武器。你最好还是问他去,叔叔一下子变得有气无力,活像老了十岁。你真不想说,你做的事你不能说吗。我痛快极了,我觉得自己终于为那年后半夜的父亲报了门牙之仇。叔叔咬了咬肥厚的嘴唇,眼珠凸出:我是一个伪兵,一年半的伪兵,怎么了。你终于说了,说出来不就很好吗。叔叔久久地盯着我,胸脯急剧地起伏,他突然一跃而起,粘在屁股上的小板凳掉到地上,他挥手推搡着我:我说了,我就说了,我说让你家去问的,你偏要我说,这下子你可以开开心心滚蛋了吧。

他不顾妈儿的喊叫,一直把我推到场院外面。可我没生气,一点没气,我还朝雯雯的男人做了个告别的手势。那个哑巴骑坐在爬凳上,脖颈搭一块毛巾,握着斧头。见我和他扬手,他捏着毛巾的一角擦擦额头,朝我笑了笑。我这才想起,叔叔的门牙也成了门洞,那两颗让我们猜疑的金牙也不知去处了。难怪他看上去有些不对头呢。

10

　　回到家,扔了公文包,我一头栽倒在床上。母亲在锅台上张罗,父亲坐在锅膛口。看来他们早就晓得我回家来了。一年里,父亲只有年初一起床、烧水、蒸早点、敬香、放鞭炮,年初一的父亲从早到晚都是笑呵呵的。什么时候起,父亲平时也能坐到锅膛口了!

　　妈喊我吃饭,我说我歇会儿再吃。过会儿,他们又喊了。我说我不想吃。不吃咋行,妈在房门口说,你不会嫌家里的饭菜吧。父亲就在一旁捣鼓她,叫妈不要乱说。唉,我以为他们会生气的,他们却更加小心翼翼了。一觉醒来,他们还在等我。妈说菜凉了,要不要热一热。我说不必了,然后闷头吃起来。妈有几次举着筷子,想问我些话,都让父亲止住了。我也就装作没看见。我吃饭一向快,三两口就扒拉完了,父亲可能想跟上我的速度,一个饭团吞下去,直翻眼睛,打起嗝,妈妈赶紧给他拍背。他们老了,真的老了,大哥二哥早就分出去单过,我的家已经不复存在了,只有他们俩还守着这个老窝。

　　好不容易吃完,我到盛柜上找铜烟袋,想给父亲点袋烟,敬敬孝心,这也是他多年的习惯。父亲说,不用找了,已经卖给收废品的了。我又掏出纸烟,父亲忙着说道,他早就不抽了,一抽就咳。

我执意给他，妈也说，儿子给你抽，你就抽呗。父亲这才接过去，我给他点上了。他果然一抽就咳，不过脸上还是惬意的。待他抽了几口，我才问起叔叔的事，父亲一下子愣住了，脸也灰了下去，向着妈妈。到底是不是呀。是的，这还能假呀，父亲终于开了口。难怪你不让我进步呀，我也抽了一根烟，点上，狠吸一口又踏到脚下，父亲眼角的皱纹跳动着，我说你咋不早说呀，早说我就不丢这个人呀。我，我说什么呀，父亲叫屈道，这话还能显摆么，再说也不晓得多少年前的事了。也怪呀，这么多年了，我咋一点不晓得呢。父亲说，不单你不晓得，你哥你姐他们，都不晓得。

回到床上，怎么也睡不着了。想的不是叔叔的事，却尽是那个婴儿，那个哑巴男人的样子。尤其是雯雯的男人，和雯雯简直是天仙配，真是不是一家人，不进一家门。可惜是个哑巴，但他不说话，哪个也不晓得他是哑巴。他的确没有说话，他只是笑，只是干活儿，不晓得二丫头给他惯成什么样子了呢。他不说话，却听得懂我们的话，我们的手势，我们的愤怒，我们的沮丧，我们的不安。我们这些所谓健全的人在他面前，几乎就是在表演。他一定在心里头，偷偷地感到好笑呢。我有点明白暮年的奶奶失去了眼睛，为什么不想治愈，还那么快乐的了。而这个男人，不仅没有烦恼，还讨到了雯雯做老婆。我都不知道自己是在为雯雯的幸福宽心，还是在羡慕他了。

在乡下住了一夜，我就返城了。父亲和妈妈想留我，又不敢说出来。他们晓得，说了我也不会再住下去。瞧瞧他们的可怜相，我是想再待一两天的，进城也是无聊，可真的待在乡下，再待一个时辰我都会闷死。走出去好远，妈妈喊了我一声，带着哭腔。我赶忙立住，回头，父亲朝我直摇手，说没得事没得事，走吧走吧你。

韭菜街

大概见我意志消沉，整天无精打采，要不就早早地下班，主任到省城给厅里送年货，便带上了我。这就有把我当心腹的意思了，可我还是提不起精神来，主任也不以为意。在省城的最后一个晚上，局直属企业的一个老板请我们吃饭，唱歌，然后洗澡。那个时候，刚刚时兴洗澡，当然洗澡不叫洗澡，叫芬兰浴。浴后又给拉进了按摩房，小姐乐呵呵地脱衣服，我赶紧提着裤子逃了出来。

回到宾馆，红光满面的主任问我怎么样，我说挺好的。主任说，这就对了嘛，凡事都得想开些，该你的跑不掉，不该你的想不到。见我不明白，主任说，你那个事嘛，其实不算个事儿，过一阵子再说吧，香港都快回归了，还想那些事，我们还是重在个人表现的。我说主任，我还是不明白呀，我怎么就摊上了个伪兵叔叔呢。主任说，问题是，当初是该你父亲去做这个伪兵的，你父亲没去，还伙着保长把你叔叔推上了贼船哩。真的呀，我大吃一惊，有什么真凭实据吗。那倒没有，主任说，那个保长新中国成立前就给毙了，不过这可是你叔叔亲口说的，都记录在案呢。你叔叔还说了，实际上他并没有当几个月的伪兵，一仗下来，他们就在青浦给我军俘虏了。问他是投到新四军，还是回乡，叔叔二话没说就要回乡，新四军给了他两块袁大头。可你叔叔没敢直接回，而是托人捎了口信给你父亲，你父亲急了，说是千万不能回，回了还得给抓回去。对了，兄弟，这些话你听了也就听了，可千万别再乱说呀。

至此为止，他们老弟兄俩的历史终于缝合在我的外调材料里了。我开始试着依托黑白电影的情境来想象他们青年时代的生活。我相信任何人都能完成这样的想象与复活。怪不得叔叔的口气那么硬，怪不得他要我问父亲，怪不得父亲对叔叔突然一让再让的了。为了父亲，叔叔受了多大的罪呀。不错，父亲为叔叔也做了许多事，但那只是他的弥补，那样的弥补再多又有什么价值呢。

我恨父亲。

11

父亲病了。

要不是父亲病得很重，我断断不会回家。我是最后一个到家的。哥哥、姐姐以及他们的孩子进进出出，却没人正眼看我。大哥二哥虽然年长，现在他们已经不敢对我怎么样了，只有二姐悄悄掐掐我，说我脑勺长反骨了。

父亲躺在床上，背着我。他不会原谅我，也或许是他不指望我能原谅他吗。没人知道我和父亲的心思，除了我和他。我来到河边，妈妈正蹲在桥马上洗菜。我问妈妈，父亲得的是啥病。妈妈叹了口气说，其实也没啥病，只是他近来这也不吃，那也不喝的，再凶的人也会倒下来的呀。可他为啥不吃不喝呢。

你真的不晓得么，妈妈冷冷地盯着我，都是让你给气的。

我怎么就气他了，我叫起屈来，我顶过他么。

你没顶他，可你心里头想的啥我还不晓得么，妈妈说，你心里头怕是已没他这个摆摆了吧。妈妈的话把我的头说得栽了下来。

其实呀，你摆摆心里头挺苦的，妈妈说，可是他朝哪个说呢，那年抓丁，抓的确是你摆摆，他也准备了行头走的，可你奶奶不依，死也不放，哭天抢地的，说是你摆摆一走，这个家就全完了。你可以问问你大姑，她给骗子拐走了，还不是你摆摆追家来的！哦，大姑不在了，那你可以问问你二姑，她一天到晚挨你姑父欺，还不是你摆摆去摆平的！你小姑一家呢，那时候吃了上顿没下顿，还不是你摆摆月月背粮运草去!可现在说这些有啥用呢,说了哪个信呢,你信么,你能原谅你摆摆么。

　　我要不要信一回呢。我不信父亲,还能不信母亲吗?母亲大字不识一个,为了父亲,难道她圆谎能圆得这么真吗。

　　一开年,我就提了个副科,入党的事也重新进了议事日程。不过,机关两年下来,我已经学会了不喜形于色,只是我不再那样封闭自己了。在这个城市,我有个诗人文友,文友的老婆在师范学校里教书,还做了幼师班的班主任。有一天晚上,在诗人家喝酒,正喝到好处,来了两个女学生,说是涂了一首诗,想讨教讨教。诗人说,老罗,你看看先。老罗就是我,我说,人家可是请教你的呀。诗人说,你初审,我终审。他这么说,等于拉开了我与他之间的档次,两个女生吃吃笑了起来。我说我实在是不懂诗的呀。诗人斜了我一眼说,你不写诗,还能没有颗诗心吗。

　　硬着头皮接过诗稿,我朝那个一直埋头浅笑的女生说,是你写的吧。女生抬起头,明亮的眼神撞得我弯了弯腰:是我。我注意到,诗人也放下了酒杯。于是我侃侃而谈起来。谈了些啥,我不记得了,反正尽是捧人的话,顺便揣测了作者的创作动机,直说得那女孩一会儿抬头一会儿低头,羞羞答答,满脸飞红。完了我说,至于诗的缺陷嘛,我还真拿不准,或者是我还没找到,还是留给大师点评吧。女孩子走后,诗人恨我恨得直咬牙,诗人的老婆则喜笑颜开,说老公,这回碰到了敌手吧。

　　只是诗人和他的老婆都没料到,我和那个女孩很快就接上了头。再有两个月,她就要毕业了,不过我还是没声张,女孩也乖巧。也许是我们太隐秘又太频繁了,女孩的密友,就是那晚同行的那个笑得特响的女孩不依了。我的女友架不住软磨硬泡地审,一下子全招了，很快全班的女孩都晓得她有了男朋友，还晓得她把男朋友带回了一趟家。这也没什么说的，主任知道后，还直夸我有手段呢。问题是这女孩家里原来是有男朋友的，这一点我并不知情。原来的男朋友是她父亲同事的儿子。女孩的父亲是乡长，她父亲的同事调到另一个乡做了党委书记。这本来也没啥说的，可她原先的男朋友不服气，先是闹到学校，学校当然不会去管一个快毕业的学生的事，再说我们也没什么出格的行为。现在想来，学校要是管一管，解释一下，说没有那回事就好了，女孩原先的男朋友也就不会负气闹到局里来了。那个家伙本也只是想闹一闹，出口气，没想到他正好找到局里负责党务的副书记，"和女学生谈情说爱，那不是鼓励学生早恋吗，这还得了！"主任苦笑着对我说，小兄弟呀，这回我可帮不了你了，连我都给训了呢。

怨哪个呢，是怨自个没找准目标，还是怨自个没有继续隐秘下去呢！总之反正怨自己，但又怨不出个理由。我体会到了父亲的心境。要不然，就是老天的惩罚终于降临了！我摇摇头，感到有些自欺欺人。随即，我向局领导打了个报告，要求下乡。上面很快就批了，锻炼一年。主任老大的不高兴，我这一走，还不知回不回，他暂时又动不了了。

我下去的那个乡，离老家不远。不过，还没待我回家，叔叔找上门来了，他也不知从哪听到的风。我名义上挂的是副乡长一职，实际上没什么大事，但是乡里的文稿一概要我过目修改，书记说了，"好钢得用在刀刃上"，这可害苦了我，我都成万金油了。叔叔来时，我刚接到乡长的指示，上面要来检查工业废水的处理问题，要我把汇报材料准备充实。什么东西都没，怎么充实？不就是要我做假么。正在气头上，瞅见叔叔那张兴奋得过了头，又怯懦得委琐的脸，我更没好声色了。他有啥好高兴的呢。明明是个伪兵的料，俘虏兵的料，他倒成受害者了。当然，他是有高兴的理由的，他不仅让我的父亲一生难受，还戏弄了我。这个老家伙，以他特有的方式一生都在报复着我的父亲。谁知他那怯懦的背后，又在玩什么鬼心眼呢。越想，我越觉得叔叔的阴险狡黠。

　　但我依旧叫了他一声"牙牙"。他应得有些勉强，满脸的笑意隐藏了不快。他真是个伪装到底的家伙。我站在办公桌前，做出很忙的样子，翻捡着一堆材料，不再理他。尔后，我又跑到屋角，翻箱倒柜，弄得尘土飞扬。可叔叔一点不恼。叔叔递上一根烟，"金叶"牌，带嘴的。我说我不抽，叔叔执意递过来。说无论如何得抽一支。这下子反倒是我过意不去了，我问他要不要喝水，到底有啥事。叔叔连说不喝不喝，你忙你的，我就几句话，等你忙完了再说。那我可真的忙了呀。叔叔尴尬地笑笑，笑得瘆人。

　　叔叔确是来谈正事的，要不然他也不会如此慎重，可他又迟迟开不了口。我说你要不讲我可得走了，乡长叫我哩。叔叔紧赶着拦住我，说就几句就几句。可你得说呀，你快急死我了。你也真是，叔叔说，皇帝不急你还急呀。说完他又觉得不妥，东张西望的，还掩上办公室的门，拉我到长椅上坐下，说了你可别笑话你叔。你说，你保证不笑。叔叔拽着我的膀子，顶着我的耳朵说，你晓得的吧，他们从朝鲜战场上回来的，多少总有退休金的吧。我一愣，心里已经想笑了，不过我还是认真答道，是的，人家有功之臣，发的是抚恤金。对对对，是抚恤金，叔叔说，我不能和他们比的。你晓得就好，我心道，静静地等着他的话。可是七队的李瘸子，二队的张驴儿怎么也有退休金呢，他们还没我待得长呢。

　　你到底要说什么，我坐直了身子。他们都是从上海家来的，张驴儿还和我一个班呢,他五十,李瘸子更多,六十三,月月有得拿,叔叔气愤地说。拿啥呀。拿钱呀,拿退休金呀。你要退休金,你一个伪兵还要退休金,我心道,几乎笑破了肚子。叔叔好像看透了我,说你笑了,你还是笑了。我说我没笑。你心里在笑,叔叔不改他的气愤,继续说道,伪兵没有退休金,我是晓得的,我说的是拉车那段子。拉车,拉黄包车!叔叔点点头。有吗。有的,肯定有的。那你去找呀。我能到哪里找去呀,叔叔说,想问他们话,他们哪个也不告诉我。那你就自己去摸。摸个头啊,还不晓得有没有那个单位了呢。那你就安心吧,想那么多干吗。我这不是找你来商量吗。

这么大的事,你找我!我再次忍住了笑。叔叔一定在家待得不耐烦,白日做梦来了。不找你还能找哪个,忽然叔叔又媚了脸面,拔出一根烟,再怎么着,你也是俺侄子,你见过世面,懂政策,我不找你,还——叔叔说得我心里一颤,我挡住他的手,连连说,行了牙牙,死马当活马医吧。这么说你答应了!叔叔乐起来。我答应你个啥,我说,我不晓得你到底要我做啥呢。叔叔说,你就帮我去封信,打听打听。我皱皱眉头,你有啥凭据吗。有的,有的,叔叔周身掏起来,掏了半天,掏出一张缺角的硬纸片,说别的没,就这张遣散证明。我又想笑了,却笑不出来,我说,成,我就照着这上面的单位,去封信,成吗。成!叔叔的眼睛笑细了。我说不过我现在还真没空,也得琢磨琢磨咋个写法,这样吧,周末我回家前写好,到时带回去,读给你听听,看看还有啥没想到的,你也再想想。

不急,不急的,叔叔蹦跳着,蛤蟆样地离开我的办公室。

韭菜街

12

星期六回城开会，上午一个会，下午一个会，反正他们能支派我的，什么时候都支派我，我是断断没有脾气的。会后留饭，提起筷子，我忽然想起包里的信，赶紧推了车子往家奔。到庄口，天已黑透。父亲坐在方桌前，桌中间是一盏罩儿灯，灯下，七粒金黄的鸡蛋散成北斗形状，隔着灯，坐着我的叔叔。

我揉了揉眼睛。我以为我看花了眼。多少年了，我的叔叔没来过，没和我父亲相对而坐过！叔叔笑着，父亲倒是严肃，但看得出，父亲是开心的。如果是因为我——叔叔求我，我答应了叔叔——让他们和好如初了，那我可是立头功了。父亲让叔叔把鸡蛋拿回去。叔叔说，我再说一遍，我不是给你的，我是给三子吃的，我说的，他今天肯定要回的。看来，在我回家之前，他们已经谈过了。父亲说，我们家不缺这个，你还是拿回去吧。叔叔听出父亲的话有些松动，便说，照你这么讲，那半篮芋头我也要带回去了。父亲喜欢吃芋头。你要这么说，那就吃了晚饭再走。叔叔说，你不留我，我也要吃的。

韭菜炒鸡蛋的香味随风飘散，招来庄上的三条狗，两只猫，桥北的老光棍，还有木匠的女人。木匠常年在门户上，他的女人见天捧着半碗粥，走到哪，扒到哪，唠叨到哪。显然，老哥俩已经顾不上招呼和戏弄他们了，可能还有些得意呢——只要有了木匠女人，不消片刻，庄上的人都会晓得他们和好了。喝了半盅，父亲对着叔叔说，信写了没。叔叔望着我，其实我晓得父亲是朝我说话的，但他不想面对我。我把信纸和笔拿出，问了叔叔几个问题，填在信的空当，然后念给他们听。叔叔说，就这样写，这样写足够了，毕竟是念过大学的，我没找错人吧。叔叔说着，一口气喝了满盅，推到父亲跟前。父亲边倒边说，你不会喝还逞能！他把满盅酒推到我跟前。一瞧瓶子，父亲拿出的竟是大姐过节送的酒，他这是在奖赏我，还是根本没把叔叔放眼里呢。

姑姑，也就是亮亮们听说了这件事，也很高兴，说你们好了，我们也省心了，要不然，每回我们都要请两次呢，劳神不说，多寒心啊。儿女们更不用说，大家轮番请他们老弟兄俩作客，谁也不记得以前的不快了。那些天，几乎成了我父亲和叔叔的节日。父亲重新扬起了头，迈开稳重的步伐。叔叔呢，整天笑嘻嘻的，不是他来转转，就是父亲去坐坐。叔叔还夸下海口，真有消息了，他一定给父亲重去定做一只铜烟袋。少来！父亲手一舞，淡淡地说，能帮则帮吧，帮得上，帮不上，你都不要骂，就行了。我骂，我谁呀，我骂啥，我有病啊我！叔叔惊诧地问。

你不是能吗，你再能不还是求到我头上吗。父亲大概是这样想的吧。

一个星期天的早晨，我刚醒来，仰在床上发呆。我快而立了，应该有个家了。我在想，今天是去会南亭的姑娘，还是北亭的姑娘呢。北亭的姑娘是副县长的外甥女，在信用社，高挑丰满，性格开朗。南亭的姑娘是个小学老师，小巧玲珑，长发过膝，喜欢李清照的诗，桌上摆放着笔墨纸砚、一把口琴、一块鱼化石，床头还系着一管黑箫，插着两支斑斓的孔雀羽。鱼与熊掌不可兼得的道理我懂，可在我看来，她俩都是熊掌，南亭还是北亭，这真是一个问题哩。

韭菜街

跳下床，我想找枚硬币。当你无法主宰自我时，还不如把命运交给上天呢。可村长的电话打来了。村长说，叔叔要我赶紧回家一趟，现在就回，无论如何都要回。回家一趟也行，正好把这个问题冷处理一下。但我还是不紧不慢地问，他没说啥事吗，是我家的事，还是他家的事呀。村长呼噜呼噜地说，你还是赶紧回吧，没说啥事，听说上海来了两个人哩。

在村口的槐树下，叔叔见到我，就像见到了大救星，死死地把我往他家里拽，一直拽到那两个上海人面前。两个上海佬瞧见我，吃惊地站了起来。来的是一老一少。少的西装领带，老的花白头发，中山装。他们自称是上海汽车工业联合会劳动处的，年轻人还掏出工作证晃了晃，那老者则不住地点头。我说你们要找的可能是我叔叔，我只是叔叔的侄子当中，最小的一个。老者说：我说呢，怎么找也找不到你头上呀。大家都捧了个呵呵，叔叔也喘了口气。年轻人继续说，他们接到市公安局信访处转来的信件，便寻着地址赶来了，大概是你写的吧，他很有把握地对我说，说着还把那封信递到我跟前。我认了，立即表示感谢，表扬他们的办事效率。父亲跟着说，上海人就是上海人呀，办事从不拖泥带水。

大家都议论起上海的好处来。上海人精明。上海人有魄力，有闯劲。村长说，父亲给他带的脚踏车，到现在气嘴还没换过呢，木匠的女人则说，别人家的澡桶都是铁箍，咱们家的木桶是铜箍，为啥，上海货呗。说着还朝我的老父亲投来感激的眼神，只是那眼神有些荡，让人瞧了不爽，老光棍乘机说，这么牢实，那你家木匠可就没活儿做了。木匠的女人说，是呀，那木桶大得俩人洗都不碍事，怎么着，气死你！

这回那个老者笑得最响亮，笑得年轻的老光棍黄巴巴地拍屁股溜了。老者问叔叔是否还认得他,叔叔说认得,老者说可我不认得你呀。叔叔说,你那时不是我们人力车公司的队长吗。老者这才得意地笑了,拍着叔叔的肩头,说你是个小个子,却吃得苦,我记得,有次阿强找你的茬儿,你还记得吗。怎不记得,叔叔说,那次真亏了你老人家做主呢。年轻人似乎还不放心,又问了叔叔一些话,比如当时上海的街道呀弄堂呀,还记得车队里有哪些人呀。木讷的叔叔马上来了劲,仿佛面对着一张上海地图,说得头头是道。年轻人看了老者一眼,说老队长,差不多了吧。老者说,我忘记介绍了,这是我们年轻有为的处长,我嘛,早退了,不是碰上你们这档子事,我哪能下来呀。

年轻人打开记事本,本子里夹着一叠钱。他说,这是四百元慰问金,我们来得匆忙,没买礼品。慰问我,叔叔一头雾水。慰问你光荣退休呀。他让叔叔按了个手印,又拿出一架小巧的相机,给叔叔拍了照,说回头就给叔叔寄退休证,还有就是,以后每个月叔叔都会收到一笔退休金的。然后他们起身告辞。这就走了?叔叔眼巴巴的,吃了饭过一宿再走呀。父亲也说,是呀,我家里还有一瓶好酒呢。年轻的处长说,我们还有好几个地方要去要办呢,就这么特事特办,这一趟没有个十天半个月也回不了上海的。叔叔带着哭腔说,那也不差一顿饭的工夫吧,你们是不是嫌弃咱乡下呀。处长说,别激动啊,老人家。他称叔叔为老人家了。他说,行前领导一再强调,我们是来送温暖的,不是来给人家添麻烦的,再说我们出差也有补贴费哩。领导还要我们表示上海人民的歉意,当年送你们回乡,是政策需要,现在来看你们,也是落实政策。你放心吧老人家,你虽说退休了,住在乡下,但上海人只要有一碗饭,就有一口是你的。你有什么要求,以后还可以写信打电话啊联系的,这是我的名片，欢迎常联系。

13

叔叔有了一张名片。那些天，我叔叔始终捏着那张名片，睡觉时也捏着，逢人就给人家看名片。只是他有些木，他不相信这是真的。光荣退休的红本本寄来后，他把证书贴在房梁上，天天仰着脸瞅，不过还是有些木。相反，我父亲倒是兴高采烈的，可是叔叔躲着父亲，父亲越是高兴，他越是躲着。他是为过去的无理取闹不安呢，还是因为时来运转而不安呢。

我估计，那天叔叔是想问问退休金的数目的，他没来得及问，也没好意思开口。第一笔退休金寄来后，叔叔当即到乡里取了钱，他不再木了，他反反复复地数票子。那可是三百四十一元二毛五分钱呢，月月有，可能还有得加。数着数着，角票飞到菜地里，角子儿滚到地缝里。叔叔骂骂咧咧地找、扒、抠，我想他是有意要弄出些动静。不过我能理解，想一想吧，此前从来没人给他写过信，乡邮员总是老远就喊我的父亲取信，那是我和二姐的家信。信多了，父亲总是爱理不理的，要乡邮员多喊几声，接过信，还要骂几声：催命鬼，怕是又没钱花了吧。现在叔叔咸鱼翻身了，不仅来信，还来钱，过年还有贺卡。父亲倒是没信了，二姐野得连电话都懒得打了。

叔叔送了一条烟给我，"牡丹"的。正宗的上海产哩，叔叔说。我说牙牙，你送这么好的烟给我！说实话，牡丹烟我也搞不到。叔叔说，不是买的，是让他们扣了钱，从上海买了寄过来的。我说你没必要呵牙牙，我又没帮你个啥，那退休金是你应得的。值，值啊，叔叔说。值什么，我可抽不起。叔叔说，当兵值，当那个鸟兵当得值啊。这话你可别乱说，我提醒他，伪军啥也没给过你，倒是你的腰包里还落过新四军给的路费呢。叔叔反驳道，咋不能说，要不是当年去当兵——不管什么样的兵——我怎么会去上海，不流落到上海，我怎么会拉车，不拉车，我现在怎么会享受退休金呢。那是你老人家有福！哼哼，我托了你老子的福呢。这话就带刺儿了，我讪讪笑着。见我笑得僵，叔叔说，你放心三儿，有你叔叔吃的，就有你老子喝的。临了，叔叔还嗔怒着怪我，你咋还这么叫啊。我说，我改，我一定改，那也要慢慢来嘛！

每天早晨，叔叔都到乡里买菜。父亲也是经常上街买菜的。也就是拾一方豆腐，称半斤八两小鱼的事儿。眼见得叔叔砍过去，父亲躲开了。往往是叔叔回来了，父亲才出去。但叔叔总是掐准时辰，把父亲堵在桥头街角，叔叔打好自行车，抢过父亲的竹篮，挂到车龙头上，叫父亲跟他一块儿回去。父亲说，我还买呢。叔叔说你买啥买呀，我都已经买了。果然，叔叔的黑色塑料袋里装着两条野鲫鱼呢。我晓得，叔叔是喜欢鲢鱼的，叔叔烧的鲢鱼头是一绝，在上海，叔叔经常一锅鲢鱼头，养活全家人。可是为了父亲，他还换了口。父亲说，我不买，女将还在家等着呢。等啥等，让她等着吃我烧的菜吧。

妈妈是坚决不去的。烧好了菜，叔叔先把父亲拖过去，然后又叫妈儿送一碗菜来，连饭也是现成的。妈妈总是原样送回去，又吃又拿，这算什么呀。父亲去叔叔家吃了几次，也不去了。妈妈就说，我不吃是有道理的，你咋不吃呀，他是你兄弟，过去你待他不薄，他这是在还你的情呢。父亲说，我不去，我从没想过要他还。哼，妈妈说，你不去就舒坦了么，死要面子活受罪。

韭菜街

父亲不去,叔叔就连酒带菜放在木盘子里,一路喷香,端到我家。父亲只好到了饭时就下地,或者干脆没了人影,急得叔叔直跳脚。叔叔对我妈说,你尝尝,你尝尝。妈说,我不尝。叔叔说,你们这个不吃,那个不吃,是怕我下了药吧。叔叔一走,父亲又现身了,妈妈好言劝他,说看来老二是真心,你躲着藏着,何苦呢。父亲说,我不习惯。妈妈说,吃多了,就习惯了。父亲说,越吃越不是滋味呀。妈妈嘲笑道,是不是你那些侄子侄女盯着你吃,你不自在呀。父亲说,那倒不是,我还没把他们放眼里呢,你是没见老二那个热切相,坐到桌上,他自个儿不吃,却不住地给我倒酒搛菜,然后眼不眨地瞅着你,我觉得他是在捆我呢。这就是你多心了,妈妈说,人家客气,你说人家瞧不起你,人家不请你,你还会说人家有钱了,眼角高了,你到底要人家咋样做法呢。

父亲说,他要真的有心,把那六两金子还我,就够了。

妈妈说,你又来了,给人家的东西再值钱,也不兴要呀。

我没要。

你没要你还说!

父亲没有顶面和叔叔讲,但他逢人便提,天天都提。父亲还说,和现在比,那时候金子是不值钱的,不过四五十年了,要是算起利息来,嘿嘿!

"金子"飞到叔叔的耳朵,叔叔的话也带过来了:我没问你要,更没问你借,是你硬塞给我的。

父亲说,救急不救穷,当时我给你的金子,你养活了一家是实吧,你现在有本还了,我又不要你利息,那就看你的了。

叔叔说,你说过不要我还的。

父亲说,我现在也没说要你还,还不还是你的事,你不还,总不能堵住我的嘴，不让我提一提吧，人不能忘本吧。

金子事件，使叔叔不再沉湎于烹饪手艺了。他不再请我父亲去吃饭，还绕着父亲走。他晓得父亲对麻将不感兴趣，不会跑到那种地方，就去看人家打麻将。一看二看的，就上桌了。叔叔的手气不错，一上手就来钱。散场的路上，叔叔经常自言自语，一个人要是转了运，挡也不挡不住。当然，赌钱总有输的时候，叔叔便灰溜溜的，哪个也不晓得他啥时离开的。总要过到两三天，叔叔又出现在麻将桌上，他要把损失连本带利地捞回来。

妈儿不依了，堂哥堂姐们也劝叔叔，不要赌了，赌钱是个人财两空的事，有点钱，买点吃吃，有啥不好呢。叔叔说，你们以为我呆呀，哦，我拿了钱，去买菜，还要做菜，忙给你们吃，做得好不好，还要瞧你们的脸色，我有病啊我。叔叔照赌不误，午饭一吃，他比哪个去得都积极。妈儿便和他吵，老杀头啊，你不是答应我不赌了么，你不记得了么，当年在上海，你把金子全输光了，你一点不记得了么。奇怪的是，妈儿揭短，叔叔并没有和他急。叔叔说，和你急，和你急还丢了我的身份呢。

父亲听说了这件事，就对庄上的人讲，咋样，不是我说的吧，也不是我要看笑话，这可是他婆娘说的。

叔叔说，我从来没否认你给过我金子，可有那么多吗，六两金子，乖乖，六两金子再不值钱也不是个小数啊，你有过那么多的金子吗。

的确，听妈妈说，在最困难的时候，父亲神不知鬼不觉地自抄家底儿，把妈妈压箱子的铜钱和银镯都拿出去换麦面了，他怎么可能有那么多的金子。

父亲说，天啦，见过不要脸的，没见过这么赖皮的，穷的时候都没见他这么赖哩。他不还也罢，还倒打一耙，明摆着，他是不承认我给他金子了。还有你，父亲对妈妈说，那个无赖不承认，难道你也不信我么。

那你倒是说说，妈妈问，你哪有六两金子的，你说呀。要是你祖上留下来的，我管不着，但那也有人家老二一半呀。

我就是有，我就是给了他六两，足足六两呢，父亲气晕了，你不要扯，你想想，他为啥三天两头请我吃饭？他心里有愧，他想用两顿饭就打发掉我，他晓得我不会天天去吃他的饭，我不去，他巴不得，然后这事就算扯平了，天底下还有这么阴险的家伙吗。早知这样，我何必让三子帮他呀，当初我又何必给他呀。

妈妈说，啥药都可以吃，就后悔药是没效的药。

父亲说，我才不是后悔呢，我为啥要后悔？六两金子我就看透了一个家伙，值，值。

14

父亲七十三，叔叔七十一的时候，这一对老兄又生分了。明知这回的隔阂除了他们自个清楚，别人无法插手，我们这些做儿女的，还是经常劝慰他们，过去的事过去就算了，念念不忘的，有劲吗。叔叔说，哪个念念不忘的，我吗，我压根儿就没想过。那一边，父亲说，他当然想不到了，他就不愿去想，我是说了，可我也没怎么着他呀。我给父亲出了个主意，要不这么着吧，以后我们也寄钱给你，我叫二姐寄钱给你，大哥二哥的费用也寄给你不就行了。父亲一念神说，多此一举，那我不是现世宝吗，亏你还念过书，真是念到头地去了吧。

不过，这回他们生分后，却从来没有正面冲突过。也还能坐到一张桌上，各吃各的饭，各说各的话，都装着没事人的样子。兄弟俩的田都分给了儿子种，他们再也不要下地了。父亲的兴趣转移到了一年一度的庙会上，他是庙会的牵头人，干得很出色。端午前的一个月，父亲就开始挨家挨户地收份子。收齐之后，他还负责买香买纸买烛，联系戏班子和道人，选择黄道吉日。一切办妥之后，他就一笔一笔地交账，再不问事了。

每次走到叔叔门前，父亲都要犹豫一番。叔叔倒是挺热情的，就是不在家，也把份子备好。可父亲前脚走，后脚叔叔的话也传到他耳里了。用时髦的话说，叔叔是个无神论者。不要说庙会了，叔叔一家就没敬过祖宗。在叔叔看来，庙会这样的把戏，无聊透顶。想看戏就看戏吧，还搞什么鬼！生死有命，富贵在天，人都吃不饱，到底是敬鬼还是见鬼呀。领到退休金后，叔叔非但没有信神，更加坚定自己的理论了。有一年，父亲着手两家合在一起，搞大一些，祭祀一下英雄好汉曾祖父以及爷爷奶奶，叔叔一口回绝了，叔叔说，老大呀，不是我不给你面子，我是不想破这个例呀。父亲气歪了鼻子，那你那些钱咋用法！叔叔说，我咋用法，都不会花在他们身上。父亲说，庙会你能加入，咋敬上人就不参加了！叔叔说，那是两码事，众怒难犯我还是晓得的。父亲说，这样下去，你会没有好下场的。叔叔笑了，我还要啥好下场啊，这一辈子，苦的甜的，我都有了，我知足了。

不知哪来的消息，叔叔听说，他这种情况，是可以给儿女们转户口的。那些日子，叔叔不惜放弃麻将，又天天来找我了。我就知道他来没啥好事。他不说，我也不问。这回是他熬不住了，问我能不能再帮他一次忙。不就是写封信嘛，可瞧他那个热乎劲儿，我故意磨蹭着。见我犹豫，叔叔说，三子，你是不是怕答应了，你老子不高兴呀。我说哪能呢，我这不正在琢磨吗。

不过回到家，我还是说给父亲听了。我估计这一次，叔叔肯定没有把情况告诉他。谁知父亲说，人家找你的事，你能办就办，说给我听干吗。完了，父亲又叹了口气说，该他的就他的，谁还能挡得了！这话我怎么听着都有些耳熟。

写完信，交给叔叔，我准备进趟城。叔叔追上来说，我给你邮票钱，你进城寄不是快些吗。我在他叔叔狡黠的目光里，又看到了上海人的精明。不过这回还真应该感谢叔叔的精明，十分感谢，万分感谢都不够。

那次进城，也是约会。南亭北亭的那两个姑娘，我都没谈。约会的姑娘在机关。她早我一年下乡，待了半年就上去了，正好是我来，她走，我们在乡下相识的时间加起来不到两日。忽然有一天，就收到她的信，她说她现在机关党工委，做个副科长，挺清闲的。但她怀念起在乡下的日子。她说清闲是清闲，还是闷得慌，还是乡下好啊。乡下的人朴实（朴实吗？），乡下的一草一木一星一月都让人流连（我怎么感觉不到？）总之她说了一大箩话，搞得我不知她是在安慰尚困在星空下的我，还是借以打发她的清闲。不过她用了"怀念"一词，正是这"怀念"让我眼前一亮：难道她有什么暗示！几次看信之后，我给她回了一封。主要就是介绍我在乡下的情况。琐碎乏味，却是强颜作笑的语气。信末，我鼓足勇气说，要是她真的想念乡下，欢迎随时光临，要是她不嫌烦的话，我也可以去就着一壶清茶，说道给她听的。不成想她的信马上就到了，电报式的寥寥数语：

还是你来吧，茶已沏好。

按照叔叔的因果逻辑，要不是她的信邀，我不会进城，要不是进城，我就不会给叔叔寄信，要不是叔叔让我进城寄信，我也不会碰见办公室主任，从前的顶头上司。我们在邮电局大楼的台阶上相遇，不过他已经不再是主任了，台阶下停着他的专车，还有人替他拉开了车门，喊他局长呢。

副的，他对我嘿嘿一笑。他以为我早就上来，到了别的地方呢。我说没。还是上来吧。他明知我想上来，还是这么说道。上来吧。车门关上，他又摇开车窗，对我招招手，我来给你办！

两个月后，调令下来了。他把我办回了局里，坐进他原来坐的主任位置。上任第一天，副局把我领进办公室，只有我一个人的办公室，他坐在我对面，很欣赏地瞧着我，好像我是他漫不经心的杰作。瞧了我半天，他指着我说：好好干。我立马起立，垂手低眉。大概是我的动作太夸张了，他扑到桌上，拉长了身子，死劲把我按回到座位上，忍不住笑道，你小子还跟我玩这一套，我最讨厌那些见领导就弯腰的人了。我也笑道，我以为领导都喜欢这样的人的。你想骂我，可你骂不到我！他跷着腿，指着我说，好好干，但不是现在，现在，你还是好好走你的桃花运吧。

我继续笑，却是苦笑。

都说恋爱是甜蜜的，甜是甜，但蜜不起来，反倒有些腻。我没想到她真是喜欢乡下，几乎每次见面，我们都是说乡下。我说，她听，还撑着腮帮子。乡下的趣事、村事、荤话段子，她都听得新鲜，眼睛发亮，不时爆发出死死压抑住的笑，笑着还吐吐柔软的舌头，瞅瞅四周围的人。渐渐的，我发现，她的脸上、手背上都现出了婴儿肥。这可不是什么好现象，她几乎是越听越小了。幸好我留了一手，没告诉她我在办调动的事。调回到局里后，也瞒了她。这样，我可以有效控制我们的见面次数。总是她催了又催，我才和她见面。她也曾想下去看我。我说，要是你有公务，还可以，没事你去，怕不妥，你大小也是上面的人呀。她确不准我的话是认真是玩笑，孩子气的狠狠地盯了我一眼，没有再坚持。

可一旦进了城，回到机关，我就把乡下的事撂到了脑后。我暗暗对自己说，小子哎，你现在是城里人了，你得好好洗脑子，按城里的标准行事。实际情况是，不要说办公室的差事把我的脑子搞大搞麻木了，就是想说乡下的事，也没得说了。乡下生活只是为了忘却的记忆，现在记忆如我所愿地忘却了，抹平了，我却没法面对机关党工委的女科长了，那是一副多么期待而稚气的表情。

对不住了叔叔，我只能把你顶上去了！

我开始给她讲叔叔的事。扯到莲花带到藕，说叔叔当然回避不了父亲，目的只有一个：让她腻烦。我故意说得支离破碎，前后脱节。几乎想说什么就说什么，动不动就妄加臆测，说得我自己也分不清真伪了。可是她却认真得入了迷。她觉得我总算入了正题了。我装着吃惊地瞅着她，你也太正经了吧。她恍然警觉道，你嫌我太正经？你希望我不正经吗。

15

几乎是我进城的同时，叔叔也在为儿女们户口的事焦头焦脑了。上海方面很快就有了答复，户口是可以办的，但只能落实在当地城镇，另外就是，堂哥堂姐年岁大了，只有雯雯和小弟可以就近安排工作。还有一点，转为城镇户口后，责任田要交掉。问题是那时已经取消计划粮供应，又不安排工作，还买粮吃，转户口那不是个找死的笑话吗。表态最爽快的是雯雯，她说她啥也不办，说什么也不办。可不可以把她退出的名额给别的人呢。答复曰不可。最后是小弟交了土地，小弟办了户口，安排到镇上的机械厂。小弟学漆匠学得正不耐烦，却顺理成章做了厂里的油漆工。

这个结果对小弟来说，来得有些猝不及防，他准备放弃的时候，却有了收获。好处让你一个人沾了，小弟怀着羞愧，在镇上摆了一大桌子，还硬是请去了我，说他阿爸叮嘱了又叮嘱，至于我父亲，他肯定不会去。父亲本可以看到一场好戏的，幸亏他没去，他自己也后悔没去。饭桌上，堂哥堂姐一场空欢喜，便一唱一和的，堂哥的婆娘更是阴阳怪气，总之有一条，实惠的是你小弟，将来待阿爸，你小弟得全心全意尽心尽责了。政策杠在那，小弟升级无可厚非，可小弟这个人，不是上海人，也不算苏北人，又好吃懒做，却得来全不费工夫，连我也觉得不是滋味。在众人的起哄之下，小弟直拍胸脯，扬言阿爸要是百老归天的话，由他包了。看那架势，他希望现在就能办办阿爸的后事，也好证明一下他的誓言。叔叔的脸色就不那么好看了，其实户口的事一公布，他就心事重重的，此刻听了小弟的话，他呼哧哧的喘着气，站起来，一下就掀翻了桌子。

妈说，父亲在家里在庄上晃来荡去的，笑了好几天，笑着还摇摇头，有时候夜里头翻来覆去，突然干笑一声，乌鸦般的，妈妈就蹬蹬腿，叫他别笑岔了气。现在父亲吃饭特别香，返老还童的样子。只有我回家，父亲的笑才有所收敛。但是人的笑是藏不住的，嘴脸可以不笑，身子骨可以笑，父亲还骑着自行车进了一趟城，我给他倒水时，还听到他的车子在车棚里发出快乐的叮当。我对父亲说，摆摆呀，你就这么高兴！父亲说，我早晓得有这么一天。你晓得还不劝劝他！父亲说，凡是我反对的，他会坚决拥护的。那你也可以劝我不写那封信呀。父亲说，劝不住的，他会骂我小气，连你也会得罪他的。

有那么半年多的时间，堂哥堂姐索性不开伙了，吃住都在叔叔家。过去他们来，还有些不过意，现在他们觉得理所当然的了。他们瞧着阿爸蠕动着老迈的身躯买菜，洗菜，做菜。他们早早地坐上桌子，他们自己盛饭，大口吃肉，大声喝汤。汤汁从嘴角流出来，他们顾不上擦，忙着评论菜的口味，希望明天叔叔换个品种，但那希望是命令式的。一向赖在叔叔身边的小弟却不来了。小弟最小，还和阿爸合家，却没了影子。堂哥堂姐们认为小弟很识相，但堂哥的婆娘说，小弟发工资了，也该贴补贴补家用吧。见大家都没反应，那婆娘赶紧低下头捧住饭碗，在桌底下踢了我堂哥一脚，好像是堂哥说错了什么话。小弟忙呢，妈儿说，她可不想得罪媳妇，小弟忙着找女朋友呢。就是梳两个洗锅把的那位吗。那是第二个，堂姐说，老皇历了，妈，现在小弟的对象该是第八个了吧。

半年后，小弟下岗。工资拿了五个月，就让他上半天歇半天，接着是一个星期上三天，最后叫他在家听候通知。小弟等了三个星期，实在坐不住了，跑到厂里一看，厂长室挤了一屋子的工人，车间里，工人们正在拆机器，把零部件往工具包里塞，有的是几个人合伙抬机器，还叫小弟搭搭手。小弟一打听，厂子已经宣布破产，破产前厂长就挪到别的单位了。有人提议，找到厂长，问问他是不是就这样光顾自己，不管工人的死活。还有人说，分吧，拿吧，再不拿啥也得不到了。小弟不想掺和，也更现实，他只取了自己的刷子和小铲刀，到会计室领了最后的一笔钱。

女朋友没了，堂哥堂姐也不来了，家里重新成了小弟的天下。叔叔安慰小弟，再等等，再等等看，他们总不能就这么撒手不管了吧。叔叔的退休金又涨了，他把涨出来的那部分给了小弟零用，伙食方面也尽心了。没办法，人这个东西，吃油了嘴，上去了就下不来。叔叔经常叮嘱我妈儿，不要惹小弟发毛，人家正烦着呢，老两口连走路都没声音，好像练就了一身轻功。又过了几个月，叔叔照例给小弟零花钱。小弟敲着筷子说，今天我去厂里了。怎么说，叔叔问。围墙上尽是窟窿，球场上，草都快长成坟地了，小弟无精打采地说。唉，叔叔叹了口气。小弟说，阿爸，说啥都晚了，我还是回家干活儿吧。对对对，干活干活儿。就妈那块巴掌大的地吗，阿爸！小弟说，你还是去把我的那块地要回来吧。

叔叔硬着头皮去找村长。庄上的人本来就红眼，再说那块地早就给了新嫁来的媳妇了。村长还是说了漂亮话，说一有闲地，是可以考虑的，不过你家小弟可是城镇户口，按政策是不能再分地的。叔叔说，我们不要户口，只要地。村长说，这可以大事，现在不是到处都时兴买城镇户口吗，我是没钱买，有钱兴许我也弄一个哩。叔叔胸脯拍得啪啪响，不要了，说啥也不要那没用的户口了。村长咿呀一声，你不要，那你可就亏了。叔叔急忙道，我是说小弟的户口。村长说，那也得小弟拍胸脯，就算小弟拍胸脯，也不要拍给我看，我算什么鸟，你和小弟应该到上海去拍，说不准上海人心一软，把你们的户口统统的迁走，你们想回也回不来呢。

16

叔叔像个泄了气的皮球,滚到我面前,问我能不能陪他去趟上海。我说,我不去。叔叔有难处,你不帮忙是不。我说不是,我想帮也帮不了你。那去一趟打什么紧。我说薛仁贵的大褂——白跑,何苦呢,要去你自个儿去。叔叔绝望了,他眯着通红的眼睛说,好,好,你老子看我的笑话,你也在看我的笑话,我可是你的叔叔,你叔叔闹笑话了,你有啥好处。当天晚上,叔叔心一横,就爬上了去上海的班车。凌晨,他又敲开了我宿舍的门。我说这么快呀。叔叔有气无力地说,汽车等轮渡时,他下了车,他没有过江。他还算聪明,搭了辆过江的车回来了。还是你说得对,叔叔坦承道,我要是这么去闹,丢人现眼不算,没准连退休金也闹没了呢。

可是小弟咋办呢。这个小弟也真是,他现在不烦阿爸了,每天,他不是坐到我堂姐的饭桌上,就是坐到我堂哥的饭桌上。小弟说,你们不是眼红我吗,我来了,怎么着。堂哥堂姐们只能好语相劝,好菜相待,可天长日久,哪里吃得消他耗,躲又躲不掉。堂哥堂姐只好拥着小弟又去找村长,村长两手一摊说,现在来找我有啥用,我做错了什么吗,我没让你小弟交地,也没让你小弟转户口,这可是你们的家事。堂哥堂姐赔着笑脸说,我们哪敢怪罪你呀,村长,这不是没辙,找你通融吗,村长抬头远望,沉思片刻,慢慢说道,办法嘛,倒是有一个!那你说,能办的我们一定去办。村长说,这可是你们说的,你们一娘所生,可以匀点地给小弟,总不能眼见他活活饿死吧。我堂哥一听,撒腿就跑,好像后面追着条疯狗似的。

有时候,小弟也跑到雯雯家里去。雯雯家比较远,小弟一去就住好几天。雯雯专门给小弟备了一间房。雯雯说,小弟呢,你就住这儿吧,我们的地随你挑,随你种,你打的粮你带回去。小弟说,这算啥呀。雯雯指着哑巴男人说,他编花篮卖,也没时间理拾地,卖花篮的钱也够我们用的了,再不然,你不嫌寒碜的话,就跟着你哑巴姐夫干,我们编花篮,你负责出货。小弟一跺脚说,我靠着你们,那阿爸和妈靠哪个呀。

妈儿中风了。妈儿进城住院的消息,是父亲来讲的。我问父亲,去看过没有。父亲说,我去做什么,去还不如不去哩。过了两个晚上,我还是摸到了医院。病房里,只有哑巴一个人。他对我笑了笑,我也对他笑了笑。我叫了声妈儿,把一百元塞到妈儿的手里。妈儿不能言语,流出了泪。我说,妈儿,小时候,就数你待我好了,好人有好报,你的病马上就会好的。

叔叔刚刚回乡,负责家里的羊。医院里,白天由雯雯守着,夜里由哑巴守着。我的堂哥堂姐也来看护过,都让雯雯赶走了。我在医院的门口,看见了雯雯,她正领着孩子溜达。靠在电线杆子上,我远远地瞟瞟她们,孩子舔了舔冰棍,扬起脸来,往雯雯嘴里送哩。

接到叔叔的电话,好半天我才还过神。电话里的叔叔有些结巴,蚕吐丝般,分把钟才吐一个字。意思我明白,他对我去看望妈儿表示感谢,更感谢的是我父亲,老家伙还送了两条黑鱼,说是炖汤补补呢。父亲去看妈儿连我都吃惊,我说你们老哥俩还要说谢吗,要谢你直接跟他说吧。叔叔在那头没声音,我喂了喂,他又应了。叔叔压着嗓门说,我真担心这回你妈儿挨不过去呢。我说没事的，我问了医生，轻微中风，以后小心着就行了。但愿如此吧，叔叔说，但愿我能走在她前头。牙牙，我说，你这到底是疼她，还是想害她呀。叔叔说，你小子现在还有心耍我？我的婆娘我能不疼吗。叔叔继续说道，那边说了，要是我走在前头，你妈儿每个月也能领到什么配偶补贴的。行了，别提走不走的事了吧，哪个也不许走，我说，摆摆说了，他有心把他的那份地，从我大哥二哥那边划出来，给小弟呢。不要，叔叔说。真的不要吗？还真的让父亲猜中了呢。是你摆摆的意思吗。当然呀，我说，他的地我还能做主吗。叔叔叹了口气说，我没意见，反正又不是给我的，他给他侄儿的。

可是小弟说啥也不肯要。小弟说，老爷子的保命田，我能要吗，要了我也不是种地的料。七凑八凑的，小弟张罗着在镇上开了家水果店。

17

再次见到小弟已是腊月，在城里。城里的小弟有些羞怯，又有些自来熟，一副开了窍的民工相。我问他水果店的事。小弟说早就关了，他在城里的工地上，替人家干活儿，还是老本行。我说做老板不好吗。小弟说，还是打工省心。我没有再问下去，小弟说他刚包了个油漆任务，小工程，到处招人哩。完了，小弟又说，你有空的话回去瞧瞧，阿爸倒下来了。严重吗。心脏不好，还哮喘，外加高血压，糖尿病。那还不赶紧来治治。他不同意。那你们押也要押他来呀，我发火道，他有医保的呀。求你了，小弟说，你要是能够押得来，我请你！阿爸说了，他的命到头了，治也白治，公家的钱也是钱，你要我们怎么办。

这个老家伙，不晓得他是咋想的。我奇怪，这次父亲怎么没有告诉我，我也忙得足有一个半月没回去了。办公室主任不是官，可一步跑不开。有一天，在一大堆公函里，还拣到了女科长的来信。我认得她的笔迹。再过一天，我又收到她写给我本人的信，仍然是电报式的：你上来了？你早就上来了？所以我心里很不爽，好像滔天罪行曝光了。郁闷了几个晚上，我写了封信，学她那样，也没有称谓，电报式的：因为我自卑，深深的自卑！

然后我就上了火车，出了趟远差。对于这个姑娘，我谈不上迷恋，但我们已经延续了一两年了，现在突然解脱了，松了口气后，却是更深的失落。那样的聊天已经成为一种相互依赖，而且从来都是我操控着。虽然见面不多，总保存着期待，还能想象到聊天的场景与氛围。现在，一旦没了关系，我也失去了操控的能力，还真有些不习惯哩。

坏就坏在我还坦承了隐藏的自卑，这一定让她更加瞧不上了。

回头路上，经不住同行的劝，在浙南逗留，游了两个湖，可我无心逛风景，还是悄悄买了票，上了车。进了站，也顾不上到局里汇报，直接下了乡。

叔叔在场院里晒太阳，脸像煮熟的虾。见了我，叔叔连称稀客稀客，他高声说笑着，每笑一下，都咳出一口痰。我把礼品递给迎上来的妈儿。中过一次风，妈儿现在说话不利索，但走路喂羊草还行。叔叔让我坐在他边上，说，看来他扛不到过年了。瞅他一副心满意足相，我说不会的，日子越过越好，你想拍拍屁股走路，没门儿。够了，值了，叔叔说，我告诉你三子，再怎么着，我也不会把钱烧给鬼的，我才不那么呆呢。我说对对对，我也不信。叔叔说，我要是走路了，直接送我去火葬场，烧上西天，不要给我买盒子，

韭 菜 街

我不要人敬供，把我的骨灰倒到河里喂鱼也划算呀。我笑道，牙牙，你的理想不小呢，想学总理对吧，可你想过没有，你这一走，妈儿就算领到补贴，那补贴也够不上你退休金的零头。叔叔说，这道理我也想过，可我要是赖着不走，她一天也享不到我的福，我只是觉得对不住二丫头。

晚饭是回家吃的，我特地买了些卤菜，可父亲忌口太多，基本上还是我自己消灭。父亲问我，叔叔有没提前天的事。什么事，我问。前天上海又来人了，妈说。上海这么快就晓得了！还带了好些慰问品呢。父亲说，哪里是慰问呀，人家下来是查他还在不在世的。你别听他的，妈说，他老糊涂了，你牙牙那天精神好得很哩。

这一夜，我和父亲挤在一个被窝里。父亲一会儿呼噜震天，一会儿说梦话，一会儿又磨牙，咬牙切齿，妈妈睡在东房，过会儿就披着衣服过来，也不开灯，给我们抻着被角，直抱怨父亲的睡相不好，哪个和他睡都倒霉。

后半夜，小弟把我家的后窗敲得梆梆梆的，说阿爸怕是真不行了，我说白天不是还好好的吗。他躺在床上，一个个的喊我们谈话呢。那我看看去。你去看看吧，看看要不要送医院，父亲瞪瞪我，原来他一直醒着。

叔叔的堂屋灯光摇曳，坐满了儿女们。孩子们想不安分，一动弹就让大人摁住，提着细脚刚靠近房门口，又让大人们轻喝住。谈话已经过半。里间，叔叔的声音时有时无，只听得雯雯含混的抽泣，忽而吃的一笑，许是让叔叔逗乐了，又赶紧止住，再无声响。不一会儿，雯雯红着眼睛出来了，见了我一愣，埋下头躲到屋角，大概是为刚才的笑声难为情。小弟只进去了一忽儿，就出来了，出来了就朝我努嘴。我，喊我吗？我朝大伙儿瞅瞅。在这一家人面前，我毕竟是个外人，叔叔却要喊我。去吧，妈儿催道。

进了房，叔叔抬起半个身子，朝我招招手。我坐到床边，叔叔小着声儿说，放心吧三子，一时半会还走不了。那你还搞得像个真的。叔叔说，真的要走了，我还说得成吗。那你也用不着这样，哦，还一个个地来，一个个地去，主席也没你这样隆重。这你又不懂了，叔叔说，不这样办，我能和你单独交代吗。说吧，我困死了。也是，你不能待得太久，叔叔递给你一个小纸包，马粪纸包的。什么东西啊，我想拆开来瞧瞧，让叔叔挡住了，你赶紧收好，记住，七天后，你才可以打开。他盯着我放进羽绒衫的胸前口袋，又在外面拍了拍，嗯，这衣服好，一点看不出来，又说，你可记住了。我点点头，他向我摆摆手，走吧走吧。你还没交代呢，你说啥我都答应你。那你就困你的大头觉去吧，叔叔说，我也要歇会了。

我是最后一个进去谈话的，因此谈话就等于真正的临终嘱咐了，这给了我很大的压力。左胸那里，既像铅一样坠坠的，又像长了一只怪异的奶房，胀胀的。叔叔这哪里是让我困觉，我连步子都迈不稳了。面对叔叔一家人，我的目光不知往哪放，但我能感觉到他们无声而异样的询问。没事儿，没事儿，我说，牙牙说他得歇会儿。我越是找话，越是觉得尴尬。救命的是局里给我新配的呼机，适时响了。一看留言，要我立马回去，准备明早接待一个访问团，来接我的车子已在路上了。小弟一听也来了劲，问他能不能搭我的车，他好不容易抢到手的工程，再不弄，要给别人接手了。

我一再嘱咐小弟，这几天得多往乡里跑跑，工程再要紧，也得守在阿爸身边。挣钱不在乎这一刻。小弟一个劲儿地点头，我才在城区的建行门口放他下了车。

我们这个局，有实权，下属企业的效益也不错，一般代表团来访，政府办都要安排他们来看看走走，走走看看也是假，主要是好派饭，赠送纪念品。这个星期我一共接待了三个代表团，还不算上级领导的个别视察。我酒量还行，就是经常脱肛或肛裂。当然，局长们也喜欢领导们多多光顾。别的局想要市长书记去，还没机会哩。

　　总算到了周末，松了口气，解开领带，拎起包，到副局那里探看，看他还有什么指示，副局说我回来之后就忙，还没机会慰劳我哩。我说工作是我的本分，他一严肃：又不会说话了？你怎么就不会顺着竿子爬爬呀。我说我只长了两条腿，咋爬法！副局笑了，说在家的局长书记他都约了，晚上聚聚，他私人埋单。

　　这一玩就玩到了凌晨，单子当然是我结的，随便找哪个厂长报销就是了。把他们一一送到家，我才把自己扔到行军床上，衣服鞋子也不想脱了。想想明天是个星期天，可以睡个大懒觉了，我幸福地闭上双眼，又翻坐起来，预备把电话掐掉。本来我也没资格装电话，办公会上，副局一提议，我就坚决推辞了。我实在是怕了电话了。我的这个工作，每天接触得最多的就是电话，电话就是工作，电话就是领导。我经常耳鸣，还常有电话铃声的幻觉。要不要可由不得你，副局说，你以为这是给你的待遇吗，这是工作需要，是为了方便局长们随时作指示。大家纷纷点头称是，我也不得不装出感激与受罪的可怜相。

　　正在找寻电话接线，铃响了。这个时候应该不会有人找我的。我以为又是幻觉，也为了证明是幻觉，便拿起来。听筒里静静的，传来小弟的声音：阿爸走了。什么时候的事。昨天。那你咋不早说！阿爸关照过的，一定要我们今天才能通知你。

　　我一下子醒了，算一算：今天正正好是第七天。

18

叔叔家里正乱成一团,场院里满是人。不仅我的哥哥姐姐在,我的父亲母亲也来了,除了赶在路上的二姐。死亡让所有活着的人都聚在一起。我在人堆里还发现了她,我的女科长。她一身灰白打扮,臂上早已挽上黑纱。我用眼神问:你怎么来了!她答道:我怎么不能来呀!她目光低敛而俏皮,好像在嘲弄我这个做侄儿的却来晚了。

大家肯定已经晓得了她的身份,所以悲伤的气氛里掺和着高兴和好奇,甚至还有些喜庆。我边戴黑纱,边向叔叔走去。众人闪开,奇异地盯着我,好像要瞧我的好戏。

叔叔躺在堂屋正中,头在南脚在北。他的脸还是那么红润,可是他睁开的双眼却吓得我一缩。随即我又站到他身边。我问小弟,怎么回事。小弟说,他也纳闷,脚户给他抹了好几回,他闭一会儿,一不注意,他又睁开了。我颤抖着伸出手指,轻柔地抹着叔叔的眼皮,可是越抹,叔叔的眼睛睁得越大了。叔叔和父亲一样,天生牛眼,现在的他的双眼更像近视的人摘掉了眼镜。父亲在门槛上说,死了不闭眼,怕是还有啥放心不下吧。

妈儿说,怕是放心不下我吧,个老杀头,你不放心,走啥走呀。

堂哥的婆娘把妈儿扶走了。小弟说,阿爸,我没地了,但我有活儿干,你就放心吧。小弟说完,堂哥堂姐们便相继诉说起来,众人哭成一堆儿。可就是不济事,叔叔嘴上的红糖化成了水,好像乐

韭菜街

坏了，却还是圆睁着眼睛。我屏着呼吸，弯下腰去，凑到叔叔的耳边，和他低语起来，我说的话只有我能听见，叔叔能听见。

我说了一遍又一遍，突然听到周围一片惊叹，小弟拉拉我的膀子。再瞅叔叔，奇迹终于发生：那双牛眼慢慢合上了，嘴角的糖水已经拭净，躺着的叔叔显得自然而安详。大家都说还是三子有主意。我不言语，心里很愧疚。我觉得我早就应该说的，叔叔也早就该得到应有的最平常的尊重了。

吃过晚饭，我提出留下守夜。堂哥和小弟拗不过，也可能实在是累了，便由了我。她本来是要走的，见我留下，她说明天一起走吧，我说明天我也不走，我就这个叔叔。她说，你啥时走，我也啥时走。众人笑了，我觉得叔叔也在笑。坐了一会儿，我便让妈领她家去休息，把叔叔家里的人也劝走了。

不久，小弟便在西房里打呼噜了。风从门缝里玻璃缝里溜进来，树叶子沙沙的，好像下起了小雨。我抽了根烟，关了灯，堂屋里只剩下两支小蜡烛，她又披着衣服推门进来。我问她怕不怕。她话抖着说，不怕，小时候，她陪妈妈给外婆守过夜。我说，不怕你抖活什么。她笑了笑说，我紧张啊，我是怕你。怕我，你还怕我？我把她拉进怀，抱紧了她。一切都是那么柔顺而自然。她歪头笑道，怪了，你一点也不自卑呀。我还不自卑吗，我是借了叔叔的光，我晓得这会儿你不会反抗的，换在平时我哪敢呀。她用头撞撞我的肩说，我喜欢自卑的男人。那，我们，就，成个家吧。你，想好了吗。想，好，了。她又撞撞我的肩头，返身抱紧了我。

我们竟然就在叔叔的灵前亲吻了。第一次相互亲吻，一直亲到她死劲儿推开我，说再亲下去，她要憋气了。我久久地望着烛光下的她，喊了声"雯雯"。闻闻，闻什么。我一阵慌乱，幸好她误解了我的意思，我赶紧说，你闻闻，这屋里好香。她嗤笑，哎，问你呢，早上，你和你叔到底耳语了些啥呀，那么神！我说你真想知道吗。我是想知道，她说，不过，要是不能说，你就别说。其实也没什么，我说，我就喊他叔叔，喊他芽雅，我反复地喊了十来遍，就这么简单。她目瞪口呆，呼出青草般的气息。

我说，哎，你还得帮我个忙呢。她半驱身子，深深的弯弯腰：悉听遵命。我从胸前掏出那个小纸包，交给她。给我的！她疑惑地问。我摇摇头说，你帮我打开吧。

她揭开一层纸，又揭开了一层纸。手一抖，惊叫一声，两颗金牙，躺在她的手心，闪着幽暗的绿光。